現代詩ラ・メールがあった頃＊もくじ

現代詩ラ・メールがあった頃

昭和58年（1983年）5月2日（月曜日）

詩壇を支える女流
季刊誌「ラ・メール」を創刊

新川和江さん

吉原幸子さん

ことしは女性雑誌の創刊が多く、"五十八年は女性の年"という人もいる。短歌、俳句の文化講座の盛況を支えているのは女性。詩、小説、演劇の世界でも女性の動きは活発だが、詩人の新川和江、吉原幸子さんは、"女流詩人による、女流詩人のための"季刊誌「現代詩ラ・メール」を六月末に出すことになった。創刊の意図は、男性に対抗するのでなく、女性が女性自身を

女性を内から見直す
二本の柱で　十年は続けたい

残るようなものにしたい」という。他の一つは、吉原さんが担当する対談シリーズ。第一回は作家の大庭みな子さんだが、吉原さんは「詩だけにとらわれず、他のジャンルとの交流をはかりたい」という。このほかは、詩人論、エッセー、雑誌の創刊にそなえて募った会員から投稿された詩を二人が選んで掲載する。

六月末に思潮社から

新川、吉原さんは編集の仕事で

全くの素人だ。新川さんは、これまでの生き方に揺さぶりをかけて考え直さなければ、生きなくなってしまう」と意欲をみせ「女性の作品は、これまで女性だけの作品が並……自分の欠点を

知ることができる」という。

雑誌の発行発売は思潮社になる。小田久郎社長は「雑誌が客観性、社会性を持つためには、一般の読者の目に触れる必要がある。それで発行を引き受けたのだが、うちの『現代詩手帖賞』の過去五年間の受賞者六人中に男性は一人だし、H氏賞も二年、女性が続いた。さらに「叢書・女性詩の現在」にはいっている伊藤比呂美、白石公子、井坂洋子さんの各詩集とも三千部以上売れていて、この部数は、従来の詩壇全体の中で人気のある詩人上位十人の詩集に仲間入りできる売れ行きだ」と、女流詩人の活気を、無視できない様子だ。

発展的なイメージを

詩壇に限らず、女性の活躍は演劇界でも目ざましい。女性ばかりの渡辺えり子さんの劇団3○○、如月小春さんのNOISEや青い鳥は、"女性三劇団"として、人

気である。俳壇でも女性の進出がある。読売新聞で俳壇時評を担当している上田五千石さんは、最近、女性の句作を指導しているが、先月の時評で、女性俳句の質の変化を指摘、「内なる自分に目がむき、人生、女の性を凝視している」と述べている。

いずれにしても、女性の内部からものを見詰める機運が動き出しているようだ。かつて女性の雑誌「青鞜」は文学の拠点というより婦人問題の拠点だったが、新雑誌「ラ・メール」が誌名の「ラ・メール」―「海」―「産み」のように発展的なイメージを定着させ、詩の拠点となるよう期待される。

好評の「叢書・女性詩の現在」

宮部 修記者

「現代詩ラ・メール」創刊について、主な新聞記事から。
右）読売新聞 1983 年 5 月 2 日、中央）朝日新聞 1983 年 6 月 20 日
左）東京新聞 1983 年 5 月 13 日

EPISODE 1

ラ・メール誕生の夜

女性による女性の詩誌

「現代詩ラ・メール」創刊御挨拶

現代詩の状況を眺めますと、書き手としての女性たちの進出はめざましく、ある人は着実な歩みを実らせつつあり、ある人は新鮮な感覚によって斯界に新風を吹き込んでいます。また読者、あるいは執筆予備軍として詩に関心を持つ層の厚さも、今や女性が男性をしのぐのではないか、と思えるほどです。しかし残念ながら、未だに多くの面で〝男性の眼〟による価値判断に依存している傾向があることは否めません。

私たちは、この国の〝女流〟の古く輝かしい伝統をふたたび大きく開花させ、新しい歴史の流れに手を添えるため、詩を愛する女性たちにより広い活動と吸収の場を用意したいと考えました。真に女を反映し、真に女に求められる詩の世界を確立し、その上で、男性にも女性の本質を正当に理解されたいと思うのです。このような見地から、今般別紙御案内のように〝女性執筆・女性編集による初めての一般詩誌〟を企画、思潮社・小田社長の賛意を得て「現代詩ラ・メール」刊行のはこびとなりました。

特定の文学的傾向に拠って結ばれる同人誌の連帯に更に加えて、多くの個性を包括しつつ、女という共通項を手がかりとして詩人のみならず各分野のアーティストたちとも力を併せ、人類の二分の一の役割を果たしていきたいと希っています。

もとより、芸術そのものの価値にとって、〝男流〟〝女流〟の区別などは不要です。しかし性別というものが消え去ることはない以上、男女それぞれに特性があることは将来ともに不変でありましょう。その特性の中で百花繚乱、時には女を超え時には女にこだわり、時には自讃し時には自省して、私たち自身という〝海（ラ・メール）〟を模索していきたいと思います。女性ならびに理解ある男性がたの御支援・御協力を切に望みつつ、創刊の御挨拶とさせていただきます。

一九八三年四月

編集人　新川和江
　　　　吉原幸子

詩人たちや各界の関係者、マスコミ各社などに送った創刊の挨拶状。２枚目には会員システムや入会申し込みの方法など詳しい案内が記されていた。

女性がつくる女性の詩誌

「現代詩ラ・メール」へのお誘い

創刊趣旨

創刊御挨拶より

私たちは、この国の〝女流〟の古く輝かしい伝統をふたたび大きく開花させ、新しい歴史の流れに手を添えるため、詩を愛する女性たちにより広い活動と吸収の場を用意したいと考えました。その上で、真に女を反映し、真に女に求められる詩の世界を確立し、男性にも女性の本質を正当に理解されたいと思うのです。

もとより、芸術そのものの価値にとって、〝男流〟〝女流〟の区別などは不要です。しかし性別というものが消え去ることはない以上、男女それぞれに特性があることは将来ともに不変でありましょう。その特性の中で百花繚乱、各分野の女性アーティストとも手をとり合いながら、時には女を超え時には女にこだわり、時には自讃し時には自省して、私たち自身という〝海〟を模索していきたいと思います。

編集人　新川和江　吉原幸子

お誘い

菜っ葉も刻もう詩も書こう。
子供も産もう空も飛ぼう。
与えられた生を悔いなく十分に生きようと希う女性たちが、自己表現の手段として詩を選びとる時代です。

それは、家というものが重たく女にのしかかっていた時代、男が女に隷属を強いていた時代、暗い台所で女性詩人がやむなく筆を折った時代から、新しい時代への転換といえましょう。

『現代詩ラ・メール』は、女たちが自分たちの言葉で、自由に自分たちを表現する場。

『現代詩ラ・メール』は、詩を目ざすあらゆる女性たちに開かれた、あなた自身の劇場。

あなたも、扉を叩いてみませんか。

活動

「現代詩ラ・メール」の季刊発行（一九八三年夏号より）

■七月夏号・十月秋号・一月冬号・四月春号。各月一日発売。

■A5判二〇〇ページ・定価九八〇円。本文高級上質紙使用。

■内容＝女性による作品・エッセイ・評論・詩人論「女性詩人この百年」・ラメール対談「創る・生きる女たち」・ポエム&ミュージック「わたしは歌う」・海外女流詩人紹介「外国船」・詩集紹介「詩集展望」「ラ・メール書庫」・会員作品欄「ハーバー・ライト・その他。

■責任編集＝新川和江・吉原幸子氏。

投稿規定

1　ハーバー・ライト（会員作品欄）＝S会員のみ。一号につき二篇までの詩作品。

2　ラウンジ＝S会員、P会員。近況、随想、寸感など。二〇〇—四〇〇字。

3　投壜通信＝一般読者も可。読後感、情報交換など。二〇〇字前後。

4　詩論・詩人論＝S会員、P会員。四〇〇字詰五〇枚以内、テーマ自由。すぐれたものは本欄に掲載。

■右のいずれも、締切りは四・七・十・一月末日。作品は未発表の自作であること。原稿の右肩にそれぞれの欄の名称を朱書してください。（ハーバー・ライト欄あての作品は、作者の詩歴にかかわらず、新人作品として扱わせていただきます。）

■ペンネームは自由ですが、末尾に本名と会員番号を記して下さい。不掲載の場合も原稿は返却しません。

入会申込

御案内書に添付いたしております「申込ハガキ」と「振替用紙」を御利用のうえ、何号よりと明記して、思潮社 ラ・メール編集部までお申し込み下さい。

思潮社　現代詩ラ・メール編集部

東京都新宿区市谷砂土原町三—十五　電話（〇三）二六七—八一四一

振替東京八—八一二一

ミーティング

■年四回、本誌刊行月（四・七・十・一月）の第三土曜日に、朗読会・ディスカッション・パーティーなどの形で催します。（当初は東京近辺を会場としますが、やがて地方開催も検討します。）

■会員相互のふれ合いと、他分野との交流を主な目的とします。

会員システム

■書店購読者以外に、次のような会員制度を設けます。（お申込をお受け次第、あなたの会員番号をお知らせします。）

S支持会員（サポーティング・メンバー）（女性に限ります）

■S会員は「現代詩ラ・メール」発行ごとに一回二篇以内の詩を投稿することができ、作品は新川・吉原両氏の選考を経て会員作品欄に掲載されます。すぐれた新人は本欄、あるいは「現代詩手帖」に推せんされ、年間最優秀新人には「ラ・メール新人賞」（賞金一〇万円）が贈られます。また、S会員はミーティング出席に際し優待されます。

■入会金五、〇〇〇円（継続の場合終身）、年間予約購読料四、〇〇〇円（送料共）を納入していただきます。

P一般会員（パブリック・メンバー）（男性も歓迎します）

■P会員は、ミーティング出席に際し優待されます。

■年間予約購読料四、〇〇〇円（送料共）を納入していただきます。

（執筆メンバーは号を追って広範囲にお願いする予定ですが、それに該当すべき方でも、賛助的な意味でP会員に御加入いただければ幸甚です。）

女性詩人たちに送付した二つ折りの入会案内リーフレット。

はじまりは一九八三年の四月一日、ほころびかけた桜の季節のことだ。

思潮社社主・小田久郎さんと私は、詩人・吉原幸子さんの家を目指すタクシーの中にいた。その夏に創刊されることになった女性による女性のための詩の雑誌「現代詩ラ・メール」の、第二回編集会議のためである。

新宿区大久保、職安通りから一歩細い道に入れば何軒ものホテルがひっそりと立ち並ぶその街の一角に、吉原邸はあった。今でこそ日本屈指のアジアンタウンとして知られるが、当時そのあたりは恋人たちの秘密の逢瀬に使われる、少しばかりいかがわしい暗い路地の街であった。タクシーを降りる直前、ふと思い出したように小田さんがつぶやいた。

「引退したらね、僕はラブホテルの親父をやりたいんだよ」

一瞬、私は返す言葉が見つからなかった。ポカンとして、ただ「え、そうなんですか」などと間の抜けた返事をしたような気もするが、さだかではない。入社初日の初仕事で、私はガチガチに緊張していたのだ。彼の言葉は、そんな私の気持ちをほぐすための軽口だったのかもしれない。でもそれは若い女性をからかうにしてはずいぶん淡々とした乾いた響きで、半ば本気でそう思っているようにさえ聞こえたのだった。

詩の出版社もラブホテル業も、大手出版社やリゾートホテルのような華やかな舞台からは少し外れた場所にあって、権威に満ちた世の中を冷めた目で見据えているようなところがある。今考えてみれば小田さんの心の内では何かしら通じるものがあったのかもしれない。のちに見る日々多忙なその横顔には、いつもどこか〝反骨の人〟といった雰囲気が確かに漂っていた。

＊

女性だけの詩誌を作る。それは、当時の詩壇にとってどのようなことだったのだろう。

事の発端はその年一月末の、ある深夜のこと。新詩集『花のもとにて 春』の打ち合わせのために吉原邸を訪れた小田さんと、例によってちょっと酔っ払った吉原幸子さんとのやりとりからだったという。お酒が進むにつれて吉原さんは日頃の男性中心の詩壇への不満をぶちまけ、では女詩人会(おんな)のようなものを立ち上げてみたらどうか、と小田さんが提案する。そして、それは誰と組めば可能か、という話になり、少し先輩の新川和江さんに白羽の矢が立った。吉原さんは、真夜中だったのにもかかわらずいきなり電話で新川さんをたたき起こし、「今の詩壇は女たちが活躍する場がない。女たちで集まって何かやりませんか」と誘ったのだという。

ちょうどその頃、新川さんは日本現代詩人会初の女性会長に就任し、まさに同様の思いを抱いていた。だから吉原さんの突然のラブコールには強く共感するところがあったのだろう。しかし、そうはいってもその提案をすんなりと受け入れることにも抵抗があった。新川さんは当時を振り返って述懐する。

「だって、女ばかりでただ寄り集まってもしょうがないじゃない。そういう会なら深尾須磨子の時代にもあったのよ。けれど、結局女性の地位は変わらなかった。男の詩人たちから「バカな女たちに何ができる」って言われるのがオチでしょう？」

ならば、どうしたらいいのか。この状況を変えるには、もっと建設的なことをやらなければ。そして、二人は一つの明快な答えに行きつくのだ。

「では、いっそ自分たちで書く場を作ってしまえばいいのよ。私たちで新しい詩の雑誌を作りましょう。女の手による女のための詩の雑誌を！」

二人はあっという間に意気投合し、「現代詩ラ・メール」創刊の話が具体化するのに、それから何日もかからなかった（「現代詩手帖」一九八三年五月号　新川和江「深夜の電話から」参照）。

……と、ここまでは表向きの話。後になって聞いたことだが、実はこの「真夜中の電話」の話には、ちょっとした後日談がある。

とんとん拍子に新雑誌創刊の話がまとまり、その夜、新川さんは非常に高揚した気分で電話を切った。ところが……。

その後どうしたわけか、何日たってもなしのつぶて、吉原さんからも思潮社からも何の連絡もない。どうも変だと思って吉原さんの家に電話を入れてみると、返ってきた返事は「は？　何のことでしょう？」。「え、そんな……」。あの晩、酩酊していた吉原さんは、自分が電話をかけたことすら覚えていなかったのだった。新川さんは絶句し、落胆する。

しかし、吉原さんという人も元来律義な人であるから、すぐに事の成り行きを察して自分の失態を詫び、気を取り直して仕切り直し、となる。日頃から旧態依然とした男社会の詩壇に不満を抱いていた二人のことだから、その後は急速に新雑誌創刊へと話が動き出したのだった。

編集協力の依頼はやはり「真夜中の電話」の場に居合わせた小田さんの思潮社へ。話を持ちかけられた小田さんも覚悟を決める。第一回目の編集会議が開かれたのは二月二日、大久保駅前の喫茶店「ラ・メール」だった。その店名がそのまま誌名に採用され、創刊に向けてのてんやわんやの日々が始まる。四月の下旬には記者会見、多くのメディアからの取材、詩人たちをはじめ各方面への創刊挨拶と会員募集の手紙の発送、そして六月二十五日には創刊号発売。一月末の深夜の電話から五カ月足らずという、本当にわずかの準備期間で、女性による女性のための詩誌「現代詩ラ・メール」が産声をあげた。

あらゆる生命の起源である海、その海をひとつずつ抱え持つ存在である女たちの詩誌――という意味をこめて命名した「現代詩ラ・メール」は、発表と同時に各方面から予想外の関心を寄せられ、行く先々で創刊号はいつ出るのかと期待にみちた質問を受けた。

男女を問わず声をかけてくださる人たちの目に、いまどこかに新しく出現しつつある海そのものを、思い描いておられるようなかがやきがあって、かえってこちらのほうが、これから創ろうとしている海をその都度発見させていただく心地がした。

（創刊号　新川和江「編集後記」より）

八〇年代初頭の詩壇は、まさに「女性詩の時代」と言われるようになっていた。

一九八二年、青木はるみさんが詩集『鯨のアタマが立っていた』（一九八一年思潮社刊）で第三十二回H氏賞を受賞、一九七一年の白石かずこ詩集『聖なる淫者の季節』（一九七〇年思潮社刊）以来、女性の受賞は実に十一年ぶりのことであった。同年、思潮社が伊藤比呂美詩集『青梅』を皮切りに「叢書・女性詩の現在」シリーズの刊行を開始。井坂洋子さん（八三年、このシリーズの詩集『ＧＩＧＩ』で第三十三回H氏賞を受賞）や白石公子さんら若い女性詩人たちの詩が次々にセンセーショナルに取り上げられる。四月、思潮社創立二十五周年記念の現代詩新人賞が平田俊子さんに決まると、「またも女性かッ！」という見出しが新聞の紙面を飾ったりもした（毎日新聞一九八三年四月九日）。当時、彼女たちの詩集の売り上げは、それまでの〝詩は売れない〟という既成概念を根底から覆すような勢いであった。

ラ・メールの創刊に際し、小田さんは当然ながらそんな時代の風を感じていたことだろう。しかし、どう考えてもまだまだ男社会の当時の詩壇からすれば、やはり女性だけの詩誌を出すということは一種の冒険だったに違いない。

自らの性や悪意や狂気さえ赤裸々に、しかも軽やかに語ってみせる若い女性詩人たちの登場を、当時の詩壇は驚きと賞賛と、少なからぬ嫌悪とをもって迎え入れた。それらの言葉は鮮烈ではあるけれど、下手をすれば興味本位に読み流されてしまいそうな、そういう危うい「女の子」たちの時代だった。なぜなら、その評価のほとんどは男性詩人たちの手に委ねられていたのだから。私自身、「なんと率直なのだろう」と思った作品を先輩の男性編集者が「露悪的」と評するのを聞いて、ずいぶん違う感想を持つのだなと驚いたこともあった。

具体的な数字を見てみよう。たとえば一九八三年一月号の「現代詩手帖」の書き手は、男性四十一人に対し女性はわずか六人。時評、詩誌・詩書評、新人欄の選者もすべて男性が占め、まだまだとても女性の時代と呼ぶにはほど遠いものがあった。ラ・メールの創刊に「また女か……」とため息をつく男性詩人もいたようだが、ごく一部の若い女性詩人を除くと、「また」と言われるほどの活躍の場は中堅の女性詩人たちには与えられていなかった。

吉原さんは、「歴程」にこそ入っていたが、どちらかというと孤独に詩を書いてきた人であり、当時親しくつきあっていた女性の詩人はそれほど多くはなかったようだ。発端となる深夜の小田さんとの話の中で、彼女はそれでも何人かの女性詩人の名前を挙げた。「おりょうさん（新藤凉子さん）は？」「否」「白石かずこは？」

「否」――小田さんはなかなか首を縦には振らなかった。そして、当時はそれほど親密だったわけでもない新川さんの名前が出たとき、初めてゴーサインを出したという。時代の要請があったとはいえ、小田さんのこの嗅覚がなかったら、きっとこの雑誌は十年も続くことはなかった、と私は今でも思っている。

しかし仕掛け人の小田さんにとっても、ラ・メール創刊前後の異様な盛り上がりぶりは予想をはるかに超えるものだったようだ。創刊からしばらくたった頃、入会事務の手続きに忙殺される私に、彼は「本当はね、二、三百人ぐらいの会員雑誌ができればいいなと思っていたんだよ」とこっそり教えてくれた。だが、その予測に反して、創刊号発売を前に会員数はすでに七百名を超えていたのだった。

＊

入社初日の夜に話を戻そう。

吉原邸は照明の暗い家だった。そして、とても猫くさい家だった。たくさんの本と、猫の爪跡でささくれた革張りのソファー、ドライフラワーの薔薇の花束たち、吉原さんがいつも原稿を書いていた奥の茶の間（ここだけは少し明るかった）、掘り炬燵、そして原稿やゲラ（印刷前の校正用紙のこと）の上を闊歩する気ままな猫たち。一九八八年に建て替えられる以前の、私の中の旧・吉原邸の印象だ。

薄暗い居間に通されると、その革張りのソファーにゆったりと座って、含みのある美しい声で「小田さん、私ねえ……」と優雅に話しはじめたのが新川和江その人だった。少し色の入った眼鏡の縁でキラリと小さな石が光っていたのが忘れられない。そして、スリッパを出したり飲み物を用意したり、こまごまと客人を気遣いながらハスキーな声で会話に入ったり、また出たりするのが吉原幸子さん。しょっちゅう中座してはどこかへ行ってしまうので、話は自然とあちらへこちらへと脱線し、なかなか前には進まない。のちにこの吉原さんの性分に私はたびたび悩まされもするのだけれど、そのキリッとした外見とは裏腹に、実にこまやかな気配りをする人だった。そして、会議は大きく緩やかに蛇行しながら流れてゆき、時にひょんなきっかけから思いがけないアイデアが生まれたりもするのだった。

二人のたたずまいは本当に対照的だった。宝塚の男役のように凛としていて、てきぱきと動き回る吉原さんと、いつも鷹揚にかまえ、にこやかな笑みを絶やさない太母のような新川さん。そして、どちらも一見しただけで納得してしまう、いかにも詩人らしい風貌をしていた。今思うとちょっとおかしいけれど、私はこのとき生まれて初めて詩人と呼ばれる人たちに出会い、その眼光の強さにすっかり度肝を抜かれてしまったのだった。

その晩はおびただしい数の女性の名前が、次々と二人の口からこぼれ出た。しかし、それがほとんど全部詩人の名前だと気づいたのは、情けないことに数日たってからのことだった。お恥ずかしい話だけれど、当時の私は詩人の名前もろくに知らなかった。現代詩文庫を何冊かと、谷川俊太郎詩集ぐらいしか持っていなかったようなド素人の新人には、地方で活躍する女性の詩人の名前など知る由もなかった。

二人が挙げる女性たちの名前に、小田さんがうなずいたり首を振ったりして、大まかな目次が固まると、もう深夜だった。二人の思いはとても強くて、執筆依頼の人数は予定の頁数をはるかにオーバーしていた。その場にいた四人の中でただ一人編集のプロであった小田さんは、ずいぶんと気を揉んだことだろう。いや、それとも、それも想定内だったのか。「いいんじゃないですか」と、彼は何度も言った。そして、創刊号に声がかかるかどうかが女性詩人たちにとってどんなに大きなことなのか、のちに私は思い知ることとなる。

新川さんは吉原さんに言った。

「私は過去の女性詩人の再評価や、埋もれてしまっている詩集を掘りおこす作業をするから、あなたは外へ向かって、ジャンルを超えて活躍する女性たちと交流を図ってね」

そしてその言葉は、この詩誌の方向性を決める大事なキーワードとなったのだった。詩壇の中で重要なポジションにいて、広く詩人たちへの目配りが利く新川さんと、もともと劇団四季の女優で演劇や舞踊などの世界とつながりが深い吉原さん。二人はとてもいいコンビだった。男性詩人たちの視点に頼らず、女性自身の手で女性詩の今を検証し、未来を織り上げていくための縦糸・横糸となること。そしてまた、投稿欄にまとまった頁数を割いて新人の育成に最大限に力を注ぐこと。

このようにして、与謝野晶子以来の女性詩人の系譜をたどる連載評論「女性詩人この百年」、新川さんが自身の本棚からかつての優れた女性詩集を選び、紹介する「名詩集再見」、さまざまなジャンルで活躍する女性たちのところへ吉原さんが乗り込んでいって体当たりでインタビューをするという「ラ・メール対談」、そして毎回二人がすべての投稿に目を通し、選んだ三十篇からの作品を一挙掲載した「ハーバー・ライト」欄、これらは終刊までの十年間ほぼ変わることなくこの雑誌を支え続けた四本の柱だった。これらの柱については、また後の章で触れることにしたい。

創刊号の特集は〈女性詩・水平線〉。女性詩人二十九人の作品と、瀬戸内寂聴・永瀬清子・舞台美術家の朝倉摂・舞踊の世界からヨネヤマママコさんほか内外各ジャンルの女性たちによるエッセイ、谷川俊太郎・飯島耕一・北川透・白石かずこさんらのエッセイや詩論、ラ・メール対談は芥川賞作家の大庭みな子さん、また連載には心理学者・馬場禮子さんによる詩人の心理分析、「ガロ」などで活躍する異色の漫画家・やまだ紫さんによる詩とイラスト、山本道子・多田智満子・井坂洋子さんらの創作やエッセイなど、豪華で多彩な目次となった。

季刊A五判、創刊号二二六頁、定価九八〇円、S会員（作品投稿会員・女性のみ）年会費九千円（二年目より四千円）、P会員（購読会員・評論の投稿権あり・男性も可）年会費四千円。

今、手許に残っている広告掲載依頼のためのメモには一八〇頁とある。当初の予定よりずいぶんと増頁のスタートになった。

*

吉原邸での会議の翌日、出社した私の顔を見るなり先輩の編集者がニコニコしながら「昨日は帰れたの？」と声をかけてきた。「へ？　帰りましたよ」と言うと、

「ああそうなんだ、じゃ、まだ洗礼は受けていないわけね」

「洗礼……？」

何のことだろうと訝しく思ったけれど、その意味がわかるまでには、それから何日もかからなかった。

数日後の金曜日、四谷のお堀端の土手に陣取って、社内恒例・お花見大会が行われた。たぶん新入社員の歓迎会も兼ねてくれていたのだが、しかしなんというタイミングの悪さか、私にとっては完全徹夜明けの絶不調なお花見となったのだった。さんざん飲まされて頭は痛いわ、気分は悪いわ、倒れそうになりながらそれでもなんとか宴はやりすごしたものの、その後は悪夢のような帰り路と悲惨な週末が待ち受けていた。

そもそもの話は前日夕方、出来上がったばかりの新詩集を届けるために、やはり当時新人営業部員だった小田啓之さんと二人で吉原邸を訪れたところから始まる。たまたま吉原さんの友人たちも遊びに来て、当然の流

れというべきか、にぎやかな宴会が始まった。

最初はよかった。楽しい会話が弾み、なんだ、思ったよりずっと気さくな人ね、などとひそかに思ったのも束の間、ふとしたことから突然激しい口論が始まり、客人の一人が泣き出し、居間はなんだかよくわからない修羅場と化した。呆然として見守る私たちなどまったく眼中にない吉原さんは、たまたまそこへ帰ってきたご子息の純さんをいきなりどやしつけ、彼がゴミ箱をバイーンと蹴飛ばしてドアの音高く出てゆき……、気がつくと茶の間の炬燵で吉原さんは子どものようにすうすうと寝息を立てて眠っていた。

いつの間にか誰もおらず、気持ちよさそうに眠っている吉原さんはいくら呼んでも起きる気配もなく、猫たちだけが胡散臭げにこちらをうかがっている。まさか、猫に戸締りを頼むわけにもいかず、かといって決して治安がいいとは言えないだろう歌舞伎町裏の家を、鍵もかけずに出ていく気にはどうしてもなれなかった。しかたなくそのへんの毛布などを吉原さんの肩にかけ、啓之さんと二人でまんじりともせずに朝を待った。まだ明け方の寒さがこたえる季節だったが、炬燵が暖かかったのがせめてもの救いだった。

洗礼って、このことだったのか……。数日前に先輩に言われた言葉の意味が、このときようやくわかったのだった。

*

このようにして、ラ・メールは波乱の予感を秘めつつ、とにもかくにも出航することとなった。創刊の前後には、実にさまざまな出来事があった。おそらく、その中には新川さんも吉原さんも知らなかったエピソードもあるだろう。それはまた、次の章で。

新人国記'84

茨城県⑨ つむぎ継ぐ女の心

844

…たい、何十年…や丈夫さ。千年もの伝統を誇る結城つむぎは、栃木との境の県西端、結城市の特産だ。指先と唾液（だえき）で紡ぐ不ぞろいな糸を使って織るので機械化は無理。糸とり、染色、織り……と一切が昔ながらの手仕事。一反二千万円もする最高級品は、仕上がるまでに半年もかかる。通人に愛されるその味わいは、気が遠くなるような根気と手間のたまものだ。

「着るほどに風合いが出るのは、織り手が糸を慈しんでるから。織りの深みがわかるようになるまでに、二十年かかりました」と同市に住む国の重要無形文化財指定、絞絣（かがすり）の技術保持者北条きの(七九)。座り切りの「いざり機」にならされた丸い背中、消えることのない手のひらのタコ。若いうちは朝早くから深夜まで薄暗い機場に座りづめ、機の神様とうたわれた義母から厳しく仕込まれた。手のひらは血マメだらけ、文字通り血のにじむ忍苦が続いた。地味で辛抱強く働き者、かつての農村によく見かけた女の典型だ。

狭い着物幅の中に絣を二百も織り込める名人芸は、間に嫁をはさんで二十代の孫娘へ。織り一筋——ひたむきな女の心は結城に脈々と紡がれている。

根気と熟練がものをいう絣くくりの技術保持者田中林次(七[illegible])も同市に住む。

結城つむぎに深い愛着を抱く詩人新川和江(五五)は結城市生まれ。「長塚節、横瀬夜雨、野口雨情……、郷土作家の文学風土は『土』そのもの。年とともに郷里が懐かしくなり、土の持つ安心感に身をゆだねたくなります」。四十代の代表作『土へのオード13』は「人間は ついにさびしいのだ／土に わが身を返済しなければ」と大地への思慕をつづる。旧結城高女在学中の戦争中、隣の下館市に疎開していた詩人の故西条八十に手ほどきを受け、詩作の道へ。おおらかな感性で言葉をつややかに紡いで四十年。室生犀星賞、日本現代詩人会会長。

詩を愛する女性の輪を広げようと、昨夏創刊の季刊詩誌『現代詩ラ・メール』の編集[illegible]

[illegible]品の中にも、手あかのつかぬ初々しい物の見方や表現が光ってハッとさせられる詩があります」

壁面装飾の異色の制作で知られる画家利根山光人(六[illegible])も結城市出身。メキシコ美術、ことに古代マヤ芸術のなぞに満ちた不思議な魅力にひかれ、この四半世紀、メキシコと日本を往復、半々に暮らす。「マヤには文明社会の我々が忘れてしまった大事な何かがある。マヤを知ると、現代は文明が進み過ぎた、原点に戻るべきだ、という思いがします」

現代メキシコのオロスコやシケイロスらの大壁画運動に触発され、その土俗的な力強さ、おおらかな生命感の移入を志す。日本各地の学校やホール、駅舎などに陶板、石、金属の素材を使って大壁面装飾を制作。とりわけ、千葉県松戸市の聖徳学園には、二十年にわたる壁面装飾の力感あふれる作品群が充満、外来者を驚かす。その実績に三年前、建築美術顕彰の吉田五十八賞[illegible]の石彫レリーフを拓本に[illegible]に寄与したり、メキシコ[illegible]冊以上も著すなど[illegible]キシコ最高の文化勲章[illegible]

絞絣　北条　きの

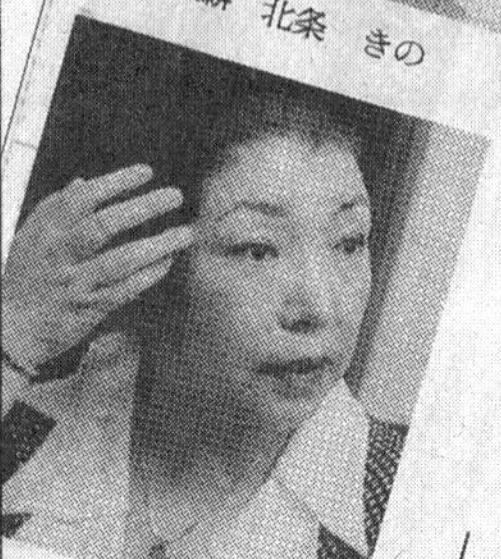

詩人　新川　和江

美術家　利根山　光人

[illegible]ための——

詩誌「ラ・メール」この夏創刊

[illegible]さんら編集——

吉原　幸子さん

女性が執筆、編集、選考する季刊の詩誌が今夏、創刊の運びになり、会員が次々と集まっている。女流詩人の新川和江さんと吉原幸子さんが発案、出版社の協力で実現するもので、多くの女流詩人らが賛同。男性の価値基準が幅をきかせてきた現代詩の世界で、女性が自らの長所、短所を発見していくための"場"づくりをねらう。

新川さんらは「何故、今までこういう詩誌がなかったか不思議」と語り、「青鞜」にも匹敵する画期的な運動をめざし、意欲を燃やしている。

[illegible]久しぶりに電話で[illegible]新川さんが「やりましょう」「や[illegible]と思ってたとこ」と、[illegible]という話がまとまった。二人の呼びかけで、白石かずこさん、石垣りんさんら多くの女流詩人が協力を申し出、出版社・思潮社のバックアップで具体化にこぎつけた。二人は「ちょうど同じことを考えていた。土壌が熟していたんでしょう」と口をそろえる。

[illegible]ともある。また、性を題材にした詩が最近多いが、これも感じ方が大いに違うと思う」という。また、「今まで男性の詩の中で飾れていた長所、欠点が女性だけの中であぶり出されてくるはず。欠点を知ることは特に大事」とその役割を語る。

「何を今さら、という考え方もあるが、あえてこだわってみた」と二人。詩を愛する女性は増え「ラ・メール」の[illegible]

右）朝日新聞 1984年10月22日
中央）毎日新聞 1983年5月10日
左）図書新聞 1983年7月2日

の詩誌『ラ・メール』を創刊した

吉原幸子さん

詩人

〝女性による、女性の詩誌〟をキャッチフレーズにした季刊の詩誌『現代詩ラ・メール』（思潮社刊・九八〇円）が、女流詩人の吉原幸子・新川和江両氏の共同編集で、七月一日創刊された。

「同人詩誌は別にして、一般の詩誌はこれまで、全部が男性の編集者によって作られています。いろいろな詩誌に、少数の目立つ女性詩人の詩はいつも掲載されてますが、それらはみんな男性編集者や男性選者の目で取り扱われているわけです。これではいけない、ということで、女性編集者による女性のための詩誌を作りたいと、一月末のある夜中に突然思い立って、新川和江さんに電話したんです。新川さんも同じ気持ちでしたから、思潮社の小田社長との話がトントン拍子に進んだんです」

こう語る吉原幸子さんは、一流女性詩人のうちの一人。これまでに、詩集八冊、エッセイ集三冊をもつ感性豊かな中堅詩人で、草野心平さんの『歴程』に属す。

「心平さん中心の『歴程』は男性的体質の集団でして、歴程賞の審査員は全部男性。いつか審査員に女性を一人入れては、と提言しましたら、心平さんの〝女はバカだからなあ〟の一言で立ち消えになってしまいました。私にわかる詩が男性にわからないということもありますのに……」

吉原さんは昭和七年生まれ、東大卒の才媛。現在は独身だが、幸子という名の女性は幸わせになれないそうです、と自分で言う。

「土曜日の椅子」

花のもとにて 春死ぬまで

「私の母が、昨年四月七日に、三年間も入院のあと、九十歳で他界しました。その間に母に関する詩をまとめた詩集『花のもとにて春』（思潮社刊）を、今年の一周忌の命日に出版しましたが、この題名は西行の歌からとったもの。母は女として女を生き切った人でしたので、今度の詩誌『現代詩ラ・メール』の……影していると思います。母が……りなさい〟と声をかけてくれた感じですね」

創刊号の内容は、大庭みな子さんと吉原さんの対談「創る生きる女たち」、「女性詩人この百年」、「私……左川ちか論」（小松瑛子）、……は歌う〜詞とエッセイ」（五輪真弓）、「いま女たちは」（瀬戸内寂聴・朝倉摂・ヨネヤマママコ他）、「女性への手紙」「男たちへ」（更衣小春）……（谷川俊太郎・飯島耕一）など。

「詩に声（歌）をとり戻したい、という詩……すね」

……今年……渋谷パルコで、……の高橋ていこさんと私が「うたからうた〜83ら詩（ことば）へ……」をやりました。その時、この三人合作の一声のエロスにむかって」（ポリドールMレコード「異色」I-15003）を発売しました。七月の十五日（木）には、「現代舞踊展」を東京・虎ノ門ホールで行ない、私の詩朗読「日本霊異記」で、山田奈々子さんが「劫」を踊る予定です」

幸子は幸わせになれない、どころか幸わせいっぱいの吉原さん。

「むずかしくて、とっつきにくい、現代詩そのものの閉塞的な状況を改め、素朴な原初的なもの、涙や血を取り戻したい、と他のジャンルの女性にも呼びかけ、この『現代詩ラ・メール』を、花のもとにて春死ぬまで出し続けたいですね」

――女性の 女性に

新川 和江さん

――詩人の新川和江さん

詩誌の名は「現代詩ラ・メール」。七月夏号を創刊し、十月、一月、四月にそれぞれ秋号、冬号、春号を発行する。会員システムをつくり、二種類ある会員のうち女性だけの「支持会員」の投稿を新川さん、吉原さんが選考、作品欄に掲載する。また、与謝野晶子から百年の歴史を持つ女流詩人の詩人論や評論、……女流詩人の……ている。

……の自費出版詩集の紹介、海外女流詩人の紹介などが掲載される。

さらに各界のゲストとの対談、シンガー・ソング・ライターらによる詩と歌のかかわりについての座談を企画。創刊号では吉原さんと大庭みな子さんの対談、五輪真弓さんの動静、ヨネヤマ・ママコさんのエッセーなどが予定されている。

詩誌の話がもちあがったの……ろえる。

「今までの詩誌はどうしても男性の価値判断が先行していた」という不満がくすぶっていたところでもある。「男性と女性は違っているところはもちろんあるが、女性特有の角度もある」と二人。新川さんは「女の内面的な悲しみ、喜びで男性にはわからない面があるはず。日常生活でも女にとって大切なことが男にとってつまらないということ……りどころにしていきたい。青踏は一種の解放運動だったが、ラ・メールも女性の精神的な自立の手助けになれば」と、夢を広げている。

連絡先は03・267・8141思潮社「現代詩ラ・メールの会」まで。

「青鞜」（せいとう）明治四十四年に組織された平塚明子（雷鳥）を中心とする女流文学者グループの機関誌。婦人の解放を叫び、新しい思想を紹介した。

EPISODE 2

闘いのはじまり

一九八三年四月二十二日夕刻、銀座の会員制クラブ「クラレンス」を借り、マスコミに向けて「現代詩ラ・メール」創刊の記者会見が行われた。大手三大新聞を含めたいくつかの新聞社や通信社、女性雑誌を抱える出版社など、十数社の記者や編集者たちを前に、新川和江・吉原幸子両編集人はラ・メールの創刊を高らかに宣言し、交互にマイクを持っては女性詩の現在の状況と今後の展望についての思いを熱く語った。白石かずこ・新藤凉子さんら数人の女性詩人が華やかないでたちで脇をかためていたことも強く印象に残っている。

会場となった「クラレンス」のママは山口眞理子さん。ちょっとした飲み物や軽食もふるまわれ、記者会見というよりも不思議な熱気に包まれたミニ・パーティーといった様相だった。しかし、このような会見を開くことは、詩壇の中では異例中の異例だったのだということを知ったのは、だいぶ後になってからのことだ。

五月二日に、まず読売新聞が「詩壇を支える女流　季刊誌「ラ・メール」を創刊」というタイトルで創刊のことを大きく取り上げてくれた。続いて五月十日には毎日新聞が、十三日には東京新聞に吉原さん、創刊号発売日直前の六月二十日の朝日新聞に新川さんの寄稿記事が掲載された。また共同通信・時事通信社から配信された記者会見の記事も全国各地で掲載。新聞に詩の本が紹介されることが少ないのは昔も今も変わらないけれど、こんなに大きな見出しで矢継ぎ早に記事が出るなどというのは、当時としてはおそらくかなり珍しい出来事だったに違いない。多くの女性詩人たちを集めて何か事を起こすらしいというのは、文芸の世界ではちょっとした事件だったのだろう。

これらの記事をうけて、熱いメッセージとともに女性たちの入会申し込みが殺到し、会員数はあっという間に倍々と膨らんでいった。プレス発表から創刊までの約二カ月、思潮社には問い合わせの電話が毎日途切れることなく続いた。

初夏の日々、創刊号の校正ゲラが次々と出はじめたのを横目に、私は続々と届く手紙や振替用紙の整理に追われた。問い合わせの電話や手紙をくれた人に入会案内書を送付。そして会費入金の振替用紙を確認すると、住所・氏名や金額、購読期間などを名簿に写し、会員番号を記した入会証のハガキを送る。たかだかそれだけの作業なのに、一時は事務処理だけで夜までかかってしまうこともしばしばだった。なにしろパソコンどころかワープロさえろくにない時代であるから、名簿管理は思いのほか重労働だったのだ。毎朝、振替用紙の入った分厚い封筒を受けとると、私はいつもちょっとばかりウツになって黙り込んだ。

その頃の私のノートには、原稿依頼や、マスコミ各社等への連絡、案内書送付のためのおびただしい数の住所・氏名が書きつけられ、さらにたくさんのメモがホチキスやセロテープで無造作に貼りつけられている。ラ・メールの会員窓口だった私宛の電話を受けて、社内の人が書いた「案内書希望」の伝言だ。その乱雑さが当時の混乱ぶりを物語っているが、とにかく失くしてはいけないと思って貼りつけたそのメモたちは、今はすでにセロテープが茶色に変色していて、触れるとパラリとはがれてしまう。あれから本当に長い時間がたったのだということを思い知らされて、少し寂しい。

だが、そのような盛り上がりを手放しで喜んでいるわけにもいかなかった。必ずしも創刊をスタンディング・オベーションで歓迎してくれる人ばかりではなかったからだ。

男性詩人たちの反応は、おおむねよそよそしかった。即座に購読会員となって応援してくれる詩人も、なかにはいた。諏訪優・犬塚堯・川崎洋・北村太郎さんら、今は亡き懐かしい人たちの名前も記憶に残っている。しかし、私がラ・メールの担当だと知ると、「注目はしてますヨ」と皮肉たっぷりなコメントをしてくる男性詩人も、当時は決して少なくなかった。

そして女性たちの反応はといえば、それにもまして実にさまざまだったということも、予想どおりといえば予想どおりではあった。何度目の打ち合わせのときだったか、新川さんが困惑したような口調で自分よりも年長の詩人たちのことをボヤいていたことがあった。少しでも多くの先輩たちを味方にはつけたいけれど、まさか詩歴の長い順に執筆依頼をしていくわけにもいかない。しかしチクチクと暗黙の催促はされるし、「新雑誌なんて生意気だ」というような空気も感じる……。新川さんは具体的には誰の名前も挙げなかったけれども、きっといろいろな場面でいろいろとうんざりするようなことがあったのだろう。その横で、そのあたりの事情はさっぱりわからないといった体で妙に感心していた吉原さんの姿が、私にはまたちょっとおかしかった。現代詩人会の会長も務めるような詩壇の中心的存在であった新川さんとは対照的に、吉原さんは当時は詩人同士のしがらみなどとは本当に無縁の人だった。

女性詩人たちの反応は、それでも大方はかなり好意的だったと思うのだが、若い詩人たちを中心に批判的な意見も多かったことは確かだ。創刊号掲載の伊藤比呂美さんのエッセイ「みんなひっくるめてA子なのだ」には、このような激しい言葉が綴られている。

売り出すときは「女」で売り出せるのだ。とくに詩は。女の感性、女の生理、このコトバで男たちはよーいに感動してくれる。でも問題はその後だ。先進的人種は自分たちのすでに作りあげた価値基準でモノを考えるから、ちょっと違うものはすべて「女の感性、女の生理」で片づけようとする。カギカッコつきの「女の感性、女の生理」の中にわたしたちを入れちゃって出してくれない。

伊藤さんは男性の安易な価値基準にはめ込まれることを嫌悪し、ラ・メールの編集企画にはそんな「男の目」が感じられるとして非常に反発している。そして『ラ・メール』は、男の目で女を選別して、それを何と「女」に読ませようとしているすごい雑誌なのだ。本質は倒錯なのだ」と断じ、「吉原、新川両氏は女であるが、今の女性詩ブーム（と言っていいんじゃない?）より少し早い世代であるから、わたしたち、ブームのしゅんの女の、このブームに対して感じる嫌悪、危惧なんかを感じていらっしゃらないのかもしれません」と挑発的に結んでいる。

この喧嘩腰の原稿を恐る恐る差し出すと、新川さんも吉原さんも「いいんじゃない。面白いわよ」と笑って言った。「こういう意見があってもいいでしょう」と涼しい顔をしている二人に、「もしかしてボツ?」とさえ思っていた私は、正直驚いた。

おそらく二人はこうした反発も予想していたのだろう。会員募集の案内状に添えた「創刊御挨拶」にはこのような一文が入っていることからもそれはうかがい知れる。

「もとより、芸術そのものの価値にとって、〝男流〟〝女流〟の区別などは不要です。しかし性別というものが消え去ることはない以上、男女それぞれに特性があることは将来ともに不変でありましょう。その特性の中で百花繚乱、時には女を超え時には女にこだわり、時には自讃し時には自省して、私たち自身という〝海(ラ・メール)〟を模索していきたいと思います」

今になって考えてみると、二人がラ・メールに託した思いは、当時の伊藤さんが思っていたものよりはもう少し大きなものだったのだろうと思う。いろんな批判は承知の上で、それでも作りたいものがあったのだ。女性の書き手の長所も欠点も一緒にあぶりだせるような、風通しのよい媒体。ただ、二人には当初それを実現するためのノウハウがなかった。そこへたまたま女性詩のブームに乗って「これはちょっといけるかも」と察知した小田さんの思惑と利害が一致した、ということではなかったか。そのためにあえて知らん顔をしてブームに乗るというようなしたたかさも、二人にはあるいはあったのかもしれない。

だが、私自身も当時は若い女性の一人であったから、ブームの渦中にあった伊藤さんがこのように抵抗する気持ちも理解できた。それまで自分の性別を意識することもほとんどないままに社会人となった私には、ラ・メールへの疑問というものがまったくなかったといったら嘘になる。「なぜ女?」というのは、頭では理解していても随所で感じてはきたことだ。その答えを探しながら私は終刊までの十年間を過ごしてきたといってもいい。それは私にとってずっと解けない宿題のようなものだった。

一つ付け加えておくと、伊藤さんにはその後何度かエッセイや作品をお願いしたが、いつも快く原稿を寄せてくれた。とても感謝している。

*

常に女性たちの味方でなければいけないはずの私の立場ではあったが、さまざまな場面で「まったく、だから女は嫌なんだ!」と、いったい何度ボヤいたことだろう(自分のことはこの際棚に上げておく。あとからちょっとわかった「これは女に限ったことでもない」という事実も、まずは棚に上げておく)。いろいろな人がいるのであるから、決して「女」でくくってはいけない、とは思う。思うけれども、どうもやはり、「理性」

とか「社会性」とかという面では、「女はめんどくさい」と言われるのもわかるような気がしてならなかった（まあ、これは四十年も前の話なので、乱暴な言い方をお許しいただきたい）。

今でも思い出すと一人で苦笑してしまう話を一つ。創刊からしばらくのち、ある著名な女性詩人のところへ原稿をもらいにいったときのことだ。詩人といっても、その頃はすでに小説家としてのほうがずっと名前の通っていた人である。彼女は喫茶店で私の前に座ると、いきなりラ・メールのこと、新川和江と吉原幸子のこと、小田久郎と思潮社のこと、詩壇のことなどを批判しはじめ、三十分間凄まじい勢いで、初対面の私に罵詈雑言を浴びせ続けた。機関銃のように喋り続けるその人に、口など挟む余地は到底なかった。いや、むしろその語彙の豊富さに、私は感嘆さえしてしまったのだった。私はそれこそポカンとして、延々と繰り出されるそれらの言葉をバカのように聞いていた。そしてきっちり三十分たつと、唐突に立ち上がった彼女はポイッと原稿の入った封筒を投げてよこし、疾風のように去っていってしまったのだった……。

今思い出しても、なんと情けないことだろうか。きっとあれは悪い夢だったに違いない。そう思いたいけれど、確かにあのときの原稿は活字になって残っていて、読み返してみると、面白いけどやっぱりちょっと意地悪な文章なのだった。何をそんなに怒っていたのか、今となってはもうわからないが、もしかしたら早々に声がかからなかったことに対して彼女もおかんむりだったのかもしれない。なかには、創刊号に依頼が来なかった悔しさを小田さんに泣いて訴えた詩人もいた。でも、そんなことは彼女のプライドが絶対に許さなかっただろうから。

そしてもう一つ、これこそは極めつけ、まるで漫画のような、嘘のような本当の話。

たしか創刊号が出てから間もない頃だった。その朝も私は相変わらず手紙の整理に追われていた。機械的に封筒にハサミを入れては投稿を出して広げ、また広げ、どのくらいたったろうか。開封した封筒の一つから、ふいにパラパラと黒く細かいものがこぼれ落ちた。

「エッ！　何これっ⁉」

ギョッとして私が素っ頓狂な声を上げると、ちょうど向かい側のデスクに座っていた小田さんが、何事かとばかりにひょいっと仕切りの向こうから顔を出した。そして「やっ！」と声をあげると、その顔が、みるみるうちに不快の表情になるのを見て、私は初めてそれがとんでもない代物であったことに気づいた。封筒からこぼれたものは、非常に細かな縮れ毛だったのだ……。

そして、この封筒にはなんと、律儀にも名前が書かれていたのだった。聞けば、すでに何冊か詩集も出しているような中堅詩人であった。嫉妬か、抗議か、署名があるからには、よほどの決心で送りつけたことには間違いない。いずれにしてもこの露骨な憎悪を前に、私たちは絶句するほかなかった。

しかしこの愚かな中傷は、残念ながらまったくの空振りに終わった。なぜかというと、この出来事は結局、最後まで新川さんにも吉原さんにも伝わらなかったからだ。私は絶対に二人には言うものかと思った。こんなことで二人の情熱に水を差したくなかったからだ。

この話にも面白い後日談があって、その後一度だったか二度だったか、その人にも原稿の依頼をしたことがある。

編集会議などでたまに彼女の名前を聞くと、そのたびに私はどぎまぎして息を殺した。なにしろ吉原さんも新川さんも何も知らないのだから、原稿の依頼があっても特に不思議なことではなかった。だが、幸か不幸かなかなかその機会は訪れず、創刊からだいぶたって何かの小文を依頼することになった。ほどなく、そ知らぬ顔で原稿が送られてきたときには、正直、嫌悪感で手が震えた。しかし、しばらくたって入会申し込みの振替用紙が届いたとき、私はなんだか拍子抜けして一人で笑ってしまったのだった。

あんなふうに渾身の悪意をこめて意思表示をしたというのに、たかだか一度の原稿依頼が彼女のプライドを満足させたのだろうか。それとも何か思うところがあったのか。そんなことを考えていたら、なんだか彼女がひどく可哀相な気がしてしまった。

そしてこのとき、ひそかに「勝った」と思ってしまった私も、考えてみればちょっと意地悪である。これだからまったく、女というのは厄介な生きものだと言われるのかもしれない。

創刊号目次。創刊号が出来上がってきたとき、吉原さんはまず目次の赤いマニキュアの爪に難色を示した。この爪のカットは形を変えながら４号まで続いたが、ずっと納得はしていなかった。

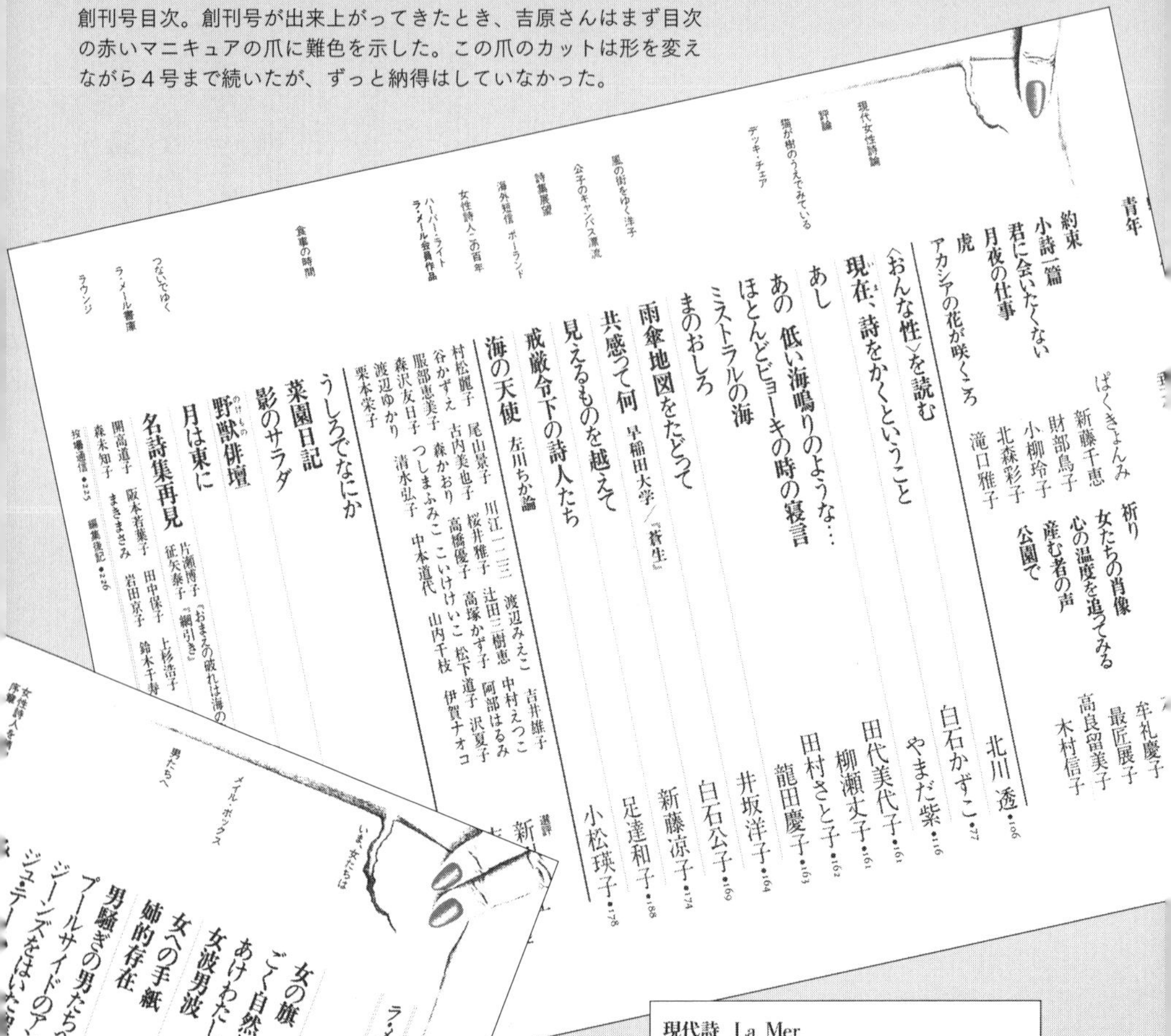

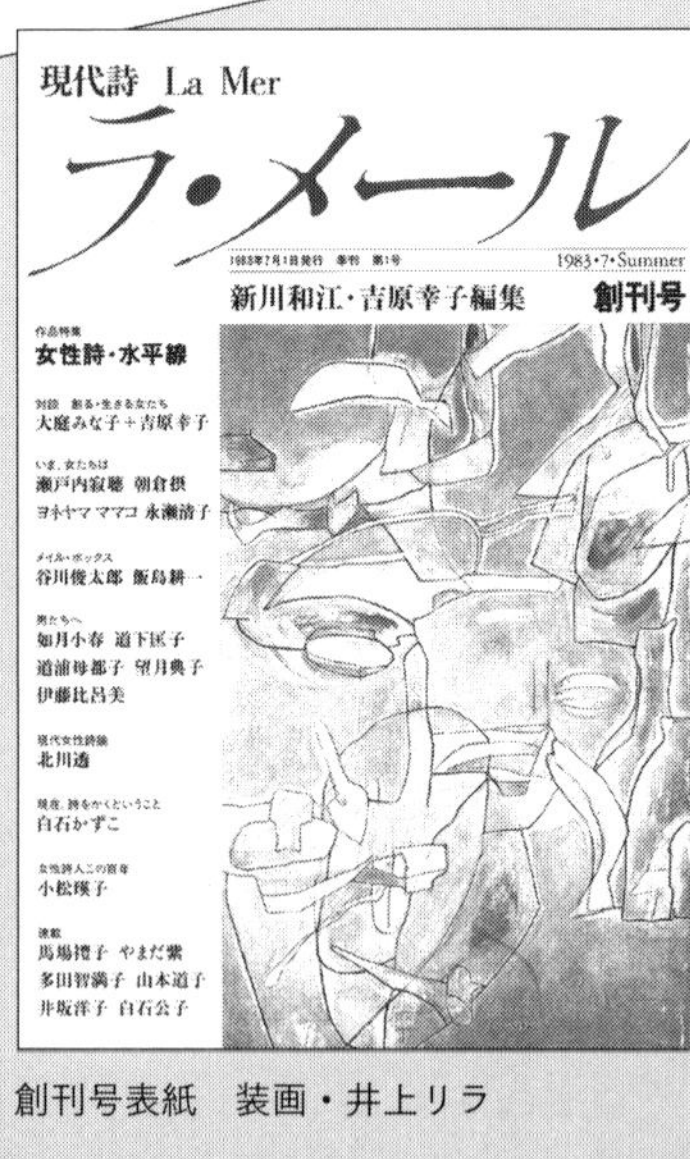

現代詩 La Mer
ラ・メール
1983年7月1日発行 季刊 第1号
1983・7・Summer
新川和江・吉原幸子編集
創刊号
作品特集
女性詩・水平線
対談 創る・生きる女たち
大庭みな子＋吉原幸子
いま、女たちは
瀬戸内寂聴 朝倉摂
ヨネヤマ ママコ 永瀬清子
メイル・ボックス
谷川俊太郎 飯島耕一
男たちへ
如月小春 道下匡子
道浦母都子 望月典子
伊藤比呂美
現代女性詩論
北川透
現在、詩をかくということ
白石かずこ
女性詩人この百年
小松瑛子
連載
馬場禮子 やまだ紫
多田智満子 山本道子
井坂洋子 白石公子

創刊号表紙 装画・井上リラ

(9)　（第三種郵便物認可）

女性だけでユニークな詩誌

男が決めた基準 脱して…

広い文学活動を目指す

文化

女性の執筆、女性の編集による初めての詩誌「現代詩ラ・メール」が今夏、思潮社から創刊になる。女流詩人に発表・研さんの場を提供し、新人の発掘・育成をも狙ったものだが、さらに、閉鎖的な詩壇から脱して、他のジャンルのアーチストたちとの交流も企図しており、ユニークな詩誌になりそうである。

編集者は、新川和江さんと吉原幸子さんの二人。雑誌づくりを望んでいた新川さんと、かねてこの手の女性雑誌を意図していた吉原さんが手を取り合い、"電撃的な恋"のように進んだ企画だけに、二人ともかなりの意欲を見せる。

「たまたま女として生まれ、これまで男性が作ったとしか言いようのない世の中で、男性が決めた価値基準に合わせて生きてきた。このままでは当てはまらないものに、あえて今だからこだわってみる」と吉原さんが言えば、男性をしのぐ女性たちの精進にかける新川さんは「あらゆる分野の人たちの広場的要素を持った雑誌、文学の展開の場にしたい。それによって女性詩の長所、短所があぶり出されてきて、自分自身が認識できるというメリットがあるのではないか」という。

「現代詩ラ・メール」は季刊。七月夏号から年四冊、「十年間は続ける」(版元)。優れた新人に与える賞も設定。

創刊号は、詩のほか、吉原さんと作家大庭みな子さんとの対談をはじめ、瀬戸内晴美さんや画家朝倉摂さんのエッセーなども掲載。与謝野晶子に始まる女流詩人の詩人論を女流詩人が執筆するという系譜づくりも始まる。同欄では、「男の世界であるために埋もれてしまった、前衛詩人もクローズアップする」(執筆者の一人、白石かずこさん)

"女性上位"の観がある最近の詩壇。H氏賞受賞者はここ二年連続女性、「現代詩手帖賞」も過去五回のうち四回までが女性の受賞、そのうえ、女流の詩集の売れ行き好調という時代にあって、今なぜ女流詩誌なのか不思議な気もするが、賞の選考委員は男性、詩論を展開するのも主に男性であってみれば、この詩誌の発刊は意義のあることだ。

同詩誌は会員システム。問い合わせ、申し込みは〒162東京都新宿区市谷砂土原町

抱負を語る新川和江さん、吉原幸子さん（中央）と白石かずこさん

河北新報 1983 年 5 月 12 日

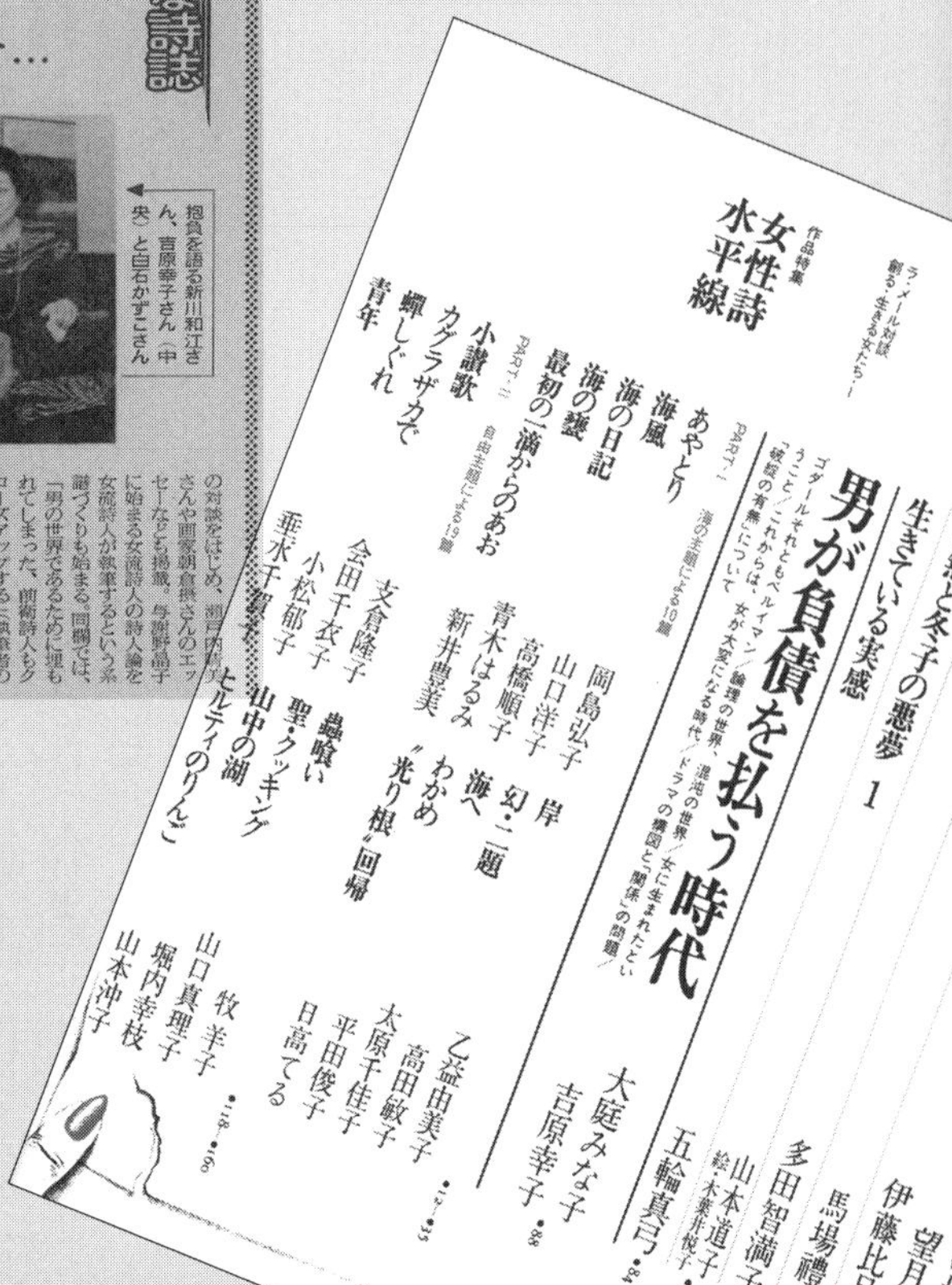

…と冬子の悪夢 1　…都子 •50

生きている実感　望月典子 •55

伊藤比呂美 •55

馬場禮子 •64

多田智満子 •68

山本道子　絵・木葉井悦子 •72

五輪真弓 •84

ラ・メール対談 創る・生きる女たち——

男が負債を払う時代　大庭みな子　吉原幸子 •88

ゴダールそれともベルイマン／論理の世界、混沌の世界／女に生まれたということ／これからは、女が大変になる時代／ドラマの構図と「関係」の問題／「破綻の有無」について

作品特集 女性詩水平線

PART 1 海の主題による10篇

あやとり　海風　海の日記　海の襞　最初の一滴からのあお

岡島弘子　岸

山口洋子　幻・二題

高橋順子　海へ

青木はるみ　わかめ

新井豊美　"光り根"回帰

乙益由美子　高田敏子　太原千佳子　平田俊子　日高てる •12–•35

PART 2 自由主題による19篇

小讃歌　カグラザカで　蝉しぐれ　青年

支倉隆子　蟲喰い

会田千衣子　聖・クッキング

小松郁子　山中の湖

垂水千賀子　ヒルティのりんご

牧羊子　山口真理子　堀内幸枝　山本沖子 •128–•166

EPISODE 3

F氏のジレンマとA子のトラウマ

私は決して社交的ではないけれど、人の好き嫌いはそんなに激しくないし、わりと公平でバランスはいいほうだと自負している。ただ……実は唯一、いかつい黒縁の眼鏡をかけた男の人がずっと長い間苦手だった。駅のホームや雑踏の中などでそういう眼鏡の人を見かけてもたじろがなくなったのは、ようやく最近になってからのことだ。

なんと情けないことだろうと自分でも苦笑しながら、何十年も前のトラウマに、体はいつも正直だった。

＊

ラ・メール創刊からしばらくの間は、特集テーマも執筆者も、そのほとんどを新川さんと吉原さんが二人で決めていた。編集会議で二人のあふれるアイデアを小田さんが整理したり助言したりすることはあったけれども、それは男性の視点というよりも経験豊かな編集者として特集の切り口をより鋭利なものにしようという意図であったと思う。五年目の17号からは編集委員制となって白石かずこさんら五人の女性詩人が会議に参加したが、創刊から十年間、ラ・メールの方針は一貫して「女性による女性のための詩の雑誌」だったことに変わりはない。

しかしながら実は、誌面のレイアウトや原稿整理、校正などの編集実務は、創刊当初は思潮社内の男性編集者の手を借りるしかない、というのが実情だった。なにしろラ・メール要員として雇われた私はといえばピッカピッカの素人一年生で、校正はおろか電話の取り方さえおぼつかないような状態であったのだから。

当時の思潮社編集部は社長の小田さんの指揮下に四人。私以外の三人とも男性で、そのうち二人が「現代詩手帖」の編集にあたり、残る一人はF氏といって、思想関係の評論集などを主に担当していた。文芸ものだけでなく経済誌なども作ったことがあるというベテラン編集者で、物腰は柔らかいがどことなく威圧感のある風貌をしていた（つまり、ちょっと怖そうな黒縁の眼鏡をかけた人であった）。私は対外的にはラ・メールの編集業務担当だったが、社内に戻れば彼の下で仕事を教わる見習い社員であったのだ。

ラ・メールの話が持ち上がったとき、小田さんはF氏にある約束をしたらしい。「優秀な女性編集者をつけるから、黒子としてラ・メールの実務を頼む」と。先ほども書いたが、ラ・メールはあくまで女性の詩誌なので、やはり担当編集者が男性というわけにはいかなかったのだろう。ところがどういうわけか、入社してきた女性というのは優秀どころか全然使いものにならない新人ちゃんであったのだ！　そして、創刊号の発売までには、あとたったの三カ月しかなかった。F氏の心中たるや如何ばかりであったろう。

そんなこととは露知らず、ノンキな新人ちゃんは次々とベテランF氏の顔に泥を塗りつけていった（らしい）。いや、決してわざとではないのだが、なにしろ目の前の仕事を言われるままにこなすのがやっとで、いったい何がF氏の神経を逆なでしているのか、私にはまるで察知することができなかったのだ。

入社してすぐの頃、F氏はとても親切で話しやすい人だった。話題はといえば、趣味の話や大学での話、なぜ思潮社に入ったのかなど、いわゆるどこにでもある普通の世間話（だと思っていた）。ところが、私の無能ぶりが明らかになるにつれて彼の態度はどんどん冷淡になっていき、五月に入る頃にはあからさまに私の仕事ぶりに苛立ちを表すようになっていった。

彼にとって私は、新川・吉原さんとの唯一のパイプだった。だが、当の私にはそんなことを理解する余裕も能力もなかった。ただただ二人の意向をそのまま会社に持ち帰って漏れなく伝えるだけで精一杯だったので、なぜそんなにF氏に怒られるのか、その理由もわからなかった。

たとえばこんな感じ――。

F氏が私に、本文や目次のレイアウトの見本を渡す。それを吉原さんのところへ届けると、「字が太すぎるわよ。これじゃあ「現代詩手帖」と同じになっちゃうでしょう」と素っ気なく返される。確かに、言われてみれば女の人の雑誌にしてはごつい太明朝で黒々と書かれていて、いかにも「現代詩手帖」を思わせるものであった。そこで、それを持って帰ってきて、こんなふうに言っていました、と言うと、突如としてF氏が怒り出す。そんなことの繰り返し。

今なら、そのときの彼の心のうちを少しは察することができる。たぶん目次にしろ表紙にしろ、すべて手探り状態の中でデザイナーに無理を言って短時間で仕上げてもらったか、あるいはF氏自身が徹夜して作り上げたものか、とにかく時間との戦いで神経をすり減らしながらようやく出来上がったもので、それをたった一言で素人に簡単に覆されるのは我慢のならないことだったに違いない。だが、私は単なる子どもの使いであったから、たぶん緩衝材にはほど遠い物言いで、彼の心中を推し量ることも、同情することもできなかった。

そうして、当然ながらF氏の怒りはストレートに私にぶつけられたのだった（彼にはほかに怒りのやり場がなかった）。

最初の頃の和やかな世間話は、実はひそかに私の知識量や趣味などをリサーチしていたものであり、対する私はといえば、ことごとく彼の期待を裏切るような返答ばかりしていた(らしかった)。私は当時の詩壇のことも、新しい音楽やアートのことも詳しくなかったし、女性論やら女性作家の作品なども実はあまり読んでいなかった。その上、世間知らずでぼんやりしていたから、F氏が相手の言葉の裏の裏を探り、その隠れた心理を読み解いていくというタイプの難しい人であったことにまるで気がつかなかった。何気なく聞き流していたその言葉の奥には、私には測り知れない意図が隠されており、彼は私の不用意な言動や拙い仕事ぶりを見咎めては、ことあるごとにそれを責めた。そして自分では思いもしなかったような深層心理を深読みされ指摘されるたび、私は追いつめられ神経をすり減らしていったのだった。

私は次第に、自分の精神状態がおかしくなっていくのを感じていた。朝、気力を振り絞らなければ起き上がることができなくなり、目の下のチックが止まらなくなり、駅で彼に似た男の人を見かけると体がこわばって冷たい汗が流れた。やっとのことで会社へ着くとそこは針のムシロで、F氏に「ちょっと」と呼ばれるたびに私は飛び上がりそうになった。帰りのプラットホームでいきなりどっと涙があふれ、暗がりのベンチで酔っ払いのように三十分も座っていたこともある。そんなふうに自分の感情がコントロール不能になりはじめていることに気がついて、私は愕然とした。このままでは自分は壊れてしまう、と思った。

しかし、とにかく無理矢理にでも前へ進まなければならなかった。タイムリミットは、もう目前に迫っていた。もうじき創刊号が校了となる梅雨のはしりの頃のことである。

あのときなぜ辞めずに済んだのか、今でも不思議に思うことがある。学生時代にもそれなりに悩むことはあったが、いわゆる精神の危機を感じたのはそれが初めてのことだった。ノイローゼとかウツとか、それまで自分には無縁だと思っていたけれど、どんな人でもちょっとしたことでバランスが崩れることはあるのだと、そのとき初めて知った。

おそらく、F氏との確執をもってしてもなおあまりあるものが、ラ・メールにはあったのだろう。創刊号がどんどん形になっていくさまを目の当たりにし、凝縮された時間の中で出会った人たちにただ圧倒された。それは私にとっては手品のようでも夢のようでもあり、現実の厳しさを忘れさせてしまうような魔力をもっていたのだ。本を作ることの楽しさと、人と出会うということの不思議。この二つの魅力の虜になって、その後も私はずっと本の周辺をウロウロすることになる。ラ・メールで出会った人たちは皆、とても個性的でチャーミングで面白かった。

そして、この手痛い経験のおかげで、その後いろいろな悩みや精神的不調を抱える人たちの心に、私も少しは寄り添えるようになったような気がする。また、厳しい方法ではあったけれども、脇の甘すぎる私に編集者とはなんたるかを最初に痛烈に叩き込んでくれたのがF氏だった、とも言える。

今ならパワハラとかモラハラとかいった言葉で表されて、こんなことは珍しくもなんともない、と言われてしまいそうだ。でも、そんなふうに十把一絡げのくくり方をされてしまうのはなんだかちょっと嫌だな、と思う。もちろんパワハラは許されざる行為であると思うし、それに対抗できずに自分が壊れてしまうぐらいならいっそ逃げてしまったほうがよい、とも思う。しかしながらもっと時間的な、精神的な余裕があれば、利害を超えて話せるシチュエーションがあれば、F氏と私の関係ももう少し違ったものになっていたかもしれない。いまだにそんな気がしてならない。

＊

たぶん、私のパイプが詰まり気味だったために、吉原さんとF氏との間はしだいに思わしくないものになっていった。吉原さんは、確かに編集者としては素人であったが、私などよりもはるかにこまやかで勘がよかったので、それだけにダメ出しも厳しかった。二人ともそれこそ子どもではないし、ほとんど顔を合わせることもなかったから、もちろん口論したりするようなことにはならなかった。けれども直球勝負の吉原さんと思惑で動くF氏とはまるで水と油で、お互い絶対に合わないだろうと私はひそかに思っていた。一方、新川さんは家が会社から遠かったこともあり、また生来のおおらかさもあったからだろう、最初の頃は実務の現場に立ち入ることはほとんどなかった。

創刊号の見本誌を吉原宅に届けてから数日後、その記念すべき本はおびただしい付箋のついた状態で私の手に戻されてきた。吉原さんが見つけた数々の誤植、疑問、罫線やカットや写真の入れ方に対する指摘などがびっしりと書き込まれたそれを、私は暗澹たる気持ちで社に持ち帰った。F氏がそれを見るなり激怒したことは言うまでもない。私たちはまだ、吉原幸子という人のダメ出し癖(へき)に免疫がなかったのだ。

そして、事件は創刊号発売の数日後に起きた。

創刊号の執筆者の一人が、自分の書いた文章が改竄されたという訴えを長い長い手紙に書いて送ってきたのである。直されたところを一つひとつ指摘しながら、それによってどんなに自分の意図が変わってしまったか、どんなに不快な思いをしたかを、彼女は綿々と訴えていた。そしてそれが、編集会議で大問題となってしまったのだ。

見返してみると、校正紙は確かにF氏の入れた赤字でいっぱいだった。もちろん、なかには直したほうがいい拙い言い回しもあっただろう。しかし、だからといって著者に何の断りもなく赤字を入れてしまうのはやっぱり文芸雑誌ではルール違反なのではないかと、半人前の私にも思えてしまうような直し方であった。

F氏がその著者に詫びを入れたのかどうか、私は知らない。どのようにして事が運んだのかはわからないけれど、次号に謝罪文を載せることで、とりあえず騒動の幕は引かれた。しかし、吉原さんとF氏の溝はこれで決定的なものとなった。

吉原さんはもうF氏への不信感を隠さなかった。一方、F氏のほうは「今までいろんな文章に手を入れてきたが、感謝こそされても、こんなふうにクレームをつけられたのは初めてだ」と（私の前では）終始憤然としていた。そしてもちろん、私は何のコメントもできるはずがなかった。

本音ではF氏も、少しは「しまった」と思っただろうか。今はもう、その本心を聞いてみることもできない。風の便りに病気で亡くなったらしいと聞いたのは、ラ・メールが終刊になってから何年後のことだったか。私にはその噂の真偽を確かめるすべさえなかった。

F氏が思潮社を辞めたのは、ドタバタしながらもなんとか無事に2号が出てしばらくたった十月の末のことだった。彼が辞める少し前の日曜日、私は吉祥寺の喫茶店に呼び出され、もう会社には来ないと告げられた。喫茶店には二時間ほどもいただろうか。彼はずっと、この数カ月間どれほど大変だったか、どれほどのジレンマに悩まされてきたかを私に喋り続けた。彼もまた、この雑誌の創刊の嵐に翻弄された人間の一人だったのだ。それでも十月まで辞めなかったのは、ラ・メールがまがりなりにも軌道に乗るまでは面倒をみるという、彼なりの編集者としての矜持だったのかもしれない。「頑張っていい雑誌を作ってほしい」と言うF氏を前に、私はそれまで彼のことを怖れ恨んできた自分を恥じた。

数日後、出社すると彼の机の荷物はきれいになくなっていた。覚悟はしていたが、やはりショックだった。もうケチョンケチョンに自我を否定されることもなくなったという安堵と、脱力感。そして同時に、すでに始まっていた3号の編集作業を思って、私は途方にくれた。

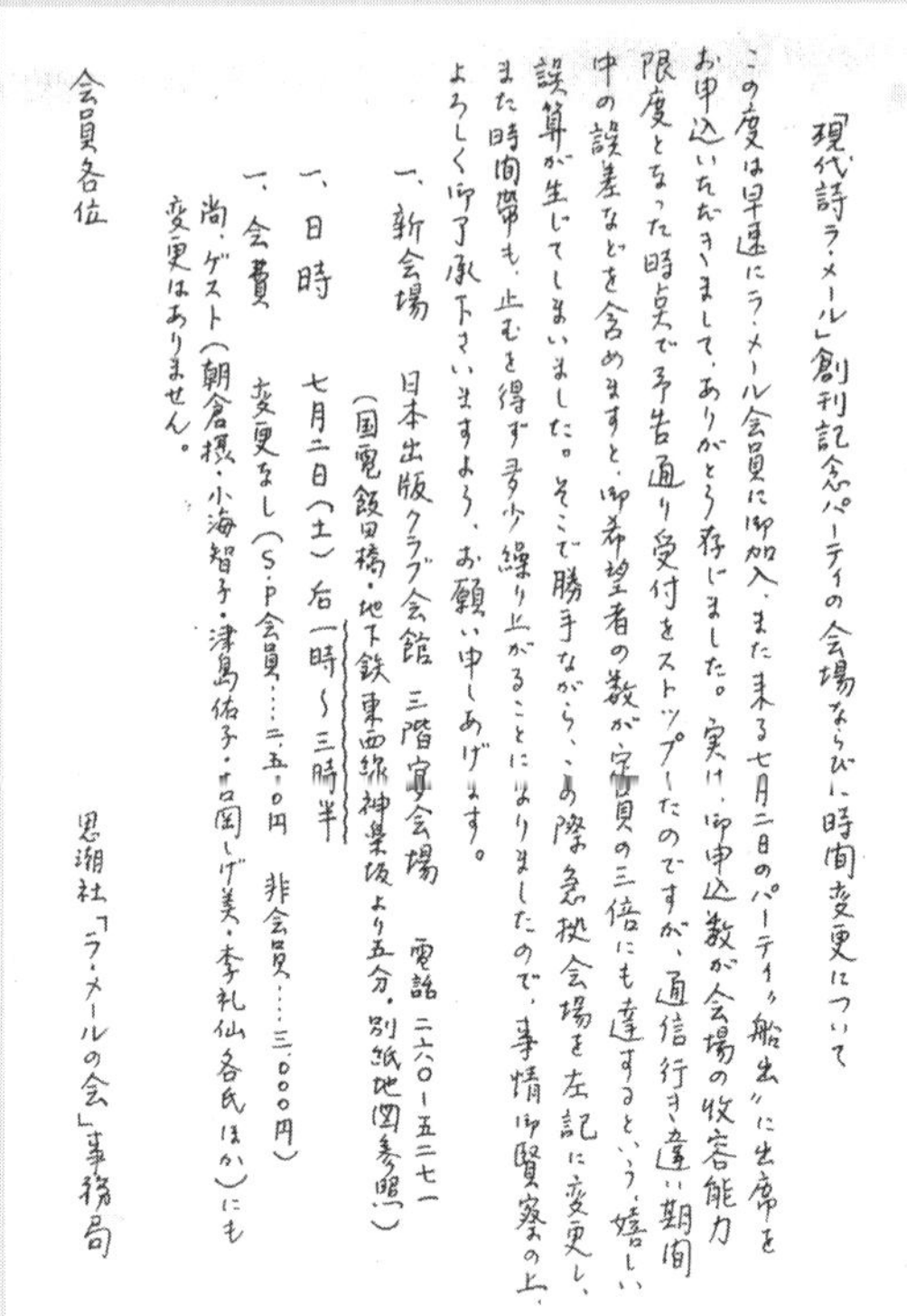

「現代詩ラ・メール」創刊記念パーティの会場ならびに時間変更について

この度は早速にラ・メール会員に御加入、また来る七月二日のパーティ〝船出〟に出席をお申込いただきまして、ありがとう存じました。実は、御申込数が会場の収容能力限度となった時点で予告通り受付をストップしたのですが、通信行き違い期間中の誤差などを含めますと、御希望者の数が定員の三倍にも達するという、嬉しい誤算が生じてしまいました。そこで勝手ながら、この際急拠会場を左記に変更し、また時間帯も、止むを得ず多少繰り上がることになりましたので、事情御賢察の上、よろしく御了承下さいますよう、お願い申しあげます。

一、新会場　日本出版クラブ会館　三階宴会場　電話　二六〇一五二七一
（国電飯田橋・地下鉄東西線神楽坂より五分。別紙地図参照）

一、日時　七月二日（土）后一時～三時半

一、会費　変更なし（S・P会員……二五〇〇円　非会員……三〇〇〇円）
尚、ゲスト（朝倉摂・小海智子・津島佑子・吉岡しげ美・李礼仙各氏ほか）にも変更はありません。

思潮社「ラ・メールの会」事務局

会員各位

創刊記念パーティー会場・時間変更のお知らせ（吉原直筆）。

パーティーでは２人がダンスを披露する場面も。

1983 年 7 月 2 日、創刊記念パーティー「船出」。新川・吉原編集人を囲んでの記念撮影。
左から歌手・小海智子（～ 2002 年）、小説家・津島佑子（～ 2016 年）、女優・李麗仙（～ 2021 年）の各氏。
３人ともすでに他界されている。

EPISODE 4

新しい人々

前章では泣き言のような話に終始してしまったが、創刊当時のバタバタな様子をいくらかでもわかっていただけただろうか。この章ではまた少し話を詩のことに戻して、ラ・メールが輩出した十人の新人賞の人たちの中から、まずは特に印象の深かった最初の三人の新人のことなどを書いておきたい。

*

ラ・メール創刊の記事が大きく報じられたことで入会希望者が殺到し、それに伴う創刊記念パーティーの申し込みもこちらの見込みを大きく上回って三百人を超えてしまった。当初予定していた会場はせいぜい定員が八十人ほど、とても収容できる人数ではなかったため急遽場所を変更し、七月二日、神楽坂の日本出版クラブ会館で盛大に行われることとなった。

会場には来賓として招かれた詩人たちのほかに、作家の津島佑子さん、女優の李麗仙さんらをはじめとする各界のお客様や、マスコミ関係者などもにぎにぎしく顔を揃えた。大勢の女性たちが頬を紅潮させて集うなか、次々とお祝いや期待の言葉が述べられ、会の後半ではついに小海智子さんが歌うシャンソンに合わせて新川さんと吉原さんが手を取り合ってのダンスも披露される。そんな少々興奮気味の船出を横目に、男性陣の腰がどことなく引けていたのも無理からぬことだった。

けれども、そう浮かれてばかりもいられなかった。七月五日付の東京新聞には「いざ手にとりページをめくってみると、あまりに平々凡々の内容でがっかり」という辛辣なコラムが掲載され、作品の水準もにわかづくりでそろえた「フルーツみつ豆」程度のものだと揶揄された。

この記事のことを知ってか知らずか、華やかなパーティーが終わって数日後、吉原さんがポツリとつぶやいた一言がある。

「悔しいけど、結局創刊号では谷川さんの作品を超えるものは一つもなかったわね」

このときも吉原さんは少し酔っていた。が、だからこそ本音がポロリと出たに違いない。「そんな、これからじゃないですか」とかなんとか、私は取り繕って慰めたけれど、確かに創刊号の谷川俊太郎作品の印象は強烈だった。

女よ、あるとき私はあなたの胎の中にいて、私はあなたであり、あなたは私だった。何ひとつ憶えてはいないのに、そのときの記憶が私を甘美な眠りへといざない、その誘惑にあらがうことが私を苦しめる。女よ、あるときあなたは私を外界へと追放し、私はあなたでなくなり、あなたは私でなくなった。生まれ出た瞬間から私は男となり、あなたに渇きつづける者となった。なまあたたかい羊水と、冷たい外気との間のいやしようのないへだたりが、私にとって初めての現実であった。

（谷川俊太郎「女への手紙」冒頭）

だからこそ、と言えるだろうか。会員投稿欄「ハーバー・ライト」の頁の作り方には、新川さん、吉原さんの切実な思いがこもっていた。

＊

作品の投稿は一人二篇までで、いつも三〜四百通ぐらいはあったろうか。通常ならこのような投稿は下読みである程度ふるいにかけてから選者に渡すのであろうが、二人はどんなに忙しくても必ずすべての作品に目を通した。

毎回交代で先に読んだほうが、それぞれの作品にA、B、Cと評価をつけて分類する。Aは佳作以上、そこから二十篇ほどの作品を選んで二十点満点で点数をつけ、それぞれ選評を書いて後の人に渡す。この時点ではどの作品が選ばれたのかはわからないように、選評は封筒に別にしておく。そして後の人も一応全部の作品に目を通し、時にはBやCの中から敗者復活作品を選んでAに引き上げ、またそこから二十篇を選んで二十点満点で点数をつけて評を書く。そして二人の点数を合計して、上から順に掲載していくのだ。

この方式を考案したのは吉原さんだが、いかにも彼女らしい公平さと緻密さだ。面白いことに、たいてい半分ぐらいは二人が重複して同じ作品を採るので、ハーバー・ライト欄はいつも三十篇ほどの作品が掲載されることになった。これだけ多くの投稿作品が載る雑誌は当時ほかには見当たらなかったし、これだけ一篇一篇について丁寧な批評が載る雑誌というのもなかった。

ハーバー・ライト欄は、投稿者はもとより、詩を書く人々には非常に勉強になる「詩の教室」としての役割も果たしていた。多くの詩人の卵たちがここで詩とは何かを考え、その技術や方法論を学んでいったと言っても過言ではない。

＊

そんななかで、ひときわ印象深かったのが、第一回のラ・メール新人賞を受賞することになった鈴木ユリイカさんの登場だった。

私は、ユリイカさんの最初の投稿作品を見たときのことをはっきりと覚えている。創刊号のときには、まだ彼女は会員ではなかった。初めての投稿は2号のとき。「なんて奇抜なペンネームだろうか」と思いながら封を切ると、中から現れたのは独特の踊るような筆跡で、マス目いっぱいに書かれた万年筆の文字だった。そして、その天衣無縫の言葉たちに私は一気にひきつけられた。一人でなんだか興奮しながら大判の原稿用紙のしわを伸ばしたその感触が、まだ手に残るようだ。たしか、同じ頃に届いた入会申し込みの振替用紙に、女の人だけで寄り集まることへの反発が一言書き添えられていたのも忘れ難い。

2、3、4号と、ユリイカさんは圧倒的な存在感を示して、第一回の新人賞を手にする。しかしその受賞はもうすでに、彼女の投稿が掲載された2号の頃から決まっていたようなものだった。

いや、特に不正があったとか、そういう話ではない。彼女の入会を知ったとき新川さんはとても喜んで、「この人が入ってくるのを私は待っていたのよ！」と熱い思いを語ったのだった。

あとから聞いた笑い話を一つ。新川さんは「現代詩手帖」の選者をしていたときにすでにユリイカさんの作品に遭遇していて、ひそかにその才能には目をとめていたのだという。ところが、ラ・メールへの投稿作品を見てふと不安になる。「この人は本当に女なのだろうか？」――そこであるときユリイカさんの家へ電話をしてみたのだが、受話器をとったご主人に、思わず「あなたがユリイカさんですか？」と訊いてしまったのだとか。

ともあれ、ラ・メールの今後のためにも、谷川さんの作品に対する悔しい思いを晴らすためにも、第一回の新人賞には、ぜひ型破りでスケールの大きな新人が欲しかった。そこへ彗星のように鈴木ユリイカという詩人が現れたのだ。おそらく新川さんは早々とユリイカさんを新人賞に推そうと心に決めていたのだろう。そして吉原さんもそれに直ちに賛同した。

私は憶えておこう
息子が生まれた日の青い濡れたような空を
そして病院から連れてきたばかりの
ガーゼに包まれた首のくにゃくにゃする
バラ色の息子をまるで祝福でもするように
四階の窓までのぞきにきた
一本のにれけやきのことを
あの木は空中であやとりするみたいに
何日も何日も息子をあやしていた
それから　何かの行き違いで
張り裂けんばかりになっていた私を
不意に　台所の隅でしっかりと抱いた
あなたのことを

あの生の全き充足のことを

（鈴木ユリイカ「生きている貝」より）

この詩はラ・メール4号に受賞者作品として掲載された。この、美しくて力強い生命の讃歌を、私は何度読み返したことだろう。彼女はその後、この詩を収めた第一詩集『Mobile・愛』（一九八五年思潮社刊）で第三十六回H氏賞を受賞することになる。

＊

第二回のラ・メール新人賞は中本道代さん。

中本さんは創刊号には二篇の作品が掲載されているものの、しばらくその姿を見せなかった。あとで聞いたら、「あなたはもう投稿などしないほうがよい」と人に言われたのだという。それが7号になってまたハーバー・ライト欄に舞い戻ってきたのは、やはり新川さんの眼力によるところが大きい。

いつも詩を書き溜めたノートを持ち歩いていた中本さんは、初めてラ・メールの会に行ったときに新川さんと話す機会があり、思わず「読んでいただけませんか」とノートを手渡したのだという。すると新川さんは快くそれを預かってくれて、しばらくすると「あなた、ぜひラ・メールに投稿なさい」と電話があった。ノートを読んですぐ、新川さんは中本さんの才能を見抜いたのだろう。そのときにはすでに中本さんに新人賞をあげたいという気持ちもあったのかもしれない。中本さんはそれまでほとんど新川さんとは面識がなかったというから、いつも冷静でもの静かなその姿からはなんとなく想像しにくい大胆さだけれど、「今考えると思い切ったことをしました」と後日恥ずかしそうに笑って教えてくれた。

そのようにして中本さんの作品が再びラ・メールに登場したのは7号。そして8号ですでに第二回新人賞受賞となったのだから、たった数篇での異例のスピード受賞だった。

実際それらの作品は、ユリイカさんの作品とはまったくタイプの違う魅力を持っていた。人の心を暗く揺さぶる、抑制された言葉群。登場するのはニセ医者やセールスマン、どこか胡散臭い老人、踊る女、それに行方不明の子どもたち。廃屋には草が生い茂り、階段は泥で汚れている。どこにもあるようでいて、どこにもない場所に、私たちは連れていかれる。生命は不吉で邪悪で、しかもどこかあっけらかんと明るいのだ。

詩は、言葉にならないものを言葉で表わすことができる。初めて中本さんの詩のノートを見せてもらったとき、その巧みな言葉の世界の虜になってゾクゾクと鳥肌が立った。中本さんはその後、二〇〇九年に『花と死王』で第十八回丸山豊記念現代詩賞、二〇一八年に『接吻』で第二十六回萩原朔太郎賞を受賞（ともに思潮社刊）。

そこにふたがある
それからあそこにもある
土がかぶさっているけど
重い石のふたを持ち上げてのぞくと
地下に生きているものが見えるでしょう
常に息づいている長いあれ

（中本道代「四月の第一日曜日」より　一九八六年思潮社刊『四月の第一日曜日』所収）

＊

そして、第三回新人賞の笠間由紀子さん。当時の投稿者や、のちのラ・メール新人賞の人たちの中には、たぶんもっと上手い作品を投稿してきた人は何人もいただろう。でも、それでも彼女のことを書いておきたいと思うのは、やはり私自身が手放しでその詩が好きだから、ということなのだろう。

笠間さんと初めて会ったのは、たしか冒頭でも触れた創刊パーティーのときだ。パーティーなど気後れするばかりで、受付で忙しく働いているからこそ間が持つ私であったが、その受付をワイワイと手伝ってくれていた数人の見知らぬ人たちの中に、彼女はいた。その人たちが吉原さんの詩の教室・池袋コミュニティカレッジの生徒さんであったことは後で知った。どちらかというと奥様風の人が多いなかで笠間さんはひときわ若く見えたから、てっきり学生だとばかり思っていたら、私よりも少し年上のお姉さんだった（彼女はうちの娘をつかまえては「お姉ちゃんとお呼び」と耳元に囁き続けたので、我が家ではずっと「かさまのお姉ちゃん」と呼ばれていた）。

その風貌に似て、笠間さんの詩は実に若々しかった。

2号に掲載された最初の投稿作品は、吉原さんの選評から横書きであったということがわかる。苦笑する選者二人の顔が見えるようだ。おそらく水色かライトグリーンの水性ペンで、かっきりとした漫画のような筆跡で、自然を、樹を、海を、感知したまま、そのまま文字に写していく。彼女の詩はナイーブな感性と子どものような発見に支えられていて、一つも難しいところがない。

前の二人がいわばスカウト組だったのに対し、笠間さんは初めて投稿することで鍛えられ、育った新人だった。ラ・メールも三年目に入り、ハーバー・ライト欄はゲスト選者に白石かずこさんを迎えて、夏と冬の号に選評をもらっていた。その白石さんをして「この子の詩、ヘタクソだけどなんだかすごく好きだわ」と言わしめた。たぶん、笠間さんの不器用な詩の書き方や、不器用な生き方を、白石さんは期せずしてピタリと言い当てたのだろう。彼女が世界に向かって投げかける素朴な疑問に、私も幾度となく驚かされた。次の作品は、ラ・メール9号に掲載されたもの。

地球には　一体
何本の樹が
ゆれているだろう

知らない樹々が　いまも
葉の上に光をのせたり
木もれ日を地面に散らせている

まだ　誰にも
名を呼ばれない一本が
どこか　風の中にある

（笠間由紀子「樹――未然型」より　一九八七年思潮社刊『樹の夢』所収）

ラ・メールの終刊後、しばらくして笠間さんは詩を書くことをやめてしまったようだ。なぜだろう。その沈黙を、正直残念に思ったこともあった。せっかく詩の神様に出会えたのだから、もっともっと書き続けてほしい、と。だが今は、それはまたそれでいいような気もしている。

家族のこと、身近な風景のこと、そして人間や自然や世界の仕組みのことまで、彼女はその絶対音感のような感受性を全開にして詩を書いた。それは詩集となって確かに実を結び、これからも時に思いがけず人を勇気づけるかもしれない。それは素晴らしいことだと思うから、私はやはり笠間由紀子という詩人のことをずっと語りたいと思う。

何のために詩を書くのか。それは人によってさまざまなのだろう。けれど、あえて詩人と名乗らなくても詩がいつも身近なところにあるならば、それは幸せなことなのではないか。彼女の新作をゆっくりと待ちながら、ときどきそんなことを思ったりもしている。

1984年5月12日(土曜日)　(二)

ラ・メール一周年

新人賞には鈴木ユリイカ氏

喜びの鈴木ユリイカ氏

女性だけの詩の雑誌として話題をまいた『ラ・メール』（季刊、思潮社）が、早くも一周年を迎え、それを祝うパーティーが四月二十七日午後六時半から、東京・神楽坂にある日本出版クラブ会館で開かれた。

出席者は、女性会員一五〇人あまりと、ゲストとして詩人の谷川俊太郎氏、中村真一郎氏、安西均氏、窪田般弥氏、大岡信氏、白石かずこ氏が出席。

パーティーは、安西均氏の乾杯の音頭ではじまり、次に挨拶に立った中村真一郎氏は、白い背広と赤いネクタイに身を包み、女性会員にも劣らぬ華やかさ。谷川俊太郎氏は、「不幸な女が詩人というわけではないが」と前おきして、何故か"不幸な女"という詩を朗読。窪田般弥氏は雑誌のスタート当時を回顧して「歳老いたPTAの婦人達の集まりになるのではないかと危惧した」ときわめて率直な発言で笑いをさそう。遅れて駆けつけた大岡信氏は、さっそくブーケを新川和江・吉原幸子両編集長に手渡したあと、編集内容についてチクリと批評。最後に白石かずこ氏は、ファイアーというグラジオラスの花束を贈り、それにひっかけて「この花のように、更に内なる炎を燃やして、雑誌を発展させてほしい」と結んだ。

同パーティーでは、第一回ラ・メール新人賞の発表と贈呈式が同時に行なわれ、『生きている貝』の鈴木ユリイカ氏に賞金十万円と、新川・吉原両氏からモンブランの万年筆が贈られた。

文芸誌『海』はその幕を閉じたが、もうひとつの『海（ラ・メール）』は当分その心配を感じさせない。活気に満ちたパーティだった。

詩を朗読する谷川氏

花束を贈る白石かず子氏

図書新聞
1984年5月12日

雪の多い冬でございましたが、皆さまみすこやかにご活躍のことと
およろこび申しあげます。『現代詩ラ・メール』創刊に際しましては、
ひとかたならずお世話さまになりまして、ありがとうございました。
おかげさまで、会員も現在千三百名を超え、書店売りも号を重
ねるごとに順調な伸びを示しまして、四号（'84春号）発行の運び
となりました。次号では、海外女性詩人による同一主題作品展を
企画いたしております。今後共よろしくご支援のほど、お願い申
しあげます。

*

さて、このたび別紙の通り、第一回「ラ・メール新人賞」が決定いた
しました。貴紙・誌上でご紹介いただけましたら、幸甚でございます。

付記、この賞は、ハーバーライト欄投稿詩の中から選ばれた、年間最優秀作品の
作者に贈られるものです。

記

一、受賞者名　鈴木ユリイカ

一九四一年・岐阜市生まれ。明大仏文卒。
住所・武蔵野市中町3-1-9 シティマンション302号
TEL・0422-53-6371

一、受賞作品「生きている貝」ほか
『現代詩ラ・メール』四号（四月一日発行）に発表

一、賞金十萬円及び記念品

第一回現代詩ラ・メール新人賞のお知らせ。4号発送時に詩人たちやマスコミ各社に送付。

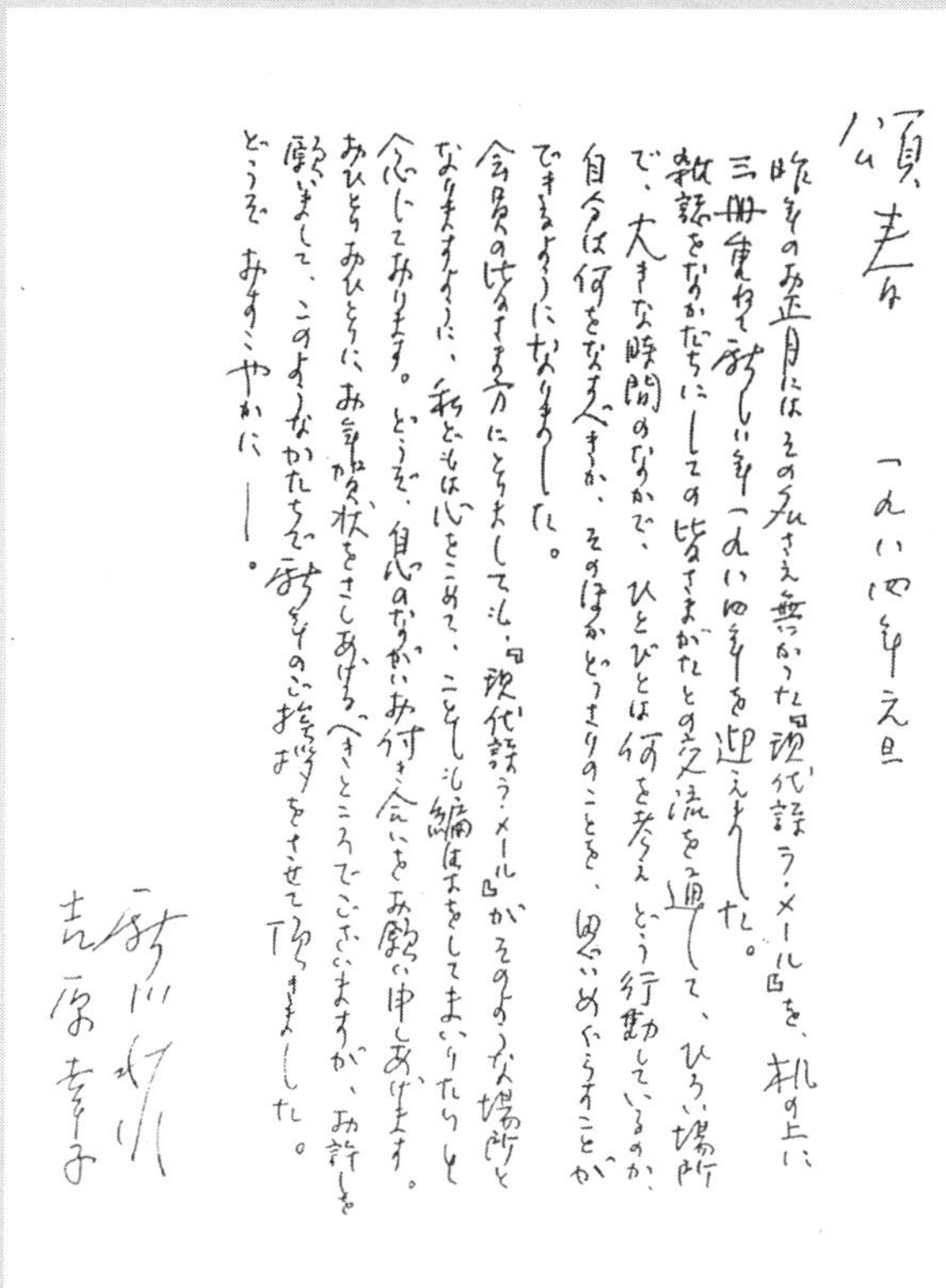
頌春

一九八四年元旦

昨年のお正月にはその名さえ無かった『現代詩ラ・メール』を、机の上に三冊重ねて新しい年一九八四年を迎えました。

雑誌をなかだちにしての皆さまがたとの交流を通して、ひろい場所で、大きな時間のなかで、ひとびとは何を考え、どう行動しているのか、自分は何をなすべきか、そのほかどっさりのことを、思いめぐらすことができるようになりました。

会員の皆さま方にとりましても、『現代詩ラ・メール』がそのような場所となりますように、私どもは心をこめて、ことし編集をしてまいりたいと念じております。どうぞ、息のながいお付き合いをお願い申しあげます。

おひとりおひとりに、お年賀状をさしあげるべきところでございますが、お許しを願いまして、このようなかたちで新年のご挨拶をさせて頂きました。

どうぞ みすこやかに——。

新川和江
吉原幸子

３冊目のラ・メールと一緒に会員宛に送った手紙。２人で文案を練り、新川さんが書いた。サインは２人の直筆。

鈴木ユリイカ
ラ・メール選書——1
詩集
MOBILE・愛
第一回
現代詩ラ・メール新人賞
受賞！
途方もなく
大きな時間と空間に
生きているひとだ。新川和江
いわば"感覚によって思考する"
詩人で、その意味では女性的ともい
えよう。成熟と結実とが待たれる。吉原幸子

鈴木ユリイカ詩集
『Mobile・愛』

EPISODE 5

怒濤のごとく日々は過ぎ

F氏がラ・メール2号の発行を見届けて思潮社を去ったあと、小田さんはどこまでも元気だった。途方にくれる私を叱咤激励して原稿の入稿ノートのつけ方を教え、行数を計算させるとさっさとレイアウトやカットを決め、自らの手で次々と原稿をさばいていった。あくまで表向きの仕事は私にやらせながらも、かつての「現代詩手帖」の辣腕編集者は、まさに水を得た魚のようだった。そしてベテランの校正者を手配し、来たるべき出張校正に向けて万全の態勢を整えてくれた（出張校正というのは、校了前に印刷所に詰めてゲラの最終確認をする作業のこと。数日間朝から晩まで数人で印刷所の小部屋にこもることになる。ラ・メールの場合は三日間だった）。

おそらく小田さんはF氏の退職も想定していたのだろう。てきぱきとした指示のおかげで、彼の抜けた穴のダメージは、もうどこにも感じられなかった……かに見えた。

ところが、そこには思わぬ伏兵がいた。

ラ・メールは、思潮社では初めての電算写植による雑誌だった。当時はまだ大手の出版社を除いては活版印刷のほうが主流で、原稿用紙の文字を見て一字一字活字を拾いながら手間隙かけて本を作っている時代だった。それが初めて電算処理になったのだ。

電算写植は文字さえ打ち込めばボタン操作で簡単に字体を変えられたり、微妙に行間や字間を詰めたりもでき、活版印刷に比べるとそれはそれは便利だった（とはいっても当時はパソコンはおろかワープロさえ普及していなかったのだから、もちろん今とは隔世の感があるのだろうけれど）。だから、ラ・メールの校正・印刷作業も今までの雑誌より格段に楽になるはずだった。ところが……。

当時はまだ、私たち編集側はもちろんのこと、印刷所のほうでも導入したばかりの機械に慣れていなかったのだろう。たとえばカッコ内の註釈の字を小さく組むように指定して原稿を入れたとする。ところがカッコを閉じた後の本文の字を大きい字に戻し忘れて、その後の文章が全部小さい字になった初校ゲラが出てきてしまう。なぜこんなに半端に頁の余白が出るのだろうと思って校正紙をよくよく見ると、そのような機械操作のミスであったりする。

私は会員事務や対外的な用事にも追われるので、手配してもらったベテラン校正者に初校をお願いして、自分は再校を見ればいいやと当初はタカをくくっていた。ところが、もちろん彼もこの電算写植は初めてで、全体の割付けなどはハナから担当ではないわけだから、彼は文字だけ見てあっさり作業を終わる。それに気づかずうっかり初校を返してしまい、印刷所からはまた初校同然の再校が出てくる。かと思うと、初校ではちゃんとしていたのに、再校でいつのまにか組み方が変わっていたりもする。

そんなこんなで、初校、再校、再々校、念校……、思いどおりにいかないゲラのやりとりが延々と繰り返され、校了にたどり着いた頃には、もうへとへとだった。たぶん、F氏はこうした印刷所との戦いも一人で引き受けていたのだろう。そんなやりとりがあろうとは、思ってもみなかった。

ベテラン校正者は五十代ぐらいの温和な男性であったが、この電算写植のことを言うとひどく嫌な顔をした。そりゃそうだよね、入社半年の新米の女の子にわけのわからない説明をされて、「もうちょっと細かいところまで見てください」などと言われるのだから。

出張校正に入ってからも、この件では印刷所の担当者にもずいぶんご迷惑をおかけした。出張校正にはさすがに小田さんはついてきてくれなかったから、印刷所では無理矢理でも私が責任者だった。この担当者もまた四十代半ばぐらいの男性だったのだが、私もナメられまいと肩肘張っていたので、よく口論に近いところまで言い合いになったりもした。素人のくせにずいぶんとまあ生意気で嫌なヤツだと思われていたに違いない。

今考えると、関係者の皆さんには懐かしくも申し訳ない気持ちでいっぱいになる。でも、ケンカしても泣き言を言っても、とにかく期日までに本は出さなければならないのだった。

原稿の締め切り日の頃になると、だいたい五、六十人ほどの執筆者の原稿が並行して動き出す。でも、それぞれの原稿は進行状況が微妙に違うし、注意すべきところももちろん違う。しだいに佳境に入ってくると、それぞれの原稿の進み具合をにらんで胃がキリキリ痛むような緊迫感だ。スリルに満ちた読みと駆け引き。間に合うだろうかという危機感。いや待て、ここで焦ってはいけないと自分を戒めながら、眠気とも戦いながらの最終確認。そして校了のときの爽快感。見本が出来上がってきたときのドキドキ感。

ラ・メールは季刊だからそんなにメチャクチャな忙しさではなかったのだろうけれど（月刊の「現代詩手帖」などは本当に大変そうだった）、これはたぶん雑誌をやったことのある人間だけが知る編集の醍醐味なのだろう。最初の頃こそそんな余裕もなかったが、何年かたつうちには「この快感だけは私のもの。新川さんにも吉原さんにもきっとわかるまい」と、密かに自負の念を抱いたりもしていた。

こうしたドタバタ状態の中、あっという間に最初の一年が過ぎた。一年目の四冊の特集を書き留めておこう。合わせて主だった著者の方たちの名前も記しておきたい。

創刊号「女性詩・水平線」（〈海〉をめぐる作品特集・本書一九頁参照）
2号「〈女・果実〉詩歌展」（歌人・俳人五人ずつを招き〈果実〉を主題にした作品特集）
　作品＝馬場あき子・中村苑子・多田智満子ほか、インタビュー＝大岡信
3号「現代の相聞歌」（男性と女性でペアを組んでの恋愛詩特集）
　作品＝草野心平＋高橋順子・三井葉子＋安西均ほか、論考＝青木はるみ
4号「〈家〉へのアプローチ」（〈家〉をモチーフにした作品と論考）
　永瀬清子・天野忠・森崎和江・黒部節子ほか、論考＝津島佑子・小柳玲子

　創刊号の作品特集の後は、とりあえず短歌・俳句界の人たちや男性詩人たちにもご挨拶。そして、多くの女性たちにとっては切っても切れない家や血縁のテーマにも意欲的に取り組んだ。ほかにも女ぶりの歌を書いた男性詩人の作者当てクイズあり、万葉集の翻訳募集あり、女性文化論あり。アイデアは次から次へと浮かび、いつも執筆者を絞るのに困るほどだった。４号はついに創刊号を超える二三四頁になって、にぎやかな誌面はとどまるところを知らなかった。また、会員も順調に増えていき、一号出るたびにどっと入会の申し込みが来て、事務手続きや本の発送はやはりてんてこまいだった。

　一周年記念の会は四月二十八日土曜日、創刊パーティーと同じ神楽坂の出版クラブ会館で、百人ほどの人を集めて行われた。ゲストには中村真一郎・大岡信・谷川俊太郎・安西均さんらをはじめとする男性の詩人たちも迎え、岡山の永瀬清子さんからは温かい励ましの手紙をいただいた。鈴木ユリイカさんの新人賞の授賞式も兼ねていたので、嵯峨信之さんからお祝いの言葉をもらい、司会の小山弓さんがユリイカさんの詩を朗読した。

小山さんは四十歳の記念に毛皮を買う代わりに詩集を作ったとサラリと言ってのけた驚きの詩人（この詩集がまた面白かった）、もう一人の司会・山口眞理子さんは前述の記者会見を行った銀座の会員制クラブのママでもあり、いかにもラ・メールらしい華やかさだった。

*

入社から一年ぐらいの間は、私はただただ夢中で毎日を乗り切ることで精いっぱいだった。みんな忙しくて編集部はなんとも殺伐とした雰囲気だったけれど、いろいろな人が出入りするのでけっこう面白いこともあった。

入社したばかりの頃、なにやら得体の知れないドレッドヘアの初老の男がときどき会社に出入りしていたことがある。たぶん彼は小田さんのところに原稿を持ち込んできた詩人くずれだったのだろう。二階の編集部にぬうっと入ってきては「僕はいつも新宿のルノワールで原稿書いてますから」などとうそぶいて、人の仕事の邪魔をしては帰っていく。昼どきなど社内はほとんど人が出払ってしまうため、留守番として一人残っていた私は彼が来るとちょっと怖かった。電話がかかってきてしどろもどろで応対していたら、バカにされてとても悔しかったこともある。寺山修司のお葬式にもついてきて、テレビカメラの前で「イエーイ」とばかりにピースサインなどをしてみせ、周囲の人間を凍りつかせたりもした。

その彼があるとき、社内で突然キレたのだ。理由は私にはわからない。もしかしたら、小田さんが彼の持ち込んだ原稿を返したのかもしれない。とにかく彼は突然タンカを切ってドレッドの髪をひっつかんでかなぐり捨て、ツルツルの坊主頭になったかと思ったらダンッと応接用のテーブルの上に跳び上がった！　皆がワーッと彼を取り押さえ、私はただ仰天してその光景を見ていた……。

まるで、コミカル・アクション映画のワンシーンを観ているようだった。全員無事だったから笑い話で済んだけれど、出版というのはつくづく因果な商売なのだと冷や汗をかいた。それにしても、あの荒縄のようなカツラがスローモーションのように宙を飛んだ瞬間は本当に見事だった。

まあ、ここまで変わった出来事はそうは起きなかったけれど、ラ・メールの周辺でも面白い人々にたくさん会った。詩人も詩人でない人もいたし、既婚者も離婚者もいればレズビアンもいたし、「ついおととい精神病院から出てきたの」などとあっけらかんと笑う人もいた。もちろん学生やOLや普通の主婦もいたし、もしかしたらあんまり普通じゃない主婦もいたかもしれない。とにかくでも、みんななんだかとても不器用で、それぞれに一生懸命生きていたような気がする。ラ・メールでは新しい号が出るたびに「女たちの夜」と題したイベントを催し、朗読をしたり、映画を観たりして、会員同士の親睦を深めていた。それはいつも楽しくて熱くて、泣いたり笑ったり酔っぱらって喧嘩をしたり、ちょっぴり切ないひとときでもあった。

女性詩人の中では新川さんも吉原さんもとても面白い人だったが、本当にびっくりした詩人のトップはといえば、やはり白石かずこさんをおいてほかにはいないだろう。

白石さんはいつも目のさめるような原色のミニスカート姿で、長身の若い恋人を連れて颯爽と会にやってくる。詩人たちの中でもダントツに目立つカッコイイ存在だった。ご自宅にも何度か原稿をもらいに行ったりしたが、いつも誰かしらお客さんがいて、恋人が作ってくれた薩摩汁をみんなで一緒にご馳走になったり、かと思うと「明日のお米もないのよ」などと言って近所の中華料理店に連れていってくれたりして、いろいろ可愛がってもらった。音楽と朗読のイベントで初めてその朗読を聴いたときには生きた言葉の強さというものに触れ、以来彼女の詩を読むたびに、あの呪文めいた抑揚のある声が聞こえてくるようだった。

白石さんには創刊のときからいろいろな場面でお世話になっていたが、三年目にはハーバー・ライト欄初のゲスト選者をお願いすることになった。最初に選評の原稿をもらいに伺ったのは、たしか間近に海外への旅を控えてスケジュール的にかなり切羽詰まっていた夜のことだった。

訪ねてみると、なんと、仕事はまだまったく手についていない状態だった。先に新川さんに見てもらっていたので一応少しはふるいにかけられてはいたが、それでも百篇あまりの投稿作品がそのまま部屋の隅に置かれていて、それを今晩中に見るという。このまっさらな状態から二十篇の作品を選び出してそれぞれに選評をつける、そんなことが一晩でできるのだろうか？　私は胸の中でその後の日程を計算し、絶望的な気持ちになった。ところが……。

「大丈夫、なんとかするわよ。あなた手伝ってね」

そういって仕事を始めた白石さんの集中力は凄まじかった。次々に作品を読み、インスピレーションにしたがってサラサラサラッとペンを走らせていく。その速いこと。すごい勢いでひと通り読み終わって、ひっかかった原稿からまたチョイス。

「あと何篇？」「えーと、七篇ですね。これなんかどうですか？」「そうねえ、このほうがちょっとスキだわ。うん、これがいい」ってな感じ。

白石さんの原稿が速いのは、以前から知ってはいた。原稿用紙五枚のエッセイを「ちょっと待ってて」と言って怒濤のように書き上げるのを目撃したこともある。ほとばしる言葉を書き留めるのに漢字を書くのももどかしく、マス目の横にどんどんカタカナが記されていく。ルビではなくて「漢字は後で入れてね」ということだ。そして、その集中力は書くときだけのものではなかったのだと、このとき初めて知った。「この詩はいいわね」「これはちょっとダメよ」などと言って投稿作品に没頭するその姿に、私はただ感心するばかりだった。絶対間に合わないと思っていた選評がすべて揃うと、ちょうど朝になっていた。恐るべし、白石かずこ。プロの書き手というのは、きっとこういう人のことを言うのだろう。さすがに疲れた様子の白石さんにお礼を言って高揚した気分のまま西荻窪の駅に戻ると、そろそろ通勤ラッシュが始まる時刻だった。

墓
さまようなかれ
女こそ土
と　ひとりの男
あるがままになれ
女こそ大地
とまた　ひとりの男
きみこそわが墓
と三人目の男がいった
おのれの名をわたしに深く彫りつけて

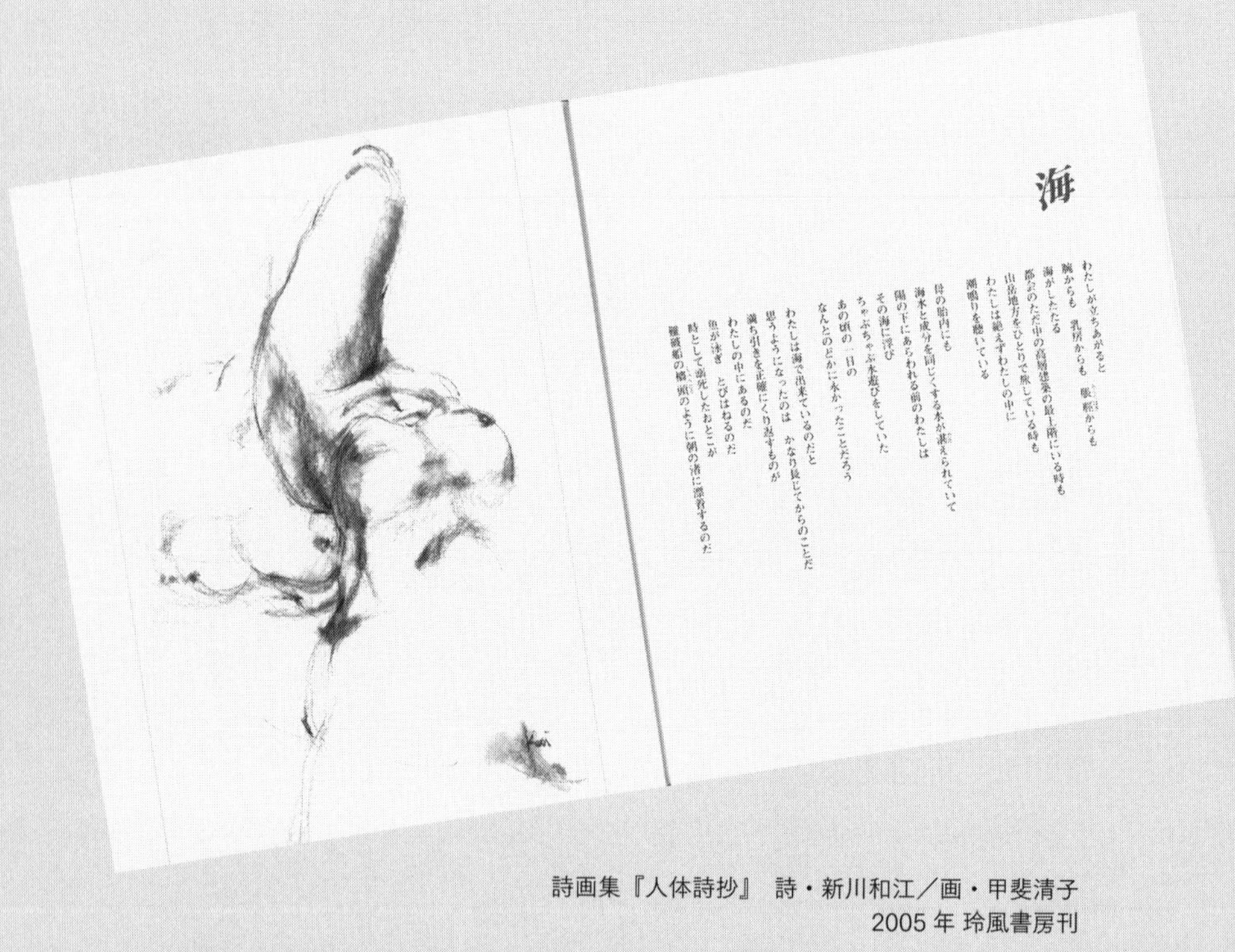

海
わたしが立ちあがると
腕からも　乳房からも　股間からも
海がしたたる
都会のただ中の高層建築の最上階にいる時も
山岳地方をひとりで旅している時も
わたしは絶えずわたしの中に
潮鳴りを聴いている
母の胎内にも
海水と成分を同じくする水が湛えられていて
陽の下にあらわれる前のわたしは
その海に浮び
ちゃぷちゃぷ水遊びをしていた
あの頃の一日の
なんとのどかに永かったことだろう
わたしは海で出来ているのだと
思うようになったのは　かなり長じてからのことだ
満ち引きを正確にくり返すものが
わたしの中にあるのだ
魚が泳ぎ　とびはねるのだ
時として溺死したおとこが
難破船の檣頭のように朝の渚に漂着するのだ

詩画集『人体詩抄』　詩・新川和江／画・甲斐清子
2005 年 玲風書房刊

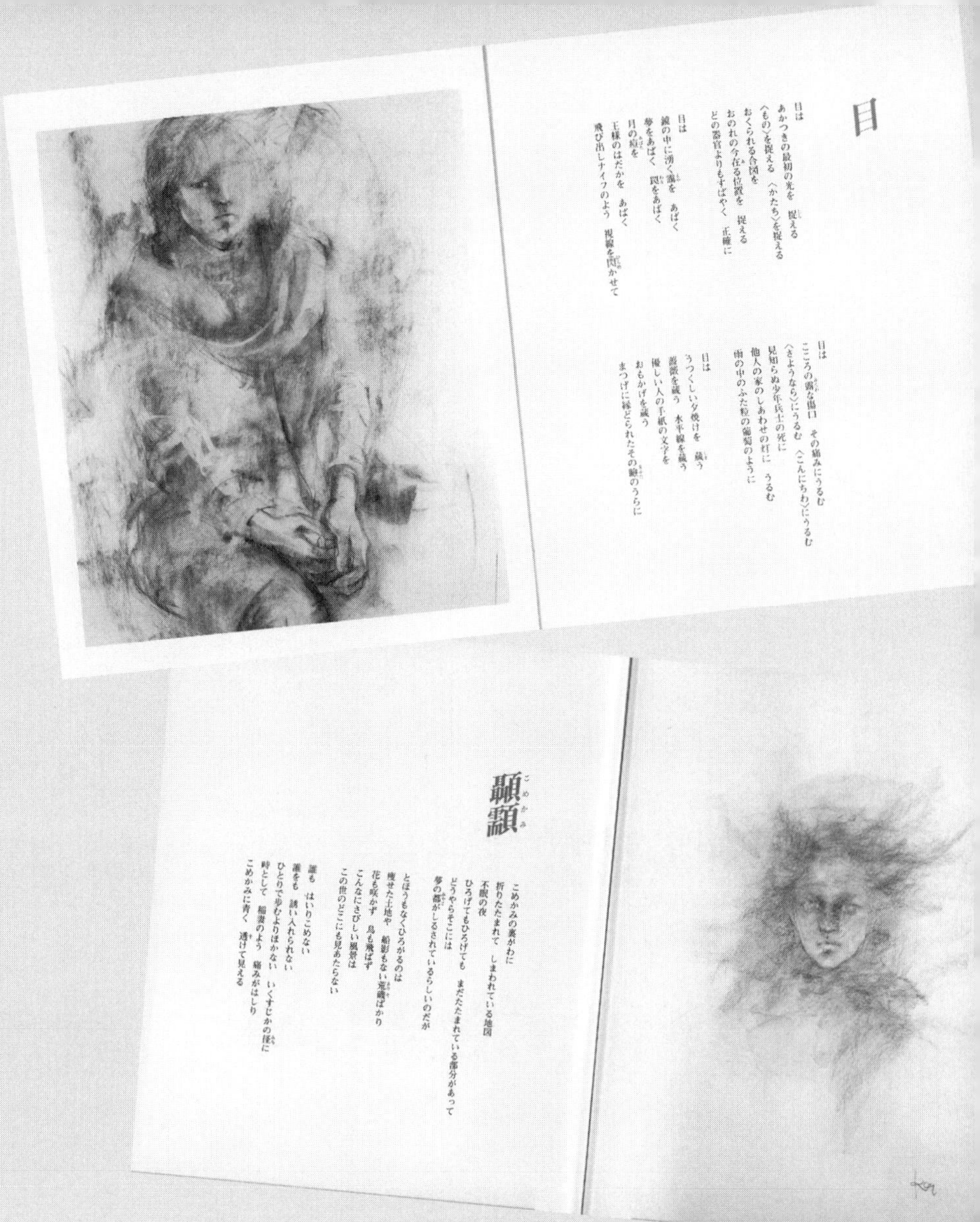

目
目は
あかつきの最初の光を　捉える
〈もの〉を捉える　〈かたち〉を捉える
おくられる合図を
おのれの今在る位置を　捉える
どの器官よりもすばやく　正確に
目は
鏡の中に湧く霧を　あばく
夢をあばく　罠をあばく
月の痕を
王様のはだかを　あばく
飛び出しナイフのよう　視線を閃かせて
目は
こころの露な傷口　その痛みにうるむ
〈さようなら〉にうるむ　〈こんにちわ〉にうるむ
見知らぬ少年兵士の死に
他人の家のしあわせの灯に　うるむ
雨の中のふた粒の葡萄のように
目は
うつくしい夕焼けを　縫う
薔薇を縫う　水平線を縫う
優しい人の手紙の文字を
おもかげを縫う
まつげに縁どられたその瞼のうらに
顳顬
こめかみの裏がわに
折りたたまれて　しまわれている地図
不眠の夜
ひろげてもひろげても　まだたたまれている部分があって
どうやらそこには
夢の都がしるされているらしいのだが
とほうもなくひろがるのは
痩せた土地や　船影もない岸壁ばかり
花も咲かず　鳥も飛ばず
こんなにさびしい風景は
この世のどこにも見あたらない
誰も　はいりこめない
誰をも　誘い入れられない
ひとりで歩むよりほかない　いくすじかの径に
時として　稲妻のよう　痛みがはしり
こめかみに青く　透けて見える

EPISODE 6

ウーマンズ・ライフ

やまだ紫『樹のうえで猫がみている』
2010 年 思潮社刊

宮迫千鶴『ママハハ物語』
1987 年 思潮社刊

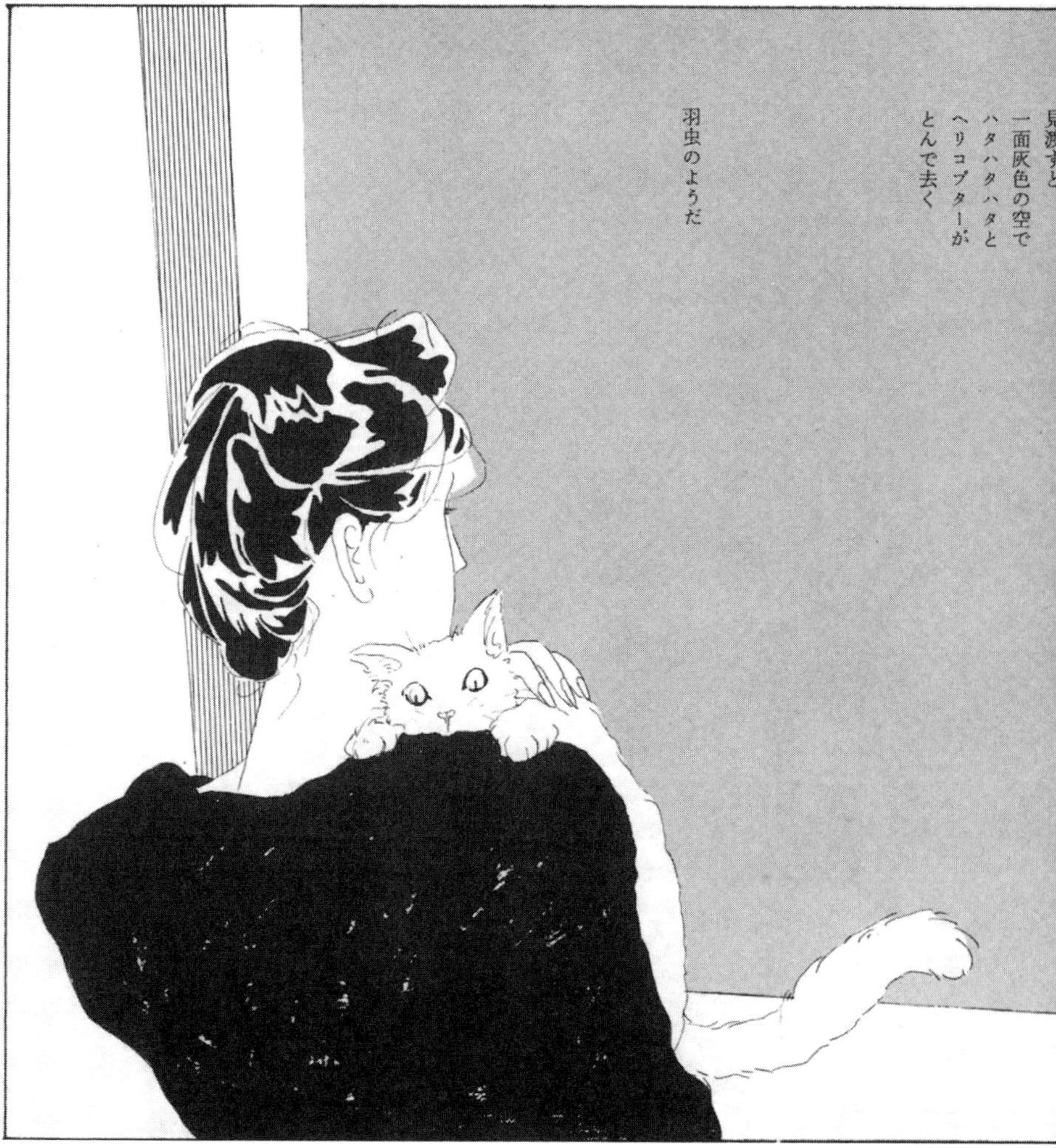
見渡すと
一面灰色の空で
ハタハタハタと
ヘリコプターが
とんで去く
羽虫のようだ

3号より、やまだ紫「羽虫」

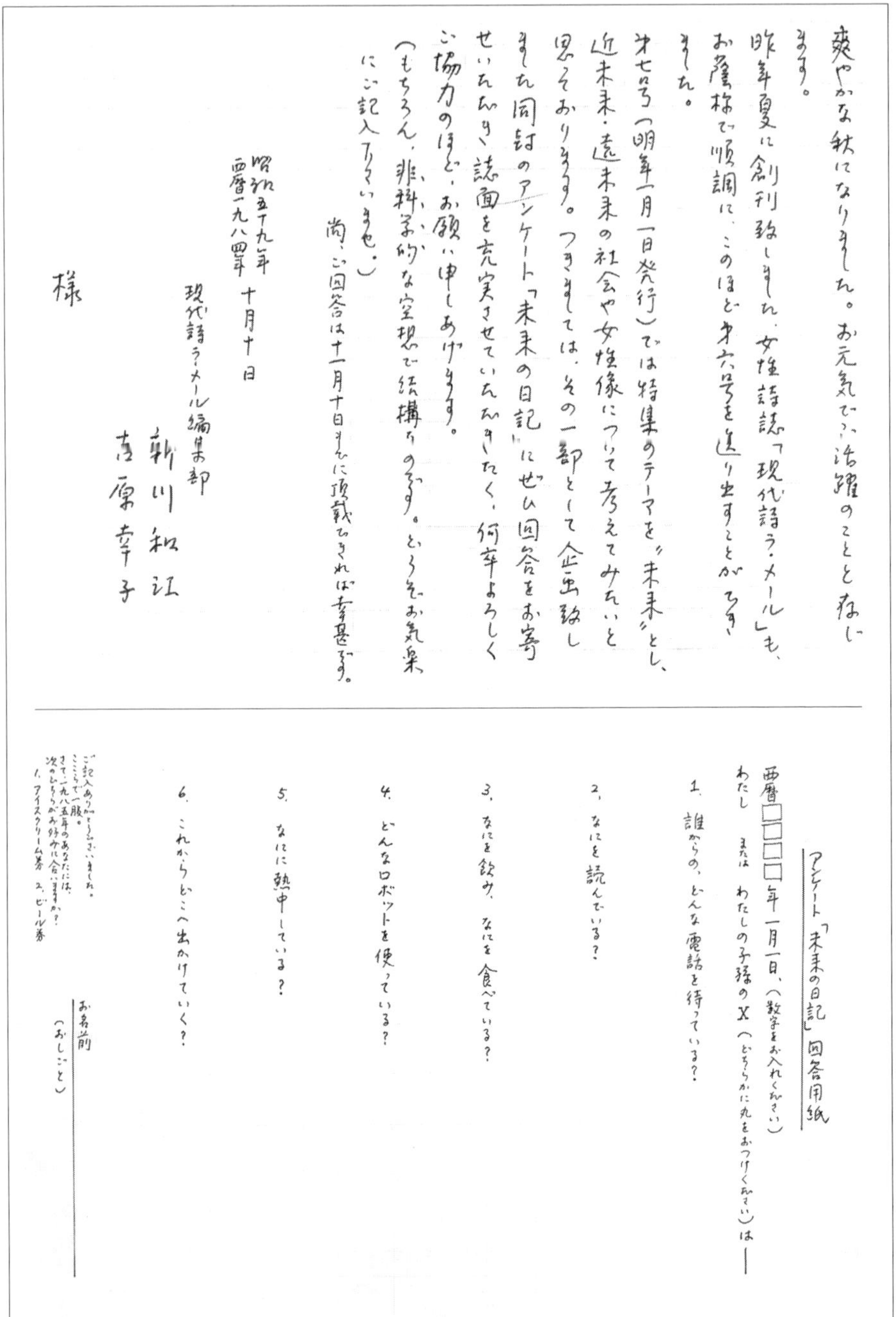

爽やかな秋になりました。お元気でご活躍のことと存じます。

昨年夏に創刊致しました、女性詩誌「現代詩ラ・メール」も、お蔭様で順調に、このほど第六号を送り出すことができました。

第七号（明年一月一日発行）では特集のテーマを〝未来〟とし、近未来・遠未来の社会や女性像について考えてみたいと思っております。つきましては、その一部として企画致しました同封のアンケート「未来の日記」にぜひ回答をお寄せいただき、誌面を充実させていただきたく、何卒よろしくご協力のほど、お願い申しあげます。

（もちろん、非科学的な空想で結構なのです。どうぞお気楽にご記入下さいませ。）

尚、ご回答は十一月十日までに頂戴できれば幸甚です。

昭和五十九年
西暦一九八四年　十月十日

現代詩ラ・メール編集部
新川和江
吉原幸子

様

アンケート「未来の日記」回答用紙

西暦□□□□年一月一日、（数字をお入れください）
わたし　または　わたしの子孫のX（どちらかに丸をおつけください）は——

1. 誰からの、どんな電話を待っている？
2. なにを読んでいる？
3. なにを飲み、なにを食べている？
4. どんなロボットを使っている？
5. なにに熱中している？
6. これからどこへ出かけていく？

お名前
（おしごと）

ご記入ありがとうございました。
ここらで一服。
さて、一九八五年のあなたには、
次のどちらがお好みに合いますか？
1. アイスクリーム券　2. ビール券

7号特集「近未来・遠未来」アンケートの依頼状と回答用紙（吉原自筆）。

［近未来・遠未来］アンケート

未来の日記

西暦□□□□年一月一日、わたしまたはわたしの子孫のXは——
①誰からの、どんな電話を待っている？
②なにを読んでいる？
③なにを飲み、なにを食べている？
④どんなロボットを使っている？
⑤なにに熱中している？
⑥これからどこへ出かけていく？
（氏名のあとのカッコ内は原則としてご当人の申告による。）

■干刈あがた（小説かき）

西暦二〇〇〇年一月一日、わたしは——
①恋人からの「会いたいよ」という電話。
　耳が遠くて聞こえなかったりして。
②「補聴器の使用上のご注意」
③やっぱり今と同じものを飲み、食べたい。
④ロボットはいらない。あ、やっぱり皿洗いロボットだけは欲しい。
⑤老いらくの恋
⑥デート。とげぬき地蔵は爺さん婆さんの原宿だそうだから、そこへ行って、ウナギの胆の立ち食いをしよう。

■新井素子（作家）

西暦二〇〇一年一月一日、わたしは——
①友達からの世間話的な電話を待っている。みんな、子供が進学だの何だので手のかかる時期にさしかかっているものだから、なかなかじかに会うチャンスが作れず、少しさみしい。
②本屋さんへ行って買ってきた新刊。多分コンピュータ・ネットワークができていて、自宅にいながらどんな本でもコンピュータ回線使って読めるんだろうけど、何かブラウン管読むのって疲れそうなので、趣味で本を買う。
③コーヒーと、普通のお食事。栄養をちゃんと計算したそれなりにおいしい健康インスタント食品なんか使うのは、主婦のプライドが許さなかったりする。（そういう主婦であって欲しいという理想というか希望というか夢です）
④おかたづけロボット。使ったものをちゃんともとの処へ返しておいてくれる、よく気のつくロボットで、彼のおかげで我が家はきれいです。
⑤旅行。およそ地球の上ならどこへでも楽にいける世の中になったので、東京よりあたたかい地方には全部行ってみたいと思っている。
⑥はつもうで。一月一日だからやっぱり……。

■川崎洋（文筆業）

西暦二〇〇五年一月一日、わたしは——
①廃木材だけで建造した巨大なイカダ船への乗組み希望者からの申込み電話。
　あるいは、
　すっかりボケてしまっていて、しきりに電話を待っているのだが、だれからのどういう電話か判らずにいる。
②エイジ　アンリミテッド号（定年なし号）を駆り七十四歳で大西洋を横断し

39 ●

7号特集アンケートより。女性回答者の多くが家事をしてくれるロボットが欲しいと書いているが、男性の回答者は誰も家事ロボットには触れていない。

こうして日々の仕事に追われるうちにラ・メールの最初の一年は瞬く間に過ぎていった。そして、二年目に入る頃には創刊当初の混乱もしだいに落ち着きを見せはじめ、それに従って二人の編集長が持ち寄る企画もだんだんと深みを増していく。5号から8号の特集テーマは次のとおり。

5号「海外女性詩・水平線」(〈海〉を主題とした海外作品十八篇の翻訳)
自由主題作品＝山中智恵子・岡本眸・川田絢音、エッセイ＝吉行理恵・森茉莉ほか

6号「身体」(同一主題〈身体〉による詩歌句作品展)
作品＝河野愛子・鈴木真砂女・三井葉子・氷見敦子、エッセイ＝白石加代子・萩原葉子ほか

7号「近未来・遠未来」(未来を舞台にした短編・詩・アンケートなど)
作品＝田辺聖子・立原えりか・白石公子・平田俊子・相場きぬ子ほか、論考＝上野千鶴子

8号「少女たち」(論考・エッセイ・作品などから現代の少女たちの姿を探る)
エッセイ＝金井美恵子・高橋源一郎、作品＝森岡貞香・司修・折原恵・ぱくきょんみほか
第二回ラ・メール新人賞＝中本道代

5号では舞台を海外に移し、世界各国で活躍する女性詩人の作品を、日本の女性詩人がそれぞれ翻訳・紹介している。アジアやヨーロッパ、アメリカ、アフリカにいたるまで、十八カ国の詩人から寄せられた海の詩は壮観だった。これらを載せるにあたって、各国の出版社や詩人らと連絡を取り合ってくれた日本の女性詩人たちの豊かなネットワークには驚かされた。もともと人材はいたのだろう。だが、その発表の場がそれまではほとんどなかった、ということなのだろう。

海では誰も
そのほかの言葉を知らない
手を振る
手を振る
というその従順さ
そのほかのこの世のどんな言葉をも
海は黙って　消し去ってしまうのだ

（韓国・洪允淑「海――海の言語」より・茨木のり子訳）

6号の「身体」は、短歌・俳句界の書き手も交えての作品展。余分な修飾をぎりぎりまでそぎ落として言葉がピタリとはまったときの、短詩型文学の鮮やかなインパクトはどうだろう。

かなかなの鳴く薄明に六枚の耳そよそよと浮かべてわれら

（今野寿美「耳そよそよと」より）

遅い夏の明け方、ようやく涼しい風が入ってきた窓辺で、生まれたばかりの赤ん坊を真ん中に川の字になって眠る。薄闇に浮かぶ白い耳たち、すうすうと聞こえてくる安らかな寝息。われら、という言葉がまた力強くていいなあ、と思う。

そしてもう一つ。今回読み返してあらためてしんみりしてしまった作品も紹介したい。

　母の骨拾ふ軽さの秋の風　（細見綾子「母の骨」より）

人間の身体とはなんとはかない器だろうか。かつて、私も父の骨を拾った。骨はほかほかとあったかくて、父が「そんなに泣くな」と言っているみたいだった。悲しかったけれど、あんまり見事に軽いので少し諦めがついた気がした。肉体が滅びた後の、すがすがしいまでの軽さ。これでいいんだな、と、ふと思ったのだった。生命はどこからやってきて、どこへいくのだろう。画家・甲斐清子さんの、圧倒的な存在感を放つ裸婦像（木炭画）が掲載されたのもこの号だ。この出会いがあって、のちに新川和江・甲斐清子詩画集『人体詩抄』（二〇〇五年玲風書房刊）が生まれることになった。

7号の特集「近未来・遠未来」には、各界からずいぶん華やかなメンバーの協力をいただいた。田辺聖子さんのショートショートや上野千鶴子さんの評論、またアンケートには星新一さん、渡辺えり子（現・渡辺えり）さん、井上ひさしさんらも参加してくれた。井上さんのハガキが皆より遅れて、入稿ギリギリに舞い込んできたときの嬉しい驚きは今も覚えている。

このアンケートは、詩人はもちろんあらゆる文学ジャンルの人々にハガキを出し、「西暦□□□□年の一月一日、私または私の子孫が何を読み、何を食べ、何に熱中し、どこへ行こうとしているか」と尋ねた。肩書きも自己申告で、遊び心満載のこのアンケートのお礼は、たしかレディボーデンのアイスクリーム券だった。

以下は、小説家の干刈あがたさんの回答から。

「西暦二〇〇〇年一月一日、私は恋人からの「会いたいよ」という電話を待ち（耳が遠くて聞こえなかったりして）、補聴器の「使用上のご注意」を読み、今と同じものを食べ、老いらくの恋に熱中し、デートでとげぬき地蔵へ行ってウナギの肝の立ち食いをしよう」

その干刈さんはこのアンケートから七年後の一九九二年に四十九歳の若さで亡くなられ、二十一世紀の老いらくの恋はついに実現しなかった。

そして、8号の特集「少女たち」。この頃になると、私もだんだん編集会議で意見を求められるようになってきたので、当時かなり気になっていた歌手の戸川純さんに会いたいという邪心から提案をして、原稿を依頼することとなった。

戸川さんの原稿は遅れに遅れ、とうとう六本木のカフェで缶詰になって書いてもらった。怖い顔をして隣でじっと待つこと二時間ほど。終わったのは夜中で、原稿をもらった途端にただのミーハーと化して「サインくださいっ！」とお願いし、ヒンシュクを買った。あのときもらった『極東慰安唱歌』のカセットテープはたぶんちょうどLP発売直前のデモテープみたいなもので、ゾクゾクしながら何度も聴いたはずなのに、なんと、引っ越しやら子育てやらでどこにしまいこんだのか、行方不明になってしまった。

ちなみに、「君知るや　慟哭の果て……」というアナクロな歌詞で始まる不穏な名曲「勅使河原美加の半生」の主人公、勅使河原美加さんは、当時戸川さんのマネージャーだった人。後で名刺を整理していて気がついた。ここでは曲をお聞かせできなくて残念だが、よかったらYou Tubeなどで聴いてみてください。

この号からも詩を引用しておきたい。テーマ「私のなかの少女」の一篇、多田智満子さんの「銀曜日」から。

親たちを寝かしつけて
ひとり起きて見ている
黒い地面から黒い空にむかって
するすると銀の雨が生えてくるのを

★

《石は発酵の状態に入る》
いくら温度調節されても
わたしは発酵なんかしないぞ

重力に逆らって暗闇をのぼる銀の雨、大人たちの管理社会へのひそかな反逆。多田さんがプロフィール欄に付したコメントがまた面白い。「もともと古くさい人間だったのが、神話いじりをしているうちに、少なくとも三千年は流行遅れになってしまいました」。

多田さんには創刊号から10号まで連載「神々の指紋」を寄稿していただき、必ず締め切り前に原稿が届いた。なんとなく近寄りがたいイメージだったが、この詩とコメントにつられて私はほとんど積読になっていた現代詩文庫を読み、トクした気分を味わったという、なんとも編集者失格なお話。だが、結局一度もお目にかかる機会のないまま、二〇〇三年に亡くなられた。

＊

亡くなった人の話ばかりになってしまうが、あと二人、創刊当初からとてもお世話になった著者のこともここに書き留めておきたい。二〇〇八年と二〇〇九年、立て続けに亡くなられた宮迫千鶴さんとやまだ紫さんのことだ。二人ともちょうど六十歳という若さで、私は迂闊にもそのことをずいぶん後になってから知った。ラ・メールの終刊後は特に連絡することもなく、かなり昔のご縁でもあったから、遠くからご冥福を祈るしかなかった。なんだか悔しくてならなかったけれど、しかたがないことだ。

やまだ紫さんには創刊号より38号まで、ときどき休みはあったものの三十四回にわたって「樹のうえで猫がみている」というタイトルで詩とイラストを描いていただいた。十年間変わらぬ形で連載を続けてくれた唯一の著者であり、しかも、郵送原稿が多いなかで、ほぼ毎回原画をもらいに行った唯一の人でもあった。

当時やまださんは高島平の巨大な団地群の中にひっそりと、子どもたちと二匹の猫と一緒に暮らしておられたのだが、私は行きの電車からその膨大な数の窓々を眺めるたび、そこに暮らす大勢の人々の一つひとつの生活を思って不思議な気持ちになった。目的の棟にたどり着き、玄関のドアを開けると、たいていは真っ先に猫にご挨拶。やまださんはとても気さくで、ときには「ちょっと待ってね」などと言って仕上げのペン入れをし、目の前で原画に貼られたスクリーントーンをカリカリと引っ掻くと、夜空を飛ぶヘリコプターにポッと明かりが灯ったりする。漫画を描く人たちにとっては当たり前の技法なのかもしれないけれど、私はびっくりして思わずその手許を見つめたりしたものだ。そんな穏やかな時間が、私は好きだった。

あるとき、いただいた絵を見て、ふと「何かいいことでもあったんですか」と訊ねると、「実はね……」といって、のちに夫となる「ちかちゃん」こと白取千夏雄さんとの出会いのことを話してくれた。「十七も年下だから」と、ものすごく言いにくそうだったけれど、はにかみながらもとても嬉しそうで、私も幸せな気持ちになって帰途についた。

その後しばらくして筑摩書房から『樹のうえで猫がみている』の単行本が出ることになったとき、吉原さんにこの「ちかちゃん」の話をしたら、ぜひやまださんに次号の連載対談のお相手を、ということになった。しかし、この対談は、実は原稿づくりの段階で珍しくひと悶着あったいわくつきのものだ。

二人の対談は九〇年冬、27号に掲載された。吉原さんという人はインタビューのたいへんな名手で、お宅に伺ってお酒なども飲みながらの長時間にわたる話になると、ついいろいろなことを白状させられてしまう。ラ・メール対談は、実はそういうかなり怖い連載なのだった。やまださんの場合もその例外ではなく、ついポロリポロリと内輪の話も披露してしまった。そして、それから数日後、やまださんが非常に恐縮しながら一つの申し入れをしてこられたのだった。「調子に乗ってつい喋ってはいけないことを喋ってしまった。自分たちのことはいいのだけど、母やあちらのお母さんに迷惑がかかるので、この対談の頁数分の漫画を描かせてもらえないか」というのだ。

ところが、あわててこの申し出を吉原さんに伝えると、「楽しみにしてくれている読者はどうするのだ！私はこの対談に命をかけてる！それをあなたは簡単にやめていいと思うのか！」と猛烈に怒りだし、「わかった！ではあなたの好きにしなさいっ！」と突然電話を叩き切られてしまった。しらふの吉原さんにそんなふうに怒鳴られたのは、後にも先にもこのときだけだった。私は蒼白になってやまださんに再度電話を入れ、結局対談はぎりぎりの線で修正してもらってそのまま掲載されることになった。

いったん受けた仕事を自分の都合で変えるのは、確かにルール違反かもしれない。でも、それを承知のうえで敢えて、無償で十四頁分の漫画を描きましょう、とやまださんは言った。そしてそれは、すべて周囲への気遣いのためなのだった。私はこのとき、吉原さんの情熱にも敬服したけれど、同時にやまださんの周囲の人々に対する心遣いにも打たれたのだった。彼女は本当に心こまやかな、優しい人だった。

この話は以前「現代詩手帖」の吉原幸子追悼特集でも、やまださんの名前を匿名にして書かせてもらった。でも、もうやまださんも白取さんも亡くなってしまって、名前を伏せる必要がなくなってしまった。またいつかお会いできたらお礼が言いたかったのに、もうそれは叶わない。

やまださんは二〇〇九年五月、脳内出血で突然倒れ他界された。その少し後に、たまたま見つけた白取さんのブログでそのことを知り、その長い長い壮絶な日記に私は釘付けになった。その白取さんも二〇一七年に他界。彼にお会いしたことはなかったけれど、きっと素敵な夫婦だったに違いない。その頃のことなどは白取さんの自伝『「ガロ」に人生を捧げた男—全身編集者の告白』(劇画狼・編　二〇二一年興陽館刊)で知ることができる。やまださんの『樹のうえで猫がみている』も二〇一〇年に思潮社から復刊されて、以前よりもだいぶ手に入りやすくなった。

宮迫千鶴さんが他界されたのは二〇〇八年の六月。悪性リンパ腫だったという。こちらも、翌年に遺稿集『楽園の歳月』(清流出版)のことが紹介されているのを新聞で見て、初めて知った。亡くなったときにはきっとあちこちで取り上げられたであろうに、私は本の紹介記事を読むまで知らずにいた。遺稿集は宮迫さんらしいポップで美しい色あいの画文集で、手触りが柔らかく、可愛いファンタジーの習作なども載っている。

宮迫さんとのおつきあいは5号からだった。創刊二年目の新連載の目玉として原稿をお願いし、十三回にわたって家族論「ｍａｍａハハ物語」を書いてもらった。画家の谷川晃一さんのパートナーであった彼女は、自身も新進気鋭の画家であり評論家であり、ユーモアあふれるエッセイストとしても知られていた。

宮迫さんの最初の原稿は、「現代詩手帖」の編集長が預かってきてくれた。手渡された大判の原稿用紙のマス目いっぱいに、右肩上がりの力強い楷書で書かれた万年筆の文字が、彼女の明晰さを思わせた。しかし、のちにお会いした宮迫さんは、可愛らしいフレアのロングスカートに、クルクルの長い髪、いたずらっぽい大きな目が印象的で、「コワイ人かも？」と思いながら恐る恐る訪ねた私の予想を見事に裏切るやわらかな印象の人だった。

エッセイは、近代的家族神話の崩壊の末にいきなり高校生男子の「ママハハ」となった彼女が、すったもんだしながら日々たくましく成長していくその子の姿を鏡に、家族とは何かを考察していく物語だ。

離婚を拒否し続けた谷川前夫人が病気で亡くなり、手探り状態で開始された父子との同居生活と、新しい家族関係の構築。大人たちの事情のいわば被害者であった高校生の息子Ｑ太郎クン（仮名です）は、宮迫さんをカウンセラーとして旧来の価値観からしだいに解放され、自立していく。彼女の悩みの深さは並々ならぬものであっただろうに、それはそれは明快で、爆笑パワー炸裂の痛快エッセイだった。

高校の卒業式に真赤な革ジャンを着ると言い出した息子をとめるどころか、凄みが足りないといってそれにせっせと黒の靴クリームを塗る大人たち。理不尽な仕打ちをしたバイト先の上司に、ヤクザのように凄んで男社会の闘い方を息子に示す父。今までの価値観を粉々に打ち砕かれ、しょっちゅう頭がグラッとなる息子。常識というものからはほど遠い父と子とママハハとのスラップスティックな毎日が、軽快なジョークと深い洞察によって描き出されている。

このエッセイは『ママハハ物語』（一九八七年思潮社刊、一九九〇年にちくま文庫）として本も作らせてもらった。宮迫ファミリーの自由さは、ある意味で私の憧れでもあったのだ。

ところが私自身はといえば、この連載が始まってからほどなくしてめでたく既婚者になったというのに、生活の変化に対応しきれず目蓋のピクピクがどうしてもとまらずにいた。

夫はカタギのサラリーマンであり、私の仕事を理解してくれてはいるものの、特に協力的というほどでもない。宮迫さんの言葉を借りれば、彼は昭和そのものの、いわゆる〈ツカエナイ夫〉であった。夫婦で一緒に遊ぶのは好きだがほとんど家事はできない、自立しているとはお世辞にも言えない人だったのだ。そんなことを宮迫さんの前でついボヤいた途端、痛烈なカウンターパンチが飛んできた。

「あなたみたいな人が、女性の地位を後退させるのよ！」

悔しかった。でも確かに、いちばん痛いところだった。

新しい家族の形を提唱してきた彼女だったから、大昔の夫婦の枠組みから一歩も抜け出せずにいる私のような存在に苛立ちを覚えたのも無理はない。「ツカエナイ夫はツカエルまで枕で殴って徹底的に再教育すべし！」と叱咤された。

そう、私はあまりにも古風な〈妻〉という立場に自らがんじがらめになっていた。この宮迫さんのショック療法に、逆に居直ったようなところがあって、「ええい、ままよ」と思ったあたりからピクピクも少しずつ解消されていったのだが、しかし依然として仕事と家事と、そしていずれは子ども問題という、既婚の女性ならなかなか避けては通れない課題が解決したわけではなかった。とってもワタクシ的なことではあるが、そのあたりの経緯は次の章で。

考える
詩の現在
3
新川　和江氏
（詩　人）
吉原　幸子氏
（詩　人）
いま解き放たれる女の感性
閉鎖性破り心の叫びを
詩を規制する男の論理

朝日新聞 1985 年 3 月 18 日

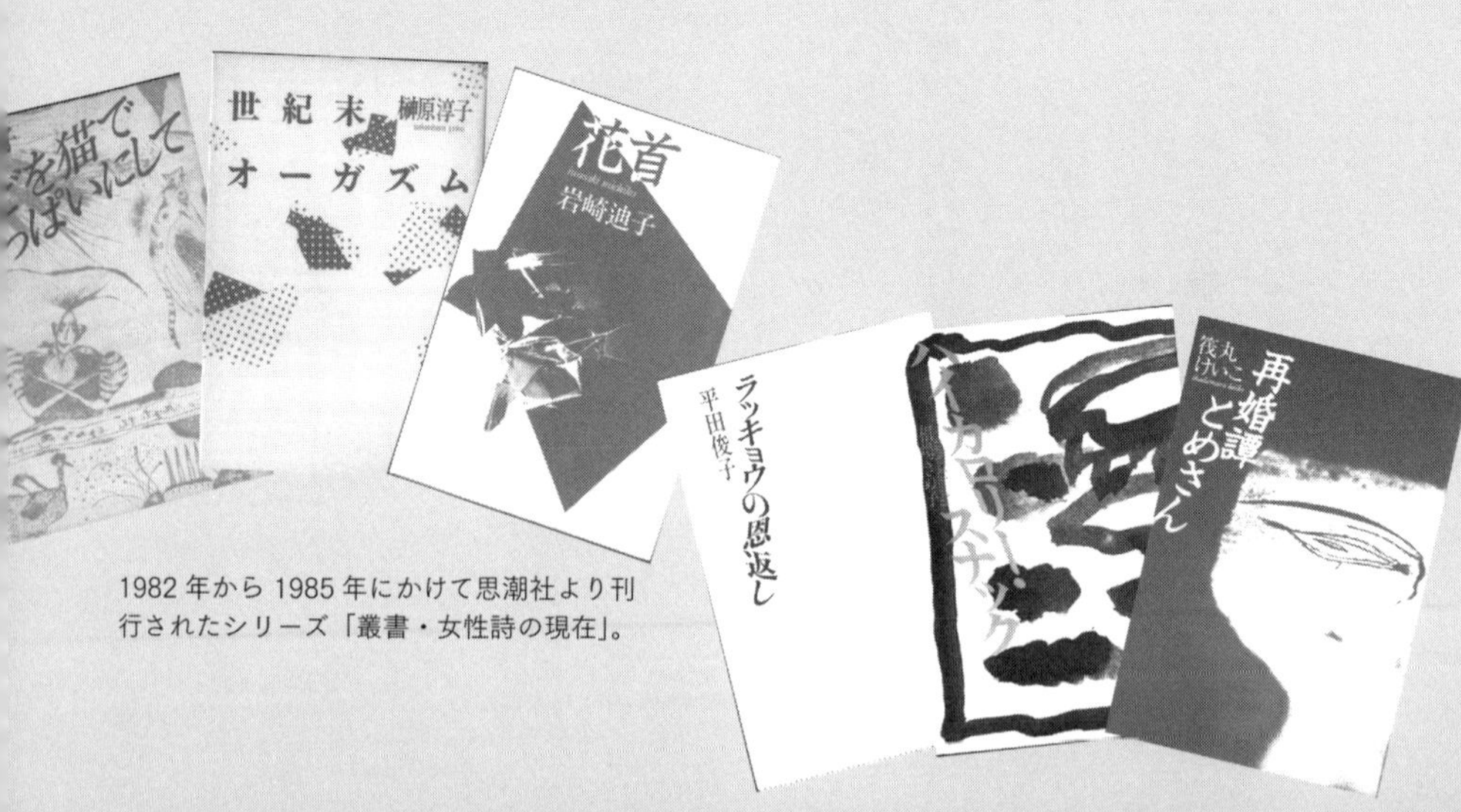

1982 年から 1985 年にかけて思潮社より刊行されたシリーズ「叢書・女性詩の現在」。

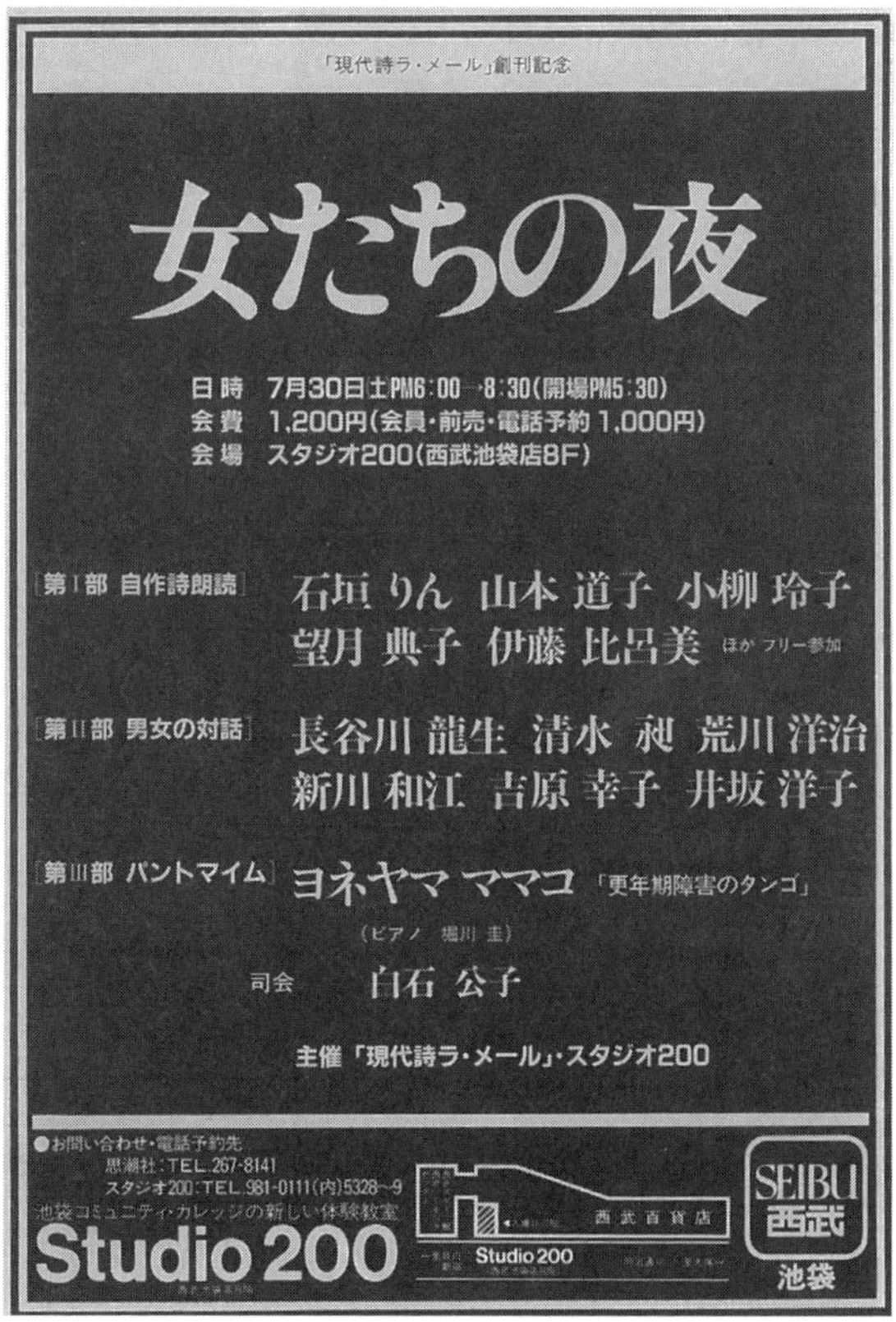

「現代詩ラ・メール」創刊記念
女たちの夜
日時　7月30日(土)PM6:00→8:30(開場PM5:30)
会費　1,200円(会員・前売・電話予約 1,000円)
会場　スタジオ200(西武池袋店8F)
[第I部 自作詩朗読]　石垣 りん　山本 道子　小柳 玲子
望月 典子　伊藤 比呂美　ほか フリー参加
[第II部 男女の対話]　長谷川 龍生　清水 昶　荒川 洋治
新川 和江　吉原 幸子　井坂 洋子
[第III部 パントマイム]　ヨネヤマ ママコ　「更年期障害のタンゴ」
(ピアノ　堀川 圭)
司会　白石 公子
主催「現代詩ラ・メール」・スタジオ200
●お問い合わせ・電話予約先
思潮社:TEL.267-8141
スタジオ200:TEL.981-0111(内)5328〜9
池袋コミュニティ・カレッジの新しい体験教室
Studio 200
西武百貨店
Studio 200
SEIBU
西武
池袋

1983 年 7 月 30 日にはラ・メール創刊記念のイベント「女たちの夜」が開催された。

EPISODE 7

失踪願望

新しい号が出るごとに開催された「女たちの夜（午後）」は、1988年までの5年間、西武デパート池袋店内の「スタジオ200」で「現代詩講座」として行われることが多かった。これらはそのチラシ。

「ラ・メール」・スタジオ200現代詩講座
第2回 女たちの夜
1/28土 開場5:30・開演6:00
第Ⅰ部 朗読とショート・スピーチ
桜井陽子ほか
司会● 新川 和江 吉原 幸子
第Ⅱ部 男女の対話
飯田善國・カテリーナ夫妻
第Ⅲ部"愛"を歌う〈ファドそして…〉
田代美代子
会場 スタジオ200（西武百貨店池袋店8階）
会費 当日 1,200円
会員・前売・電話予約 1,000円
主催 思潮社「現代詩ラ・メール」・スタジオ200
お問い合わせ・予約お申し込み
スタジオ200 電話981-0111内線5328～9
Studio 200
SEIBU 西武 池袋

「ラ・メール」・スタジオ200 現代詩講座 第8回
女たちの夜
1月30日 金 午後6時開演
宮城まり子「ねむの木」を語る
子供たちとともにあって、その幸せを願い、可能性を信じる宮城まり子さんを迎え、最新の映画と講演で構成する。
プログラム
●第1部 自作詩朗読 おのちよ、阪本若葉子 他
●第2部 映画「ハローキッズ！ がんばれ子供たち」
●第3部 講演「子どもたちとともに」 宮城まり子
Studio 200
SEIBU 西武 池袋

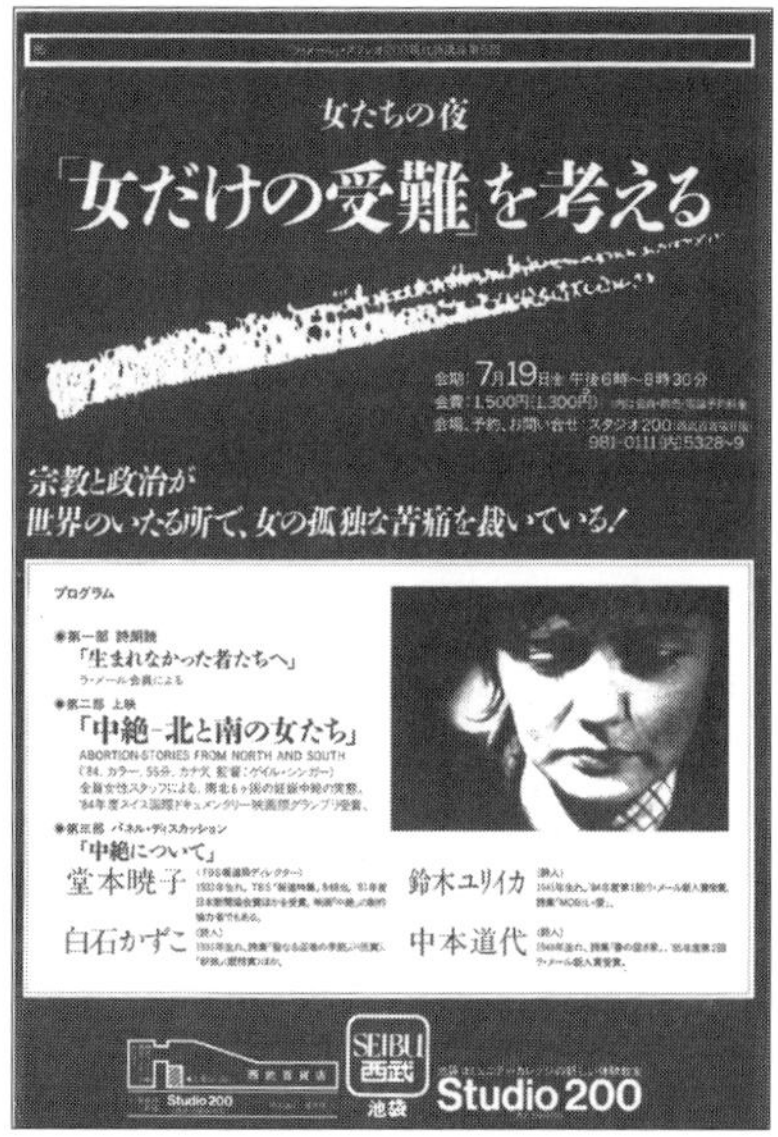
女たちの夜
「女だけの受難」を考える
会期：7月19日(金) 午後6時〜8時30分
会費：1,500円(1,300円)
会場、予約、お問い合せ：スタジオ200
981-0111(内)5328〜9
宗教と政治が
世界のいたる所で、女の孤独な苦痛を裁いている！
プログラム
●第一部 詩朗読「生まれなかった者たちへ」
ラ・メール会員による
●第二部 上映「中絶―北と南の女たち」
ABORTION-STORIES FROM NORTH AND SOUTH
●第三部 パネル・ディスカッション「中絶について」
堂本暁子
鈴木ユリイカ
白石かずこ
中本道代
SEIBU 西武 池袋
Studio 200

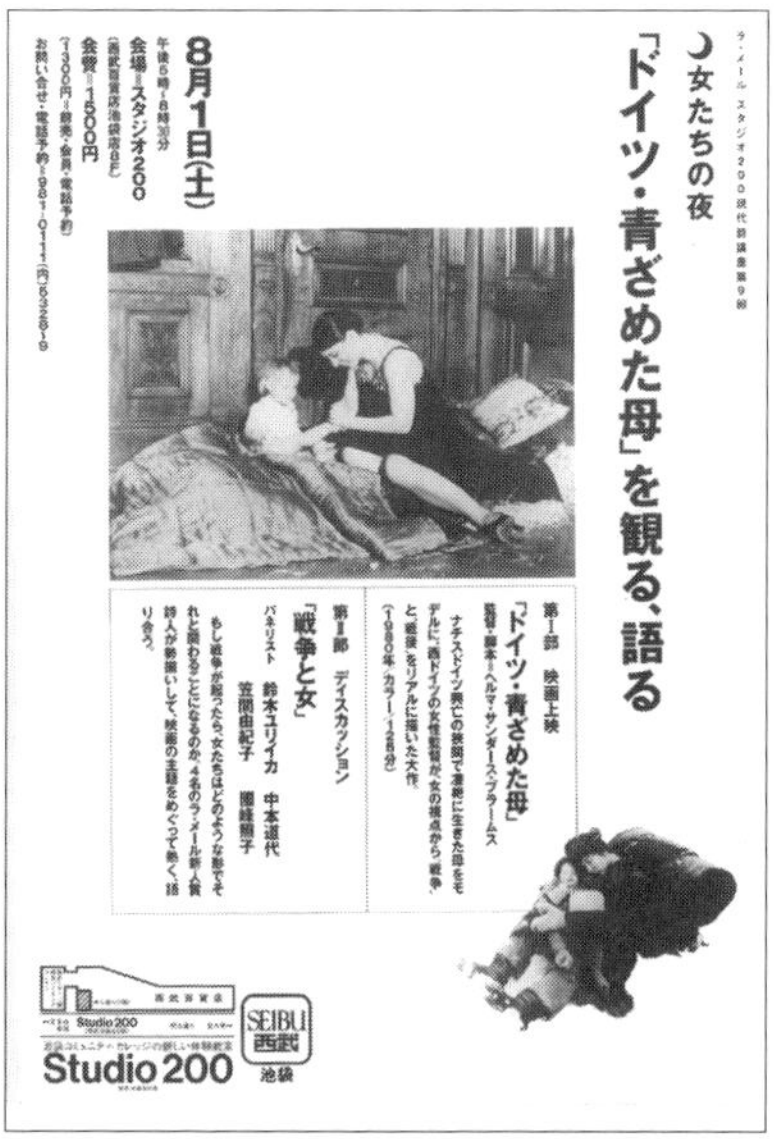
女たちの夜
「ドイツ・青ざめた母」を観る、語る
8月1日(土)
会場＝スタジオ200
会費＝1500円
第1部 映画上映
「ドイツ・青ざめた母」
第2部 ディスカッション
「戦争と女」
パネリスト 鈴木ユリイカ 中本道代
笠間由紀子
SEIBU 西武 池袋
Studio 200

「ラ・メール」・スタジオ200現代詩講座第6回
女たちの午後
むかし、女が光源氏を書いた。
遠い国の女がその最後を描いた。
今、ひとりの女がそれを読む。
1月15日(水) 午後3時開演
プログラム
●第1部 自作詩朗読
高田敏子(ゲスト)
新藤凉子
渡辺みえこ 他「ラ・メール」会員による。
●第II部
幸田弘子による「源氏と一葉と私」
朗読「源氏の君の最後の恋」
(マルグリット・ユルスナール作)
「源氏物語」の空白部分を埋めた詩情あふれる世界！
●第III部 対話
中村真一郎・幸田弘子
Studio 200
SEIBU 西武 池袋

「ラ・メール」・スタジオ200現代詩講座第7回
女たちの夜
琵琶で語る〈平家物語〉
(プログラム)
●第I部 自作詩朗読
白石かずこ
鈴木ユリイカ
中本道代
笠間由紀子
●第II部 琵琶歌・平家物語
演奏と話 半田淳子
伝統的古楽器琵琶の
神秘的な音色、
半田淳子がみごとな
撥さばきで語る
•7月25日(金) PM6:00〜8:30
•1,300円(1,100円＝前売・会員・電話予約)
SEIBU 西武 池袋
Studio 200

二年目に入る頃になると、ラ・メールの会の活動は、雑誌の発行以外にもだんだん外に向かって広がる様相を見せはじめた。二年目の夏に発足した神奈川ラ・メールの会に続き、三年目には群馬ラ・メールの会、東京ラ・メールNOTE、四年目には会員名簿も掲載され、京都や長崎などでも新たな会合が持たれた。編集人の二人が先頭に立ってひっぱるのではなく、会を仲立ちにしてそれぞれの地域でそれぞれの詩人たちが連絡を取り合い、勉強会や朗読会、交流会、ノートの回覧など、ユニークなグループづくりが自然発生的になされていった。

神奈川ラ・メールの立ち上げの会は、一九八四年夏の夕暮れ、横浜の海の見えるビルの一室で行われた。リーダー役を担ってくれたのは、川田靖子さんと手塚久子さん。熱気にあふれる会場にはまだ高校生だった村野美優さんなどもいて、その少し戸惑ったような初々しい姿が印象に残っている。

神奈川は詩の盛んな土地柄なのだろうか、ハーバー・ライト欄の常連には、村野さんのほかにも徳弘康代さんや阿部はるみさん、第五回新人賞の柴田千秋（現・柴田千晶）さん、そして一九九〇年に癌で急逝されたこいけけいこさんらもいた。

以下は、一九八八年十月発売の22号に掲載されたこいけさんの投稿作品。

高原はつぶやく
微熱にいろどられた花々がわたくしをうずめつくす時　ひとつの音が呼びつづける　少女がわたくしの上にすわっている　ちいさな心臓から血液がおくりだされる音？　木々のさやぎ？　墜ちていくヒバリがわたくしにぶつかった音？　星が消える音？　わたくしの内部(なか)で忘れられていたマグマがあげる産声？
ひとつの音は呼びつづけている　それはまだ名づけられていない音だ
一瞬　空気は動かない
音の鼓動が止まる
夜　花の微熱は高くなり　茎はうなだれる　ひとつの音はもうだれも呼んでいない　わたくしの脈搏だけがはやくなる

高原はつぶやく
流れ去るものすべて　わたくしを隠しわたくしを現わす　雲の影
風　舞いちる木の葉　降りつづく雨　秋に至る時間　少女がわたくしに金色の足跡を残し駆けていった　日没　コノハズク翔ぶ　暗闇から落ちる雪片
去ってしまった季節を去っていく記憶のグラスにそそぐ　隠された

わたくしも現われたわたくしも　喉を熱くさせてそれらすべてを飲
みほす

高原はつぶやく
草の眠りはふかく　わたくしの声もとどかない　地中の微生物の夢
が草の眠りをささえている　では地表でゆれているこのものはなん
なのだろう　きのう埋葬された少女の記憶が青く細く伸びて光をあ
び　はるかにゆれている　そのむこうをセピア色のめかくしをした
人々の群れが通りすぎる　これも微生物になろうとしている少女の
夢の一部なのか　草の眠りはますますふかく　微生物の夢は涯(はて)まで
風にゆれている　わたくしのからだも夢の陽射しをあびて　空と同
じ色に澄みきっていく

（こいけけいこ「高原」）

ハーバー・ライト欄には、いつもなんとなく気になる人がいる。特徴的な名前だから、というわけでもないのだが、この人もその一人。この作品は吉原さんが選んでいたもので、最初に読んだとき、とても抒情的で好きだなと思い、印象に残っていた。華やかなのにどこか不吉な大地を思わせる一連目と、美しい秋の移ろいを描いた二連目、悠久の自然のサイクルにゆだねられた高原（＝墓地？）と、そこで静かに夢見るものたち。投稿された時点では思い至らなかったけれど、のちに見た遺稿詩集（一九九一年めるくまーる刊『月と呼ばれていたとき』）には胃の摘出手術が一九八八年十二月とあるので、この詩を書いた頃、もしかしたら彼女は自分の死をうすうす予感していたのかもしれない。それを考えると、この詩の言葉の重さにあらためて慄然とする。

＊

地方で会員たちの緩やかな結束が進む一方で、年四回の会合「女たちの夜」（「女たちの午後」のときもあった）には、遠方からも何人もの会員が参加してくれた。会員による三分間スピーチや、華やかなゲストを交えてのトークセッション、映画会、ときには屋外へ飛び出し、美術館や動物園などへ足を運ぶこともあった。ラ・メールの会の前半五年分の中から、「女たちの夜（午後）」の催しをいくつか書き出してみよう。

・映画『アトミック・カフェ』上映と、物理学者・小川岩雄さんを囲んで、核の脅威についてのディスカッション（5号）
・吉岡しげ美さんによるコンサート「金子みすゞを歌う」と、谷川俊太郎さんから鈴木ユリイカさんへ「33の質問」（7号）
・「女だけの受難を考える」と題して映画『中絶』の上映と、堂本暁子さん（元・千葉県知事、当時はTBS報道局ディレクター）とのディスカッション（9号）
・丸木美術館への遠足（14号）
・映画『ハローキッズ！』上映。ゲストは女優で社会福祉施設「ねむの木学園」理事長の宮城まり子さん（15号）

こうして書き出してみると、会の意識の高さをあらためて感じる。このほかにも持ち寄りパーティーや新人賞の授賞式など、毎回いろんな男女のゲストがほとんど手弁当で駆けつけてくれてにぎやかな時間が持たれた。

*

しかし、すべてにおいて順風満帆とはいえない兆しも、そろりそろりと見えはじめていた。資金的にいえば、新川さんと吉原さんの思いとは裏腹に、どうもそこまで楽観できない感じがしてきていたのも事実だ。ラ・メールは会員雑誌であったから、会費という強い味方があったし、それなりに部数の予測もできた。しかし、雑誌にとってバカにならないのが広告収入だ。創刊当初、表紙裏や目次裏の広告スペースには、資生堂やセゾン、キーコーヒーなどのほか、編集人二人へのお祝いの意味もあって、他出版社の広告などもにぎやかに入っていた。しかし、号を重ねるにつれて徐々にそれらが消えはじめる。本文中のタテ3分の1広告も、予定数が入らないと、「現代詩手帖」宛にもらったものを流用したり、自社広告を入れたりして穴を埋めた。頁数も、落ち着いてきたといえば聞こえはいいが、創刊号の二二四頁に比べ、10号では二〇〇頁を切り、四年目ぐらいからは一八〇頁ほどになっていった。

そして私自身も、かなり疲れて息切れしてきていた。二年三年と過ぎるうちには会員事務も編集作業も軌道に乗り、夢中でやってきた当初に比べると少しずつ余裕も出てきたと言えなくはない。しかし、その分難しい要求をされることも増え、会社や会のあり方への疑問も頭をもたげ、迷いも出はじめていた。そして、私生活での悩み。つまり、子ども問題だ。

私事ではあるけれど、この疲労感の始まりのあたりをやはり書き留めておきたい。年代がまた少し戻ることをお許しください。

実は、ラ・メール二年目の一九八四年は、「現代詩手帖」創刊二十五周年の年でもあった。六月号は「詩の未来へ」と題した特別編集で、全体三〇〇頁という厚さだった。そして七月には、通常号のほかに、臨時増刊号「詩の時代の証言」も発行された。

思潮社にとってそれは記念すべき二冊であり、歴史的にも意義深いものであったろう。ただ……。編集部的にはこれがいったい何を意味するかというと、つまり、殺人的に忙しい日々の連続だった、ということだ。通常でさえ忙しい毎日なのに、増頁の号に続いての臨時増刊号である。猫の手よりはマシと思われたか、私も「手帖」の手伝いに駆り出され、ラ・メールの隙をついて校正作業やテープ起こし、出張校正などに追われた。

そのようなハチャメチャに忙しい夏のある日。

「手帖」の編集部員、Jさんが、何の前触れもなく皆の前から忽然と姿を消したのだった。

Jさんは私の前年に新卒で入った先輩編集者だった。本が好きで、詩が好きな、生粋の文学青年だ。真面目で、博学で、新人の私にこまごまとした仕事を教えてくれ、何かとアドバイスをくれた親切な人であった。ただ一つ、編集者としての彼の弱点は、あまりにもナイーブな魂の持ち主だったということか……。

その朝、Jさんが来なくても、誰もそれほど気にとめることはなかった。出社前に著者のもとへ寄ったりすることは、ままあることだったからだ。しかし、昼になっても夜になっても連絡は入らず、どうしたの？　という変な空気が社内に流れはじめる。そしてその日からぱったりと彼の音信は途絶えてしまった。頼まれていた仕事も手つかずのままで、いつものJさんならば絶対にあり得ないことだった。私たちは最悪の事態にならないことを祈りつつ、泣きたい気持ちを抑えて黙々と忙しい日々をやり過ごすしかなかった。

Ｊさんが消えて数日後、珍しく編集長と一緒に帰途に着いた道すがら、編集長が悄然としてつぶやいた言葉は今も忘れない。

「どうしてこんなことになっちゃったんだろうね……」

正直なところ、編集長とＪさんの間柄は決してうまくいっているようには見えなかった。私がＦ氏にケチョンケチョンにやられている横で、Ｊさんもよく編集長に叱責されていた。理由はわからないが、かけなければいけなかった電話をかけなかったとか、頼んだ仕事ができていないとか、たぶんそんなところだったろう。きっと双方に言い分はあっただろうが、Ｊさんはそこで強く反論できるような人でもなく、適当に受け流してあとでペロッと舌を出せるような人でもなかった。

朝、バタバタとやってきて何本もの電話をかけ、またすぐに打ち合わせに出かけていってしまう編集長と、社内で黙々と原稿整理をするＪさん。二人にはそのすれ違いを埋めるほどの余裕はなく、そのやりとりはなんだかとてもギクシャクしていた。Ｊさんはずっと吃音症に悩まされてもいて、精神的に厳しいところにいたのは誰の目にも明らかだった。春に新人が入って多少人手が増えたとはいえ、「現代詩手帖」編集部は、そういう危うい橋を渡りながら、いつもぎりぎりのところで回っている感じがしていたのだ。そして、それが一九八四年の夏、ついに爆発した……。

Ｊさんは、皆の心配をよそに、一週間ほどたって突然会社に連絡を入れてきた。あとで聞いたところによると、その電話の声はまるでツキモノが落ちたように明るくて、たしか東北の湖などを旅行していた、という話だった。そしてそのまま彼は退社し、本当に社内から姿を消したのだった。

そんなことがあってからしばらくして、私は花の（？）結婚生活に入る。正直、とても不安だった。自分はJさんに比べればずっとノーテンキではあったが、決してタフな精神の持ち主ではなかった。この忙しさの中で、この先やっていけるのだろうか？　編集部内では、そんなつまらない人生相談なんかに親身に答えてくれるようなキトクな人は、Jさんのほかにはいなかったのだ。私はひそかにJさんを恨んだ。

そして、ここから前章の夫の家事労働の話に戻る。彼とは長いつきあいで同志のような間柄ではあったが、独身時代はカップラーメンにお湯を注ぐぐらいしか料理（と言えるのか？）をしたことのないお坊ちゃんであった（こればかりは失敗したと思った）。結婚当初から始まった目蓋のピクピクは、なかなか治まらなかった。

その上、懸案の子ども問題である。子どもをとるか、仕事をとるか。会社は夜九時ぐらいまでの残業は日常茶飯事で、とても産休や育児休暇など言い出せるような雰囲気ではなかったから、子どもに関しては、いずれはこの平凡な選択を迫られるのは必須なのであった。男女雇用機会均等法が制定されたのが一九八五年、しかしながら若い女性の職場環境の整備など、私の周囲ではまだ話題にもならなかった頃のことだ。

そしてさらに悩ましいのは、吉原さんの生活時間だった。彼女の生活は昼夜逆転していたので、それに合わせて仕事をするというのは、一応毎日家に帰りたいカタギの新婚生活者としては、やや骨が折れた。

吉原邸での打ち合わせはたいてい午後の遅い時間から終電間際まで。彼女の別の仕事や、かかってくる電話に中断され、間に食事の心配や晩酌タイムなども入り、その隙をついていろんな大事な話も出るし、次々思いつくことなどもある。あっちへこっちへと飛ぶ話についていけず、もたもたと肝心な話をしそびれて、終電ぎりぎりになってから話題にして怒られたりなんていうこともしょっちゅうだった。

いや、本当は……時間的なことだけではなかった。吉原さんという人は何事に対しても妥協を許さない人であったから、仕事上の相棒として対等につきあわなければならないのは時には苦しいものであったし、要求されるものの大きさに追い詰められることもしばしばだった。もちろん感謝も尊敬もし、それなりに信頼され尊重されていることも重々わかっていたのだが、その一方で吉原邸に行くときは、いつもひそかな戦闘モードで臨んでいたことも事実だ。

私は内心、自分が詩人ではなくてよかった、と何度思ったか知れない。また、パートナーが新川さんであって、本当に正解だった、ともよく思った。吉原さんの求心力に吸い寄せられながら、やがて傷ついて逃げていく人たちを何度となく目撃してきた。純粋で一本気な彼女を受け入れ、時には冷静にいさめたりもできる役どころは、やはり新川さんのように相当にふところ深い人でなければ務まらなかった。

そんなわけで、吉原さんとうまく距離を保ちながら、自分の生活も守りながら仕事をすることに、当時の私は相当疲れていた。この先の展望が持てず、またそこまで使命感に燃えてもいなかったふところ浅い私は、そろそろ逃げ出したくなっていたのかもしれない。ラ・メール三年目ぐらいになると、Jさんの失踪事件が時に亡霊のように私の頭をよぎるようになった。

さんざん悩んだ末、思潮社に辞表を出したのは、ラ・メール五年目に入る一九八七年の春のことだった。

10回目迎える「山梨の詩祭」

詩祭発表に向けて練習する和の会のママさんたち＝甲府市社教センターで

山梨詩人懇話会（曽根崎保太郎会長）主催、甲府市教委、山梨日日新聞社など後援の'84山梨の詩祭「詩とDANCEと歌の祭典」は、三十日午後一時から甲府・県民文化ホールで開く。講演や自作詩朗読のほか、詩とダンスとのタイアップを試みたり合唱を組み入れるなど、詩を詩人の世界から大衆の中に広げる楽しい行事を盛り込む。

この詩祭は今年が十回目。当初からユニークな詩活動として、中央の詩壇関係者から注視されてきた。今回は、昨年夏に女性による女性の詩誌として創刊された「現代詩ラ・メール」の編集者で女流詩人の吉原幸子さんが「万葉から現代まで―女性詩の系譜」新川和江さんが「輝き始めた女たち」のテーマで講演する。自作詩朗読は山梨詩人懇話会と現代詩ラ・メールの会員十三人が披露する。

舞踊詩は甲府の若尾バレエ学園・ダンスアカデミー（若尾多香主宰）が賛助出演し、新川和江作詩「野のまつり」から、アレインモリソッド音楽で「夏がくるよ」など四曲を、

新川　和江さん

吉原　幸子さん

また合唱は甲府女声「和の会」（大庭三郎指揮）の賛助出演で、組曲「内なる遠さ」より「飛翔―白鷺」など四曲をそれぞれ発表する。入場料は千円。

時評風試論 短歌・俳句

歌人　塚本　邦雄

女流三賞を昭和五十二年に始めた文化出版局の功績もさることながら、季刊既に九号を数える「ラ・メール」も、女性詩歌総合誌として、定評を得つつあり、思潮社と同誌女流編集陣の着想は、一応評価してしかるべきか。

春の日の長き一日を反芻（にれが）めり悔恨に似てほのかに苦（にが）し　石川不二子

右手（めて）に犬、左手（ゆんで）に童女引き連れて何に急（せ）かるる母であらうか　武下奈々子

薄ら陽（び）に盛らるる卵透きとほりなべて無精の愛（かな）しき記憶　勝部祐子

とろとろと日は中天に白牡丹（はくぼたん）　黒田杏子

うどんげや睡（ねむ）りしあとの深まつげ　長谷川久々子

うすものの翅（はね）ゆるやかに未婚たり　清水衣子

これらすべて主題「真夏の夜の夢」で統一された面白い試みである。石川不二子は特に「牝牛（めうし）のうたへる」というサブタイトルがある。シェイクスピア離れした作に、かえって精彩があるのも興味のある現象。

この特集にも参加している高柳蕗子は故重信の息女、五月上梓の第一歌集「ユモレスク」も抜群の才気あり。

文献は焼かれあるいは散逸しどの星もみな地球をなのる　高柳蕗子

最近とみに隆盛の女流SF短歌、コンピューター調作品に、また一つの新星が現れた。その大成を待とう。

「すばる」連載の、福島泰樹選による、新人短歌紹介もまことに生き生きとして、月月目を見張らされる。

ふと姉のような顔していうときのきみが雲雀（ひばり）におもえてならず　神谷秀行

くれないのわが肺葉に翳（かげ）さすはかの薄墨さくら花ゆえ　伊藤和子

樹（き）は風によりそふあはれ水薫（かお）る家族へわれもやさしく還（かへ）る　鈴木英子

おのおの、五・六・七月号より。二十代前半の、こわいもの知らずの声々、これがひとときの花に終わらぬように。

盛夏の催しは、第七回現代俳句シンポジウム。白熱の気迫がうかがわれる。特に第一日、岡井隆VS三橋敏雄の公開対談は傾聴に価しよう。

句集「花間一壺」は角川賞作家のみずみずしい第一弾。

沈丁花冥（めい）界ときに波の間に　田中裕明

上）山梨日日新聞 1984 年 6 月 25 日
下）毎日新聞 1985 年 8 月 10 日

右）11 号特集「全国同人誌・水平線」扉
左）16 号特集「'87 全国同人誌・水平線」扉

EPISODE 8

しなやかに生きなさい

ラ・メール 冬号 目次　1986.1. WINTER

特集●全国同人誌・水平線

11 号特集「全国同人誌・水平線」目次

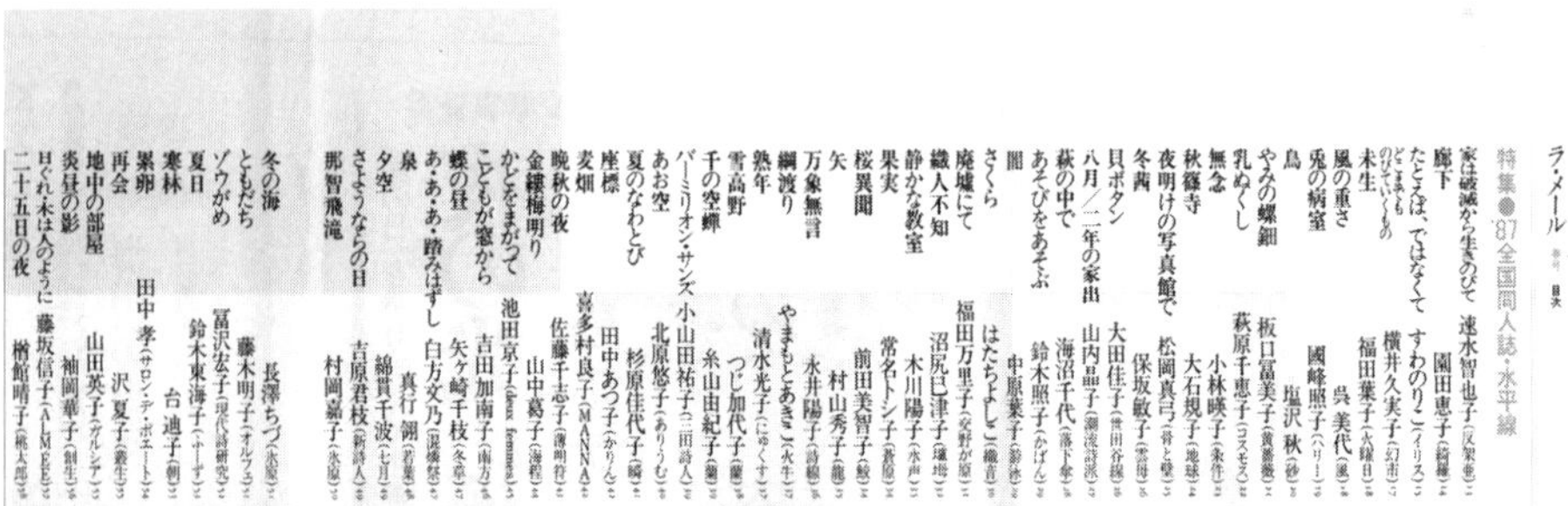

ラ・メール 春号 目次　1987.4. SPRING

特集●'87全国同人誌・水平線

16 号特集「'87 全国同人誌・水平線」目次

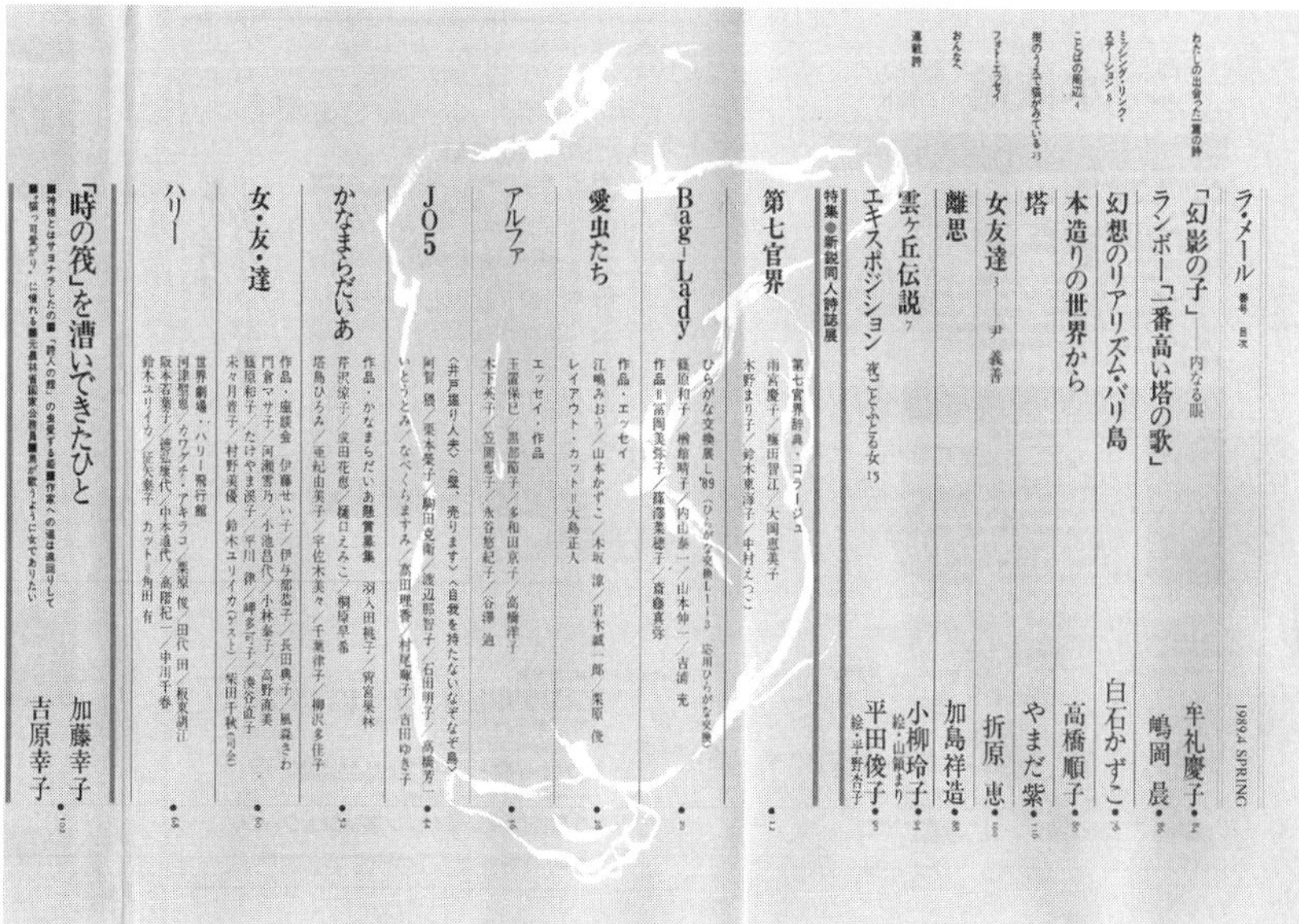

ラ・メール 春号 目次　1989.4 SPRING

わたしの出会った一篇の詩　「幻影の子」——内なる眼　牟礼慶子
ランボー「一番高い塔の歌」　嶋岡 晨
ミッシング・リンク・ステーション 8　幻想のリアリズム・バリ島　白石かずこ
ことばの周辺 4　本造りの世界から　高橋順子
樹のうえで猫がみている 23　塔　やまだ紫
フォト・エッセイ　女友達 3——尹 義善　折原 恵
おんなへ　離思　加島祥造
連載詩　雲ヶ丘伝説 7　小柳玲子　絵・山領まり
エキスポジション　夜ごとふとる女 15　平田俊子　絵・平野杏子

特集●新鋭同人詩誌展

第七官界　第七官界辞典・コラージュ　南宮慶子／梅田智江／大岡恵美子　木野まり子／鈴木東海子／中村えつこ

Bag-Lady　ひらがな文換展L'89（ひらがな交換L1−3　応用ひらがな交換）　篠原和子／楢原晴子／内山泰一／山本伸一／吉浦 光　作品＝冨岡美弥子／篠澤菜穂子／斎藤真弥

愛虫たち　作品・エッセイ　江嶋みおう／山本かずこ／木坂 涼／岩木誠一郎／栗原 俊　レイアウト・カット＝大島正人

アルファ　エッセイ・作品　王富保巳／黒部節子／多和田京子／高橋洋子　木下英子／笠間悦子／永谷悠紀子／谷澤 迪

J O 5　〈井戸掘り人夫〉〈愛、売ります〉〈自我を持たないなぞなぞ鳥〉　阿賀 猥／栗本葉子／駒田克衛／渡辺郁智子／石田明子／高橋芳一　いとうとみ／なべくらますみ／高田理香／村尾輝子／吉田ゆき子

かなまらだいあ　作品・かなまらだいあ懸賞募集　羽入田眞子／宵宮栞林　芹沢倫子／浜田花恵／樋口えみこ／桐原早希　塔島ひろみ／亜紀由美子／宇佐木美々／千葉律子／柳沢多佳子

女・友・達　作品・塩競争　伊藤せい子／伊予部恭子／長田典子／風森さわ　門倉マサナ／河瀬雪乃／小池昌代／小林泰子／高野真美　篠原和子／たけやま涙子／平川 律／岬多可子／渋谷直子　末々月香子／村野美優／鈴木ユリイカ（ゲスト）／柴田千秋（司会）

ハリー　世界劇場・ハリー飛行館　河津聖恵／カワグチ・アキラコ／栗原 俊／田代 田／板東謙江　阪本若葉子／徳弘康代／中本道代／高階杞一／中川千春　鈴木ユリイカ／近大泰子　カット＝角田 有

「時の筏」を漕いできたひと　加藤幸子　吉原幸子 ●103

24 号特集「新鋭同人詩誌展」目次

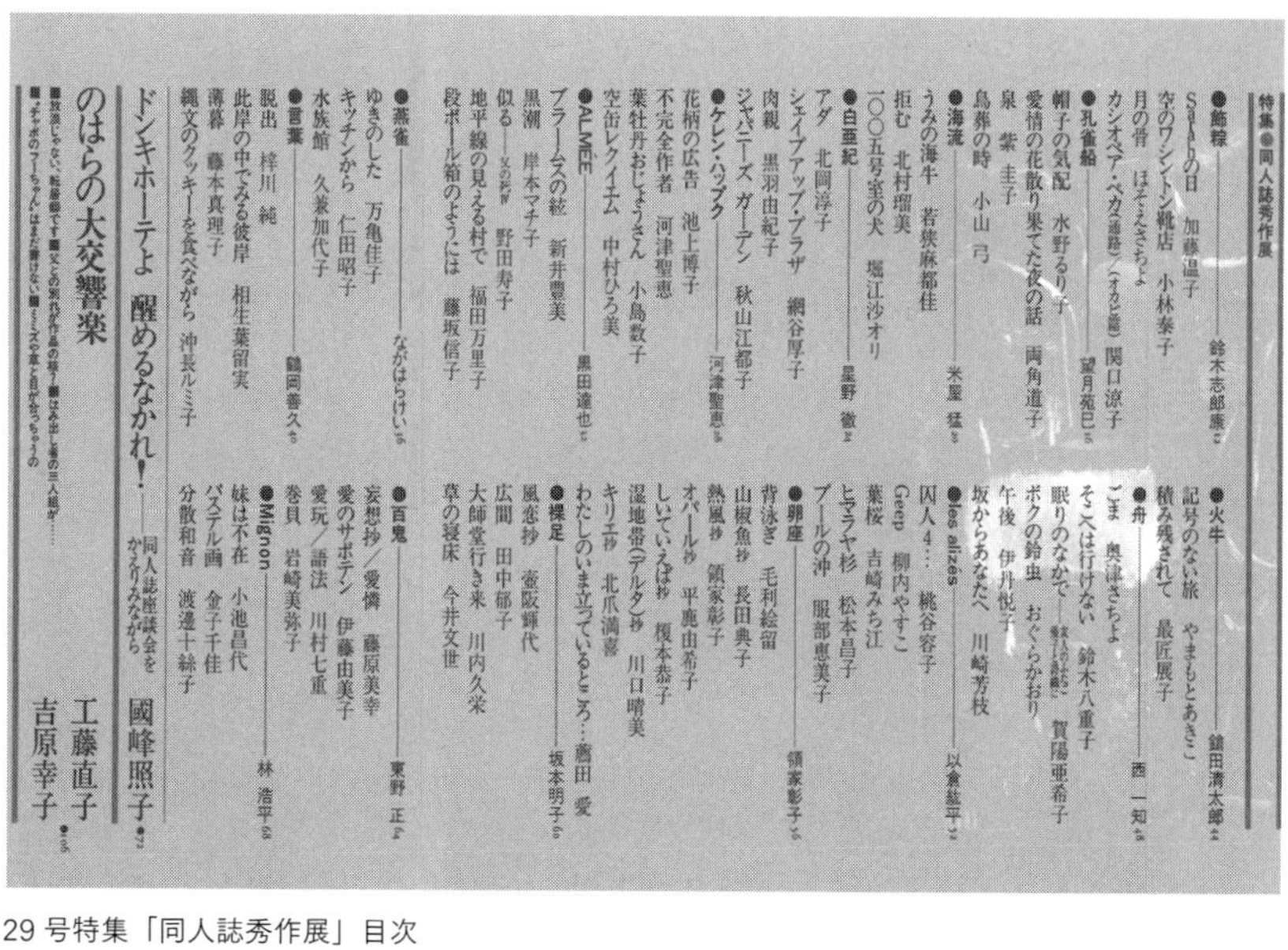

特集●同人誌秀作展

●鮎粽——鈴木志郎康
Saraの日　加藤温子
空のワシントン靴店　小林泰子
月の骨　ほそえさちよ
カシオペア・ベガ（道程）／（オカピ篇）　関口涼子

●孔雀船——望月苑巳
帽子の気配　水野るり子
愛情の花散り果てた夜の話　両角道子
泉　紫 圭子
鳥葬の時　小山 弓

●海流——米屋 猛
うみの海牛　若狭麻都佳
拒む　北村瑠美
一〇〇五号室の犬　堀江沙オリ

●白亜紀——星野 徹
アダ　北岡淳子
シェイプアップ・プラザ　網谷厚子
肉親　黒羽由紀子
ジャパニーズ ガーデン　秋山江都子

●ケレン・ハップク——河津聖恵
花柄の広告　池上博子
不完全作者　河津聖恵
葉牡丹おじょうさん　小島数子
空缶レクイエム　中村ひろ美

●ALMEE——黒田達也
ブラームスの紘　新井豊美
黒潮　岸本マチ子
似る——Xの系譜　野田寿子
地平線の見える村で　福田万里子
段ボール箱のようには　藤坂信子

●燕雀——ながはらけい
ゆきのした　万亀佳子
キッチンから　仁田昭子
水族館　久兼加代子

●言葉——鶴岡善久
脱出　梓川 純
此岸の中でみる彼岸　相生葉留実
薄暮　藤本真理子
縄文のクッキーを食べながら　沖長ルミ子

●火牛——鎗田清太郎
記号のない旅　やまもとあきこ
積み残されて　最匠展子

●舟——西 一知
ごま　奥津さちよ
そこへは行けない　鈴木八重子
眠りのなかで　賀陽亜希子
ボクの鈴虫　おぐらかおり
午後　伊丹悦子
坂からあなたへ　川崎芳枝

●les alizés——以倉紘平
囚人4…　桃谷容子
Geep　柳内やすこ
葉桜　吉崎みち江
ヒマラヤ杉　松本昌子
プールの沖　服部恵美子

●卵座——領家彰子
背泳ぎ　毛利絵留
山椒魚抄　長田典子
熱風抄　領家彰子
オパール抄　平塚由希子
しいていえば抄　榎本恭子
湿地帯（デルタ）抄　川口晴美
キリエ抄　北爪満喜
わたしのいま立っているところ…　鷹田 愛

●裸足——坂本明子
風恋抄　壷阪輝代
広間　田中郁子
大師堂行き来　川内久栄
草の寝床　今井文世

●百鬼——東野 正
妄想抄／愛憐　藤原美幸
愛のサボテン　伊藤由美子
愛玩／語法　川村七重
巻貝　岩崎美弥子

●Mignon——林 浩平
妹は不在　小池昌代
パステル画　金子千佳
分散和音　渡邊十絲子

ドンキホーテよ 醒めるなかれ！——同人誌座談会をかえりみながら　國峰照子 ●72

のはらの大交響楽　工藤直子　吉原幸子 ●105

29 号特集「同人誌秀作展」目次

ラ・メールの三年目は、次のような特集が並んだ。特集あるいは自由主題の中で、同じ短詩型文学の担い手である短歌・俳句の人たちとの競作を意識的に掲載しはじめたのもこの頃からだ。

9号「真夏の夜の夢」（人間以外のものへの変身譚としての作品特集）

作品＝石川不二子・黒田杏子・白石かずこ・筏丸けいこほか、論考＝高橋順子、公募作品発表

10号「女たちの映像」（女性監督による映画十一本に寄せた詩作品と解説）

作品＝岡島弘子・白石公子・吉田加南子・征矢泰子・高良留美子ほか、論考＝矢島翠

11号「同人誌・水平線」（短歌・俳句・詩の全国主要同人誌から推薦された作品八十篇を掲載）

作品＝沢聖子（片岡文雄主宰「開花期」）・渥美景子（中川昭主宰「海市」）ほか

12号「女のなかの鬼」（〝女〟と〝鬼〟の結びつきを探る作品・エッセイ・往復書簡など）

作品＝大西民子・森田智子・永瀬清子・高田敏子・こたきこなみほか、書簡＝川崎洋＋工藤直子

第三回ラ・メール新人賞＝笠間由紀子

9号の「真夏の夜の夢」は動植物などになり替わって人間社会が作り上げた基準から一夜解放されてみよう、という企画だ。牛になる人、鳥になる人、さまざまで楽しい号になった。高橋順子さんの論考「擬人法について」には、「擬人化するということは、人とものとの間の垣根をとりはらって、ものをこちらのほうに引き寄せる作用のこと」であり、「結果として自他の区別は明瞭でなくなり、親密な世界が出現する」とある。勝部祐子さんのこの歌などは、まさに人と蛇との「親密な世界」を見せてくれているようだ。

地を這へば呼吸くるしく掩(おほ)いくる羊歯みつしりと山肌に殖ゆ
薄ら陽に盛らるるたまご透きとほりなべて無精の愛(かな)しき記憶
総身の表皮剝がれてきらめけり脱ぎ捨てたきは〈過去〉にあらざり

（勝部祐子「脱皮まぢかし」より）

10号は映画特集。ちょうど渋谷で開かれていた「国際女性映画週間」を題材に、十一人の詩人が上映作品についての詩と解説を書いた。以下は「エミリーの未来」というドイツ映画の印象をもとに書かれた白石公子さんの作品から。漁業組合のストで道路にばらまかれた魚を踏みつけて恋人のもとへと急ぐ女の姿はなんともいえない凄味がある。

魚を踏みつぶして歩き進む
ヒールが小気味よく突き刺さる
血がはねあがる
その感触が体感となって残る

いつの間にか
魚たちのよどんだ眼ばかりを狙っている

（白石公子「魚を踏んで」より）

11号「同人誌・水平線」は、全国の主要同人誌から推薦された作品が推薦者のコメントとともに掲載されて壮観だった。また、この号から辺見じゅんさんの選による「ラ・メール歌壇」、黒田杏子さんの選による「ラ・メール俳壇」の投稿欄が始まる。そこにはそれぞれ吉原さん、新川さんの「詩人の目」という小欄が設けられ、詩・短歌・俳句創作の共通点や違いなども書かれていて面白い。

12号の特集は「女のなかの鬼」。これは馬場あき子さんの著書『鬼の研究』（一九七一年三一書房刊・一九八八年ちくま文庫）から発想を得たものだ。馬場さんは吉原さんとの対談の中で「わかっちゃえば恐くないから、鬼と握手しちゃえばいい」と語る。女の中の鬼は怖いもの、どろどろとしたものとつい思ってしまっていたが、それだけではない。鬼は孤独で優しく、社会から疎外されたものでもあった。

9号から始まった鈴木ユリイカさんの連載詩も、部分ではあるがここで紹介しておきたい。

多くのひとびとが霧のなかから現われ　その顔々は震えまばたきわたしを魅惑し
多くのひとびとの目のなかに青空と雲が流れ一本の水銀灯が立っていた
わたしは誰でしょうとわたしは言った
多くの歳月がわたしを呼びわたしを揺さぶりわたしを梳り発芽させ疲れさせ
一本のプラタナスが明るい葉と暗い葉を動かしていた

わたしは誰でしょうとわたしは言った

（鈴木ユリイカ「わたしは誰でしょう？　II」より）

この連載は詩集『海のヴァイオリンがきこえる』（思潮社刊）としてまとめられ、一九八八年に第三回詩歌文学館賞を受賞した。

続いて、ラ・メール四年目の四冊は、またそれぞれに興味深い特集が並んだ。

13号「女たちの日本語」（女言葉の変遷と現在を見つめる論考と作品）
論考＝寿岳章子、書簡＝木元教子＋鈴木治彦、作品＝大竹蓉子・きくちつねこ・三井葉子ほか

14号「性の表現」（性はどのように表現されたか、自選作品と解説）
作品＝永瀬清子・高田敏子・石垣りん・内山登美子ほか二十四篇、論考＝井坂洋子

15号「父よ！」（娘にとっての父親をめぐる論考・作品・エッセイ・父たちへのアンケート）
論考＝上野千鶴子、エッセイ＝岸田今日子、作品＝井上摂・米川千嘉子・財部鳥子・山之口泉ほか

16号「'87同人誌・水平線」（全国の詩誌・歌誌・句誌より自薦・推薦作品百十五篇を収録）
速水智也子（たなかよしゆき主宰「反架亜」）ほか　論考＝新井豊美・野沢啓
第四回ラ・メール新人賞＝國峰照子　第一回ラ・メール短歌賞＝袖岡華子

13号は現代詩の枠を超え、女性たちの言葉がどう変わってきたのか（あるいは変わらなかったのか）、そしてそれがまた詩の言葉へどう返ってきているのかを検証してみようという企画。国語学の寿岳章子さんの論考を巻頭に、面白いエッセイやアンケートが並ぶ骨の太い特集号になった。

八〇年代は、女子高生を中心とした少女たちの書く丸文字が広く普及して話題を呼んだ時代だ。彼女たちは自分のことを「ボク」と呼び、交換ノートにマンガのようなクセ字とハートや星やピースマークを書きつけてお互いの気分を共有した。今のケータイ絵文字の先駆けとでもいおうか、少女たちはそれまでの言葉の常識を次々と壊して、新語・造語を自由自在に創り出していく。世はまさにバブルの時代。言葉もバブリーに、奔放に、急激な変化を遂げていったのだった。話題を呼んだ酒井法子「のりピー語」の出現は、ズバリ一九八六年。

こうした現象が詩の言葉とどうリンクしてくるのかを知りたくて、この号では、当時若い女性詩人の代表選手とでもいうべきポジションにいた榊原淳子さんにエッセイをお願いした。しかし、彼女は「女の言葉」に対する拒否感をあらわにし、断然翻訳もののほうが好きだとつっぱねる。

なぜ科学雑誌と一部のＳＦと戦略防衛小説が好きかと言えば、ニオイがしないからだ。私は日本人の書いたものをあまり読まない。（略）英語を日本語におきかえた時の機械的な感触。希薄で硬質な日本語で構成されたへんてこりんな文章。そういうものが好きなのだ。私はこのまま死ぬまでギクシャクしていたい。あるいは意味だけを伝えていたい。変に文学的な表現とか、ニオイつけのしてある文章からは目をそむけたい気分なのである。

（榊原淳子「女の日本語」より）

でも、このつっぱね具合がまた逆にどこか若々しく、「女」でくくられることに抵抗する若手の詩人たちの気持ちを代弁しているようで興味深かった。そして、これに呼応するかのように、わざわざ女言葉で書かれた谷川俊太郎さんの考察も、またすごく面白かった。

ただし、ここが大事なんだけど、絶対に女しか使えないことばっていうのがあるのよ。それは「……だわ」とか「……なのよ」なんてセコイところにあるんじゃない、文体って言えばいいか、文脈って言えばいいか、意味内容って言えばいいか、とにかく女でなきゃ書けない文章、女でなきゃ言えないことってのがあるの。

それは男にとっては脅威だと思うわ。（略）男の目から見るとそういう女のことばは、男がせっかく作りあげた秩序を無にしてしまいかねない混沌のようにも見えるでしょうね。でもそれだからすてきなのよ、本当の女のことばは。

（谷川俊太郎「内臓されたことば」より）

余談だが、「超大変」「超可愛い」などという言葉が使われ出したのも、たしか八〇年代の後半だった。なぜはっきり覚えているかというと、次章で述べるようにラ・メールが思潮社から独立した一九八七年からしばらく後のこと、私は今度はフリーの立場になって編集事務に携わっていた。その事務の手伝いをしてくれていた笠間由紀子さんが、部屋に入ってくるなり私に「大変大変、チョ～大変なの！」と叫んだことがあったのだ。出張校正間近の時期でピリピリしていた私は「すわっ何事⁉」と青くなった。ところが聞いてみるとそれは、特に雑誌に関係があるわけでもなく、たいした「大変」でもなかった。私は拍子抜けすると同時に、彼女の暢気なそぶりにイラッときたのだろう。「そんな神経を逆撫でするようなこと言わないでよ！」と実に無神経な言葉を投げつけてしまった。あとから聞いたら「超〇〇」というのはその頃流行りはじめていた言葉で、その新しいニュアンスを世間に疎い私はまったく知らなかった、というオチ。あのときの彼女のシュンとした様子が今も目に浮かぶ。

あの頃の私は生まれたばかりの娘をかかえて超テンパッてたから、というのは苦しい言い訳で、彼女にはいつもそんな調子で仕事上でも精神的にもずっと迷惑のかけっぱなしだった。笠間さんには、今更ながら本当に申し訳なかったと思っている。

＊

さてさて、話を元に戻そう。

こうして言葉が劇的に変化していくなか、女性詩ブームは到来する。そして、そこで盛んに取り沙汰されたのが、14号の特集にもなった「性の表現」というわけだ。

14号では、女性詩人二十四人の自選作品と解説、そしてそれを井坂洋子さんに読んでもらっての論考を載せた。作品は、永瀬清子・高田敏子さんらベテランから、相場きぬ子・筏丸けいこ・白石公子さんといった若手まで、各世代に広く声をかけた。

なかでも、石垣りんさんはこの号がラ・メール初登場。早くから会員になって応援してくれてはいたが、それまでなかなか誌面には登場してもらえなかった。ところがなぜかこの特集で参加ＯＫとなったのは嬉しい驚きだった。

ふるさとは
海を蒲団（ふとん）のように着ていた。
波打ち際（ぎわ）から顔を出して

女と男が寝ていた。
ふとんは静かに村の姿をつつみ
村をいこわせ
あるときは激しく波立ち乱れた。

（石垣りん「海辺」より 一九六八年思潮社刊『表札など』所収）

二十四人の自選作品はしかし、井坂さんも言うようにどれもちっともエロくなかった。石垣さんらの世代はもちろんのこと、彼女たちと比べれば飛躍的に解放されているはずの伊藤比呂美さんの詩でさえも、だ。それはエロさというよりも、もっと野太い「生」の快感（あるいは「死」への畏怖）として、「どうだ」とばかりに読者の前に差し出される。

まるのままのおちんちんのついた（産みたい）
それでわたしと性交できる（産みたい）
わたしに射精できる（産みたい）
髭を剃らなければいけないが（産みたい）
剃っても剃りあとに体臭が残っている（産みたい）
二十二歳の背の高い男を（産みたい）
十九歳の背の高い男を（産みたい）
二十五歳の背の高い二十九歳の背の高い男を（産みたい）

大便みたいに
産もう、一緒に
すてきなラマーズ法で
うー

（伊藤比呂美「霰がやんでも」より　一九八五年思潮社刊『テリトリー論II』所収）

まさに、谷川さんの言う「男がせっかく作りあげた秩序を無にしてしまいかねない混沌」のパワーだ。

ところでまたまた余談。この特集について会議をしていたとき、新川さんが涼しい顔で突然放った名言を一つ暴露しておこう。

「でも、セックスは本当は書くものじゃなくて、するものだからね」

一同、一瞬キョトン。そして次の瞬間、大爆笑であった。普段は上品で少し近寄り難いイメージさえある新川さんだが、意外とこうしたお茶目な一面もあって、みんなの人気者だった。

と、ここまで書いたら、ラ・メールの十年間で最もエロい作品の一つとして私の脳裏に焼きついている作品を紹介しておきたくなった。これはもう、半端ではない（と、私は思う）。一歩間違えば通俗的だと悪口も言われかねないスレスレのところで、この詩はなんと美しく妖しい輝きを放っていることか。

緑の葉の間から太い花茎が立っている

私の背中はじりじりと焼けはじめている
ビーカーの水は生温く濁っている
水滴のような汗が私の額から流れ続けている
水の中で白い根が複雑に絡み合っている
Kの足に私の足を絡ませてゆく
花茎が葉を押し開いて上へ上へと伸びてゆく
Kの指が私の腰を強く引き寄せる
耐えきれずに緑の葉がしなやかに反り返る

窓辺で紫の花が揺れながら咲いている

……………………

私たちの吐息で窓ガラスが曇ってゆく

（柴田千秋「発芽」より　一九八九年思潮社刊『濾過器』所収）

柴田さんは一九八八年に第五回ラ・メール新人賞を受賞。その後、柴田千秋から改名して、柴田千晶の名前で二〇〇〇年に東電OL殺人事件を題材にした詩集『空室』を発表し、俳人としても活躍しながら現在まで人々の心の内奥に迫る作品を書き続けている。

＊

15号の特集「父よ！」では、上野千鶴子さんによるニキ・ド・サンファルの映画『ダディ』についての論考、岸田今日子・尾崎左永子さんらのエッセイ、そして十三篇の詩歌句作品が並んだ。

「また恋の歌を作っているのか」とおもしろそうに心配そうに
おみやげの讃岐うどんが社名入り封筒の中からあらわれる
電話から少し離れてお茶を飲む聞いてないよというように飲む

（俵万智「朝のネクタイ」より）

この連作は、その後一世を風靡した俵さんの歌集『サラダ記念日』（一九八七年河出書房新社刊）に収録されている。

また「新・父親憲章」と題したアンケートを男性詩人らにお願いし、到着順に二十三人・二十三条からなる憲章が出来上がった。

Q：「第□条　父親は　〜　べし」
　〜の箇所に現代の父親のあり方を示す言葉を入れてください。

第二十一条　父親は、可能なかぎり子を圧迫し、適切な時期に消え去るべし。（岡井隆）
第二十三条　父親は、小鳥に餌をやるべし。（と、いつも家族から言われている。）（荒川洋治）

父なるものの権威が壊れはじめた昭和の最後の時代。娘たちにとっては、良きにつけ悪しきにつけまだまだ父親の存在は非常に重く巨大なものだったようだけれど、当の本人たちはそんなことを知ってか知らずか、どこか自嘲的で寂しそうなのが印象的だった。

また、この号では頁を増やして、それまでの女性執筆者と一九八六年十一月時点での会員の名簿を巻末に付けた。プライバシー保護が重要視される現在では会員の住所氏名を勝手に載せるなど考えられないことだが、各地でのラ・メールの会の発足にはこの名簿が一役も二役も買うことになった。総勢千四百人ほど、パソコンなど普及していない時代のことであったから、原稿はすべて手書きで引き写し。これはこれで相当に大変な作業だった。

そう、この名簿を作った時点で私は、私にしかできない仕事はこれで終わった、と思ったのだった。四年目の特集はどれも面白く、自分なりに企画に参加もできた。懸案だった名簿作りはほかの人に任せる気にはどうしてもなれなかったが、これで一応の区切りがついた、と思った。

そして、この時期には編集部の唯一の先輩だった「現代詩手帖」の編集長が辞め、仲良しだった営業部の先輩も辞めていった。入社四年目にして、社長と総務（社長のお兄さん）を除けば、私がいちばんの古株になってしまったのだった。途中入社で経験豊富な編集者も社内にはいたけれど、もう、身近には相談にのってもらえるような人も冗談を言い合って大笑いできるような人もいなくなってしまった。そう思うと、萎える気力を奮い立たせることは、もうできなかった。

冬、新川さんに辞めたいと打ち明けた。吉原さんにはどうしても言えなかった。また「裏切り者！」と怒られそうで。

新川さんはじっと私の泣き言に耳を傾けてくれ、今までの仕事をねぎらってくれ、そして最後に一言、「女の人は、しなやかに生きなくっちゃね」とアドバイスをくれた。
以来、この言葉は、ずうっと私の生きる指針だ。大袈裟ではなく本当に。

*

16号は同人誌特集の第二弾。前回は主要同人誌に声をかけて推薦してもらったのだが、この号では五百篇もの応募の中から新川さんと吉原さんが苦労して選んだ百十一誌・百十五篇の作品を掲載した。
特集としては地味かもしれないが、同人誌を取り上げることの意義は深い。地方などでコツコツといい詩を書いている人たちを紹介したい、というのは二人のずっと変わらない思いだった。同人誌については、毎回少しずつ形式を変えながら、十年の間に五回の特集を組んだ。
また、この号では第一回ラ・メール短歌賞が発表された。受賞者は夫の看病の日々を綴った袖岡華子さん。辺見じゅんさんの講評には「詩情の明暗に加え、こころを定めて詠っているところに魅かれた」とある。

病む夫のベッドの下に千夜寝て夕顔の蔓に絡まれゐたり
（袖岡華子「黄昏流る」より）

そして、ラ・メール新人賞の四人目に選ばれたのは、群馬の國峰照子さん。吉原さんの講評には「一言でいうならそれは世界のあらゆる現状に対する疑問符、批評精神であろう」とあるが、國峰さんの投稿作品はいつもシニカルで難解で、正直なところ私にはなかなかとっつきにくいものも多かった。

しかし、そんな國峰さんに突如見せられた壮絶な地獄図がある。自ら死にゆく者への憤怒に満ちた哀しみ、残される者の深い孤独。思潮社を退社した後、送ってもらった詩集を手にしたとき、私は彼女の生々しい声をはからずも聞いた気がして、その哀しみの深さがようやく少しわかったように思ったのだった。

看取るとは、リンゲルの注射針を植えこんだ腕を寝台の鉄枠に縛りつけ、それをとろうとする左手を縛り、暴れる足首を縛り、腹部に馬乗りになって押さえつけること。直すために押さえるのではない。たった一人呼ばれた友が、肉体と毒薬との壮絶な闘いを長びかせる、青ざめた鬼になる。

　　ムニナルナンテ　イヤデス　ザッソウノヨウニムニナルナンテ

今日、明日と告げられてから更に三昼夜、苦悶の果て、肉体はこときれた。午前二時二一分、気がつくと外は春の嵐。別棟へ、扱いなれぬ担架車（ストレッチャー）を押していく。明けやらぬ砂利道で、遺体は危うく転ろげ落ちそうになる。思わずあげる叫びなど、砂まじりの疾風に吹きさらわれ、自分の耳にさえ届かない。（中略）

　　イキナサイ　モウ　イクシカナイノダカラ　フリカエラズニイキナサイ

あれから七つの春が巡る。鬼は口を拭ってまだ生きている。

（國峰照子「地獄」より　一九八七年思潮社刊『玉ねぎのBlack Box』所収）

ラ・メール“独立”ご挨拶

1983年7月、本誌が〝女性による、女性のための初の一般詩誌〟として社会の注目を浴びながら出発してから、5年が経ちました。この間、短歌や俳句とも交流しつつ、女性の書き手たちに広く発表の場を提供して、創作活動の活発化に寄与し、また第1回新人賞の鈴木ユリイカをはじめ、優秀な新人を毎年確実に世に送り出すなど、いささかの自負とともに回顧し、新たなる使命感に燃えております。

詩を愛する女性たちの、これは一つの運動体であると、私たちは考えます。とすれば、いつまでも大樹の蔭に安んじていては、この運動の真の意味は果たされないでしょう。ここに、5周年を期して、創成期の水先案内を託した思潮社から独立し、編集・発行ともに責任をもって「ラ・メールの会」が行うことと致しました。昨今の出版事情などからして、必ずしも楽観を許されない冒険ではありますが、〈海のような詩を読みたい――書きたい〉を合言葉に、乗組員一同、外海に漕ぎ出す決意でおります。

会員および読者の皆さま方の、これまでにも増して熱いご声援・ご協力を、ひとえにお願い申しあげます。

1988年7月

現代詩ラ・メールの会

編集人	編集委員	事務局
新川和江	白石かずこ	荒井永子
吉原幸子	新藤涼子	栗本榮子
	小柳玲子	渡辺好子
	高橋順子	
	鈴木ユリイカ	

21号目次裏に掲載された「独立のご挨拶」とポエトリースペース〈水族館〉開設のお知らせ。事務局の「荒井」は筆者の旧姓、ラ・メールの10年はずっと旧姓で通した。

poetry space〈水族館〉開設のおしらせ

——1988年10月中旬オープン予定!——

現在、東京都新宿区内に建築中の本拠地ビルに、詩的交流のためのワン・フロアー、スペース〈水族館〉を置きます。専用の入口・ロビー・編集室のほか、約60席の談話室・兼集会室を用意しました。秋からはとりあえず毎日曜日を「ラ・メール」の会員と読者に開放し、次のような用途を考えております。語り合いに、くつろぎに、またさまざまな表現に挑む場として、大いにご利用いただきたいと思います。

1. 詩のライブラリー————女性詩中心、数千冊。貸出し・コピーも可。随時。
2. 大型ビデオ、CDなどの観賞
————————〝海のビデオ〟各種あり。名作テープの持込みも歓迎。随時。
3. ゲスト・スピーチ————〈嵯峨信之の詩談義〉ほか。特定時間帯、不定期。
4. 実作研究会————〈新川和江の詩の午後〉〈ユリイカの日曜日〉など。定期。
5. 絵画教室————————〈甲斐清子のデッサン入門〉予定。定期。
6. ダンス教室————〈山田奈々子のモダン・ダンス美容科〉予定。定期。
7. 朗読会・ミニコンサート・書画展ほか
————————〈半田淳子の琵琶の世界〉など。ピアノあり。不定期。
8. 会員手造りの工芸品など展示————委託仲介も可。随時。

(番外) 卓球道場————吉原幸子へボ指南。道場破り歓迎。随時。

ほかにも、何かたのしい利用法がありましたら、お智恵をお貸しください。プラン作りの参考にさせていただきます。なお、地方からのご上京に、多少は宿泊の設備もあります。

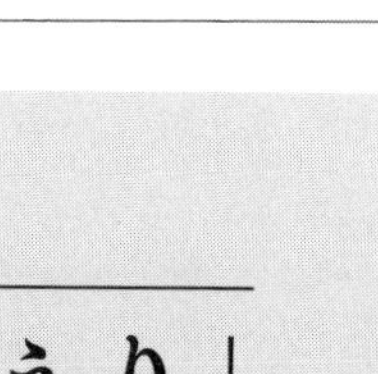

現代詩ラ・メールの会
poetry space〈水族館〉

〒160 東京都新宿区百人町
1−1−21
JR新大久保駅または大久保駅南口より6分。

EPISODE 9

「おかえり」

新しいラ・メールが出来上がると、いつも会員宛に発送する本には「ラ・メールの会より会員のみなさまに」というB6判ほどの小さな手紙を入れた。手書きのちまちまとした字で、時候の挨拶や会合のお知らせ、その他さまざまな連絡事項などを書いていた。たいしたことが書けるわけではなかったが、黒子の私の編集後記代わりだった。筆記具は黒の水性サインペンと決めていて、ペン先がすぐに潰れてしまうのだがそれでなければどうしてもうまく書けなかったので、この手紙のために何本も新しいものを買いだめしてあった。

以下は、16号のときの手紙の最後に入れた初めての私信。

「私事で恐縮ですが、今号でラ・メールの担当を終わることになりました。創刊から四年間、雑誌と一緒に育てていただいたこと、みなさんに厚くお礼申し上げます」

ありきたりな文面だが、これだけ書くのがやっとだった。このとき初めて末尾に自分の名前を記した。もうこれを書くこともないだろうと思うとさすがに胸が痛かった。

退職してお世話になった著者の人たちにもハガキを出すと、しばらくは腑抜けのように寝てばかりいた。心身ともに楽になってホッとしたけれど、いちばん困ったのは本が買えなくなってしまったことだった。それまであまりにもドンブリ勘定だったのを見直そうと思って家計簿なるものを付けはじめたのがいけなかった。四年分の退職金は、ちょっといいミシンを買ったらあらかた消滅してしまった。何をするわけでもないのに日々出ていくお金の多さに恐れをなし、アパートの隣のコンビニにも行けなくなった。根がいい加減で数字にはめっぽう弱いくせに、金額が合わないとどうも気持ちが悪い。それで毎日守銭奴のようにお金を数えているうちに、気がついたらとことんケチになってしまっていた。それまで月々の収支などまともに考えたこともなかったので、自分にはお金を管理する才能がなかったことにまったく気がつかなかったのだ。

これにはほとほと嫌気がさした。これ以上人間がセコくなってしまってはいけないと、家計簿は早々に断念。しかしながら、失業保険もたいして貰えるわけではないし、お金がないことに変わりはなかった。

そんなこんなでちょっと困ったなあと思いはじめていたら、ほどなくアルバイトの話が舞い込んできた。ラ・メールの校正でとてもお世話になったフリー編集者の大西和男さんが、リライトのアルバイトをしないかと声をかけてくれたのだ。本当はもう少し遊んでいたかったが、元々「詩学」の編集に携わっていた大先輩が私を大丈夫と見込んで紹介してくれたのが嬉しかったし、そうした金銭的な事情もあって、やらせてもらうことにした。というわけで、夢見ていたスローライフは、退職二カ月にしてあっけなくおしまい。

新しい職場は表参道にある小さな編集プロダクションで、当時は保険の販促に使うらしきＮＨＫの番組紹介の小冊子を作っていた。ドラマの台本や番組情報誌の記事をもとに二、三百字程度の紹介記事を書く仕事で、なかなか楽しかった。アルバイトだから気は楽だし、残業もなかった。時はバブル時代の最盛期、デザイナーの子が仕事の合間に「バーゲンに行ってきまーす」と言って二時間ほどいなくなったり、編集長が社長と不倫しているなどという噂がまことしやかに流れたりするような華やかさで、田舎者の私は思わず「さすが表参道！」と目をみはるようなことばかりだった。

同じフロアにいたフリーの広告デザイナーに頼まれて、コピーライターまがいの仕事もした。今考えるとけっこういいお得意さんがいたらしく、一緒に高級パスタや郵便局のお中元パンフレット、まだブレイク前のホッピーのキャッチコピーなども考えたりして、これも面白かった。数文字のコピーを一晩か二晩でいくつか考えて持っていくと、「ごめんね、これだけでいい？」と人差し指を一本立てるので、「あ、千円？」と言ったら大笑いされた。「まさか、一万円よぉ。ホントなら一本十万って言いたいところだけど、まだまだ私はカケダシだから安くて申し訳ないけど」と言われて仰天した。「糸井重里なんて「おいしい生活」ってたった六文字書いて百万円よ」と教えられたのもこのときだ（真偽のほどは知らない）。当時の詩の原稿料は一篇三千円だったか、五千円だったか……原稿料が出ればまだいいほうで、それは今もあまり変わらないような気がする。詩人はひと月にいったい何篇詩が書けるだろうか。このとき、詩人というのは仕事としては成立しないなとあらためて思った記憶がある。

私に仕事を回してくれた彼女は、その後どうしただろう。もし当時、今ぐらいパソコンが普及していたら、私はそのまま広告コピーの仕事を続けていたかもしれない。

＊

さて、自分のことはこのぐらいにして、ラ・メールの話に戻る。

私のあとを引き継いだのは、新しく編集部に入った若い女性だった。彼女に初めて会ったのは梅雨の頃、17号の出張校正のときだ。会社を辞めるとき、出張校正だけは参加させてほしいと頼んであったので、このときも印刷所に三日間通ってゲラの最終確認をさせてもらった。印刷所に詰めた人たちの中には吉原さんもいて、なんだかすごく久しぶりのような気がして懐かしかった。

ところが出張校正最終日のこと、何だったかは忘れてしまったが「このままではいけない」と思うことがあって、私はその後継者の彼女にちょっとばかり意見をした（先輩面して少しエラそうだったかもしれない）。すると、それまでハキハキとして元気だった彼女の顔つきが、いきなり空洞のように虚ろになってしまったのだ！　それは本当に唐突で、まるでパチンとスイッチが切れたように表情がなくなり、それから一言も言葉を発しなくなってしまった。私の忠告は些細なことだったし、彼女の仕事にはかなり敬意をもって言ったつもりだったのだが……。この急激な変化にはこちらも面食らって、すごく嫌な予感がしたけれど、あとの祭り。案の定、次の号の出張校正に彼女の姿はなかった。

何があったのかはわからないけれど、新人がいきなりラ・メールの担当者になるということは相当なプレッシャーの毎日であっただろうことは容易に想像できた。そこへもしかしたら私が追い討ちをかけ、彼女の鬱のスイッチに触れてしまったのかもしれない。悪気はなかったとはいえ、申し訳ないことをしてしまった。

結局、ラ・メール五年目の残り三冊は、私の一年下の後輩にあたる井口かおりさんが全面的に面倒をみてくれた。会員宛の手紙は、秋号からワープロ打ちの整然とした文字に変わっていた。

＊

五年目に入ってのいちばんのトピックは、やはり編集委員制の導入だろう。17号から、白石かずこ・新藤凉子・小柳玲子・井坂洋子・鈴木ユリイカさんの各人が企画に加わった。21号からは井坂さんに代わって高橋順子さんが入ったが、この体制は終刊号までずっと続いた。

編集委員制になってからの一年間のことは、私は社外の人間だったので詳しくは知らない。けれど、後述する「復帰」後の様子では、とにかく会議はいつも過剰なまでに活発というか、途方もなくまとまらないというか、次々といろんな話題（一応企画案）が飛び出して、毎回ハラハラドキドキさせられるものだった。新川・吉原・小田体制だったときには、お酒や食事や猫の世話などこまごました用事で席を立って会議を中断させるのはいつも吉原さんの専売特許だったのに、編集委員制になってからは、暴走・脱線しがちな話題を特集テーマに引き戻し、我慢強く皆のアイデアをとりまとめるのが吉原さんの仕事になった。

もともと皆さん才気あふれる人々であるから、てんやわんやしながらも毎回なんとか無事に特集が決まっていくのだが、ひと晩の会議ではやはり細部までは詰められず、最終的なページ割までこぎつけるには、もうひと苦労しなければならないのだった。

17〜20号の特集を書いておこう。新体制らしく、編集委員や新人の書き手たちを多く起用しようという姿勢が随所に感じられる。

17号「街へ」（日本や外国の街から見えてくるものを描くエッセイと作品）
　エッセイ＝大庭みな子・俵萠子・中沢けい、作品＝川田絢音・青井史・伊丹公子ほか
18号「幸福の尺度」（幸福とは何か。論考・エッセイ・作品・アンケート）
　論考＝秋山さと子、エッセイ＝武田百合子、作品＝太田紫苑・紀野恵・征矢泰子ほか
19号「メルヘン」（論考と童話・ショートショート・作品、公募メルヘン）
　論考＝馬場禮子・中本道代、短編＝矢川澄子・安房直子・佐野洋子、作品＝木坂涼ほか
20号「手紙詩」（手紙についてのエッセイ・論・往復書簡・作品）
　エッセイ＝茨木のり子・吉行理恵、論考＝井坂洋子、往復書簡＝山本かずこ＋中上哲夫ほか

第五回ラ・メール新人賞＝柴田千秋・第一回ラ・メール俳句賞＝小津はるゑ

17号では、大庭みな子・中沢けいさんらによるエッセイと、情緒豊かな国内外の街々を描写した二十篇の作品が掲載されている。

春の墓地のそばをぬけると
夕ぐれの少女たちの
赤い靴をはいた足が
いくほんも　いくほんも
漂いながら坂をおりていきます

（水野るり子「夢のモザイク——YOKOHAMA 1987」より）

白石かずこさんの国際色豊かな新連載エッセイ、ユリイカさん発案のリレーエッセイ「わたしの出会った一篇の詩」も開始。第一回は茨木のり子・中江俊夫さんが書いてくれた。

18号では、論やエッセイ、詩歌句作品のほかに、アンケートで多くの人がそれぞれの「幸福」について語っている。

①あなたが共感しておられる幸福についての名言・箴言あるいは詩句をお教えてください↓「薔薇色の／地獄の／おにぎりを噛むとき／涙はおいしい」　②それについてのご感想をおきかせください↓「だいぶ前、会田綱雄さんの個展で頒けていただいた書です。この言葉、鬼ババリンの好物です。何が幸福かわからない。従って

私には尺度がないんです」

（回答者・石垣りん）

小柳玲子さんの連載詩「雲ヶ丘伝説」、ラ・メール新人賞受賞者たちが交代で担当する「詩集展望」もスタートした。

19号のメルヘン特集では馬場禮子さんの論考や、矢川澄子さんらのショートショートなど。それぞれ味わい深い作品が並んで面白かったが、なかでも会員公募から選ばれた七つの掌篇（作＝高塚かず子・川上花葉・澁澤道子・安田朋代・徳弘康代・舟山逸子・吉原圭介）がとても楽しかった。

20号では往復書簡の詩・短歌・俳句の試み。「対象への呼びかけからはじまることが多い抒情詩には、もともと手紙的要素がつよい」（新川さん編集後記より）。次の詩は、笠間由紀子さんの作品「朝に切手を貼って」の終連を受けて書かれた辻征夫さんの返信「その赤いポストの中」から。笠間さんの「それでは　おおいそぎでポストまで走ります」という言葉に、辻さんはユーモラスに応じる。何やらきみの悪いことが起こって、そのポストの中にキラッと光る二つの目が現れ、外を覗いているよ、と。

ははは、わかりましたか由紀子さん
あのポストこそ、なにをかくそう
怪人四十面相の、この辻さんだったのです。
なんの役にもたたない、悪い悪い辻さん
ポストの中できみの詩を読み、それから手紙の
サローヤンの一節を読んで泣いちゃった。「人間というものは

ほんとうは喜ぶ動物であり、その喜びをわけあい
その喜びをひとに伝えたがっている動物である」

＊

そしてこの20号を最後に、創刊五周年をもってラ・メールは思潮社から独立。吉原さんの自宅に拠点を移し、気持ちも新たに再出発の運びとなった。その経緯については次の章で。そして、それとともに、私もラ・メールの職場に「復帰」することになったのだった。

たしか、20号の出張校正が無事に終わり、ホッと一息ついてすぐのタイミングだった。新川さんに「あなた、またラ・メールを手伝ってくれない？」と声をかけてもらった。それは気持ちのいいぐらいに単刀直入でビジネスライクな提案だった。「今の職場はいくらもらっているの？ 扶養家族にはなっているの？ 条件はこれでどうかしら？」。たぶん、義理とか情とかだけではやっていけない、そう考えてくれたのだろう。独立後の財政は決して楽なはずはないのに、だ。この心意気にはとても心動かされた。

しかしながら実は、このとき私はちょうど妊娠がわかったばかりで、つわり初体験の真っ只中にいたのだ。

「え、でも私、十月には子どもが生まれるんです」

「それはすごいじゃない！ おめでとう！」

「だから私……」

「大丈夫、事務的なことは誰かに手伝ってもらえばいいでしょう。でも編集実務はなかなかできる人がいないのよ」

「でも、私なんかで役に立つんでしょうか」

「女の人が作る雑誌なんだから、きっとなんとかなるわよ。赤ちゃんが生まれるなんて、私たちもこんな楽しみなことはありません。みんなで子どもを育てましょう！」

大丈夫、という新川さんの言葉は力強かった。その隣では、吉原さんがニコニコ笑っていた。私はまったく自信はなかったが、それでもそんなふうに言ってもらえることが嬉しかった。とりあえず手伝えることはあるかもしれない、そう思ってこの誘いをありがたく受けることにした。表参道の仕事も通勤ラッシュが辛くてかなり参っていたし、いずれにしても子どもが生まれてしまえば続けられるはずもなかった。それに何よりも、一年離れてみて私はやっぱりこの雑誌がとても好きなのだということにあらためて気づいたのだった。

こうして、私は再び新生ラ・メールへと舞い戻ることになった。

21号の発送のときには、またサインペンで会員の人たちへ手紙を書いた。その筆跡を見て「おかえり」と言ってくれた人が思いがけず何人もいて嬉しかった。たった一枚の小さな手紙だったけれど、ああ、帰ってきたのだと実感した感慨深い一枚だった。

会員のみなさまへ

むし暑い日が続きます。みなさまお元気ですか。独立第1号をお届けします。創刊5周年の特集は、あらためて女と、男についての問いかけたなりました。なぜ"女"なのか、なぜ"男"なのか、考えあぐねているうちにいつのまにか5年がたってしまいました。おそらくは、いつまでたってもみつからないかもしれない自分なりの答えを探し歩いて、これからも何度となく立往生しては自分やまわりの人たちのことを見つめかえすことになるのだろう、とこの号を手に今さらのように感じています。誌面のことや会の運営などについて、ご意見、ご感想をたくさんお寄せください。なお、お手紙やご投稿などはすべて奥付頁の新住所あてにお送りくださいますようお願いいたします。電話は10月開通ですので、お手数ながらご用件はおハガキで。

独立・創刊5周年記念のパーティを、今号の催しにかえて7月29日(金)の夜に行ないます。詳細は目次裏の頁をご参照ください。出欠のお返事は本誌はさみこみのハガキで。10月にできる新スペース〈水族館〉についてのアンケートにもご協力をお願いします。なお独立を期して新しい案内書をつくりました。詩のお好きな方がいらっしゃいましたら、また案内書を置いてくださるようなところがありましたら、あわせてご紹介ください。

ラ・メール の 会

21 号に添えた会員宛ての手紙

ラ・メールの会より会員のみなさまに

第16号をお届けします。

・今号の特集には編集者も嬉しいヒメイをあげるほどたくさんの応募をいただきました。送られてきた封書の数はラ・メールはじまって以来の量で、同人誌というメディアについて、またそこで活躍する女性たちの熱気について、あらためて考えさせられました。

・こうした熱気をよりよく反映できるよう、次号から新たに編集委員として五人の方に加わっていただくことになりました。(174頁)新制第一回めの編集会議では早くも次々と新しい企画案がとび出し、一層密度の濃い誌面を目指して一同はりきっています。「ラ・メールは女性にとって常にひらかれた雑誌でありたい」といつも思い続けてきました。これからもみなさんのご意見をたくさんお聞かせください。

・第15回「女たちの夜」をきっかけに、この度「まり子とねむの木応援団」が結成されました。(詳細は139頁)有志の方、ご連絡をお待ちしています。なお、第16回「女たちの午後」の詳細は171頁。出席者は早めにご連絡ください。

・私事で恐縮ですが、今号でラ・メールの担当を終わることになりました。創刊から四年間、雑誌と一緒に育てていただいたこと、みなさんに厚くお礼申し上げます。(荒井)

16 号に添えた会員宛ての手紙

東京新聞（夕刊）1991年(平成3年)9月30日(月曜日)　(4)

URBAN LIFE
アーバンライフ●都市に住む

自宅にサロン〝水族館〟

女性詩人たちのよりどころ

家族用とはまた別の玄関で

東京新聞 1991 年 9 月 30 日

1988 年 11 月 6 日 ポエトリースペース〈水族館〉オープニングパーティー

1988年7月29日 ラ・メール独立記念パーティー

〈水族館〉外観

EPISODE 10

新たなる海へ

……私たちは、この国の"女流"の
く輝かしい伝統を再び大きく開花させ、
しい歴史の流れに手を添えるため、
を愛する女性たちに
広い活動と吸収の場を用意したい
考えました。
に女を反映し、真に女に求められる詩の世界
確立し、その上で、男性にも
性の本質を正当に理解されたいと思うのです。

より、芸術そのものの価値にとって
男流""女流"の区別などは不要です。
かし性別というものが消え去ることはない以上、
女それぞれに特性があることは
来ともに不変でありましょう。
の特性の中で百花繚乱、
には女を超え、時には女にこだわり、
には自讃し時には自省して、
たち自身という"海"を
索していきたいと思います。

集人 新川和江・吉原幸子
83年4月創刊ご挨拶より)

既刊ゲスト執筆者より

瀬戸内寂聴
大庭みな子
朝倉摂
谷川俊太郎
永瀬清子
河野多惠子
岸田今日子
森瑤子
大岡信
馬場あき子
中村苑子
田辺聖子
竹西寛子
佐藤陽子
吉本隆明
松任谷由美
草野心平
津島佑子
山崎朋子
中村真一郎
山崎ハコ
佐多稲子
池田満寿夫
干刈あがた
山中智恵子
茨木のり子
河野愛子
鈴木真砂女
白石加代子
ヨネヤマママコ
加藤幸子
立原えりか
上野千鶴子
佐藤愛子
水上勉
金井美恵子
吉行和子
高橋源一郎
戸川純
石川不二子
石井好子
三枝和子
岸田衿子
馬場禮子
山本道子
やまだ紫
宮迫千鶴
谷山浩子
矢島翠
高野悦子
山田太一
味戸ケイコ
D.レヴァトフ
川崎洋
岸田理生
寿岳章子
幸田弘子
木元教子
丸木俊
原田康子
早乙女貢
西川直子
鈴木健二
石垣りん
樋口恵子
渡辺えり子
宮城まり子
中沢けい
合田佐和子
俵萠子
秋山さと子
武田百合子
吉廣紀代子
江波杏子
矢川澄子
佐野洋子
尾崎左永子
落合恵子
中山千夏
吉本ばなな
十返千鶴子
長田渚左
俵万智
大野一雄
吉岡しげ美
ねじめ正一
波瀬満子

「女性詩人この百年」登場者

左川ちか
高群逸枝
森三千代
井上充子
米澤順子
深尾須磨子
林芙美子
後藤郁子
与謝野晶子
大塚楠緒子
中野鈴子
馬渕美意子
中原綾子
沢木隆子
沢ゆき
柳原白蓮
港野喜代子
伊藤野枝
英美子
中村千尾
金子みすゞ

＊バックナンバーのご注文にも応じます。

「現代詩ラ・メール」へのお誘い

詩はすべての芸術の源です。物質文明のひずみを負った現代に、私たちの詩は人間の声として、砂漠でも岩山でもなく、地球を潤す"海"のようでありたいと思います。
「現代詩ラ・メール」は、〈創る・生きる〉すべての女性たちの前にひらかれた、広場です。暗い台所で女たちがやむなく筆を折った時代はとうに終りました。今こそ、書くという、創るという歓びの中に、生きて今在ることの意味を積極的にたしかめましょう。失われかけた"海"を、詩に回復させましょう。

あなたのご参加を、「ラ・メール」は心からお待ちしています。すでに同人誌をおもちの方は、より広いセカンド・グラウンドとして。また初めて言葉に取り組んでみようとされる方も、詩の観賞を創造のエネルギーにと願っておられる各分野のアーティストも、私たちのよき理解者である男性の方々も、潮風の吹くこの広場に、どうぞ――。

＊万一、すでに手続きのお済みの方に重ねてご案内の節は、お赦しください。

（表）

独立にともなって案内状も新しいものを作成。
白とブルーの三つ折りリーフレット。

女性による女性の詩誌として名実ともに〝独立〟し、新たなる海へ船出した「ラ・メール」！航海の合い間のくつろぎには、スペース［水族館］につどって。

くらい海ぞこで眠っている
新種の魚たち　貝たち　藻草たち
さあ　目を覚まして　名乗りをあげて――

「ラ・メールの会」の活動

「現代詩ラ・メール」の季刊発行

●7月夏号・10月秋号・1月冬号・4月春号。各月1日発売。
発行所名は「書肆水族館」。

●A5判180ページ、定価 1000円（本体971円）。
本文高級上質紙、表紙は公募カラー絵画作品。

●内容＝主として女性による作品・エッセイ・評論・対談など。海外女性詩・近代日本女性詩紹介を含む。
責任編集＝新川和江・吉原幸子
編集委員＝白石かずこ・新藤涼子・小柳玲子・高橋順子・鈴木ユリイカ

授賞と詩書出版

投稿欄の優れた新人には年ごとに「ラ・メール新人賞」「同短歌賞」「同俳句賞」（賞金各10万円）を贈り、希望により「ラ・メール選書」の一環として、作品集を出版。

各期ミーティング

年4回、本誌発行月の中旬ごろに、講演会や朗読会・芸術観賞・パーティなどの形で催します。
将来、地方での開催も検討中（すでに各地方での小集会はもたれています）。

poetry space［水族館］の公開

毎日曜日、本拠地ビルの談話室を会員と読者に提供し、女性詩ライブラリー閲覧・実作研究会その他により、創作上の刺激と会員相互のふれ合いをはかります。

会員システム

本誌は季刊のため、店頭で常時出会えるとは限りません。そこで
書店購読以外に直接購読の方法として、次のような会員制度を設けます。

S会員（サポーティング・メンバー）

S会員は新人登竜門である〈ハーバー・ライト〉欄・〈歌壇〉・〈俳壇〉を含むすべての投稿をすることができます。選考は
詩＝新川和江・吉原幸子＋ゲスト選者
短歌＝辺見じゅん
俳句＝黒田杏子
●女性に限ります。
●入会金5,000円（初回のみ）と、予約購読料・年間4,000円を納入していただきます。

P会員（パブリック・メンバー）

P会員は作品以外の投稿（論・エッセイ・手紙など）をすることができます。
●男性も歓迎します。
●予約購読料・年間4,000円を納入していただきます。
（執筆はつとめて広範囲に依頼する方針ですが、それに該当すべき方も、賛助的な意味でP会員にご加入いただけましたら幸いです。）

会員の特典

S・P会員とも、ミーティング出席や［水族館］の利用に際し優待されます。

入会申込

添付の振替用紙の裏面に必要事項を明記の上、最寄りの郵便局からお払込みください。折り返し、会員証その他をお送り致します。

投稿のきまり

1 ハーバー・ライト（詩作品）＝S会員のみ。
1号につき2篇まで。
2 ラ・メール歌壇、俳壇＝S会員のみ。
ハガキに3首または3句、1号につき2通まで。
3 犬猫病院（詩）＝S・P会員。35行以内。
4 ラウンジ（随想）＝S・P会員。400字1～2枚。
5 詩論・詩人論＝S・P会員。400字25枚以内。
（ほか詳細は本誌奥付ページ参照）

＊いずれも締切は4・7・10・1月末必着。原稿の右肩
封筒にそれぞれの欄の名称を朱書して、下記住所あ
にお送りください。
＊ペンネームは自由ですが、末尾に本名・会員番号
住所を（できれば年齢・職業も）記してください。不掲載
場合も原稿は返却しません。

現代詩ラ・メールの会（書肆水族館）
東京都新宿区百人町1-1-21〒160
電話・Fax. 03-208-5963
電話受付時間＝月・水・金曜午後
振替＝東京6-357967

本誌は創刊5年を期して発行面でも完全独立しましたので、'83
夏号（1号）より'88年春号（20号）までは思潮社、21号以降は
肆水族館の発行となっています。

（内側）

思潮社から独立することになったラ・メールには、新しい拠点が必要だった。

ここで、吉原さんは一つの大きな決断をする。自宅の半分を改築し、新しい詩のスペースを作って会員たちのために開放することにしたのだ。

着工は一九八八年の初頭あたりだったろうか。吉原さんは、かつてお母さんの部屋があった奥の別棟を仮住まいとして、狭い六畳間で猫四匹とともに八カ月あまりの不自由な生活に耐えた。そして私たちは、工事現場の材木の山をまたぎ越し、その六畳間に集っては、文字どおり額を寄せ合うようにして新生ラ・メールの編集作業にあたった。新川さんは痛む膝をかばいながら、そして妊婦の私は大きなおなかを抱えながら、この危なっかしい場所にたびたび足を運んだのだった。

独立に際しては、編集の仕事もさることながら、会員事務などもすべて思潮社から引き上げてこなければならなかった。新・事務局（六畳間）には何人もの人たちが集まって、試行錯誤しながら一つひとつ作業を進めていった。

今、手許には当時の事務局の日報がある。先日、吉原純さんが地下の書庫から見つけ出して送ってくれたものだ。全部で大学ノート五冊分、いろんな人が入れ替わり立ち替わり書いているが、申し送りの合間に書かれた各人のコメントや、紙上での掛け合い漫才のようなやりとりが面白い。まるで部活の連絡ノートのようなノリで懐かしいが、どれもすっかり忘れていたことばかりで、ずいぶん昔のことになってしまったのだとあらためて考えさせられる。

一冊目の書き出しは、一九八八年三月二十五日。

「午後一時、吉原宅に集合、吉原の車にて市ヶ谷思潮社に向かう。午後二時より、S・P会員の名簿のつけ方、封筒の宛名刷りなどをFさんより、21号よりの編集日程をIさんより説明される。五時まで雑誌の到着を待つが来ず、思潮社を辞す。ラ・メール1〜20号（2冊）を持ち帰る。……」（栗本記）

この日吉原邸に集まったのは三人で、夜十一時まで、とある。おそらく翌日の20号の出来上がりに向けて、引き継ぎをしながら発送の準備と、夜はお決まりの酒宴だったのではないかと推察される。ちなみに、この時期の私はまだお手伝い要請の声がかかっていなかったので不参加。きっと初めてのことばかりで、みんなずいぶん戸惑ったことだろう。私の名前が日報に出てくるのは四月後半になってからだ。

この独立当初の頃からずっと献身的にお手伝いをしてくれていたのが、吉原さんの詩の教室の生徒さんたちで作っていた同人誌「街角」のメンバーだった栗本榮子・笠間由紀子・杉田早智子さんほか。お金の管理や名簿整理、封筒の宛名書き、郵便物の整理、各種手紙への対応（建築中はラ・メール専用電話もなかった）、時には原稿や広告版下の受け取り、校正などなど。出来上がってきたラ・メールの発送作業や会合の準備・片付けなどは「街角」メンバー総出で手伝ってくれた。一人ひとりの名前は挙げられないが、彼女らがいなかったらラ・メールの会は早々に行き詰まっていたに違いない。

21号・22号の特集は以下のとおり。

21号「女と男」（女性から男性、男性から女性に向けてのエッセイ・作品特集）
エッセイ＝三枝和子・落合恵子・山田太一、作品＝林あまり・上田日差子・諏訪優ほか
22号「アジア女性詩」（アジア諸国と日本の女性詩人による作品特集）
中国・台湾・韓国・インド・ネパール・パキスタン・マレーシアなど十カ国から二十一作品

21号の五周年記念特集号「女と男」は、そのような綱渡りの状態の中で出来上がった。この「女と男」は、古くて新しいテーマなのだろうが、「男と女」ではなくて「女と男」である、というところがミソということらしい。そして書き手はなんとなく困ったり、抵抗を感じたりしながらも、皆それぞれにこのテーマについて正面から向き合って書いてくれている。その葛藤こそが、このテーマの目的だった、と言えるのかもしれない。

エッセイで参加してくれたのは、三枝和子・落合恵子・山田太一・吉本ばななさんほか。男女十七人の詩人・歌人・俳人らの作品や、「戦後女性詩の四十年」と題した新井豊美さんの明快な評論も寄せられた。

春眠のをとこの瞼（まぶた）つめたかり
紅をひく手鏡よぎり山の蝶
君ふいに草もてつつく蟻地獄
（名取里美「背中合せ」より）

名取さんはラ・メール俳壇選者・黒田杏子さんイチオシの新人で第一回ラ・メール俳句賞受賞、受賞時の「小津はるゑ」は祖母の名前だそうだ。黒田さんの選評によれば当時はまだ二十代の「新米の主婦」だったと

いうが、なかなかどうして、一筋縄ではいかない男女の妖しい心象風景を描いていて凄みがある。

また、22号は、中国や韓国をはじめ、東南アジアの各国から十八人の詩人の作品を紹介する異国情緒あふれる特集号となった。訳者は竹久昌夫・陳千武・財部鳥子・太原千佳子さんほか。日本からは永瀬清子さんをはじめ十人の詩人が作品を寄せている。

陽のささない小さな部屋で
プルシュマは勉強している
消しては書き　消しては書き
一冊のノートはすり切れてゆく

いいのよ　いいのよ
ノートも十冊二十冊買いなさい
電球は60ワットにし
玉子も毎日買いなさい
うすっぺらな私の援助を
さらにうすめないで
プルシュマよ
〈たっぷりと朝の牛乳を飲みなさい〉

別れて半年
結核でも回虫でもなく
プルシュマはみるみる痩せているという

物質に飽きた私たちは
チョモランマを買いに行く
貧しさを観光して行く
円は肥大し
蓄積された脂肪は取れない

プルシュマから手紙が来た
僕は一生結婚しません
母のようなあなた　あなたのプルシュマより

うっすらと口髭を生やしたプルシュマよ

だが
プルシュマはみるみる痩せているという

　プルシュマはみるみる痩せているという

〈 〉内は森英介「火の聖女」から
（栗本榮子「少年プルシュマ」より）

プルシュマは当時栗本さんと交流があったネパールの少年。この作品を読むたび、それぞれの国の文化の違いや経済的援助という行為の意味について葛藤する栗本さんの姿が思い出されて胸が痛い。

大人になったプルシュマさんは今どうしているのだろう。三十年以上も前に書かれたたった一人の少年の詩から、いまだ解消されない世界の子どもたちの貧困問題、格差の問題が浮かび上がるようだ。

もう一つ、この独立の年の四冊の表紙には、編集委員の小柳玲子さんがパロマ・アルトラギレというスペインの画家の絵を提供してくれたことも付け加えておきたい。ラ・メール四十冊の表紙はどれも愛着があるけれど、私はこの四冊、なかでも22号の少女とガチョウの詩情豊かな絵がとても好きだ。

小柳さんと表紙の絵については、ほかにもとんでもなく素敵な仰天エピソードがあるのだが、それはまたあとの章のお楽しみに。

＊

ラ・メールの拠点となる新しい家は、当初の計画よりもやや遅れて一九八八年の秋に出来上がった。この年は冷夏で、秋の訪れも早かった。設計者は、やはり「街角」の同人であった木村韶(あき)さん。スペースの名前は会員公募によって「ポエトリースペース〈水族館〉」に決まった。いくつかの候補の中から最終的に採用されたこの名前の投稿者は、國峰照子さんだ。

石造りの階段を上がり、玄関の扉を開けると、横には水族館の名にふさわしく青を基調とした美しいステンドグラスの窓、部屋の中は落ち着いたグレーの色の絨毯が敷きつめられ、六十席ほどのソファが置かれた居心地のよいオープンスペースだ。突き当たりに暖炉とピアノ、奥の一角にはミニキッチンもあって、飲み物や簡単な料理なども提供できる。壁には船室のような洒落た丸窓がはめ込まれ、本棚がぐるりと設置されていて、スペースの開設とともに女性会員たちの詩集が次々に収められていった。ベテランも新人もみんな公平にアイウエオ順に並べられているのを見て、いかにも吉原さんらしい本棚だと思った記憶がある（それに対し、ほとんどの男性詩集は地下の書庫に押しやられ、可哀相なぐらい冷遇されていた。吉原さんはよく「これじゃ逆差別ね」と冗談めかして言っていたけれど）。そこはまさに、会員による、会員のためのスペースであるというこだわりが随所にちりばめられた部屋だった。

そして、そこから少し階段を上がったところに事務用の大きな机と棚、さらに奥まったところにはコピー機と一畳ほどの小さなスペースがあって、宿泊用の布団も用意されていた。

この〈水族館〉の建設について、新川さんは実は当初かなり反対したのだという。事務所なら、どこかに部屋を借りればよいではないか。机と電話さえあれば、編集作業や会員事務は十分できる。いくらラ・メールのためとはいえ、何もそこまで自分の身を削ることはないではないか。そんなことをしたら、自分のプライバシーがなくなってしまうではないか！

……しかし、吉原さんはとうとうその助言を聞き入れることはなかった。そしてまた新川さんも、そうそう強く言うこともできなかった。あまり強硬に反対意見を述べると吉原さんのことをやっかんでいるのではないかと皆に思われてしまいそうで……そんな危惧から、ついにはこの計画に同意せざるを得なかったのだという。

そして残念ながら、新川さんのこの悪い予感は的中してしまう。のちにこのスペースの存在が、吉原さんの首をじわりじわりと締めていくことになるのだった。

この話はまた、もう少し後の章で詳しく書くことにしよう。

*

こうしてラ・メールは新たな一歩を踏み出し、新生ラ・メールとしてますます華やかに発展し続けていくように見えた。しかし、実際のところはそう華々しいことばかりではなかった。なぜなら、ラ・メールはずっと、採算的にはかなり厳しい状態にあったからだ。詳しい数字の話は、私にはわからない。けれども、私が退職するまでにも、何度か小田さんから二人に返品率や収支報告のメモが手渡されているのは横目で見て知っていた。

今、私の手許には、8号までの配本と返品の数字が書かれたメモがある。それを見ると、あまりの返品の数に愕然としてしまう。8号までですこれだから、それ以降は推して知るべし……。頼みの綱の会員数も、三年目を過ぎたあたりから徐々に頭打ちの状態になってきていた。

いつだったか、思い切って新川さんにこのあたりの事情を聞いてみたことがある。

「そうね、独立してからは一号出すたびに五十万の赤字だった。それを二人で半分ずつ出し合っていたのよ」

新川さんは、このように教えてくれた。

「五十万！　ですか……」

「そうよ、でも吉原さんと二人だったからなんとかやれた。一人じゃとてもできなかったわね」

独立してからの五年間、21号から40号までの二十冊分。つまり一千万円もの出費を、二人で負担したというのだ。ラ・メールは創刊号からずっと、少額ながらも著者たちには原稿料を払っており、この姿勢は終刊まで変わらなかった。

「小田さんにも思潮社としてのプライドがあったのでしょう。だからきっと、原稿料を出さないというわけにはいかなかったのよ。そうなるともう、五年が限界だった。とても思潮社に迷惑をかけながら続けられるような状態ではなかったのね」

これは、生半可な覚悟でできることではなかった。そんな窮状は、当時ほとんどの人は知る由もなかったのだが。

ちなみに、創刊に際し新川さんと吉原さんは小田さんに、制作費の足しに百万円をお渡ししたい、と申し出たのだそうだ。ところが小田さんはそれを固辞。そのときの台詞がこうだ。

「一千万なら受け取りましょう。でも百万じゃいりません。そのかわり、そのお金でラ・メール新人賞を創設して毎年十万円の賞金を出してください」

おかげで毎年輩出されるラ・メールの新人たちはそれぞれ十万円ずつ賞金を受け取ることになった。

結局、ラ・メールは五年で思潮社から離脱、発行所も「書肆水族館」とあらため、発売の窓口のみを思潮社が請け負う形となった。でも、そんな厳しい内情などどこ吹く風。21号が発行された直後の一九八八年七月二十九日には、ホテル・エドモントで独立記念パーティー「新たなる海へ！」が盛大に開催された。

二百人を超える出席者の中、次々にゲストが登場する。新川・吉原さんの挨拶に続いて、祝辞＝伊藤桂一・加藤幸子・江波杏子、歌＝石井好子、記念講演＝宮迫千鶴、朗読＝谷川俊太郎・嵯峨信之、一分間スピーチ＝波瀬満子・上林猷夫・安西均・吉岡しげ美・小田久郎・山本太郎・入沢康夫の各氏。

これに加えて編集委員の紹介と歴代新人賞受賞者たちの朗読……記録をたどってみると、なんとまあ豪華な顔ぶれだろう、と今更ながら驚かされる。

そしてポエトリースペース〈水族館〉がその年の十月にめでたく完成。十一月六日にはお披露目のパーティーが行われて、定員を大きく上回る八十人ほどの会員とともに夜更けまで盛り上がった。

そしてさらに、十一月からは毎日曜日、さまざまな講座が水族館で開かれることになったのだ。繰り返すが、毎日曜日だ。

以下は開館当初の基本的な講座名。

第一日曜日＝ユリイカの日曜日
第二日曜日＝磯村英樹と「生きものの歌」を
第三日曜日＝新川和江の詩の午後
第四日曜日＝嵯峨信之「詩談義」（不定期）ほか
第五日曜日＝映画会や朗読会など各種イベント

入館フィー＝会員三百円・非会員五百円、講座参加費＝千円、出前など飲食は実費。

講座では、作品の批評などもしてもらえる。各講座は午後三時〜五時となっているが、開館は正午〜八時半まで。早めに来て講師の人たちと歓談したり、図書館のように本を借りたりもできる。遠方からの来館者は宿泊もＯＫ。まるで至れり尽くせりの贅沢な場所が、ラ・メールの会員たちのために用意されたのだった。

〈水族館〉での会合の様子。

1989年1月29日、第23回女たちの夜「詩と歌・朗読の集い」。
中央は2022年に亡くなられた新藤涼子さん。

時には机を隅に寄せて卓球大会なども行われた。

EPISODE 11

魚たちは泳ぐ

Poetry space〈水族館〉催しものご案内

ラ・メール新人賞・短歌賞を祝う　第24回女たちの夜

■4月23日(日)　PM5.00〜8.30

ゲスト……辺見じゅん　諏訪優　藤富保男 各氏 ほか

プログラム

①第6回新人賞・第2回短歌賞　贈呈

新人賞　小池昌代　　短歌賞　飴本登之 各氏

②観る・聴くフィナール詩展

詩人たちの造型作品集・第10回フィナール展は3月28日(火)〜4月2日(日)に目黒区美術館区民ギャラリーで行われますが、今回はその出品作の一部を移して4月9日、16日、23日の各日曜、〈水族館〉に二次展示して公開します。この日はそれら造型作品に加えて作者たちの肉声を聴ける、まさに詩の立体観賞。小池さんを含め、ラ・メール会員の出品者も多数。

会費　¥3,500（二次会含む）

波瀬満子 ソロ・パフォーマンス「ことばじゃ 詩(ことば)じゃ」

■5月28日(日)　PM4.00〜6.00

西武スタジオ200で「新・日本語講座」の連続公演に挑んでおられる波瀬さんの、特別番外篇。

はせ・みつこさんのプロフィール

京都生まれ。東京女子大卒。「劇団四季」「仮面座」を経て、1977年谷川俊太郎氏らと「ことばあそびの会」設立。以来、一貫して日本語を声と体で表現する活動を展開。お客様は、〈年齢・性別・国籍不問。ただしノンセンス、アソビ、ワライを理解しうる知性の持ち主に限る〉とのこと！

会費　¥2,500（飲物別）　二次会は実費

●上記各会とも、出席申込は葉書または電話で。(電話受付は月・水・金PM1.00〜5.00)

●収容人員に限りがありますので、定員超過の場合は申込先着順とさせていただきます。

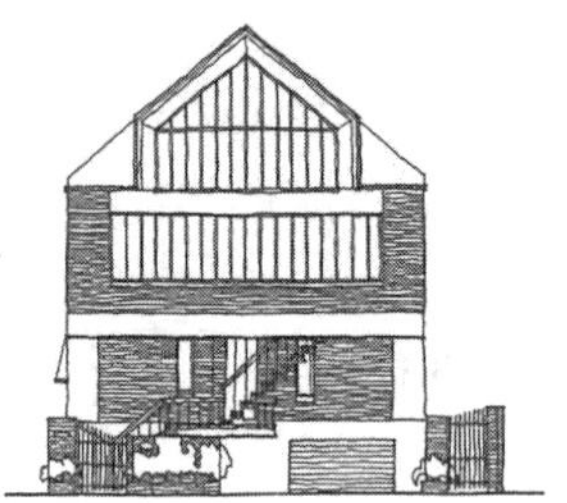

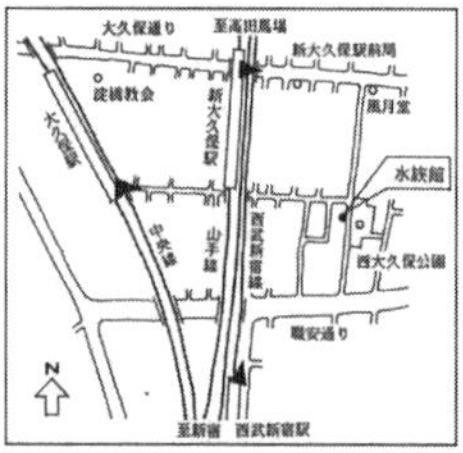

各駅より徒歩約6分(西大久保公園向い側)

現代詩ラ・メールの会
Poetry space〈水族館〉
〒169 東京都新宿区百人町1-1-21
Tel.03(208)5963

24号目次裏　水族館イベント案内

Poetry space〈水族館〉4〜6月 日程表

4月・各日曜	2日	ユリイカの日曜日⑤	PM3.00〜5.00	毎月第1日曜	
	9日	磯村英樹と「生きものの歌」を⑥	〃	毎月第2日曜	フィナール二次展
	16日	新川和江の詩の午後⑤	〃	毎月第3日曜	
	23日	＊ラ・メール新人賞・短歌賞を祝う（第24回女たちの夜）	PM5.00〜8.30	右ページ参照	
	30日	吉原幸子と〈朗読〉を考える①	PM3.00〜5.00	各自の自作朗読から	
5月・各日曜	7日	ユリイカの日曜日⑥	〃	若き日の読書と実作	
	14日	磯村英樹と「生きものの歌」を⑦	〃	お話と実作批評	
	21日	新川和江の詩の午後⑥	〃	実作勉強会	
	28日	＊波瀬満子「ことばじゃ詩（ことば）じゃ」	PM4.00〜6.00	特別パフォーマンス 右ページ参照	
6月・各日曜	4日	ユリイカの日曜日⑦	PM3.00〜5.00	夜はビデオ名画観賞	
	11日	磯村英樹と「生きものの歌」を⑧	〃	人間もむろん〝生きもの〟	
	18日	新川和江の詩の午後⑦	〃	3時前から雑談を	
	25日	＊同人誌交換・交歓会	〃	各地より参集をまつ！	

1) **〈水族館〉利用要項**
- 開館日時＝毎日曜日　正午〜PM8.30（講座はその中の3.00〜5.00）
- 入館フィー＝会員¥300　非会員¥500　講座参加費＝¥1,000（別途）
- 飲物、食事等＝実費（原則セルフ・サービス）持込歓迎

2) **予約**
- ＊印の会合には葉書または電話で必ず出席をお申込みください。
- 各講座への参加もなるべくご予約ください。

3) **その他**
- 女性詩中心のライブラリー利用可。本の貸出しは原則として2週間まで。
- 定期研究会で実作批評の希望者は、Ｂ５判１枚に詩１篇をコピーし、20〜30枚ご用意ください。
- 日曜日以外の特別利用をご希望の方は、事務局にご相談ください。

ポエトリースペース〈水族館〉が開館した十一月からしばらくの間、私自身はほとんどこの場所に顔を出すことができなかった。ちょうどその年の秋、初めての子どもが生まれたからだ。「まだ生まれないでね」となかの子に言い聞かせながら、なんとか無事に九月下旬に22号を出すと、しばらく産休をもらってほっと一息。そして、十月半ばにはちいさな女の子を授かった。

九月中には次の号の原稿依頼もあり、続いて十月、十一月と入稿・校正作業などもあったはずだが、どうやってそのあたりを乗り切ったのかまったく覚えていない。おそらく笠間由紀子さんはじめ「街角」のスタッフや、当時大学生だった岬多可子さんらも手伝ってくれ、原稿を取りに行ってもらったり校正紙を家に郵送してもらったりして、かろうじて暮れの23号も遅れずに出すことができたのだと思われる。

慣れない育児の合間の仕事は遅々として進まず、赤ん坊の夜泣きに悩まされ、それでも締切は容赦なく迫ってくる。無事に生まれてメデタシメデタシ、生まれたての赤ちゃんはすやすや眠っているもの、自分は身軽になって自由に動き回れるもの、と思い込んでいた私が浅はかだった。あの頃、各人の入稿状況と、校正のまわり具合と、子どもの調子を睨みながらのスケジュールのやりくりが何よりスリリングだった、という印象ばかりが残っている。

そんななかで出来上がった23号の特集は「スポーツ」。エッセイでは十返千鶴子・八木忠栄さんら、作品では青木はるみ・松井啓子・今野寿美・三田きえ子さんらが参加してくれた。一見、文学とも女性ともあまり縁がなさそうなそのテーマが面白かったのか、美しい写真のような印象的な作品が数多く集まった。以下、会員たちの入選作品から。

板が反る。

あなたが伸びる
ピンと張る
今、最もしなやかなのは
先端なのか
あなたなのか

（小池輝子「飛込み」より）

タス　タス　タス　タス
少女たちは飛びつづける
秋は回転しつづける

（中尾三十里「縄飛び」より）

＊

子どもが新生児期を過ぎると、抱っこ紐にくくりつけてよく水族館に連れていった。仕事はお昼前から午後の数時間、子どもを脇で寝かせ、お昼寝から目覚めれば笠間さんほか誰かしらがいて寄ってたかって子守をしてくれる。わが子のそばにいながらシッターさん付きで仕事をさせてもらっているようなもので、忙しいながらもなんとも贅沢な労働環境だった。

また、どうしても連れていけない出張校正のときには、実家の母に預けた。おばあちゃんからさんざん童謡を教え込まれた初孫は、おかげで二年もすると、やけに面白い歌を会員の皆さんに披露して水族館のアイドルとなった。ちなみに、もっとも得意な演目は「犬のおまわりさん」(踊り付き)。わんわんわわ~ん。

ちょっと脱線してしまった。

そんなふうだったが、日曜日の水族館の勉強会には、さすがに子連れで参加というわけにもいかなかった。ただときどき、月曜日に来てみると遠方から来たお客さんが蚕棚のような宿泊スペースで寝ていたり、空き瓶など宴の痕跡が残っていたりすることはあった。そういうときは、これまた「街角」の杉田早智子さんが夕方やってきては片付けなどをしてくれていた。時給をもらって〝仕事〟をしに来ていた人も何人かはいたが、〝勝手に手弁当〟のような人も多くて、手が足りないといって声をかければいつでも誰かしら助っ人がやってくる。水族館というところは、そういうふうに人が集まりやすい稀有な場所だったのだ。

勉強会については、芸術高校の音楽科の講師でピアノ弾きの江端伸昭さんがいろいろ貴重な話を書き送ってくれたので、許可を得てそのまま転載させてもらうことにする。彼が水族館に来はじめたのは一九九〇年の秋以降だということだが、おそらくその雰囲気は開館当初からそれほど変わりはないだろう。特にユリイカさんの講座にはよく顔を出しておられたという。

江端さん、ありがとう。このレポートのおかげで、当時の様子がありありと目に浮かぶようだ。

……鈴木ユリイカさんの講座は必ず、声に出して読むという過程が入っていた。つまり、詩を読むとは声に出して読むことなのであって、参加者はユリイカさんが持って来た詩をすべて朗読するというスタンスがすごく強かったと思うんですが、その日のテーマをユリイカさんが話し終わると、その後の残り時間で、自作の新しい詩を持って来た人がいればそれを読んで、ユリイカさんがユリイカ節でいろいろ言って、これも実に面白かったです。吉原幸子さんはあまり口を出さずに、ユリイカさんがいろんなことをしゃべるのを面白そうに聞いていたように覚えています。

講座が終わると、すぐ帰る人以外は近所の店からまとめて夕飯を頼んで食べて、そのあともダベって過ごしました。最初のころは、近くの中華だかそば屋だかのメニューがおいてあって、まとめて希望を出して誰かが電話で頼んでいたのかな。吉原さんは「禁煙した」（はずの）時期で、ものすごく細いタバコを吸っていた。何にもないと手が淋しいとかおっしゃっていました。で、結局は何本も吸ってしまうんですよね。私は家が近かったので、午前0時ころまでダベっている組にいることが多かった。ピアノがおいてあったから、よく弾きました。最初に行った時は吉原さんに敬意を表して、ラヴェルの「オンディーヌ」を弾いたのでした。

森川雅美さんが詩をどんどん書いて現代詩手帖に投稿している時期だったので、彼はよく水族館に来ていて、私も彼といろいろ話しました。ユリイカさんは森川さんの詩がけっこう好きで、よく「うん、これいい〜〜」とユリイカ節で叫んでいました（筆者注＝森川さんは最初、名前から女性だと勘違いされて、ハーバー・ライト欄にあやうく載りかけたことがありましたっけ）。森川さんが小田急線か何かの車両基地で電車の清掃アルバイトをやった話は、本人はボヤキみたいに言っていたのかもしれないけど、すごい迫力で面白かったです。

新川和江さんの教室の週は毎回人が大勢やってきて、自作を読んで詳しいレッスンを受けていました。あのころは私は詩を書いていなかったから、実は新川教室にはあまり顔を出していなくて、今から考えてみると残念でしたね。吉原さんは確か、新川さんの会のときは必ずそこにいて、いろいろ感想を言っていました。「詩の教室の先生」の立場ではないところから自由に言うのを楽しみにしていらしたのではと思います。

あいはら涼さんが持って来た詩を読んで新川さんが大いに感心した場面に出くわしたことがあった。確か、小学校の男の子が算数の答案用紙を河原で燃やして、ぼや騒ぎになって、大人たちが黙ってそれを片付けるという詩です。これが印象的だったのは、その詩も良かったし新川さんの話も面白かったし、そしてその後で、吉原さんが「これ、確かに詩なんだけど、どうしてこれが詩なんだと分かるんだろうね」という話題を出して、これがまた印象的だったんですね。つまり非常に淡々とした詩で、いわゆる詩みたいな言葉ではなくほとんど散文の言葉で書いてあるのに、すぐ「これは詩だ」とハッキリ分かるのはなぜだろう、ということで、吉原さん自身も即座に答が言えなかったのでみんなで一生懸命考えた。それで、きわめて淡々と事実だけを書いているから詩なんだ、みたいなことを誰かが言って、みんなで納得した。つまり、一つ一つの行為にいいとか悪いとか何一つ言っていない。評価しない。そして淡々と書きつづけてあって、詩人の目線が出来事に関わり続けていることを文体が表す。そういう話になって、新川さん吉原さんとみんなの会話がいろいろ発展していったように覚えています。

磯村英樹先生の講座にはけっこう足を運んでいました。私には磯村先生の話が気楽に面白かったからだと思います。この会は詩の教室というのとは違って、生きものの話で磯村先生が持ってきて配られる資料があり、いろんな詩が読めて雑談がいっぱいあって、それから、詩を書いてきた人が読んであれこれ言い合う、というスタイルでした。詩を書いていない人もリラックスして楽しく聞けたし、講座の後も長いこと話せたし、吉原さんと磯村先生があれこれ話をしているのを聞くのも面白かったですね。磯村先生は日本古代にも詳しくて、いろんな話題があって万葉集などがよく出てきました。

しかし、いろんな人が来ていました。躁うつ病の人とか、失恋真っ最中の人とか、その他いろいろ。吉原さんという人の特質から見ると、吉原邸でもある水族館にどういうヒトタチが集まってくるか想像がつく、と後になってから分かるのだけど、みんなどこか、フツウの社会から疎外というか、はみ出しかけていて、我が道をサッソウとぴんぴん進むことによって傷だらけで息も絶え絶えな、つまり、混じりけないんだか全部混じっているんだか、分からないようなイカレタ人たちばかり、だったような気がします。

……ってことは、まあ、みんな「まともな普通の人」だったということですかね。たぶん。

彼は水族館に出入りしていた数少ない男性の一人であり、またいわゆる〝詩人〟ではなかった。だからこそ、なのだろう、ここに集う人々を客観的に眺めることのできる人でもあった。社会になんとなくなじめない詩人たちは、それぞれここで夜更けまで気ままに泳ぎ回ることで一息ついて、ひらひらとまたそれぞれの家に戻っていった。水族館とはそんな場所だったのかもしれない。

＊

さて、本の話に戻ろう。24号の特集は「新鋭同人詩誌展」。このときは、当時勢いのあった八誌を選んで、同人たち自身に自己紹介をしてもらった。作品あり、コラージュあり、漫画ありの、なかなかユニークな試みだった。登場詩誌は、「第七官界」「Bag-Lady」「愛虫たち」「アルファ」「ＪＯ５」「かなまらだいあ」「女・友・達」「ハリー」。

また、この号で第六回ラ・メール新人賞に選ばれた小池昌代さんのことも書いておかなければ。

小池さんは今や日本を代表する女性詩人の一人であるが、読み返してみるとハーバー・ライト欄に最初に登場したのは15号あたりからのようだ。池袋の吉原教室からラ・メールに入会してきた小池さんという人がいる、というのは聞いてはいたけれど、私自身は身辺がゴタゴタしていたこともあって、ラ・メール独立後も小池さんにはなかなかお会いする機会がなかった。

当時のハーバー・ライト欄は、この欄で育ってきた新人たちがちょうど花開いてきたような時期で、千葉香織・徳弘康代・村野美優・青山みゆき・安田朋代・岬多可子さんなど、力のある若い常連が入れ替わり立ち代わり上位を占め、しのぎを削っていた。実際、誰が新人賞をもらってもおかしくないような状況だったが、そこに急浮上してきたのが小池さんだ。22・23号に一挙に二篇ずつ作品が載ったりして、一年ぐらいの間に急成長して新人賞の受賞となった。

すずしい話し声も聞こえて
それは　なつかしい
ひとの木、と呼ばれた

（あ、まみむめも　あなたをすき）

（「under the tree」より　一九九一年ラ・メール選書『青果祭』所収）

22号に投稿されたこの詩を読んだとき、あ、いいな、と思った。このすこやかな言葉の響きに私は一気に惹きつけられた。次の作品は32号の特集「愛について」に寄せられたもの。

ふかくあいしあったので私たちはけっこんした
のではなかった
彼も私も　そのころもやっぱり　ひりひりするほどひとりで

いっしょにくらしましょう
あなたのみかたになってあげる
ひとりのにんげんにひとりのたしかなみかたがいれば
いきていかれる
まなざしのきれいな　なまいきな弟のようなあなたよ

（中略）

ある朝
大きな翼をひろげて鳥が
私の胸に降り立ったのだ
びっくりしてはねおきたら
それは鳥ではなく　男のおもたい右腕だった
そのとき私はすくなくとも
すくなくともこんな種類の朝ははじめてだ　としずかなきもちでかんがえていた
おんぶらまいふ（なつかしい木陰よ）

目がさめると　そばにひとがいた
触ってみるとあたたかかった
そして　とびきりびんぼうだった

（「おんぶらまいふ」より　一九九九年書肆山田刊『もっとも官能的な部屋』所収）

彼女の言葉はあかるい。その魅力は、さくっと潔い言葉の切り口だったり、あざやかな比喩だったり……いや、それだけじゃないな。もっと何かこう、逞しさのようなものを感じるのだ。

小池さんの詩はいつも、さりげなく、でもどこかしたたかに、私たちの前に置かれる。

この受賞はまさしく、正統派大型新人の登場だった。

その後、小池さんは『永遠に来ないバス』(一九九七年思潮社刊)で第十五回現代詩花椿賞、『もっとも官能的な部屋』(一九九九年書肆山田刊)で第三十回高見順賞、『コルカタ』(二〇一〇年思潮社刊)で第十八回萩原朔太郎賞を受賞、小説でも、「タタド」で第三十三回川端康成文学賞を受賞するなど、詩と小説両方の分野で幅広い活躍を続けている。

また、この号では飴本登之さんが第二回ラ・メール短歌賞を受賞。飴本さんはどこの結社にも所属せず、ラ・メール歌壇への投稿の中でじっくりと研鑽を重ねてきた人だ。以下は、飴本さんの受賞作から。抑制された言葉が二人の死者に向けられた作者の悲しみを一層深く感じさせる一首だ。

ときり豆爆ぜてか黒き二粒は地上の闇に還りたるらし

(飴本登之「地上の闇」より)

よみがえる幻の童謡詩人

大正時代の"若き巨星"

金子　みすゞ

大正の童謡界にすい星のように現れ、「若い童謡詩人中の巨星」（西条八十）とまで称賛されながら、早逝のためもあってか、長く埋もれていた金子みすゞ（山口県出身）の全作品が東京で見つかり、来年3月の55回忌を前に、全集刊行の企てが進んでいる。生前発表された約90編の5倍近い未発表430編が一挙に公になるという話に、「実にうれしい。あこがれだった女性に久しぶりにお会いできるという気持ち」（関英雄・日本児童文学者協会理事長）と、関係者は大喜びだ。この発見劇は、みすゞに私淑するひとりの児童文学者による執念の追求によってもたらされた。

半世紀ぶり全作品を発見

みすゞの詩は岩波文庫判「日本童謡集」に、ひとつだけ載っている。「大漁」という詩で、「朝焼小焼だ／大漁だ／大羽鰮（おおばいわし）の／大漁だ。浜は祭の／ようだけれど／海

（三六）＝文京区本郷二丁目＝は、

大正十五年（一九二六）発行

てい）祭くということに」と、

と思ったんです。ところが伝記一つない。以来、十六年です」

みすゞは明治三十六年（一九〇三）、山口県大津郡仙崎町（現長門市）に生まれた。本名、テル。高等女学校卒業後、下関市の親類の書店で働きながら、童謡を書き、「童話」や「赤い鳥」に投稿した。「彼女はその頃私が雑誌『童話』誌上で担当していた童謡欄で、最も異彩を放った婦人であった」と、西条八十が書いている。

○）に離婚、翌年の三月十日に自殺した。二十八歳。

――若くして世を去ったみすゞの人生が、矢崎さんの執ような調査によって、少しずつわかった。「とくに、みすゞが三冊のノートを師である西条八十に送ったという話があって、ぜひとも見たいと思ったのですが」。だが、見たという人はなく、昭和四十五年（一九七〇）、八十も死去。手がかりは失われた。

たびたび山口へ赴き、地元で

金子みすゞ（21歳ごろ）

くるものを使ったらしく、年代を追ってきちんと作品が清書され、一冊ごとに「美しい町」「空のかあさま」「さみしい王女」とタイトルがつけられている。

「同じものを西条先生にもお送りした、といって、姉が私にくれたものです。出版したかったが、その機会もなく、ついつい時がたってしまって。自分の生活に忙しく、いつか忘れてしまって、文字通り四散（きょう

来春、55回忌　全集を発刊

ノートを開いて、矢崎さんはうなった。「土」では畑の土、道路の土と、「有用」な土を引き合いに、では人間の役に立てないような土は「要らない土か」と問いかけて「いえいえそれは／名のない草の／お宿をするよ」と受け、別の作品では、自分と小鳥と鈴それぞれの特徴をうたって、「みんなちがって、みんないい」とし、相違ということ、無用ということ、無名ということに、にしみとおるようなまなざしを送り続けた詩人の企図が、そこにあった。

かくて、半世紀を越える歳月を経て、みすゞの全集が編まれることになった。「これが出れば、日本童謡史は一変する」と矢崎さんはいい、大正末期、「童話」誌上で彼女の名前を見て、「あこがれの女性でした」という関英雄さんは「鮮烈な印象はいまも脳裏にある。もしもう十年生きていれば、白秋、八十、雨情につぐ存在になったに違いない。その人の全集を読めるのはうれしい」と語っている。

金子みすゞ全集はJULA出版局（新宿区高田馬場二ノ一四ノ二、電話〇三―二〇〇―七七

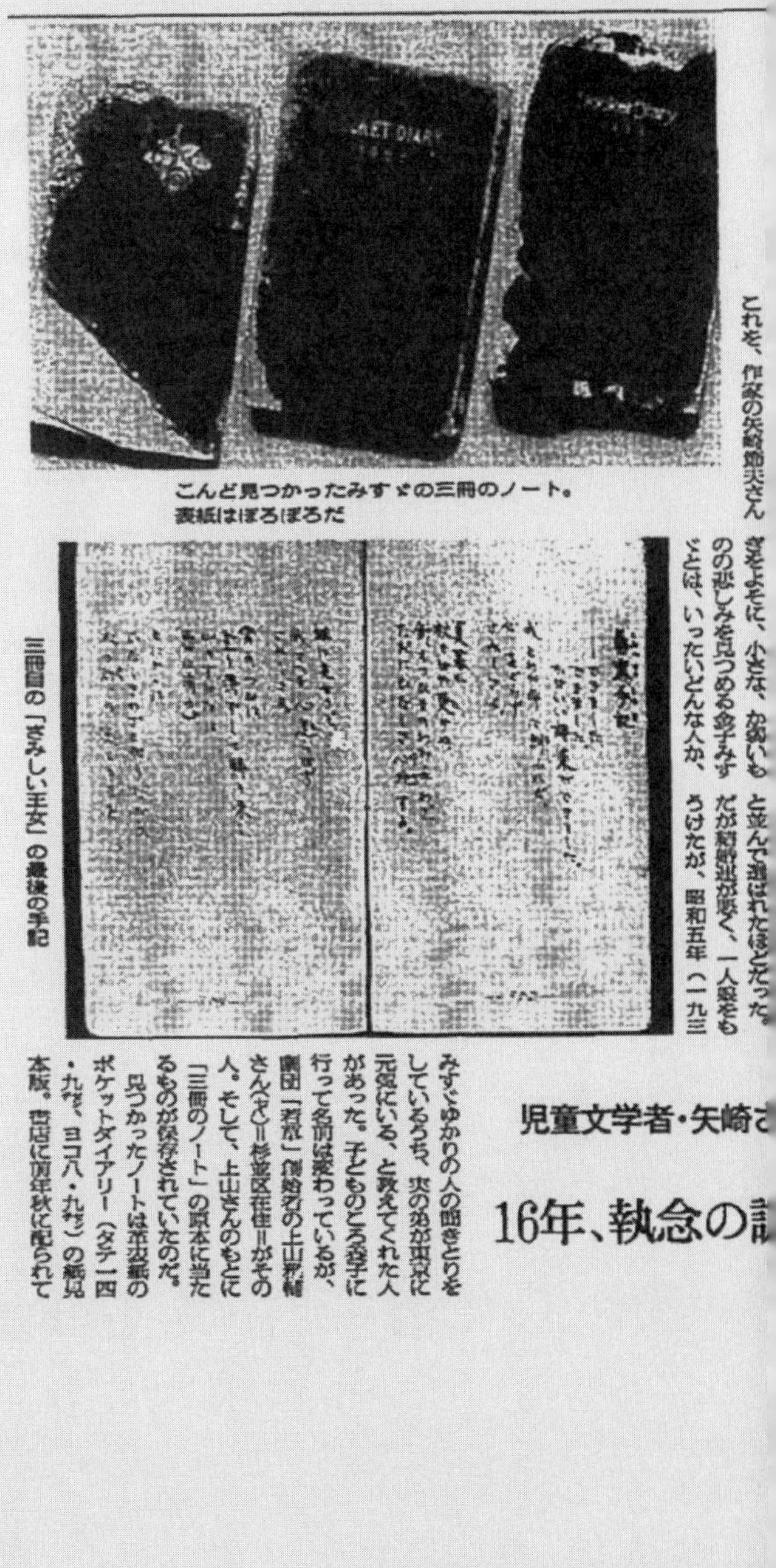

これを、作家の矢崎節夫さん
きをよそに、小さな、か弱いも
のの悲しみを見つめる金子みす
ことは、いったいどんな人か、
と並んで選ばれたほどだった。
だが結婚運が悪く、一人娘をも
うけたが、昭和五年（一九三

こんど見つかったみすゞの三冊のノート。
表紙はぼろぼろだ

三冊目の「さみしい王女」の最後の手記

児童文学者・矢崎さ

16年、執念の

みすゞゆかりの人の聞きとりを
しているうち、実の弟が東京に
元気にいる、と教えてくれた人
があった。子どものころ養子に
行って名前は変わっているが、
劇団「若草」創始者の上山雅輔
さん(七七)＝杉並区在住＝がその
人。そして、上山さんのもとに
「三冊のノート」の原本に当た
るものが保存されていたのだ。
　見つかったノートは赤皮紙の
ポケットダイアリー（タテ一四
・九㌢、ヨコ八・九㌢）の縮見
本版。書店に前年秋に配られて

EPISODE 12

名詩発掘

朝日新聞 1983 年 12 月 14 日
協力：金子みすゞ著作保存会

ラ・メール書庫

名詩集再見

片瀬博子詩集／征矢泰子詩集

新川和江

片瀬博子詩集『おまえの破れは海のように』　「抱擁」と題した詩がこの詩集には三篇収められているが、わけても最初の一篇を、現代女流詩の傑作のひとつと私は今も考えている。男女の性の本質的ちがいとその行為を、これほど高雅に、映像的かつ感覚的に表現し得た作品がほかにあるだろうか。

片瀬さんの詩には、暗喩法を用いて表現した作品が多く、またカトリシズムの影が深く射し込んでいるために、軽みに欠ける憾みもあるいはあるかもしれない。しかし、抱え持ったみずからの性に、内なる神と悪魔に、堅固な城に挑むかのような挑み方をしている詩人は、そう幾人もいるものではない。詩集の題名を、旧約聖書エレミヤ哀歌の中の一節〈女よ　おまえの破れは海のように大きい〉からとっているのを見ても、それは肯けよう。ほかに詩集『この眠りの果実を』、訳詩集に『キャスリン・レイン詩集』『テド・ヒューズ詩集』がある。　（四六判／上製カバー装／96頁　昭37・9　思潮社刊）

子守唄

巨きな夜の乳房が
屋根の下をのぞく
）
横たわっている小さなものよ
光から闇へ　お前が恍惚とゆすぶる
ブランコの振幅が小さくなってゆく
一日　お前をかこんだ古い家具も
いたんだ壁もミルクもじゃが芋の湯気も
ぬいものをした女も
闇の中に姿を消してゆく
そして顔も名前もさだかでないものが
お前のまわりに　むらがってくる
お前だけが確かめてくれるとでもいうように
己れが何であるか――

ごらん

お前の両側に
男といわれるもの
女といわれるものが　ひきよせられてくる

眠っているお前の上で
別々の世界の星に照らされた
寂しい二つの顔が出会う
　あなたは誰？何故ここへきたの
　分らない　何も分らない　俺の疲れた脚――
　だが　ここ以外に行き着く場所はない

小さなものよ
お前だけが　距離と意味を与えるのか

……いつから　そしていつまで
わたしたちはこうしてここに
とり残されているのだろう
海の退いた後のように
夜の穴ぐらにお前を挟んで横たわる
うごかない二人の人間
空にむかってひらいた墓の底で仰臥する
死者たちの終りの姿で

お眠り　子供よ
二人の人間が
お前の両側で
一つになった夜空と
一つになった土の哀しみを
嘔吐しているこの静かな闇……

抱擁

かたくしまっている肉を　おしひらいて
夜明けは　あふれ入ってきた

あの人は非常に優しく
この上なく残酷にわたしをいそがせた

それでいつも　あの人は
精霊のように軽くなって
抱擁の途中でみえなくなるのだった

わたしは石の酒槽の中で
ふみくだかれる葡萄の山

背を光らせてうねりながら
橋の脚をぬらす真夜の波

セロの流れの中ですれあう無数の金剛石……
ついにわななく光の弧であった

抱擁

闇のなかで
気高い花弁の微笑は
いつか血まみれだ

闇と光の溺れあうなかで
男のくらい肉は
孤独な力で
愛するものを苛んだ

抱擁の地平からもえ上る
ユダヤ人街の放火にも似た残酷なかがやき

不安な焔にくまどられた目が
互いを見つめあう
まるで闇そのものを見入るように
つきぬけるべき何かであるように

男は女を抱きしめる
戦いのように　祈りのように……
全てのものが音なく瓦解してゆく
夜の流れのなかで――
終りの日にも似て
むきだされた冷いその裸身を
己れの体温で盾のように掩う
時間の中のこの王位の復権
――熟してゆく女の肉体よ
　お前はわたしの伏している新しい境
　夢うつつの中にまだみしらない国や都の曙
　やってくる子供の笑い声がきこえる

おお　曙に濡れてゆく緑の梢
光の指にはりさけてゆく水蜜桃

女の四肢は萎んでいった
巨人アダムの腺から流れ出る
全ての男達の憂愁と苦渋の河に
安らぎを知らないカインの足跡と
喘ぎにみちた熱い夜の森の下で

彼らは死者の夢の空に遠く
もえ上る火の柱
見えない国の証だった

突然　女の深処から
幾千年　鎖していた地層の闇が
ほとばしり出た
その受胎の深い叫びの中で
二人はもう互いの顔も体も知らなかった

あたりに濃くたちこめてきた死の気配
いまは虚無と虚無が交わっていた
肉は不可視の世界の縁に
ふるえている光にすぎなかった

抱擁

夜は神の壊れた宝庫
あふれでる大地の言葉が
動かない二人の上に流れる

闇の層の下に砕かれた二つの
あおじろい百合の球根
生れかかった胎児のようなその顔

互いの体の鼓動にききいり
互いの冷い汗にまみれてねむっていった二人

幾光年の光に照らされて　彼らの肉は
もう土に不安を感じない

くちづけているものが
同じ泥でつくられた獣の貌であっても
もう希望に傷つけられることもない
闇こそは　抱擁をさらに抱く
逃れられない胸なのだ

仰向いた小さな白蠟色の顔は
盲いた抱擁の炎の底に
逸楽にもえる眸や喘ぐ唇の下に
いつものぞいていた最後の貌だ

それは永遠に靜した問い
その上に全宇の星をあつめている
貧しさの極み

それなのに何故　絶望した王と王妃のように
その光を拒んで　腐臭をたてはじめた肉体を
固く抱きあっているのか
その交わった肉の甘美な記憶が　やがてくる
復活の朝の霊の光りの中で
滅び去るのを恐れているように

……それとも隠れた道に旅だつ彼らは
ともに　四肢をかがめて苦しんでいるのか
風となり光となり砂となり
根の繊毛となるために

詩集　綱引き

征矢泰子

征矢泰子詩集『綱引き』　内気なことと平仮名好きなことで征矢さんは、私に大手拓次を連想させる詩人だが、〈空想の猟人〉とみずから称した拓次に較べ、征矢さんには、現実生活者としての強靭な芯がいっぽん通っている。子を産み育てる存在である女性は、空想や幻想のみを追いもとめる猟人にはなれないし、また、ならない。征矢さんもその例外ではない。

冒頭の「綱引き」などを読むと、あれもこれもではなく、対象を一つに絞っての生き方を尊しとする姿勢が、平明率直に示されている。ことばが羽二重のように練りあげられているために、優麗甘美な抒情詩とばかり人は誤読するが、どの詩も必ず言うべきことを持っている詩で、それをひたむきに伝えようとする作者の澄んだ眼が、まっすぐこちらに向けられている。ほかに『砂時計』『てのひら』の二詩集があり、これは第二詩集。

（A五判／上製カバー装／95頁　昭52・11　自家版）

綱引き

綱引きをしませんか
種も仕掛けもない
たった一本の綱
房飾りもなく色もない
そっけない一本の綱
だが

一旦にぎりしめれば引っぱるしかない
綱引きをしませんか
あれのなかでこれを思い
これをしながらあれもしたくて
走りながら休み
言いながらためらって生きている
あなた
綱引きをしませんか

● 218

せめて一刻
たった一本の綱こんかぎりにぎりしめて
ありったけの力をしぼりつくしてみませんか
今
生命の遠い真底から
力はせきあげてあなたの中を走り
こころはもうどこにも居場所がない
種も仕掛けもない綱の上
あなたは力
ただひたすら綱を引く

人魚姫に

声と一しょに多分
おまえはことばも
捨ててしまうべきだったのだ
声を失くしたおまえのことばは
おまえの中で
なんと重たく疼かったことか
ことばはもうけっして
おまえの外へは出ていかず
いつもただ　おまえの中にふりつもった
愛に熟れていこうとするおまえの
ういういしいからだの中で
閉じこめられたことばはおまえを閉じこめた

おまえにはわからなかったのだ
愛はからだからもはじまることなど
ああ　だからこそ
おまえはいのちと引きかえに
ことばたちに望みを託したのにちがいない
おしげもなくなげ捨てた
おまえのうつくしいからだから
今
ときはなたれた愛のことばたちが
すきとおった泡になって
遠くさらに遠く
とびちっていくのがみえる

なみだ

なみだよなみだ
わたしのもっているもののなかでたったひとつ
かぎりなくすきとおったものよ
なみだよなみだ
わたしのもっているもののなかでただそれだけ
とめどなくあふれつづけるものよ
そしてなにより
としつきのなかでふとり
てあかにまみれておもくなっただけそれだけ
つつましくだしおしみおくびょうにおしかくす

219 ●

ならいせいとなったわたしのなかで
むしんでだいたんでむぼうでまあたらしいものよ
おまえはぬらせ
わたしのこころを
としつきにちゅうじつなからだのなかで
としつきにおいつけないこころを
せめてあたたかく
おまえはぬらせ
なみだよなみだすきとおったものよ

白いシクラメン

いま
ちょうどなつめのしくらめんのはなが
ひらいたところです
はくちょうよりもしろく
うなじをたかくもたげて
いま　ちょうど
なつめのしくらめんのはなが
さいたばかりです
しはすのしろいひかりのなかで
はねをこころもちうしろにひいて
いまにもとびたとうとするちょうのような
なつめのしろいしくらめんのはなを
ただひたすらみつづけていると

せかいはひどくしずまりかえり
すきとおり
なにもかもがまるで
えいがのらすと・しいんのように
うつくしくとおざかっていくのがわかります
なぜあれほど
たったひとつのらちもないことばに
こだわりつづけていたのだろう
なぜにくむのかなぜかなしむのか
わたしのなかで
ほぐしようもなくむすぼれていたおもいが
しろいしくらめんのはなびらのうえを　いま
やわらかくほどけながらとおくとおく
とおざかっていくのがみえます

娘に

ここからみると
おまえはひとくきのはなのようだ
そだつことにひとかけらのうたがいもなく
ときどきはこっそり　せのびさえしたくせに
いまさら
ふくらみはじめたわれとわがはなびらに
とまどってじれている
あまのじゃくなひとくきのはなのようだ

● 220

いつしかうしろふりむくことをしって
もういちど　すべてのはじまるあのひとつぶのたねに
もどってみたくていらだっている
おまえはここからみると
あめのなかでゆれている
とほうにくれたういういしい
ひとくきのはなのようだ
さくことへのふくらみのうつくしさが
まるでざんこくなばつのようにさえみえるほど
まあたらしいひとくきの
はなのようだ

しるし

ふいうちにとまどってうろたえたのは
ははおやのほうだった
ひらくにはまだかたすぎると
ひとりぎめしていたうかつさ
むしんなこころをしりめに
そだっていくからだのおもたさを
おもいやってかなしかったのは
ははおやのほうだった
なぜかむりじいに
こじあけられたようなようしゃなさに
うっすらとちをにじませてやっとひらいた

ひよわいはなびらのことなど
とうのほんにんにはみえもしなくて
ふりかえったおもいのなかであしすくわれて
むねゆすぶられているのは
ははおやのほう　だった
おまえはもとのまま
すみわたってあっけらかんと
みつめるははおやのしせんがまぶしくて
わらいながらにげていく

六月のかたつむり

六月のあさ
まだ海はとおい
にびいろのそらのした
やけつくすなはまの貝になりたい
六月のかたつむりいっぴき
どうどうめぐりのひびをせおって
みじかいはるのなかもえつきたはなのあと
ゆっくりと海をめざす
きのうのあめにぬれたこのしたくらがり
きららかなまなつの海へのあこがれに
こえもなくからだあつくして
六月のかたつむり　あるきつづける

221 ●

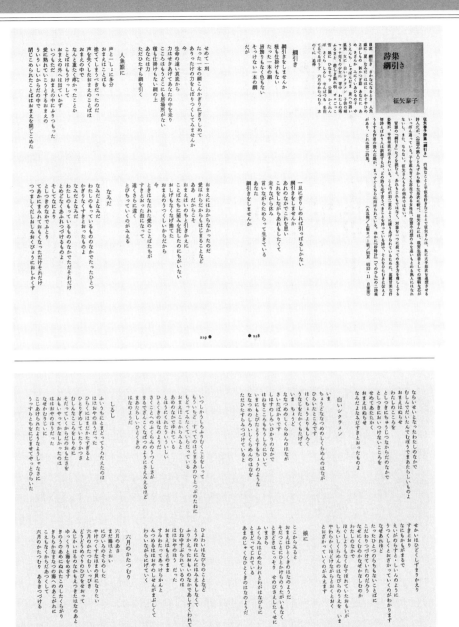

創刊号「名詩集再見」　片瀬博子詩集／征矢泰子詩集

連載●女性詩人・この百年●Ⅰ

海の天使

左川ちかの詩

小松瑛子

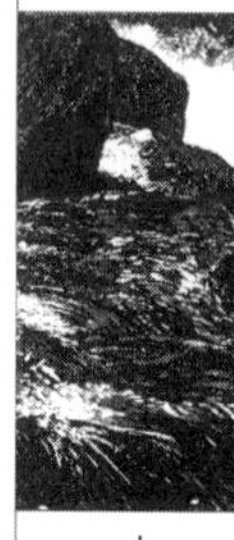

三月のある昼過ぎ、東京・日野市に在住の川崎昇氏から長距離電話があり、詩人左川ちかについて話をした。川崎昇は、健在ならば今年七十三歳になる左川ちかの、七つちがいの異父兄で、同じ北海道余市町出身の作家伊藤整とは、若い日の文学上の親しい友人。

伊藤整の『若い詩人の肖像』（昭31・新潮社刊）に、左川ちかは川崎昇と共に川崎愛子という名前で出てき、また昇のほうは整の第二詩集『冬夜』（昭12・近代書房）の収録の作品「川崎昇に——」に実名で登場する。三人は昭和三年を前後して文学の志をもって上京している。

川崎昇の電話の内容は、自分の健康上のことや、あらかじめ私が出して置いた左川の詩についての問い合わせの返事だったが、およそ半世紀まえのことであるので、記憶も薄れているとのことであった。三月というのにその日私の住む札幌は朝から雪であった。そのことを伝えると、「ちかの卒業式は三月二十四日で、その日は小樽も雪でした。」という。故郷をなつかしむ声は受話機の向うで次第に妹への思いに戻っていくようであった。

私が左川ちかという詩人を知ったのは、小さい雑誌の中で「五月のリボン」という詩を読んだのが最初だった。

五月のリボン

窓の外で空気は大聲で笑つた
その多彩な舌のかげで
葉が群になつて吹いてゐる
私は考へることが出来ない
其處にはたれかゐるのだらうか
暗闇に手をのばすと
ただ　風の長い髪の毛があつた

・なんでもない五月の風景ではあるけれども空気や風が生き物のように視えてくる。五月のさわやかさの中にこんな不気味な感触があり、読む者を不安にさせる危い詩に私は魅力を感じた。

現代の詩はこんな不安のことを危機意識といい、危機意識のない詩は駄目だなどと言われたりするが、昭和の初期にこのような感覚

を持った詩人の才能にうちのめされた。

昭和十一年昭森社から出版された『左川ちか詩集』を何年かかりかで手に入れ、彼女の全作品に触れてから次第に彼女の世界にのめり込んでいき、とうとう伝記的評伝を書いてしまった。（「黒い天鵞絨の天使」『北方文芸』昭46）

左川の詩について書いているうちに、私の詩の世界と共通しているらしいものを発見し、それはやはり彼女が北海道生まれで殆んど北国で暮していたという体験によるものではないかと思った。

左川の詩には一種の絶望の中から立ちあがった呻きがある。呻きながら華麗な外在物が詩のまわりを飾っていく。まるでムンクの名画「叫び」の世界のようだ。北国の冬は暗く長い。殊に左川の育った日本海に面した港街の冬は長い。人々は暗い家の中でひたすら春を待つ。遅い春はそれこそ爆発的な勢いで春も初夏も一度にくる。アカシヤの花が咲き、虎杖の葉は茂り、杏の花は咲き、林檎の花が山々を飾る。鳥や虫が一度に卵を産み、森林地帯は草いきれでむせかえる。左川はそんな所から荒れる海、リボンのような海、エメラルドの海を眺めて暮した。

左川の体の中には、緑とそして暗い風景が二分して位置し、そのどちらも左川には厳しかった。暮しも楽ではなかった。こんな生活を昇華し文学としての詩をやっていくのには、いままでの抒情詩では表現出来ない詩の世界のあることに気づいた。

大正十二年「椎の木社」から『雪明りの路』という詩集を出した伊藤整も同じ問題に苦しんでいる時期であった。詩の甘さから抜け出すにはプロレタリヤ的な詩を書くよりないといった所までおいつめられていた。同郷の作家に小林多喜二等がいた時代である。左川ちかがペンネームを左川にした理由は共産党本部の建物を省線の中から見た時である。

左川ちかという名前になった時から彼女は川崎愛を捨てて詩人となった。昭和五年八月、雑誌『ヴァリエテ』（野田書房刊）に作品「昆虫」を発表した。

昆　虫

昆虫が電流のやうな速度で繁殖した。
地殻の腫物をなめつくした。

美麗な衣裳を裏返して、都会の夜は女のやうに眠つた。

私はいま殻を乾す。
鱗のやうな皮膚は金属のやうに冷たいのである。

顔半面を塗りつぶしたこの秘密をたれもしつてはゐないのだ。

夜は、盗まれた表情を自由に廻転さす痣のある女を有頂天にする。

まるでカフカの世界のようなこの詩の中で殻を乾している左川がいる。左川にとって夜は自由を暗示する場所である。昆虫の生殖をその目で確めていた左川の眼は少女時代遊んでいた痣のある女をそこに置くことによっていっそう気味悪い神秘性を表した。（美麗な衣裳を裏返して）この比喩は左川のお気に入りらしく、彼女の着ていた黒い天鵞絨の上着の裏も赤であったという。

左川は翻訳の仕事もしていた。多くの訳は『詩と詩論』などに発表した。左川にとって兄の親友伊藤整は詩人として先輩であり、のちには感情的に恋愛におちいった人でもあった。左川の翻訳、詩作について兄のように指導し、彼女の死後、一冊の詩集をも持たなかっ

[illegible]

伊藤整はその頃自分の詩がどんな位置にあるのかを迷い、散文の方へ移行していた。そのような時に左川は接近した。伊藤の詩作欲は形を変えて左川にのり移り、左川を通して新しい詩の導き手になったのであろう。昭和四年五月、十月の伊藤整の『椎の木』の詩、「言葉」「雲雀」を見ると、左川に対する感情がはっきりと読める。左川もはじめは伊藤整の中に住んでいる言葉を引きずり出して詩作していたのである。「雲雀」は、伊藤の『若い詩人の肖像』にでてくる川崎愛子のようにお茶目で、それよりも小悪魔的存在であった。「ひばり」とは左川のニックネームとしては最高である。

緑

朝のバルコンから　波のやうにおしよせ
そこらぢゆうあふれてしまふ
私は山のみちで溺れさうになり
息がつまつていく度もまへのめりになるのを支へる
視力のなかの街は夢がまはるやうに開いたり閉ぢたりする
それらをめぐつて彼らはおそろしい勢で崩れかかる
私は人に捨てられた

詩の中に多い色彩として「緑」がある。左川は視力が弱く、春先にはいつも眼をいためて病院通いしていた。眼疾は森林の緑や、草花の炎える季節にかならずやって来て、新聞紙まで緑色にみえたらしい。ところが実際に余市町から小樽への汽車に乗ると、車窓にぶつかる植物で人々の顔も緑にみえることを私は知った。視力の弱い左川は大へんつらかったと思う。

左川は自分を産んでくれた父親の顔を知らない。他人の私の書い

[illegible]

余市町に在住）の話ではその父と呼ばれる人は僧侶であったというが、そんな面影が散文詩「冬の肖像」の中に一寸でてくる。水墨画のような詩である。

——その路をゆく人影は私の父ではあるまいか。呼びとめても振り返ることのない背姿であった。——

（「冬の肖像」・部分）

父親のない左川は兄昇の愛情を一身に受けた。そして次第に異性としての相手伊藤整に近づいていく。

しかしその愛は無惨にも絶ち切られた。伊藤整は『雪明りの路』（大正15・椎の木社刊）のファンで前から文通していた北海道の八雲の女性と結婚する。

「人に捨てられる」という認識は一体何時頃からあったのだろうか。少なくとも「捨てられる」というからには、愛情のあった者から捨てられることであろう。父に捨てられ、男に捨てられ、全身痛む左川は、言葉によって生きるしか方法がなかった。左川の詩は、その絶望の中から立ちあがった。愛の詩など一つもない。

「緑」は或る意味では女の城を明け渡した女の哀しみと、惜別のうたであるかも知れない。併し故郷を思わせる風景の中に駆け込んだ左川の女らしさは見のがせない。

左川は真剣だった。そして詩の形や方法論では次第に伊藤を超えた位置に立つようになった。翻訳は『詩と詩論』や『椎の木』に発表していた。ジェムス・ジョイスの詩集『室楽』を一冊にして椎の木社から上梓した。（註・「室内楽」ではなく、左川は「室楽」と訳している。）J・ジョイスの詩がもっている雰囲気は左川の詩の本質と大へん似ており、ジョイスの世界は左川の詩の中に次第にいかされてく

る。形の上では、J・ジョイスやヴァジニア・ウルフが好んで使った「意識の流れ」という方法形式である。

「室内楽」が愛のうたでありながら、次第に破局へと傾いていく——白い花をみせながら、背にあるもう一つの手に黒い葉を持っている——、そんな世界が、左川の心をとらえたのであろう。詩の中に表と裏が見える詩を造りはじめる。

死の髯

料理人が青空を握る。四本の指跡がついて、……次第に鶏が血をながす。ここでも太陽はつぶれてゐる。
たづねてくる青服の看守。
日光が駆け脚でゆくのを聞く。
彼らは生命よりながい夢を牢獄の中で守つてゐる。
刺繍の裏のやうな外の世界に触れるために、一匹の蛾となつて窓に突きあたる。

死の長い巻鬚が一日だけしめつけるのをやめたならば私らは奇蹟の上で跳びあがる。

死は私の殻を脱ぐ。

「死の髯」は左川ちかの代表的な作品といわれている。異常なほど「ひげ」に執着している。あごひげと、ほほひげが死と深く関ってくる。刺繍の裏糸はそれらのようにたれ下っているイメージから、ひげが使われたのだと思う。

刺繍の裏側にいくならば死はない。「夢の牢獄」には鶏の死がある。二つの世界の間で蛾になるより方法のない生き方、華麗な比喩の中に非情な、不幸な左川の位置がある。編物の好きだった彼女はいつも編目をはずしてほどいてばかりいたという。安堵する場所がほしかったのだと彼女の詩は言っているようだ。

左川の生きていた時代は、萩原朔太郎の詩の時代でもあった。彼は『椎の木』の「左川ちか追悼号」（昭12・3）で彼女を悼んで、「左川ちか氏は、最近詩壇に於ける女流詩人の一人者で、明星的位置に

る。」と言っている。陰惨で華麗な詩は朔太郎の心にも響いていた。

幻の家

料理人が青空を握る。四本の指あとがついて、次第に鶏が血をながす。ここでも太陽はつぶれてゐる。
たづねてくる空の看守。日光が駆け出すのを見る。
たれも住んでないからつぽの白い家。
人々の長い夢はこの家のまはりを幾重にもとりまいては花瓣のやうに衰へてゐた。
死が徐に私の指にすがりつく。夜の殻を一枚づつとつてゐる。
この家は遠い世界の遠い思ひ出へと華麗な道が續いてゐる。

「幻の家」は「死の舞」に似ている作品ではあるが、左川の位置が違う。左川は幻の家にいる。つまり死の側に立っている。幻の家には誰もいなかった。殻になって入っていくことの必要がなかった。そして他者からは見えないその家で左川はゆっくりと死の殻をぬぎ、遠い思い出へと思いを運んでいく。

刊行者伊藤整は覚え書の中で、〈思うところあって二者とも収載した〉と書いているが、左川は「幻の家」は「死の舞」の改作とは思っていなかったのではなかろうか。

作品「夏のをはり」と「季節」も、殆んど内容の同じ作品だ。二篇とも詩集に収められているところから判断することであるが。

多くのシュール・レアリストの詩人は明るい太陽を詩の中にとり入れるが、左川の詩の中では太陽はつぶれていたり、青かったり、常識からは離れている。左川の太陽に対する考え方が違うのかも知れない。エネルギーのない太陽は北国の重い空の中にはいつも存在

黒い空気

夕暮が遠くで太陽の舌を切る。
水の中では空の街々が笑ふことをやめる。
總ての影が樹の上から降りて來て私をとりまく。林や窓硝子は女のやうに青ざめる。夜は完全にひろがつた。乗合自動車は焔をのせて公園を横切る。
その時私の感情は街中を踊りまはる
悲しみを追ひ出すまで。

夕暮を表現しているのになんと大胆な行為であろうか。左川は太陽の方向へは決してつき進んではいかなかった。太陽の落ちるのをじっと待って夜を迎える。物の影がいたる所から降りて来て体のまわりにうごめく。それが夜でもあり、死でもある。左川はそれらの物の影を追い払うために踊りはじめる。いままでにこのような黒い踊りを踊る詩人がいただろうか。

この詩の中で「乗合自動車が焔をあげて」という言葉がある。左川の焔はすぐに燃焼してしまうものではなく、炎えるもの、といった意味の焔である。

緑の焔

私は最初に見る　賑やかに近づいて來る彼らを　緑の階段をいくつも降りて　其處を通つて　あちらを向いて　狭いところに詰つてゐる　途中少しづつかたまつて山になり　動く時には麥の畑を光の波が疊になつて續く　森林地帯は濃い水液が溢れてかきまぜ

● 182

ることが出来ない　髪の毛の短い落葉松　ていねいにペンキを塗る蝸牛　蜘蛛は霧のやうに電線を張つてゐる　總ては緑から深い緑へと廻轉してゐる

彼らは食卓の上の牛乳壜の中にゐる　顔をつぶして身を縮めて映つてゐる　林檎のまはりを滑つてゐる　時々光線をさへぎる毎に砕けるやうに見える　街路では太陽の環の影をくぐつて遊んでゐる盲目の少女である

私はあわてて窓を閉ぢる　危險は私まで來てゐる　外では火災が起つてゐる　美しく燃えてゐる緑の焔は地球の外側をめぐりながら高く拡がり　そしてしまひには細い一本の地平線にちぢめられて消えてしまふ

體重は私を離れ　忘却の穴の中へつれもどす　ここでは人々は狂つてゐる　悲しむことも話しかけることも意味がない　眼は緑色に染まつてゐる　信じることが不確になり見ることは私をいらだたせる

私の後から目かくしをしてゐるのは誰か？　私を睡眠へ突き墜せ。

左川はたえず見えない何かに不安を持っていた。新鮮な初夏の風景も、角度を変えると恐怖の対象となった。彼女の自分の詩のことを書いた文章の中でこのようなのがある。

樹間をゆくとき

眼鏡をかけてゐるといふことは物をはつきり見るためではなかつた。つまり顔の幅だけで物を見てゐると、現れてゐる事柄だけに錯覚を感じそのものがどんな拡がりをもつてゐるのか、どんなふうに浸潤してゆくかを知る前に現象それ自身の火花にごまかされてしまふ場合が多い。見ることは結果を知るのではなく、現象の中の一部分の終りに達するためである……（後略）（『椎の木』昭10・6）

左川ちか小伝　昭森社刊『左川ちか詩集』より

明44・2・12　北海道余市町に生まる。本名、川崎愛。幼時から虚弱で、四歳頃までは自由な歩行も困難な位だった。
昭3・3　庁立小樽高等女学校を卒業。同年八月上京、百田宗治氏の知遇を得る。
昭6　春頃から腸間粘膜炎に罹り約一年間疾患に親しんだ。
昭7・8　「椎の木社」からジョイスの『室楽』を刊行。
昭10・2　家庭教師として保坂家に就職。夏頃から腹部の疾痛に悩み始めた。同年十月、財団法人癌研究所附属病院に入院、稲田龍吉博士の診療を受けた。同年十二月廿七日、本人の希望で退院。
昭11・1・7　東京・世田谷の自宅で死去（午後八時）。享年二十四歳。

183 ●

現象をあくまでも見つづけること、これが左川の詩の魅力である。外在物は多くの場合実在していてそれをよく視ている。森林地帯の冷気と湿度、落葉松、蝸牛、蜘蛛、これらのものが危険なものとして幻視的に動きまわる。決して観念的な思考ではない。病的なまでに押し込まれてそれを脱出する手段として眠りの世界へ入っていく。そんな時には眠りを自分の力でなく他者によって得ようとするすごさがある。或意味では悲惨なまでに追われた人間の願望かもしれない。

青い馬

馬は山をかけ下りて発狂した。その日から彼女は青い食物をたべる。夏は女達の目や袖を青く染めると街の広場で楽しく廻転する。
テラスの客等はあんなにシガレットを吸ふのでブリキのやうな空は貴婦人の頭髪の輪を落書きしてゐる。
悲しい記憶は手巾のやうに捨てようと思ふ。恋と悔恨とエナメルの靴を忘れることが出来たら？
私は二階から飛び降りずに済んだのだ。
海が天にあがる。

最も美しい詩で、左川の並はずれた才能を充分に語っている。坂のある小樽、坂の上から何かが墜ち込んで来て不安な道、そしてひとつの坂を超えようとすると、海は空の位置に見える。馬の発狂と、海のイメージが異常なまでに硬直な精神状態を作っている。

黒い天鵞絨の洋服が好きだった左川は、エナメルの靴も欲していた、女らしい一面をのぞかせて彼女自身、高い所から落ちてしまう。

左川は何時も海をみて暮していた。しかし日本海はいつも荒れていた。「記憶の海」は岬に近い入江で作られた詩であろう。おそらく思い出の場所であろう。

記憶の海

髪の毛をふりみだし、胸をひろげて狂女が漂つてゐる。
白い言葉の群が薄暗い海の上でくだける。
破れた手風琴、
白い馬と、黒い馬が泡立てながら荒々しくそのうへを駈けてわたる。

詩集のこのページには三岸節子の絵が入っている。この絵は三岸好太郎が一九三六年に描いた油絵によく似ている。三岸節子の夫、三岸好太郎は『椎の木』の表紙絵をかいていたので、左川はこの油絵を見ているのかも知れない。

外在物として牛乳壜やブリキなど不透明な品をよく使うが、それらも危険な状態の中にいつも置かれている。殺意を思わせる思考や、男性に対する反逆的な思考は気持が悪い。男性不信といった傾向が粘液質である。『椎の木』の同人である乾直恵が「追悼号」で書いているが、左川は話に興がのると口にいっぱい泡をためて話すくせがあるという。そうした粘液質のものが作品の中にもあらわれていて興味深い。

朝のパン

朝、私は窓から逃走する幾人もの友等を見る。

緑色の虫の誘惑。果樹園では　靴下をぬがされた女が殺される。朝は果樹園のうしろからシルクハットをかぶつてついて來る。緑色に印刷した新聞紙をかかへて。
つひに私も丘を降りなければならない。
街のカフェは美しい硝子の球體で麥色の液の中に男等の一群が溺死してゐる。
彼等の衣服が液の中にひろがる。
モノクルのマダムは最後の雛鶏を引きむしつて投げつける。

ここでも危機意識にさいなまれる左川がいて、朝の美しさから暗い方へいくために丘を降りていく。殺人がある。当時の流行の詩に多く見られる「雛鶏」「モノクル」「シルクハット」など、エキゾティックな語を用いる傾向が左川にもあって、作品「花」や「私の写真」にもそれはあらわれている。

歌人塚本邦雄は『花隠論』（読売選書・昭48）の中で左川の風貌について次のように書いている。

「略――。私をとらえて離さぬ不気味な女性の肖像がひっそりと一つ嵌まっている。左川ちか、がそれなのだ。自意識とか一オクターヴ云々からはてんでかけはなれた、恐らくは素人のスナップであろう古ぼけた着物を着、うすら寒い笑いを浮べ、暗黒を背景にうつむいている。二十五歳で癌研附属病院に歿した詩人の、陰惨で華麗な詩を私はかつて朔太郎にも拓次にもまして理解した。」

それから「死の舞」を引用し、

「この詩は、決して一口にモダニズムと辭し去るわけにはゆかぬ悽愴な感動がみなぎっている。生きながら屍毒に満ちた、それゆえに一層鮮やかで生々しいこの詩は、明らかに死をとおして今日を予見していたのだ。詩人の仕事はかかる予見以外には無い。」

左川の風貌を或る伝記作家がモジリアニの絵の女のようだと書いているが、それは当っていないようだ。北園克衛が私に話してくれた「ムンクの〝叫び〟のような女」とか、江間章子のいう「皮膚の色の一寸違った感覚の方で、その後あゝいう顔の人は会ったことが

創刊号「女性詩人この百年」小松瑛子「海の天使　左川ちかの詩」（全10頁のうち8頁分）

「名詩集再見」掲載詩集

掲載号	名前	詩集名	発行
創刊号	片瀬博子	『おまえの破れは海のように』	1962（昭和37）思潮社
	征矢泰子	『綱引き』	1977（昭和52）私家版
2号	黒部節子	『いまは誰もいません』	1974（昭和49）不動工房
	瀧口雅子	『鋼鉄の足』	1960（昭和35）書肆ユリイカ
3号	千田陽子	『約束のむこうに』	1971（昭和46）詩学社
	こたきこなみ	『キッチン・スキャンダル』	1982（昭和57）冬至書房新社
4号	山下千江	『ものいわぬ人』	1967（昭和42）思潮社
	木村信子	『おんな文字』	1979（昭和54）四海社
5号	三井ふたばこ	『後半球』	1957（昭和32）小山書店新社
	岡島弘子	『水の見た夢』	1977（昭和52）詩辞詩宴
6号	小川アンナ	『にょしんらいはい』	1970（昭和45）あんず舎
	森沢友日子	『指あそび』	1982（昭和57）反架亜
7号	梶原しげよ	『生と死のうた』	1959（昭和34）書肆ユリイカ
	水出みどり	『髪についての短章』	1973（昭和48）国文社
8号	小出ふみ子	『花影抄』	1948（昭和23）新詩人社
	堀内幸枝	『村のアルバム』	1957（昭和32）的場書房
9号	上田静栄	『花と鉄塔』	1963（昭和38）思潮社
	牧野芳子	『ある週末』	1971（昭和46）築地書館
10号	高田敏子	『藤』	1967（昭和42）昭森社
	香川紘子	『魂の手まり唄』	1964（昭和39）思潮社
12号	氷見敦子	『石垣のある風景』	1980（昭和55）紫陽社
	秋野さち子	『喩』	1979（昭和54）国文社
13号	山口洋子	『にぎやかな森』	1958（昭和33）書肆ユリイカ
	菊池敏子	『日々のれりいふ』	1976（昭和51）創樹社
17号	塔和子	『第一日の孤独』	1976（昭和51）蝸牛社
	よしかわつねこ	『アルジェリア』	1980（昭和55）駒込書房
18号	中西博子	『引力のめぐる夏野』	1974（昭和49）詩学社
	北森彩子	『野の肖像』	1975（昭和50）地球社
19号	礒村幸子	『石女遺文』	1956（昭和31）書肆ユリイカ
	村上博子	『冬のマリア』	1984（昭和59）黄土社
23号	大西君代	『返事』	1985（昭和60）さきたま出版会
	堀場清子	『じじい百態』	1974（昭和49）国文社
28号	牟礼慶子	『夜の中の鳥たち』	1980（昭和55）思潮社
	町田志津子	『飛天』	1972（昭和47）昭森社
33号	港野喜代子	『魚のことば』	1955（昭和30）日本未来派
	館美保子	『花』	1991（平成３）草原社
34号	坂本明子	『青年詩抄』	1956（昭和31）日本未来派
	小松郁子	『中庭にむかいて』	1974（昭和49）思潮社
35号	藤原菜穂子	『林住紀』	1978（昭和53）書肆季節社
	宮田澄子	『籾の話』	1985（昭和60）潮流社
36号	新藤千恵	『現存』	1959（昭和34）昭森社
	村瀬和子	『氷見のように』	1988（昭和63）知良軒
37号	山本沖子	『朝のいのり』	1979（昭和54）文化出版局
	内山登美子	『ひとりの夏』	1958（昭和33）國文社

「女性詩人この百年」に登場した詩人たち

掲載号	名前	生年ー没年	執筆者
創刊号	左川ちか	1911（明治 44）- 1936（昭和 11）	小松瑛子
2 号	高群逸枝	1894（明治 27）- 1964（昭和 39）	堀場清子
3 号	森美千代	1901（明治 34）- 1977（昭和 52）	財部鳥子
4 号	井上充子	1919（大正 8）- 不明	白石かずこ
5 号	米澤順子	1894（明治 27）- 1931（昭和 6）	高橋順子
6 号	深尾須磨子	1888（明治 21）-1974（昭和 49）	町田志津子
7 号	林芙美子	1903（明治 36）-1951（昭和 26）	小柳玲子
8 号	後藤郁子	1903（明治 36）-1996（平成 8）	石川逸子
9 号	与謝野晶子	1878（明治 11）-1942（昭和 17）	永瀬清子
10 号	大塚楠緒子	1875（明治 8）-1910（明治 43）	山本楡美子
11 号	中野鈴子	1906（明治 39）-1958（昭和 33）	田中光子
12 号	馬淵美意子	1896（明治 29）-1970（昭和 45）	新藤千恵
13 号	中原綾子	1898（明治 31）-1969（昭和 44）	青木はるみ
14 号	沢木隆子	1907（明治 40）-1993（平成 5）	藤原菜穂子
15 号	沢ゆき	1893（明治 26）-1972（昭和 47）	硲杏子
17 号	柳原燁子	1885（明治 18）-1967（昭和 42）	山下千江
18 号	港野喜代子	1913（大正 2）-1976（昭和 51）	福中都生子
19 号	伊藤野枝	1895（明治 28）-1923（大正 12）	須永紀子
20 号	英美子	1892（明治 25）-1983（昭和 58）	手塚久子
23 号	中村千尾	1913（大正 2）-1982（昭和 57）	秋山江都子
26 号	金子みすゞ	1903（明治 36）-1930（昭和 5）	吉岡しげ美
32 号	町田志津子	1911（明治 44）-1990（平成 2）	小川アンナ
33 号	上田静栄	1898（明治 31）-1991（平成 3）	内山登美子
35 号	江間章子	1913（大正 2）-2005（平成 17）	西原康子
36 号	壺田花子	1905（明治 35）-1990（平成 2）	山本楡美子
37 号	武内利栄	1901（明治 34）-1958（昭和 33）	別所真紀子

ラ・メール創刊に際して新川さんと吉原さんが目指したものが「女性詩の未来を織り上げていくための縦糸と横糸になる」ことだった、というのはエピソード1でも書いたが、ここでもう少し詳しく新川さんの「縦糸」の話をしておきたい。

新川さんが考えていた縦糸としては、自身の連載「名詩集再見」と、女性詩人たちに依頼して書いてもらった戦前・戦後の女性詩人たちの評伝「女性詩人この百年」がある。さらに39号の特集〈20世紀女性詩選〉もまた、新川さんの大きな仕事の一つとして挙げておかなければならない。

*

「名詩集再見」は、新川さんが毎回自身の本棚から詩集を二冊ずつ選んで紹介し、その何篇かを再録する、という体裁のものだ。

新川さんという人は、とにかく名詩のストックを無尽蔵に持っている人だ。「昔は詩集が少なかったのよ」などと事もなげに言っておられたけれど、いやいやそんなことはない。その記憶力と選ばれる詩集の多彩さには、いつも驚かされてばかりだった。本当に詩が好きな人というのは、きっとこういう人のことを言うのだろう。いつだったか、アンソロジーを作るのが好きだという話を聞いて、なるほどなあと思ったことがある。

このコーナーでは十年間で合計四十四冊の新旧の名詩集が、新川さんの愛情こもった筆によって紹介されていった。誌面の都合上、掲載できる詩は数篇だったが、書影の撮影用に借りたそれらの貴重な詩集を、毎回丸ごと堪能させてもらうというチャンスを得たのは幸せなことだった。私はこの欄のおかげで、黒部節子さんの家の屋根裏に迷い込み、瀧口雅子さんの若者の描写に驚き、小川アンナさんの切ないひらがなの詩に泣いた。

丸っこいよく引きしまったお尻が
酢で食べるとうまそうな
こりこりとした
若もの

（瀧口雅子「若もの」より　一九六〇年書肆ユリイカ刊『鋼鉄の足』所収）

本当はすべての詩集に言及したいところだが、ここでは記録として一五八頁に詩集名のみを挙げておく。この連載のうち三十二冊目までは、のちに『女たちの名詩集』『続・女たちの名詩集』（ともに一九九二年思潮社刊）という本になっている。興味のある方はぜひご覧いただきたい。

これらの詩集の著者のうち、何人かには私も実際に会ったことがあるのだが、なかでも忘れがたいのは、創刊号で私家版の『綱引き』が紹介された征矢泰子さんのことだ。征矢さんは「ミセス」の常連投稿者だったというが、おそらく名詩集再見で紹介されるまではほとんど無名に近かったのではないか。取り上げられた作品が放つ強い牽引力に、あらためて目をみはった人は多かっただろう。その後、彼女は詩集『すこしゆっくり』（一九八四年思潮社刊）で第九回現代詩女流賞を受賞している。私は、詩を朗読するときの征矢さんのふわりとした声が好きだった。

だが……。一九九二年暮れの、突然の自死。ずっと鬱病で苦しんでいたというのは、後から人に教えられた。お通夜の日、しんしんと冷えわたる夜気の中でワイングラスを片手に花のように笑っている彼女の遺影を、私たちはただ呆然と見つめるしかなかった。

なぜあれほど
たったひとつのらちもないことばに
こだわりつづけていたのだろう
なぜにくむのかなぜかなしむのか
わたしのなかで
ほぐしようもなくむすぼれていたおもいが
しろいしくらめんのはなびらのりえを　いま
やわらかくほどけながらとおくとおく
とおざかっていくのがみえます

（征矢泰子「白いシクラメン」より　一九七七年私家版『綱引き』所収）

＊

そして、もう一本の縦糸「女性詩人この百年」。この連載のプロデュースのほとんどは新川さんだった。

のちに高橋順子さんが『現代日本女性詩人85』(二〇〇五年新書館刊)を編まれたとき、「まえがき」で次のように書いている。

「新川和江・吉原幸子両詩姉による季刊女性詩誌「ラ・メール」の存在がなければ、このアンソロジーはスカスカのものになっていただろう。多数の執筆者によってほぼ毎号連載された評伝「女性詩人この百年」の企画、さらに39号の特集〈20世紀女性詩選〉には大いに助けられ、教えられるところがあった」

「女性詩人この百年」に登場する詩人は総勢二十六人、最後は「「青鞜」の女性詩人たち」(執筆・高良留美子)で締めくくられる。全二十七回。

創刊号に掲載された連載第一回が幻のモダニズム詩人・左川ちかであったことは、とても象徴的で感慨深い。その稀有な才能が一部の詩人たちに注目されながらも二十四歳で夭折。詩の歴史の中に埋没しかけていた詩人だったが、ようやく最近になって島田龍さん編集による初の全集が出版され、その全貌が明らかになった。

朝のバルコンから　波のやうにおしよせ
そこらぢゆうあふれてしまふ
私は山のみちで溺れさうになり
息がつまつて　いく度もまへのめりになるのを支へる
視力のなかの街は夢がまはるやうに開いたり閉ぢたりする
それらをめぐつて彼らはおそろしい勢で崩れかかる
私は人に捨てられた

(「緑」　二〇二二年書肆侃侃房刊『左川ちか全集』所収)

それにしても、こうして眺めてみると、明治から昭和初期、激動の時代に翻弄されながら生きた女性詩人がこんなにもいたのかと驚かされる。深尾須磨子や与謝野晶子、林芙美子らのように、なかにはすでに世に知られた詩人もいたけれど、不勉強な私などは当時まったく聞いたこともないような名前ばかりだった。同時代に名を馳せた数多の男性詩人に対して女性詩人たちの存在はあまりにも希薄で、それはまさに当時の女性たちの地位の低さを物語っているのではないかとも思ったものだ。

原稿用紙にして約二十五枚という量は、それぞれの詩人の仕事を紹介するには決して十分ではなかったし、どちらかというと地味な頁でもあった。が、しかし、詩史の隙間に埋もれていた人々の名を活字として残すために、それはなくてはならない頁だった。

この頁では、その頃はまだ今のように一般には知られていなかった金子みすゞのことなども取り上げられた。金子みすゞの名前を知ったのは、ラ・メール創刊と同年の一九八三年十二月十四日付の朝日新聞「よみがえる幻の童謡詩人」の記事による。この記事がちょうど出た頃に編集会議があって、新川さんが持ってきた切り抜きを皆で回して読んだ記憶がある。児童文学作家・矢崎節夫さんの手によって『金子みすゞ全詩集』（ＪＵＬＡ出版局）が編まれたのは、その前年のことだった。

その後、ラ・メールの定例会合「女たちの夜」にシンガーソングライターの吉岡しげ美さんを迎え、自身の作曲によるみすゞの歌を披露してもらったのが一九八五年二月のこと。吉岡さんは女性詩人の作品にたくさん曲をつけて歌っている人だが、同じ朝日の記事でみすゞのことを知り、即座にその詩に魅せられたという。「この百年」では、その吉岡さんに原稿をお願いすることとなった。

私が両手をひろげても、
お空はちっとも飛べないが、
飛べる小鳥は私のように、
地面(じべた)を速(はや)くは走れない。

私がからだをゆすっても、
きれいな音は出ないけど、
あの鳴る鈴は私のように
たくさんな唄は知らないよ。

鈴と、小鳥と、それから私、
みんなちがって、みんないい。

（金子みすゞ「私と小鳥と鈴と」ハルキ文庫版『金子みすゞ童謡集』所収）

金子みすゞが亡くなったのは一九三〇年。みすゞもまた二十六歳という若さだった。長い間人々から忘れ去られていた作品が死後半世紀もたって現世に呼び戻され、さらに今日のような「多様性」というキーワードのもと広く愛唱されるようになるなんて、当時の彼女には想像もつかなかったことだろう。

「この百年」からはほかにも紹介したい詩人がたくさんいるけれど、ここではもう一人だけ挙げておく。

まるまるふとった
赤ん坊だ。

ぴちぴちはねる魚のように
新鮮な赤ん坊だ。

澄みきった
この眼のひかり。

――さわやかな産ぶ声は。……

はつらつと
いのちにおどる赤ん坊だ。

赤ん坊の朝が
やっときたのだ。

（武内利栄「赤ん坊のうた」一九九〇年オリジン出版センター刊『武内利栄作品集』所収）

なんとのびやかな悦びの歌だろう。しかし、この幸せはやがて戦争によって無残に打ち砕かれることになる。

空襲で火傷を負った娘の体を洗ってやる次の「行水」という作品は、まばゆい夏の光の中でなおさらに痛々しく、静かで強烈な母の怒りがこめられている。

肩から背へ
背から腰へ
あたたかい湯をそそげば、
十七の少女のなめらかな肌は
しゃぼんの泡をうかせて匂い
ぬれたうぶ毛もほそぼそひかる。

だが　ぐるぐる巻かれた繃帯の両手を
木の切り株のようにされた両手を
おずおずと虚空(くう)にうかせ、
しょんぼりと盥に坐るむすめの
かわりはてたこのすがたは。

焼け焦げた皮膚に
黄土のような薬をば
ぶあつく塗られ

かたちのくずれた顔を
顔とも思えぬその顔をかたむけ、
ものの音をきいているらしいむすめの
かわりはてたこのすがたは。

たんねんに垢をおとしてやりながら
わたしはおもう
一つのことを。
野をわたる風のごとく
たえずわたしの心に鳴りひびく
ただ一つのことを。

それにしても
少しもおごらぬ
この庭の花々たちよ。

ひと眼をさけて
むすめのからだをなでさすり
洗いきよめるわたしの頬につたうこれは

泪ではない。

（武内利栄「行水」より『武内利栄作品集』所収）

こぼれ落ちる泪を、「汗だ」と言い放つ著者が思う、たった一つのこと。その胸の内を想像すると、どうにもやりきれない。戦争はどこまでもどこまでも、罪深いものだ。

＊

ところで、私は新川さんのお宅には十年の間に二度しか伺っていない。実務的な編集作業は吉原さんのほうが関わりが密接だったせいもあるが、「遠くて大変だから」といって重い投稿原稿の束と「名詩集再見」に載せる二冊の詩集を携えて、会社のそばや吉原邸まで自ら出向いてこられるのが常だった。しかし、そのおかげで新川邸がずっと私にとって謎に満ちた場所であったのは、少しばかり残念なことだ。本当はぜひ一度ゆっくりお邪魔して数々の名作が生み出された仕事机なども見せていただきたかったのだが、今は引っ越されて書斎拝見は果たせないままになってしまった。

たった二度の訪問ではあったが、それはとても印象深く記憶に残っている。東急田園都市線のとある駅から近くの病院への送迎バスに便乗させてもらい、病院脇の坂道を上って露地販売の野菜などが置かれたのどかな田園風景を歩くこと十分ほど。緑の多い庭でひときわ目立っていたヒマラヤ杉は、今はもうすでにない。当時は玄関を入ってすぐのところが接客スペースになっており、分厚い全集などがぎっしり詰まった大きな本棚に囲まれて新川さんは座っていた。

最初に伺ったのは、たしか創刊の年の夏の午後だった。ソファに身を落ち着けるなり、白い冷たいおしぼりと瓶ビールが出てきた。恐縮しきって小さくなっている私に向かって、新川さんは「ビールぐらい大丈夫でしょ？」と、どんどんお酌をしてくれるのだ。吉原邸にしょっちゅう出入りしている私のことだから、たぶんお酒も強いと思われていたのだろう。私は大瓶をほとんど一本、一人で無理矢理飲んでいいかげん酔っ払ってしまい、ふらふらといい気持ちで夕暮れ時の駅までの道を歩いた。ずっとバタバタと仕事をしてきた日々の中で、久しぶりにくつろいだその時間が懐かしく思い出される。

二度目のときも、ビールこそ出てこなかったが（勧められたが、社に帰ってから仕事にならないので丁重にお断りした）大事なお客様のように歓待され、お土産までいただいてしまった。

そんなふうだからかえって、新川さんの家まで押しかけるのは申し訳ないような気もしたのだ。午後の二時過ぎに行ってもいつも起きたばかりで二日酔い気味のくたびれた様子の吉原さんとは、とても対照的だった。吉原さんはたいてい朝（というか昼）は機嫌が悪くて、よくボソボソと不味そうに朝食（というか昼食）のパンをかじっているところに行きあわせた。

いつもきちんとしていて、私のような新米にまで気をつかう新川さんは、疲れたりすることはないのだろうか、と思ったりもしたけれど、きっとそういうものが身についている人なのだろう、最初の頃こそなんだか気軽には話しづらいような気もしていたが、ここぞというときに真っ先に相談にのってもらったのは、実はいつも新川さんのほうだった。私が結婚するときも、思潮社を辞めようと思ったときも、吉原さんには「裏切り者！」と責められそうで、怖くてなかなか言い出せなかった。そしてラ・メールが思潮社から独立したときにあらためて私をスカウトしてくれたのも、最後の最後に決然とラ・メールの幕を引いたのも、考えてみたらすべて新川さんだった。

ラ・メール終刊の二年ほど前、一九九一年頃から吉原さんは鬱や体の痺れに悩まされ、パーキンソン病と診断されて、しだいに思うように仕事ができなくなっていった。そして最後の二冊、39号と40号は、ついにそのほとんどの編集が新川さん一人の手に委ねられることになったのだった。だが、そのあたりのことはまた後の章に譲ることにして、今は一つだけここに書いておきたいと思う。

終刊の少し前、吉原さんの体調がどうにも思わしくなくなってきた頃のことだ。新川さんがポツリと漏らした言葉がある。

「世の中にはね、不思議なことに、いつも人が世話を焼いてくれる人と、人の世話をする役回りの人と、二つのタイプの人がいるのよ。吉原さんは、困っても誰かが必ず手を差し伸べてくれるから、きっと大丈夫。でも私はいつも人の世話をするばっかりね。あなたもきっとそう。私たちはそういう役回りなのだから、しかたがないのよ」

静かな口調であったにもかかわらず、その声はどこかステバチで、怒りのようなものさえ感じられた。新川さんは自分の家のことを滅多に話さない人であったので家庭内の事情は私にはわからなかったけれど、そのときはそれまで見たこともないような、疲れて寂しそうな顔をしていた。私は、なんだか見てはいけないものを見てしまったような気がして辛かった。

自分の相棒を奪おうとしている病魔に対して、吉原幸子という大きな才能が壊れていくのをただ見ていなければならないことに対して、新川さんはきっと怒っていたのだ。私たちはやり場のない哀しみをじっとこらえるしかなかった。

これが、ラ・メールという一つの文学運動の終焉を初めて実感した瞬間だった。

資料・女性詩の中の戦後

制作＝NHK　企画・構成＝葛西洌
解説＝新川和江・吉原幸子

■本稿は、90年8月16〜18日の三日間にわたりNHKラジオで放送された「特集・女性詩の中の戦後」を採録したものです。誌面の都合上、作品以外の部分はある程度抜粋して掲載しましたのでご了承ください。なお、作品は放送時に省略された部分を原則として復元してあります。
■＊は放送時間帯の仕切り、＊＊は放送日の仕切りを表わします。

朗読＝作者本人・白坂道子

＊＊

降りつむ

永瀬清子

かなしみの国に雪が降りつむ
かなしみを糧として生きよと雪が降りつむ
失いつくしたものの上に雪が降りつむ
その山河の上に
そのうすきシャツの上に
そのみなし子のみだれたる頭髪の上に
四方の潮騒いよよ高く雪が降りつむ。
夜も昼もなく
長いかなしみの音楽のごとく
哭きさけびの心を鎮めよと雪が降りつむ
ひよどりや狐の巣にこもるごとく
かなしみにこもれと
地に強い草の葉の冬を越すごとく
冬を越せよと
その下からやがてよき春の立ちあがれと雪が降りつむ
無限にふかい空からしずかにしずかに
非情のやさしさをもって雪が降りつむ
かなしみの国に雪が降りつむ。

31号特集作品頁から、冒頭の2頁。

（『美しい国』昭23）

吉原　また八月がめぐってきました。戦後四十五回めの夏ですね。

新川　そうですね。今夜から明日、明後日と、三晩にわたってかなり長い時間を頂戴しまして、戦後女性詩人によって書かれた膨大な作品の中からいくつかをピックアップして、私たち女性にとって戦争とは何だったんだろう、平和とは、幸福とは、また生きるとはどういうことなんだろう……、等々を、あらためて考えてみようということになりました。

吉原　女性の詩で綴る戦後史ということで、戦後の女性詩人の代表作ばかりというわけにはいかないんですけれども、時代的な問題性を持った作品ということに重点をおいて選ばせていただいています。

新川　初めにお聴きいただきました詩は、女性詩人の最長老でいらっしゃる永瀬清子さんが、ご自分で朗読してくださった「降りつむ」という詩です。戦後初めての冬にお書きになったものでしょうね。空襲で家を焼かれ、親兄弟まで失ったみなし子、その可哀そうな子どもたちの上に降りつむ雪と同じように、詩人のまなざしがこの国のすべての上に注がれているのを感じます。あの頃は浮浪児だとか、戦災孤児だとかという、たいへん残酷な名前で呼ばれていましたけれども、あの人たちはその後どんな人生を歩んだのでしょうね。

吉原　次にお聴きいただくのは、福田美鈴さんの「八月に」という詩です。

八月に

福田美鈴

山々を覆う森林は深く　私は山裾に沿う崖道を歩いた
戦争で家を焼かれ　学用品の入ったリュックサックと防空
　頭巾だけを背に
信州の山奥の　かわいた道を一人辿った私の十才

たまさかに行きあう　飢えのない目の哀れみと優越
みじめにおしだまった私の手に　野良に出る百姓がにぎら
　せた一袋の焼米

谷川の水をすくって母を呼び　ほどこしの焼米を口に含む
　と
涙をこらえて歩きつづけた　あの十才を生きのびて
――四十という年令に　たどりついた私

三十年の時の流れの　私の生命の暗いかげりが
いま　過去をのぞく穴ぐらのふちへ私を追いやり

あの時の母も四十だったと
胸もとの　肌の匂いに重なった

EPISODE 13

充実のとき

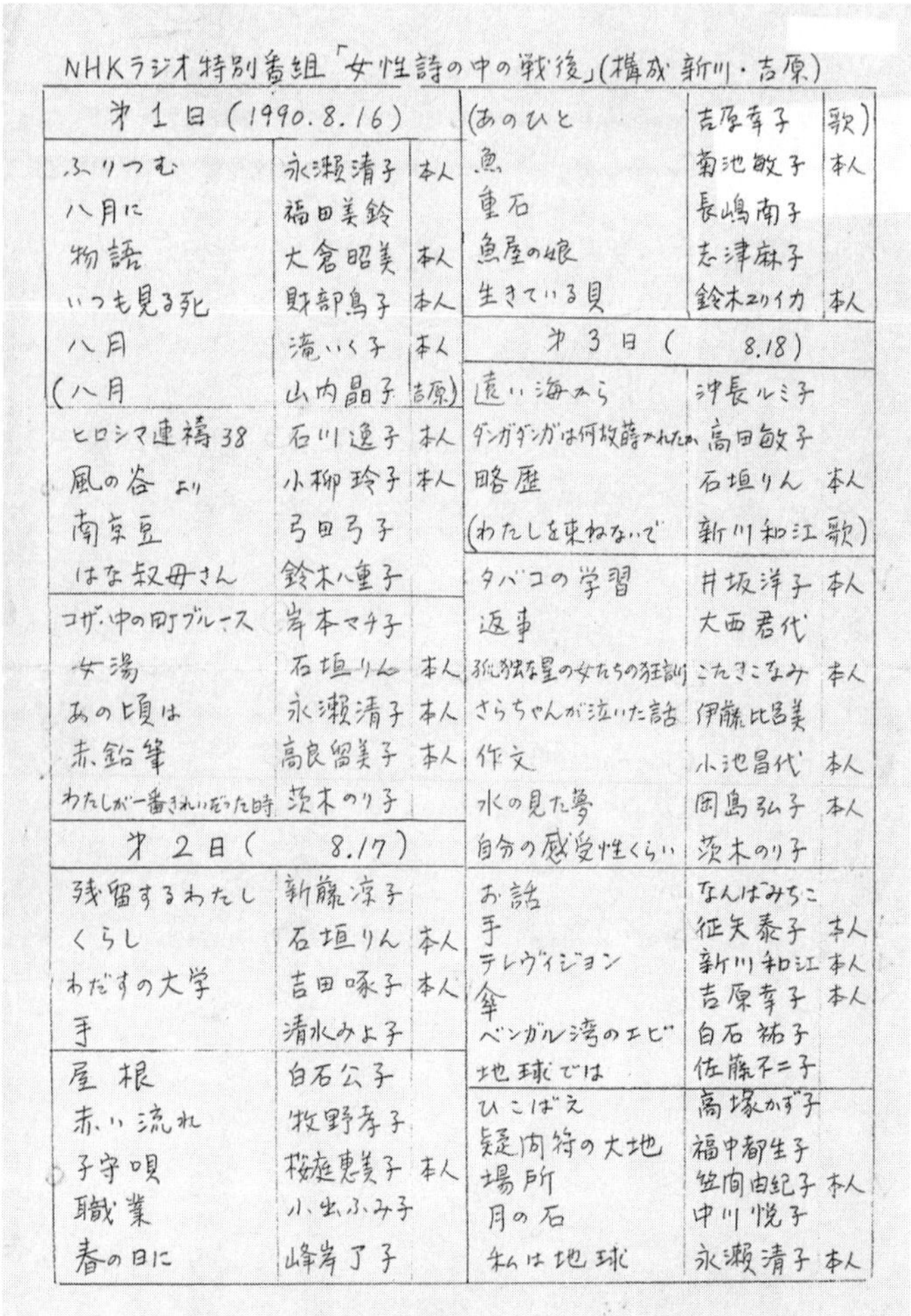

NHKラジオ特別番組「女性詩の中の戦後」(構成 新川・吉原)

第1日(1990.8.16)		
ふりつむ	永瀬清子	本人
八月に	福田美鈴	
物語	大倉昭美	本人
いつも見る死	財部鳥子	本人
八月	滝いく子	本人
(八月	山内晶子	吉原)
ヒロシマ連禱38	石川逸子	本人
風の谷 より	小柳玲子	本人
南京豆	弓田弓子	
はな叔母さん	鈴木八重子	
コザ・中の町ブルース	岸本マチ子	
女湯	石垣りん	本人
あの頃は	永瀬清子	本人
赤鉛筆	高良留美子	本人
わたしが一番きれいだった時	茨木のり子	
第2日(8.17)		
残留するわたし	新藤凉子	
くらし	石垣りん	本人
わだすの大学	吉田咏子	本人
手	清水みよ子	
屋根	白石公子	
赤い流れ	牧野孝子	
子守唄	桜庭恵美子	本人
職業	小出ふみ子	
春の日に	峰岸了子	
(あのひと	吉原幸子	歌)
魚	菊池敏子	本人
重石	長嶋南子	
魚屋の娘	志津麻子	
生きている貝	鈴木ユリイカ	本人
第3日(8.18)		
遠い海から	沖長ルミ子	
ダンガダンガは何故蒔かれたか	高田敏子	
略歴	石垣りん	本人
(わたしを束ねないで	新川和江	歌)
タバコの学習	井坂洋子	本人
返事	大西君代	
孤独な星の女たちの狂詩	こたきこなみ	本人
さらちゃんが泣いた話	伊藤比呂美	
作文	小池昌代	本人
水の見た夢	岡島弘子	本人
自分の感受性くらい	茨木のり子	
お話	なんばみちこ	
手	征矢泰子	本人
テレヴィジョン	新川和江	本人
傘	吉原幸子	本人
ベンガル湾のエビ	白石祐子	
地球では	佐藤不二子	
ひこばえ	高塚かず子	
疑問符の大地	福中都生子	
場所	笠間由紀子	本人
月の石	中川悦子	
私は地球	永瀬清子	本人

NHKラジオ「女性詩の中の戦後」朗読作品リスト(吉原自筆)

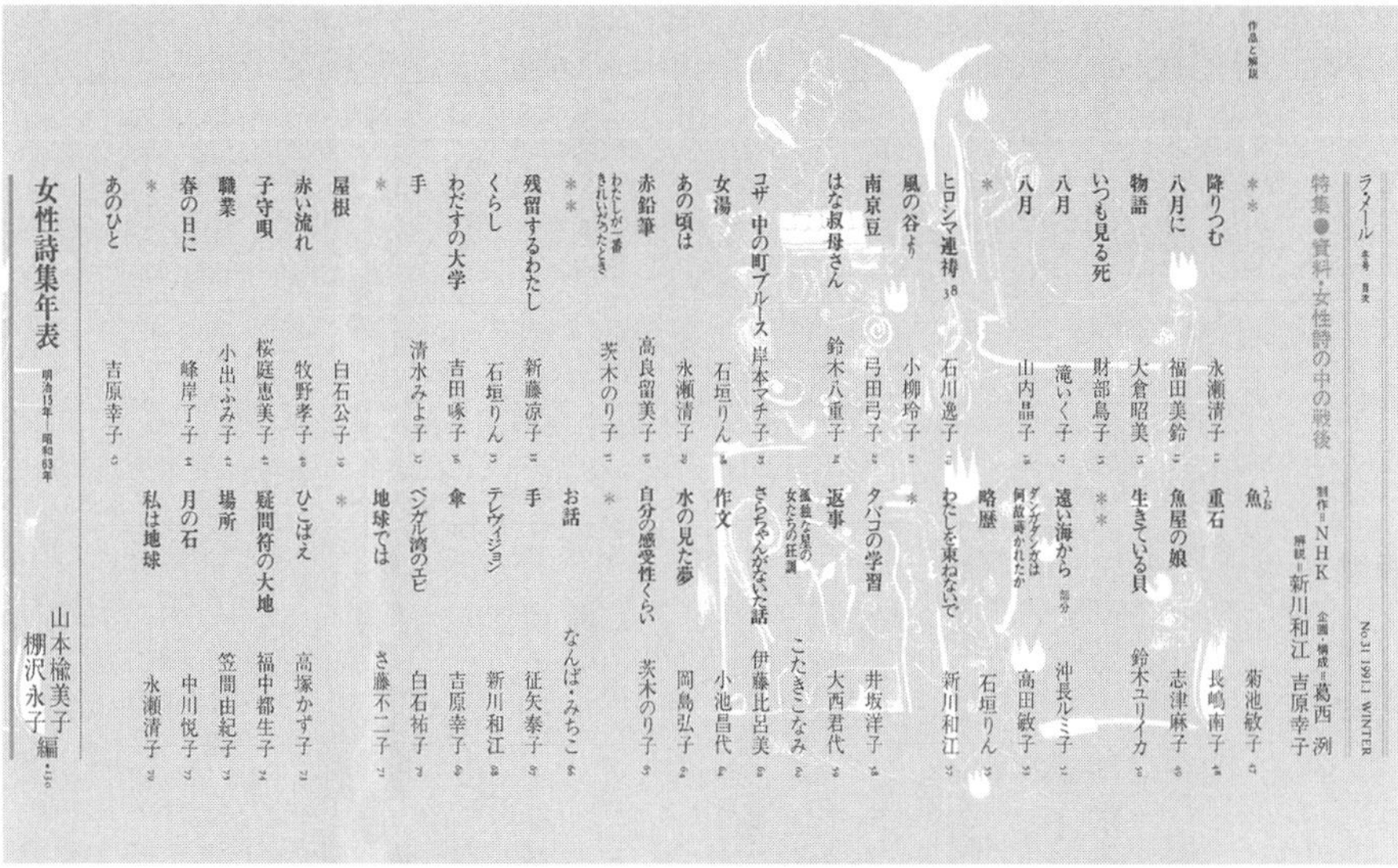

ラ・メール　本号　目次

No.31 1991.1 WINTER

特集●資料・女性詩の中の戦後

制作＝NHK　企画・構成＝葛西洌
解説＝新川和江　吉原幸子

作品と解説

31 号特集「資料・女性詩の中の戦後」目次

私の好きな場所 5

吉原幸子

『海』という名の詩の雑誌に集う、色とりどりの魚たちの憩いの場に――と願って設けた"スペース水族館"。入口わきに嵌め込んだステンドグラスは、「ねむの木学園」のタケヒトくんの、すてきな原画からイメージをいただいた。海の底にも地上のような花が咲いて、魚はみんな、一つずつ自分のアブクをもっている。そこがいい。

玄関は東側なので、グラスがいちばん美しく朝日に輝く時刻、私はまだ階下で貝のように眠りこけていることが多いのだが……。（詩人）

設計／木村 創　グラス製作／本保佐季子

「婦人之友」1989 年 5 月号掲載、〈水族館〉玄関ロビー、ステンドグラスの製作は本保佐季子さん。

先日、雑誌「クロワッサン」の一九八九年九月二十五日号を久しぶりに出してきた。特集のタイトルは「友だちといっしょに女が3人集まれば最高の可能性」。この中で六年目に入ったラ・メールのことを取り上げてもらった。取材を受けたのは25号が出たばかりの頃で、写真には新川さん、吉原さんと、「熱心な読者から、押しかけスタッフとなった大学生」のカヨちゃん（松尾加世子さん）と私、そして伝い歩きをしはじめた頃の私の娘とが、スペース水族館の暖炉の前で並んで座っている。カヨちゃんは傷を負った迷い猫のようにラ・メールの会合にやってきて、そのまま編集部に居ついてしまい（というより、実情は手が足りないので引っ張り込まれて抜けるに抜けられなくなって）、詩を書きながら煩雑な実務の仕事を献身的に手伝ってくれた人だ。そしてその後、病に倒れた吉原さんを助けてシルヴィア・プラス詩集の翻訳のお手伝いなどもしたという、終刊後の吉原さんの素顔を知る数少ない人たちの一人でもある。

記事では、ラ・メール創刊のエピソードや独立のことに触れ、最後はこのような言葉で結ばれている。

「最終的な目標は、男性と同様に女性詩人の舞台が広がってきて、〝もう「ラ・メール」なんか必要ない〟、そう言われる時代を作ることですね」

ラ・メール終刊から三十年、この目標は、どのぐらい達成されただろうか。「現代詩手帖」の今と昔を比べると、作品欄でも論考でも女性の書き手が倍増していて感慨深いものがある。残念ながらまだ社会的には「男性と同様に」と言える情況にはほど遠いけれど、少なくとも「まだまだ同様ではない」「これはおかしい」と意識的に声をあげる女性たちは確実に増えた。

＊

ラ・メールの六・七・八年目あたりというのは、十年間のうちでも最も充実していた時期であったと思われる。独立したばかりの頃はまだまだぎこちなかった編集会議もしだいにうまく機能しはじめ、また新人賞の人たちにも「企画書」のようなものを書いてもらったりして、新しい風を入れる工夫がなされていった。

企画書はそれぞれラ・メールに対するお手紙みたいなところもあって、今見ると各人の個性が表れていてまた面白いのだが、弱いところ、痛いところを冷静に指摘されてもいる。以下、その企画書から少し書き出してみる。

今後の誌面に望むもの

・現在の文化的情報の紹介の連載がほしい（本・音楽・映画・美術・演劇・スポーツ・政治など）
・一つの詩集について深く論じる批評の連載頁を作りたい
・詩の歴史を学ぶための講座のような頁がほしい
・会員がもっともっと参加できる企画をやってほしい
・ベテランの投稿者には、本欄のほうでエッセイなど書いてもらってもいいのでは

・家族を考えるような特集をやりたい
・詩誌の時評をやりたい
・お手紙の欄など、マンネリ化してきているのでは

これらの提案から、受賞者たちによるいくつかの連載も生まれた。鈴木ユリイカ編集頁「エキストラ」、中本道代連載エッセイ「午後のアンテナ」、國峰照子「詩誌時評」などなど。

また特集でも毎回のように公募作品の頁を設けて、会員たちの頁をできるだけ増やしていった。特集がらみだけでなく、面白い投稿評論などがあれば随時掲載もしていった。そこには、原稿料の問題もあったのかもしれないが、よりたくさんの会員たちにできるかぎりの場を提供したい、という編集方針が強く感じられた。そして、公募頁やハーバー・ライト欄は実際、本欄をしのぐぐらいの勢いがあり、面白かったのも事実だ。

しかしながら、それはそれでまた「作品を読み込んで選ぶ」という作業が必要になる。公募や、また「犬猫病院」（ペットに関する作品や写真の投稿頁）などの頁づくりはハーバー・ライト欄ほど苦労ではなかったようだし、むしろ楽しみながらできるところもあった。それでも二人の仕事の量は実際増えるわけだから、それを横で見ている（待っている）身としては、なんとも切ないような気もするのだった。

六年目に入ったラ・メールの誌面を見てみよう。

25号、怪談特集では、佐野洋子さんや山本道子さんらのショートショート、大野一雄さんのエッセイ、公募作品二十七篇など。ゲストも投稿者も、みんな面白がって書いてくれているところがいい。なかでも長谷川龍生さんの怪談話には思わず拍手喝采。引っ越し先の寒い寒い部屋で幽霊と七カ月同居した挙句に、とうとう取

っ組み合ってプロレス技をかけたら具合が悪くなってしまい、ヨネヤマママコさんに「あなた死ぬよ」と脅かされるという型破りな武勇伝だ。

26号は「童謡」特集、27号は「料理」。ともに女性ならではの視点であるとも言えるが、どちらも奥の深いテーマで面白かった。童謡特集では、立原えりか・岸本マチ子さんのエッセイ、秋山さと子・島田陽子さんの論考、井坂洋子・ねじめ正一さんの作品など。「女性詩人この百年」は前章でも触れた金子みすゞ。もう一つ、織田道代さんの投稿詩を読んだときになんだか妙に感心してしまったことも覚えている。

みみずに
みみは
あるのかな

おおかみに
かみのけ
あるのかな

あめだまに
めだま
あるのかな

（中略）

ところてんに
こころ
あるのかな

ぶどうに
どうは
どうだろう

（織田道代「愉快な夜想曲」より）

これはもう、そのままNHKの「みんなのうた」で歌えそうだ。「現代詩手帖」では、なかなかこんな特集はできないだろう。でも、こういう言葉たちが〝現代詩〟でないからといって軽んじられるのはいけないことだ、と思う。だって、そこには日本語の優しさと豊かさが詰まっているのだから。その後、織田さんは絵本もたくさん出されているらしい。この作品は、はたして歌になっただろうか。

27号の特集「料理」では、尾崎左永子・茨木のり子さんらのエッセイ、銀座で小料理屋「卯波」を営んでいた鈴木真砂女さんの俳句など。真砂女さんは情熱的な女流俳人として丹羽文雄の小説のモデルなどにもなった人で、当時は八十歳を少し超えた現役女将だった。いかにも美味しそうな料理の描写に、ついフラフラと引き寄せられて暖簾をくぐりたくなる。

熱燗に肴鱵（さより）のひと夜干し
鍋物の煮ゆるを待てば時雨来て
風呂吹きを吹き吹き食べて恙なし
（鈴木真砂女「風呂吹」より）

また、財部鳥子・新藤涼子さんの作品も紹介しておきたい。料理の詩はなんともいえない凄みがあるものが多い。まずは財部さんの作品から、シルクロードへの旅の途中の光景。定められた運命に激しく抗う鶏たちの断末魔の叫び。やがて、もうもうと舞う羽毛が降り静まると、あたりは整然と片付けられてテーブルには極上の料理が並ぶ。

こここここうっー、師傅（シーフ）は籠に手を入れて、羽をぎゅっとつかむ。
けたたましく叫ぶ鶏の頚をうまく反らせて、切り目を入れて丼に血
をたらす。
少し静かになる。
十分に血をしぼってから鶏を黒煉瓦の上に投げだした。
鶏は烈しく羽撃きながら、切れた頚のまま立上り、そのたましいが
飛ぶ瞬間を歩きまわって見せる。
ものの十秒くらいのその軽業。
中庭には叫喚と羽毛が立ちこめる。

太陽の光りもかげってくる。

（中略）

やがて、水が流されて血も羽もかたづけられる。

しっとりとした黒煉瓦の上で、古い形のアイスクリーム機をボーイが回している。その気だるい単調な音。

鶏のたましいが中庭いっぱいに浮遊している。

昼寝の私のなかを温かい鶏がかけぬける。けけっるー、けけっるー。

夢のような現実だ。


（財部鳥子「蘭州の飯店にて」より）

人が寝しずまった　まよなか
飲む？
日本酒の壜を見せると　うれしそうな顔になる
吸飲みに　酒を入れて　用心ぶかく
皺ばって小さくなった口にあてがうと
あー　うまい！　という声が洩れた
あさっては正月という日の午後
御節と不祝儀の料理と　どちらにしよう
表の部屋で　母と姉と叔母がひそひそばなしをしている

（新藤凉子「臨終」より）

臨終の床にある九十七歳の祖母と共有する秘密。なんとか松の内を持ちこたえ、いよいよという日、表の部屋では葬式料理の献立を相談する家人の声がする。と、突然、祖母が大声で叫ぶのだ。「食べ物はいらないおしめが汚れるから！」と。

死を目前にした人の、思いがけない覚醒。人間とはなんと業の深い、プライド高い生きものであることか。

そして、28号の特集は「狂気」。難しい領域を扱った特集だったが、フリーダ・カーロ、エミリ・ディキンソン、シルヴィア・プラス、杉田久女などが論考に取り上げられて、非常に読み応えのある一冊になっている。また、この回の吉原さんのラ・メール対談はカミーユ・クローデルをめぐる鼎談として吉田加南子・柴田千晶さんに参加してもらった。そして、第七回のラ・メール新人賞は岬多可子さん。

岬さんは詩人としては珍しい理系出身者。最初に彼女に会ったときはまだ大学生になったばかりの楚々とした学生さんで、たしか吉原さんに「この人、お習字が上手なのよ」と紹介された。我ながら変なことを覚えているものだが、詩を書くなんてこの人のどこにそんな屈折したものが隠されているのかしら、などと思えてしまうほど、ほかの不良少女や不良中年たちの中では異色の優等生に見えた（あくまで見た目が、だが）。ところが作品は、その雰囲気のとおり聡明で生真面目ではあるのだけど、でもどこか奥深い処でなんとも不埒な熱が静かに燃えているのだった。新川さんに「キャンパスもの」と名付けられた作品群も紹介したいけれど、ここではあえて、早熟だったであろう子ども時代のことを書いた28号の受賞者作品を引用しておく。

　春の祭りの真昼、日向。おとなたちは忙しく笑い、遠くから近く
からざわめきは続いた。木々は揺れ、けれど、ここでは、透きとお

ったためまいがふりそそぐばかりだった。

うつむいて土をいじる。蟻の巣はおが屑のようなものでできていて、とても脆かった。気まぐれで、というよりは、気がつけばいつも、ほとんど習慣のようにそれをこわした。

小石や素焼きの破片を集めてくる。積みあげることはない、ただ集めるだけだった。泥岩はやわらかく割れた。ガラス玉は青や赤のねじれを内に沈ませて、土に落としてもはねかえらなかった。


（岬多可子「春の祭り」より　一九九一年思潮社刊『官能検査室』所収）


これを読んで、岬さんのその後の作品「蜘蛛を潰す」（二〇〇六年書肆山田刊『桜病院周辺』所収）を思い出すのは、私だけではないかもしれない。平穏な暮らしの中、アイロンの先でふと小さな蜘蛛を焼いた、その自分の一連の動作に、翌朝になって激しく傷つくようなナイーブさは、彼女の中でいつまでも変わらないのだろうなと思う。

岬さんは一九九一年にラ・メール選書として第一詩集『官能検査室』刊行後、『桜病院周辺』で第三十七回高見順賞、『あかるい水になるように』（二〇二〇年、書肆山田刊）で第二回大岡信賞を受賞している。

なお、28号で第二回ラ・メール俳句賞を受賞されたのは高浦銘子さん。瑞々しく匂やかな作品世界だ。

桃咲いていちばんやさしい人でゐる

（高浦銘子「蠟梅」より）

29号は、ふたたび同人誌を取り上げた特集「同人誌秀作展」。鈴木志郎康さん主宰の「飾粽」はじめ当時活発に活動していた十五誌に、そこで活躍する女性詩人の作品を紹介してもらった。その数六十六篇。あれから三十年余の今、なおいっそう盛んに活躍されている詩人も多くいて嬉しくなる。また、前年の夏に水族館で催されたイベント「同人誌交換会」と、それに続く五時間もの大座談会の記録を國峰照子さんが総括してくれて、熱気のこもった号になった。

そして、次の30号は「わたしの詩論」。ベテランから新人まで二十七人がその創作の秘密を明かしてくれていて、これもまた中身の濃い興味深い一冊になった。次は、二〇一二年に亡くなられた新井豊美さんの詩論「「空虚」を抱く行為」からの一節。一篇の美しい詩のようなその詩論は現代詩文庫『新井豊美詩集』でも読むことができる。

言葉にしなければ見えないものがある。言葉にしなければ到達できない場所がある。記憶の中の光景の、さらに彼方にある満たされたひかりの世界、それは「空虚」であるが決して夢や幻と呼ぶことはできない確固とした観念の「存在」の世界である。その空虚なひかりの中へとどかぬ視線をとどかせてゆくこと。ここから彼方へ旅立たせたわたしの言葉が肉眼では決して見えず届くことのない存在をめぐり、螺旋状に回転しながら、さらに自在になってここに戻ってくる、その瞬間のおとずれをひたすら待つこと。

そのようにしてわたしから放たれた言葉が、透明な空間を生きる木霊のようにふたたびわたしのもとに届くとき、言葉はすでにわたしのものでも誰のものでもないあの「名付けられないもの」の無のひかりを映している。

（新井豊美「「空虚」を抱く行為」より）

31号の特集は「資料・女性戦後詩」。その夏にNHKラジオで三夜にわたって放送された「女性詩の中の戦後」を、新川・吉原さんの解説とともに採録した。ここで取り上げられた作品たちは、ベテラン詩人のものからラ・メールの投稿詩まで五十一篇。読めば読むほど胸にしみいるものばかりだ。また、明治十五年から昭和六十三年までの女性詩集年表も掲載。山本楡美子さんが各資料に当たって丹念に拾い上げた女性詩集に、新しいものを足して作成した。最初の頃は一年に何冊もなかった女性の詩集が、時代が進むにつれて膨大な数になっていくのには、あらためて目をみはった。

なぜ
だれを探してか　自分でもわからない
ただ気がついたときは
馬も人も立ちながら死んでいる
炎える街を歩いていた
自分の名前も知らない
家はどこかも
母さんはだれかも知らない
人々は泣き呻き　水をもとめていたけれど
私は頭も手足もきれいで
夢のなかを歩くように

どこまでも歩いていました

（石川逸子「ヒロシマ連禱38」より　一九八二年土曜美術社刊『ヒロシマ連禱』所収）

＊

この31号が出てすぐ後の一九九一年一月、吉原さん体調不良のため第一回目の検査入院となる。前年からずっと具合が悪く、手足の痺れなども感じるようになっていたようだ。

一九九〇年もまたたいへん多忙な年で、大きな舞踊の公演があり、北海道への朗読ツアーにも出かけ、原稿の締切に追われ、そして毎日曜日には自宅でイベントがある生活……。思い返せばこの頃、平日に会う吉原さんはいつもぼろぼろにくたびれていた。午後遅くにげっそりとした顔で起きてくる彼女には、原稿の話をするのもはばかられた。よく「指先がちりちりする」と言っていたのは、たぶん同じ頃だったと思う。

それでも、このときはまだ、吉原さんの病気がそこまで深刻になるとは、誰も想像していなかった。

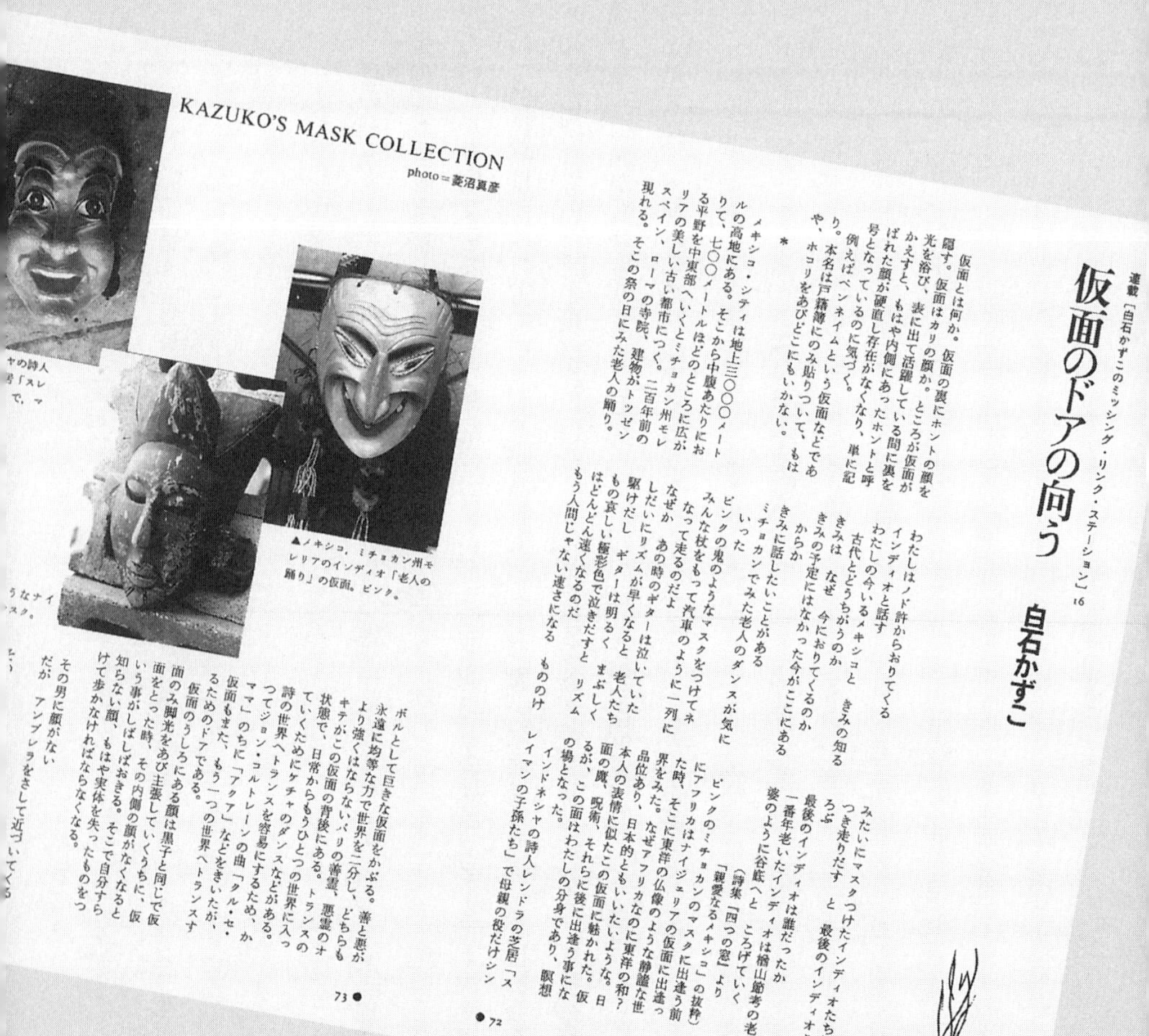

連載「白石かずこのミッシング・リンク・ステーション」16

仮面のドアの向う

白石かずこ

仮面とは何か。仮面の裏にホントの顔を隠す。仮面はカリの顔か。ところが仮面が光を浴び、表に出て活躍している間に裏をかえすと、もはや内側にあったホントと呼ばれた顔が硬直し存在がなくなり、単に記号となっているのに気づく。
例えばペンネイムという仮面などであり。本名は戸籍簿にのみ貼りついて、もはや、ホコリをあびどこにもいかない。

＊

メキシコ・シティは地上三〇〇〇メートルの高地にある。そこから中腹あたりにおりて、七〇〇メートルほどのところに広がる平野を中東部へいくとミチョカン州モレリアの美しい古い都市につく。二百年前のスペイン、ローマの寺院、建物がトッゼン現れる。そこの祭の日にみた老人の踊り。

わたしはノド許からおりてくる
インディオと話す
わたしの今いるメキシコと　きみの知る
古代とどうちがうのか
きみは　なぜ　今におりてくるのか
きみの予定にはなかった今がここにある
からか
きみに話したいことがある
ミチョカンでみた老人のダンスが気に
いった
ピンクの鬼のようなマスクをつけてネ
みんな杖をもって汽車のように一列に
なって走るのだよ
なぜか
あの時のギターは泣いていた
しだいにリズムが早くなると　老人たち
駆けだし　ギターは明るく　まぶしく
もの哀しい極彩色で泣きだすと　リズム
はどんどん速くなるのだ
もう人間じゃない速さになる　もののけ
みたいにマスクつけたインディオたち杖
つき走りだす　と　最後のインディオこ
ろぶ
最後のインディオは誰だったか
一番年老いたインディオは楢山節考の老
婆のように谷底へと　ころげていく
（詩集『四つの窓』より
「親愛なるメキシコ」の抜粋）

ピンクのミチョカンのマスクに出逢う前にアフリカはナイジェリアの仮面に出逢った時、そこに東洋の仏像のような静謐な世界をみた。なぜアフリカなのに東洋の和？品位あり、日本的ともいいたいような。日本人の表情に似たこの仮面に魅かれた。仮面の魔、呪術、それらに後に出逢う事になるが、この面はわたしの分身であり、瞑想の場となった。

インドネシヤの詩人レンドラの芝居「スレイマンの子孫たち」で母親の役だけシンボルとして巨きな仮面をかぶる。善と悪が永遠に均等な力で世界を二分し、どちらもより強くはならないバリの善霊、悪霊のオキテがこの仮面の背後にある。トランスの状態で、日常からもうひとつの世界に入っていくためにケチャのダンスなどがある。トランスの詩の世界へトランスを容易にするため、かつてジョン・コルトレーンの曲「クル・セ・ママ」のちに「アクア」などをきいたが、仮面もまた、もう一つの世界へトランスするためのドアである。

仮面のうしろにある顔は黒子と同じで仮面のみ脚光をあび主張していくうちに、仮面をとった時、その内側の顔がなくなるという事がしばしばおきる。そこで自分すら知らない顔、もはや実体を失ったものをつけて歩かなければならなくなる。

その男に顔がない
だが　アンブレラをさして近づいてくる

KAZUKO'S MASK COLLECTION

photo＝菱沼真彦

ヤの詩人
「スレ
で、マ

うなナイ
スク。

▲メキシコ，ミチョカン州モレリアのインディオ「老人の踊り」の仮面。ピンク。

73 ●

● 72

連載「白石かずこのミッシング・リンク・ステーション」より
33号「仮面のドアの向う」（写真・菱沼真彦）。

豚、鹿、太陽と月。
メキシコで祭礼用に。

▲コロンビア、豹のマスク。

▲キューバの
二重になって
表の面をはぐ
顔が出てく

▶顔に刺青をしたアフリカン・マスク。

その男の顔
男は急に雲のいないのにそわそわする
鳥もいてもいい筈だ
いつそ
星などがあつたらよい
だが
男は　いぜんとして
何も浮かんでない空を
顔にはめたままだ
（「顔のない時間・或いはその男に
顔がない」抜粋）

すでに亡くなったと確認した顔につける仮面、ツタンカーメンの面、それらの顔全体の面ではなく、鼻、耳、唇が個々に別れて土塊でつくられたものが東北は北上で発掘され、いまだにそれがなんの目的かはわからないという。縄文の頃の鼻も唇も、ちいさな穴が両ハシにありヒモを通し、顔につける事のできるようになっている。巨木を信仰していた古代の種族たちが使っていたのか、知らないがそれらは明らかに洗骨の儀式などで一年たち眼鼻のおちたシャレコーベにつけられたか、その唇には刺青すらほどこされている。これらの面への美意

●74

識、霊への祈禱、悪魔ばらい、呪咀、もろもろの意味をもってつくられた面を深く使用していくうちに仮面が本体になるのは、作家の作品と同じである。

亡くなった作家の作品の内側の日常が時々回顧展などで知らされるが、それに何ほどの意味があろう。作品のもつ輝く魅力の前ではそれらは附随した影にすぎない。

詩もまた、つくられたコトバのマスクであり、修飾され、修辞と見事なコンポジションで出来上がった文学、また芸術のうしろにあるものは、時と共に風化し、忘れ去られるであろう。寺山修司が亡くなって、すでに時はたつが、彼の短歌・詩・小説・映画の中でなぜか最後につくった映画「百年の孤独」が脳裏をよぎる。忘却する男が出てきて次々とものを忘れ、しだいに自分の名まで忘れていくのだ。先日、中原中也の詩について友人H氏が、彼の作品が人の心を魅くのは、そこでは忘却という事、そのものを思い出させるからだ、といった。何を忘れたからではなくてと。その言葉が心に残る。

忘却の彼方にいったものを誰も探す事はできないが仮面は厳然と無言のコトバをその内宇宙にかかえ、ゆるぐことなく存在している。

75●

EPISODE 14

樹の種　こぼれ落ちてよ

ラ・メール32号の特集は「愛について」。優しいピンク色の表紙が春らしい。29〜32号の四冊には、創刊時にも表紙をお願いした井上リラさんの絵をいただいた。

アメリカを中心とする多国籍軍がイラクを空爆して湾岸戦争が始まったのが、一九九一年一月十七日のこと。原稿の依頼はその直後であったから、誌面のあちこちにはちらほらと戦争の影が見え隠れする。それでもなお、いや、そんな時代だからこそか、公募作品の欄には百篇を超える応募があった。そこでうたわれる愛の対象は、家族であったり、自然であったり、地球であったり。暗いニュースが多いなかで、そのまっすぐな愛のうたの数々はまぶしいほどだった。

川に
透きとおったメダカを
土のなかに
ふとったみみずを

風に
たんぽぽの綿毛を
道端に
慎しく　充ち足りて咲く露草を
地上に
わたしを
たずねながら
地球をひとめぐりし

十月
わが家にきた
裸の子

（藤本敦子「光っている」）

ハーバー・ライト欄の、壮絶な愛のうたも挙げておこう。

三年前の夏　中国のある村で数千の骨をみた

半世紀前その村に　日本の軍隊が来て
村人を崖の下に集めて銃殺し
火をつけて燃やし
崖を崩して埋めた
（中略）
その中に
愛しあっている骨があった
一体の骨がもう一体の骨を背中から
抱えこむようにして横たわっている
同じ銃弾に貫かれたのだが
年月が銃痕も肉体も消してしまって
骨とそのまわりの愛情だけが残っていた
この骨のことを
私は時折思い出す
羨望の思いをこめて
私が殺されるときも
あのようでありたい
百年　千年
人類が地球の記憶から消えても

私は骨だけになってもう一つの骨を
抱きかかえていようと思う
（中略）
ふるさとに帰りついた日
また一つの街が戦争で崩れた

（徳弘康代「その時でも題名のように」より）

この詩のことを私はずっと覚えてはいたのだけれど、まさか三十数年もたった今になってこれほど切実に思い返すことになろうとは、正直考えていなかった。世界から戦争はなくならず、なおこのような無差別な暴力に満ちているという事実に今更のように慄然とする。そして、かつて私たちも同じ罪を犯したのだということを決して忘れてはならないとあらためて思う。

またこの年、第八回のラ・メール新人賞に選ばれたのは、宮城県在住の千葉香織さん。

睡り足りて君の手がひらかれる時
そこから十六の樹の種　こぼれ落ちてよ
君のための酸素を生む樹木の数だ
君の手よ　樹を育ててよ
君の後にも遺るだろう
君の樹のための大地を

わたしたちどこに探そう
未来の方へ目を凝らしつつ
希いは　ささやかに結ばれる

（千葉香織「希い」より　一九九三年思潮社刊『水辺の約束』所収）

赤ん坊の手に握りしめられた樹木の種。そんなふうにいつも、千葉さんははるかな過去を、未来を見つめて、大きな時間の中で詩を書いていた。

今、彼女は宮城にいる。東日本大震災で実家が大規模半壊の被害にあってから、ずっと落ち着かない日々を過ごしてきた。何年か前の暮れ、連絡を取り合いたいことがあってすごく久しぶりに手紙を書いた。そして、震災以来ずっと気になっていたその消息を少しだけ知ることができたのだった。以下は、そのときにもらった返事だ。

「震災については、伝えきれないことがたくさんあります。伝えようにも言葉の意味するところが、震災・津波・原発事故前とは違ってしまっていて、以前の言葉で話す人たちとは、別の世界にいるようで。出来事が余りにも多面的で、被害状況は継続しており、わたし自身、何が起きたのかを今も理解できずにいるのです。……」

私から見れば大変な被害の只中にいる彼女でさえ、そんなふうに戸惑っているのかと、愕然とする思いだった。震災について、私に何が言えるだろう、何がわかるだろう、と思うと辛かった。

東京にいても、確かに稀有な経験はした。放射能に怯え、節電や物不足に翻弄され、パニックになってうろうろする人々に交じって、つとめて冷静であろうとしながら自分自身も少しおかしかったあのとき。そして、震災から十年以上たった今でさえ原発事故の被害は続いていていて、まだ渦中にいる人たちも大勢いる。

この32号は実は、私自身にとっても忘れがたい一冊だった。といっても、痛恨の思い出の一冊としてなのだが。

一月、ちょうど湾岸戦争が始まった頃、私は自分の体の変調に気がついていた。二人目の子のつわりが始まっていたのだ。そして、それからまもなくひどい風邪をひいて、ついにこの号は初めて発行日が遅れることになった。それまで、ただの一度も遅れたことがない、というのが自慢だったのに。

私はほとんど日記を書かないので、いつもあやふやな記憶が頼りなのだが、ラ・メールの終刊後、さすがに十年分の総括をしたくなったのだろう、このときのことを振り返った長い長い文章が残っている。以下はそこからの抜粋。走り書きのような拙いものだが、なるべく原文のまま写してみる。

十年間、吉原幸子という人には何度泣かされ、何度喧嘩を売り、また売られたか。吉原さんとの関係ではどうも、私はいつも「アタマにきていた」のだが、たぶんそれは彼女のほうも同様だったに違いない。そりゃあそうだろう。娘ほども歳の違うナマイキな女の子に、ああでもない、こうでもないとしょっちゅうイチャモンをつけられるのだから。

でも、吉原さんの中では人はみな徹底的に平等なのだった。だから私の年齢など、彼女にはあまり問題ではなかったのかもしれない。それは、時にはありがたい驚きであり、時には大変に厳しいことでもあった。対等の場に引き上げられるというのは、やはり、とてもシンドイことには違いなかった。……

その均衡が、悲しいかな、崩れ出したのは、私が二人目の子のつわり真っ盛りの頃だったから、たぶん九一年の春あたりのこと。私はイライラ、キリキリしながら仕事をし、あらゆることに怒っていた。生活のペースの違う彼女へのイライラと、なかなか仕事の時間がとれない自分自身へのジレンマとで、いちばん苦しい時期だったかもしれない。

「どうしてそんなに怒っているのか？」と吉原さんに聞かれたことがある。けれど、私はそれにストレートに答えられなかった。だって、理由はつまらないことなのだ。いつも疲れて具合の悪そうな彼女に「午前中から起きろ」だなんて、どうしたって言えないではないか！（夕方、時間を気にしながらドタバタと仕事をしている私の帰り際に、決まって吉原さんは姿を現すので、打ち合わせはいつも時間との戦いだった。おのずと、私の声はとげとげしいものになっていたに違いない）黙り込む私に、彼女は「なんだかいつも怒られているみたいで辛い……」と言い残して自室にこもってしまった。私は激しく後悔したけれど、そのとき私は38度の熱があったのだ。……

このときの私は胎児への影響が怖くてろくに薬も飲めずに気管支炎を併発してしまい、ひどい口内炎で何も食べられなくなってダウン。薄めた重湯を食事代わりに水筒に詰めて、ふらふらでようやく出張校正に臨んだ。配本が遅れたのは、そのせいだったのだ。あのときの吉原さんの、叱られた子どものように寂しそうな顔は、今でもはっきりと覚えている。

ごめんね、吉原さん。あのときは私も切羽詰まっていたのです。小児用の弱い薬でようやく気管支炎が治まってきたのは、もう夏に近い頃だった。そして、そのあたりから逆に、吉原さんの体調は坂を転がるように悪い方向へ向かっていった。

よく考えてみると、それよりも前から吉原さんの変化を感じさせる小さな兆候はいくつもあった。

たしかその一年ほど前の春、29号の同人誌特集の作業をしている時期だった。あるとき、会員の一人が突然水族館にやってきた。話を聞いてみると、どうも自分の作品の売り込みで、同人誌の特集号に入れてほしい、ということのようだった。もうとっくに原稿の依頼は終わっていたので、どう考えてもその余地はなかった。でも、顔見知りの会員でもあったし、吉原さんはその人の話をじっと我慢して聞いていた。そして、なんだか要領を得ないその話しぶりに、突然、キレた。

「あなたみたいな人がいるから、私の病気がどんどんひどくなるのよ!」

確かに、吉原さんの体調はずっとよくなかったし、そもそも吉原さんがキレるのはそれほど珍しいことでもなかった。しかし、いつもと違ったのは、それがまだ昼間でお酒も入っていない時間帯であったことだ。普段は会員の人たちにはとても親切なのに、このときは急に、わなわなと体を震わせて怒鳴り散らした。

その人は身を縮めて、そそくさと退散するしかなかった。少し気の毒な気もしたけれど、私はただ仰天してしまって、彼女に声をかける余裕もなかった。そして吉原さんはといえば、がっくりと肩を落とし、そのままよろよろと部屋に戻っていったのだった。

たったそれだけのことではあるのだけれど、私には、それまでとは明らかに怒りの質が違って見えた。その痙攣のような理不尽な罵声は、どこかちくはぐだった。そしてそれは思い返してみると、彼女の変調を目の当たりにした初めての出来事だった。

*

でも、もう少し本の話もしなくては。また一九九一年から話を進めよう。

九一年の夏に出た33号の特集は「仮面」。ブラジルのカーニバルあり、フランス貴族の仮面舞踏会あり、能面あり、ナマハゲあり、にぎやかな誌面になった。白石かずこさんの「KAZUKO'S MASK COLLECTION」の写真も面白かった。仮面は非日常であり、また日常でもある。人はそれをつけて踊り、自分という役を演じ、そして、最後には誰もが仮面を脱いで安息の地に戻る。

化粧する下に憤怒もとじこめし女に棲みし一匹の鬼
化粧くずれせぬほどにしか泣けぬという喪服姿の若き女は
仮面劇演じおえたる顔ひとつのこして柩は花で埋まる
（宮崎郁子「仮面」より）

宮崎さんは、32号で第三回ラ・メール短歌賞を受賞。小説も書く人らしく、何か不穏な葬儀の情景が目に浮かぶようだ。

そして、吉原さんの対談相手は、当時多摩動物園の園長さんであった故・増井光子さん。増井さんに個人的なことは言いたくないと最初に釘をさされ、さすがの吉原さんもちょっとたじたじ。でも、好きな動物の話で大いに盛り上がり、この号の「女たちの午後」では、多摩動物園見学ツアーも敢行。上野動物園に続いて二度目の動物園行きだった。

「あれ？　でも、子連れでも大丈夫な催しなのに、参加した記憶がないな……」と、不思議に思って日付を見たら、ちょうどその頃、私は産婦人科病院のベッドの上であった。何もかも初めてで、あたふたと振り回されっぱなしだった長女と違って、次女はお産も楽で、よく眠り、穏やかで育てやすい赤ん坊だった。

睡り足りて君の手がひらかれる時
そこから十六の樹の種　こぼれ落ちてよ

私は、幸せだった。まさかこのあと、この子に大きな心配事が待ち受けているなんて、そのときは考えもしなかった。

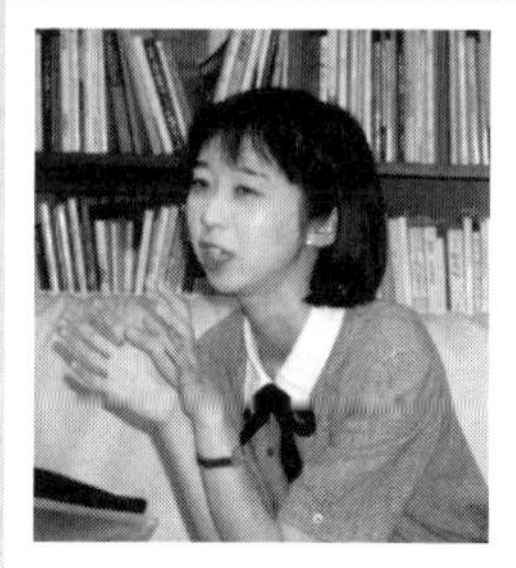

岬多可子

中本道代

小池昌代

國峰照子

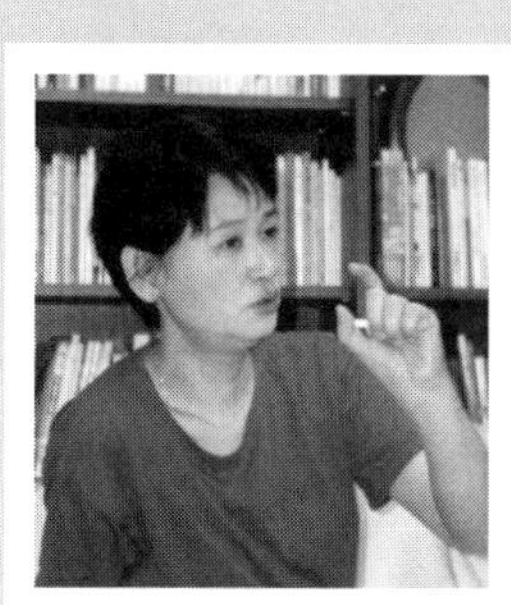

鈴木ユリイカ

34 号特集「新鋭作品展」座談会風景

EPISODE 15

顔　ゆがんでいるよ

特集✢新鋭作品展

個の時代・個の言葉

——詩の明日を語る

鈴木ユリイカ　中本道代　國峰照子
小池昌代　岬多可子

✢それぞれの〈現在〉

國峰　今日はお忙しいところをどうも。私は喋るのが苦手なので、進行役ならばと出て来ました。今日のテーマは一応〈詩の明日を語る〉ということですが、まずそれぞれ〈現在〉というものをどう捉えてるかというところから入っていきたいと思います。それで、いちばん新しく詩集を出された岬さんから具体的にお聞きしたいですね。

岬　私は一年半前に新人賞をいただいたんですが、その後私が何をやっていたかというと、柴田千秋さんと「SYBIL」を出し続けていて、それからもう一つの仕事が詩集をまとめるということだったんです。ラ・メールに投稿していた頃とどう変わったかというと、すごく楽になったというか、なんでも好きなことをやっていいんだという感じになってきて。投稿していたときに制約があったというわけじゃないんですけど、やっぱり何かこう、投稿欄向けの詩っていうか(笑)、そういうのをどっかで意識してたんじゃないかな、と思うんです。でも「SYBIL」では失敗しても何でも好きなようにやってみようというのがあって、それが実際できたと思います。それに今まではわりと自分さえよければいいという感じで書いてたんですけど、読む人のことを考えて書くとか、もっと力を抜いて書くとか、そういうことを意識するようになったというか、自分の詩に関してはそういう感じです。詩集は、「SYBIL」に載せたものも幾つかはありますけど、だいたいはラ・メールに投稿したものをまとめて一冊にしたという感じなので、まだすごい肩肘張ってるし、今見ると未熟な面や気にいらない部分もたくさんあるんですけど、まあ後々、これが私の出発点だなって振り返る地点なのかな、というふうに思っています。

國峰　小池さんは『青果祭』をお出しになってどのように?

小池　そうですね、私は今までずっと自分が読みたい詩を書こうと思っていたんですけど、二冊目が出た後は、これからどういう詩を書こうかなってちょっとボンヤリしているような状態で。私、純粋な詩の読者だった時期に集中的に現代詩というものを読んで、何かそこに隙間みたいなものがあるような気がしたんですね。あんまりみんなが書かないタブーみたいなものっていうのかしら。

國峰　そこに自分の入り込む余地がある、と……。

小池　そう。だから私、実験詩とかそういうのには全然興味がなくて、自分がもし何かやれることがあるとしたら、その隙間を埋めるようなことかもしれないなと思ったんです。自分が読みたい詩がそこにあるような気がして。私がいちばん最初に詩というものに出会った頃、「詩とメルヘン」という雑誌が創刊されて、当時は青木はるみさんとか石垣りんさんの詩も、読んだ記憶がある。とても面白かったんだけど、今の「詩とメルヘン」は全然面白くないんですね。詩を書くときの気持はあるのかもしれないんだけど、言葉っていうものにあまり力点をおいていないっていうか、すごくありきたりで、言葉の不法地帯ができあがっていないっていうような。だから私は、初めて詩に触れた当時の柔らかさを持ちながら言葉で勝負するような詩が書きたいなあと思って書き始めたという意識はあるんですね。

國峰　第一詩集を出したときと、第二詩集のときとは、どう自分が変わったと思う?

小池　柔らかさを失わずに言葉で勝負していきたいという意味では地続きだったんだけど……。私の詩は自分ではすごくわかりやすいと思ってたのね。それが、詩以外の人に読んでもらうと「わからない」っていう人がたくさんいるんです。詩集を出したという事実だけが残って、言葉が全然伝わらないの。それは、やっぱり空しいんですよ。いつの間にか詩にまみれちゃって、私の中で完結しちゃって外に出ていかないっていうのかしら。それで、書き始めの頃のド素人の感覚を戻そうとしたんだけど、それがちょっとうまく……。次はどういう詩を書こうかなって、今は混沌とした感じですね。……現代詩って、いわゆる少女趣味的なものに土をかぶせちゃうっていうのかな、わりと排斥しちゃうでしょう。私は本物の少女だった頃は、少女趣味は嫌いだったのね。可愛げのない子どもだったと思うんだけど、大人になって少女期を脱してみると、そういうものを回復しようという気持が結構あるなって自分で思ったんです。

國峰　それが柔らかさにつながるわけ?

小池　そう。でも、「詩学」に青木はるみさんが書いてくださったときに、「こういうのをそろそろ隠していかなきゃいけないんじゃないか」って。それは私、すごくよくわかるんだけど、隠しちゃったら元の木阿弥っていうかね(笑)。みんなどうなのかわからないんだけど、本当に自分が読みたい詩を書いているのかなあ、と思うんですよ。私、そういう少女を自分が書きたいんだなと思って意識的にある時期から書いてみた

77 ●

34号座談会より冒頭の２頁

34号の特集は「新鋭作品展」。ラ・メール新人賞を含む二十七人の新鋭詩人による作品特集だった。ここには渡邊十絲子・河津聖恵・川口晴美　北爪満喜・阿部日奈子さんら、今も活躍する人たちの名前も多く見られるのだが、それらの作品の中には若々しさと緊迫感と、ある種の痛々しさが感じられるようなものが多い。

一枚の木の葉に宿った小さな球体に
たっぷり森が映る　樹木　その蕊で
密かに息づく生物　その触角やのびる舌
私はまだ光の翼を持っていて爪先き立ち
甘い水　私の反逆を昆虫の渇きに吸わせる

（直鳥順子「雲と雨滴」より）

プールでは
わたしのわたしのわたしのわたしの身体は
はげしく飛び散り　ばらばらに

均一な粒子へと分解された
鱗のように（わ　た　し　わ　わ
水滴のように（わ　た　し　た　し
プール中にゆきわたって（わ　た　し　た
漂う

（川口晴美「レッスン」より）

彼女には帰りの旅券代と幾許かを出すことになった
下手な文字で「別れます」と皆の前で書かされた　最後に自分の署名
いちばん恥ずかしい日本語だっただろう
突然彼女が「しゃちょうさんだけです　店のお客さんには声かけら
　れましたけど……」と叫ぶ
私は夫の顔を見ていなかった（そのことを後で残念におもう）
見ていても見抜けなかっただろう

誰かが窓を開けて　冬の風が入ってきた
部屋のストーブの脇の大きな背丈ほどの観葉植物が生きていて私を
　傷つけた
その緑は私が知っていた緑ではなく
ぜんぜん別の緑だった

（松川紀代「結末」より）

また、「詩の明日を語る」と銘打った座談会には、鈴木ユリイカ・中本道代・國峰照子・小池昌代・岬多可子さんが参加。引用は、その中の中本・國峰発言から。これはほんの一部に過ぎず、議論はどこまでもエキサイティングに続いていく。

中本　……世代が一つ切れているところがあるとしたら、生まれながらに最初の認識に疑似現実というのかな、テレビとかそういうものが入っていた世代と、そうじゃない世代とは、何か違いがあるような気がして。そういうシミュレーション世代の人たちの詩が今どんどん出てきてて、なんていうか疑似現実の空間をつくってそこでいっぱい詩を量産していくわけだけれども、そうするとそこでいくら汚いこととか、マイナスのことを書こうとも、現実の衝撃力みたいなものは全然ないわけですよね。（略）私はやっぱり、詩っていうのは非現実のものではあっても、現実とすごく傷つけあうものだと思うから、その接点がないっていうことに対して疑問みたいなものを感じるんですね。

國峰　それが今の若い人の生き方だからね。一つは深追いしない、それから断定もしない。そういうのはもう、ダサイものなのね。だから現実の中に足を降ろすと辛いのよね。「私とは何か」なんて喋り出せば、もうきりなく混乱に入っちゃうでしょう。そうすると非常に皮膚感覚というか、そういうとこに浮かんでる言葉でどんどん書いていく書法っていうか戦略っていうか、そういうのがあるんじゃないかなあ、って思うのね。

34号の発行は一九九一年秋。このときからすれば私たちをとりまく環境は飛躍的な変化を遂げた。インターネットが普及して現在はますますバーチャルな時代に突入し、そして現実はさらに息苦しいものになっているような気がする。今、詩を書いている若い人たちは、何を思っているのだろう。現実・非現実のはざまできりなく混乱しながら瑞々しい「私」と格闘している詩人は今もいるだろうか。

35号の特集は「こども」。自分の子ども時代について書く人、自分の中の子ども性について書く人、親の立場から子どもについて書く人、子どもとは何かについて書く人。さまざまな視点が交錯して、思いのほか多角的な特集号になった。

それにしても、この詩人ほどピタリと子どもの気持ちに寄り添える人は、きっとほかにはいない。

ゆうがた、ねまきにきがえたら、まどのそとに、やもりがいました。てとあしのゆびが、ぴちゃりとがらすについて、そこが、こんぺいとうのようにひかっています。ちかよって、しゃがみます。おなかが、ふくらんだりへこんだりしている。わたしのいきが、すうすうきこえる。わたしのおなかも、ふくらんだりへこんだりして、
わたしはやもりです。

（工藤直子「こどもの時」より「やもり」）

子どものことは、その真っ只中にいるときには言葉にできない。大人になって初めて「言葉にのせることが（かろうじて）できる」と工藤さんは言う。工藤さんでさえも（かろうじて）と。そうね、なかなかみんな、言葉にはのせられない。だから「こども」のことを考えるとき、大人はいつも途方に暮れている。途方に暮れな

がら、自分の中の「こども」を黙っていとおしむ。岡島弘子さんが寄せてくれたこの作品もとても好きだ。

なぜ風は薫るのか
なぜ花は色とりどりなのか
なぜ果物はあまいのか
なぜなぜなぜのひみつを
水がうたって流れていく
川のほとりで
そのうた声をいちにち聞いてすごしたのに

それらを告げる言葉を知らなかった
こどもが言葉をあやつれるようになったころ
世界はとつぜんだまってしまったのだ

あれから数十年　私の中に閉じ込められたまま
一人のこどもが泣いている
つないでいた手から　とうにはぐれて
私をみつめる　涙にぬれたこどもの瞳が
私は　いとおしい

（岡島弘子「世界がだまる」より）

＊

さて、ここで、わが家の子ども問題についても少し書いておきたい。ラ・メールの記録とはだいぶ離れてしまうのだが、どうぞしばらくおつきあいください。

実はこの34号・35号の編集作業について、私はほとんど記憶がない。34号の座談会の原稿を起こしながら、できるだけ喋り言葉を残して臨場感のあるものにしたいと思ったことだけはよく覚えているのだが……。

事務連絡のノートを見ると、八月はまだときどき事務所にも顔を出していたようだが、さすがに九月上旬の出張校正は欠席、中旬には予定日より一週間遅れで次女が生まれた。出産後初めて事務所に顔を出したのはそのほぼひと月後、34号の発送・35号の原稿依頼が終わって、そろそろ次の原稿が届きはじめていた。ノートには「いろんな人が助けてくれて無事に本が出来たことに、あらためて感謝」という記述が残っている。

その後は、長女は事務所に連れてきたり私設の託児所に預けたり、新生児の次女はたぶん実家に預けて、週に何度かのペースで事務所に通っていたと思われる。事務所では短時間でバババッと重要な案件だけを済ませ、ゲラを持ち帰ったり、送ってもらったりしながら、家で仕事をする日々が続いていたらしい。十一月のノートには「まったく、目も眩むような忙しさ！」「なかなか思うようにはかどらない。でも、なんだか体が頑丈になったような気がする」などとある。

しかしこの頃、私はかなり苦戦していた。十一月初め、まず長女が風邪をひいておなかをやられ、次女にうつり、そして次女の風邪はこじれにこじれはじめていた。下旬になっても次女の下痢は止まらず、この時期もりもり増加しなければいけないはずの体重が、悲しいかな、じわりじわりと減っていった。脱水のせいかシワシワと粉っぽい体で弱々しく泣く赤ん坊に、かかりつけの医師も首をかしげ、十二月に入ってついに隣町の総合病院へ、その足でさらに、車で小一時間ほどのところにある小児専門病院へ緊急入院となった。

当時、私はほぼペーパードライバーに近い状態だった。だが、そんなことは言っていられない。横に生後二カ月半の次女、後ろに三歳のピクニック気分の長女を乗せ、眼を血走らせて小児病院へと車を走らせた。当時はカーナビなどもないから地図と首っぴきで、初めての道のり。今思い出しても生きた心地がしない。道路が混んでいて、とろとろ走っていてもほかの車に文句を言われなかったのは不幸中の幸いだった。「どこいくの～？」などと一人でぺちゃくちゃ喋ってルンルンしている長女を「お願いだから黙ってて！」と一喝、母の異様なテンションに、可哀相な長女は怯えて黙り込んだ。

小児病院に着くと、さっそくあれこれと検査に回され、長女と二人、たっぷり夕方まで待たされた。巻き添えを食った長女には申し訳なかったけれど、どうしようもなかった。やっと説明に呼ばれると、医師は開口一番、「よくないですね」……

一瞬、目がくらんだ。「目の前が真っ白になる」という言葉が比喩ではないのだと初めて知った。うろたえた私は思わず、「この子、死ぬんですか⁉」と訊き返した。医師は一瞬ぎょっとした顔をして、それから「いやいやそんなことは……でも、衰弱しているから、しばらく入院はしなければいけません」と、私をなだめるように言った。待っている間に悪い想像ばかりしていたとはいえ、軽々しく「死」を口にした自分に気がついて、鳥肌が立った。

次女の病気が何なのかは、なかなかわからなかった。検査の結果が出たのはひと月半後、年が明けて一月も末になってからだった。

「乳児の発病は、世界で今まで三例だけ報告されています」と、医師は言った。彼自身も半信半疑で、「僕は、イギリスの子で一例だけ、新生児の発病の報告を読んだことがあります。まだ確定とは言えません。子どもは大人と違って、成長過程で診断が変わることもあるので」とも。そして、今でこそときどきは耳にする病名であるが、当時は大人でも珍しい希少難病に指定される病名がついた。そしてそれは、「〜の疑い」という不確定なもので、両親をますます不安な気持ちにさせた。

次女はそれでも意外に元気で、一日二回の投薬と、たまの検査があるぐらいでほかに処置をするでもなく、しだいにふくふくと体重を戻していった。いつもニコニコと機嫌よく、周囲からは「どこが悪いの?」と不思議がられた。私にできることは、週に五日、機械のように病院に行き、子どもを抱っこして、夜帰ってくる、それだけだった。上の子は、次女の入院のおかげであっという間に公立の保育園に入れることになった。そして私は、車の運転だけは確実に上手くなった。病院の帰りにはいつもカーステレオでバッハのカンタータばかりを聴いていた。何も考えたくなかったけれども、人の声が恋しかったのだ。

この時期、とても珍しいことに、ふいに書きたくなって一篇の詩らしきものを書いた。ほかに発表する当てもないことだし、いい機会だからここに紛れ込ませておくことにしよう。

次女のお食い初めを意識して買った鯛ならぬヒラメ(尾頭付きの白身魚だから)を、結局その夜は忙しくて食べられずじまいで、夜中に疲労困憊しながらさばいた日の記録だ。

その日　深夜の台所で
魚をさばいた
つつましい夕餉の

食卓にのるはずだった
ちいさなヒラメ

不慣れな手つきで鱗をこそげ
包丁を腹に突きたてる
ぷすり　と尖端が入り
魚がわずかに身じろぎする
白いはらわたを掻き出し
薔薇色の心臓をとりだす
えらの花びらをむしると
俎上は無残な殺戮現場

水にはなしてやると
魚はからっぽの清潔なからだになって
うすもも色の水の中を泳ぎまわる
内臓を洗ってやって再び俎にあげる
魚が　きょろりとこちらを見上げる
顔　ゆがんでいるよ

もう一度　やまんばになって
背中に大きなばってんを描きつけると
その日初めて
ぼうぼうと涙があふれた

（「告知の夜」）

結局、次女の退院は春になった。完治はしないまでも、薬が効いて症状はおさまり、そろりそろりと離乳食もスタートした。また家族で暮らせる、ただただそれが、嬉しかった。

その後、幼児の頃にはときどき体調を崩したりしていたけれど、現在次女はすっかり元気で、二十年続いた年に一度の検査入院も免除となって久しい。あのとき、「この子は一生重たい荷物を背負って生きていくのだな」と思ったことも、今や遠い夢のような出来事だ。

四カ月間の入院生活は、小児がんや心臓病などと闘う子どもたちの過酷な日々を目の当たりにする毎日でもあった。発作で何度も心臓が止まりかける我が子を、集中治療室の窓にしがみついて見つめていた母親。翌日の面会時間に行ってみるとそのベッドは空で、「三階の内科病棟に移ったのよ」と、看護師の言葉はにべもなかった（あとでその子のお葬式の連絡がひっそり回った）。あるいは、おなかから飛び出た大腸の袋をぶら下げたまま狭いベッドの鉄柵の中で遊んでいた幼児。赤ん坊の頭頂部につけられた点滴の（ほかにもう体のどこにも針が刺さらなかったのだ）、絆創膏に描かれたアンパンマンの絵……。

「ただ元気でいられる」ということが、どれほどの奇跡であることか。あの毎日を、今も私は絶対に忘れることはない。

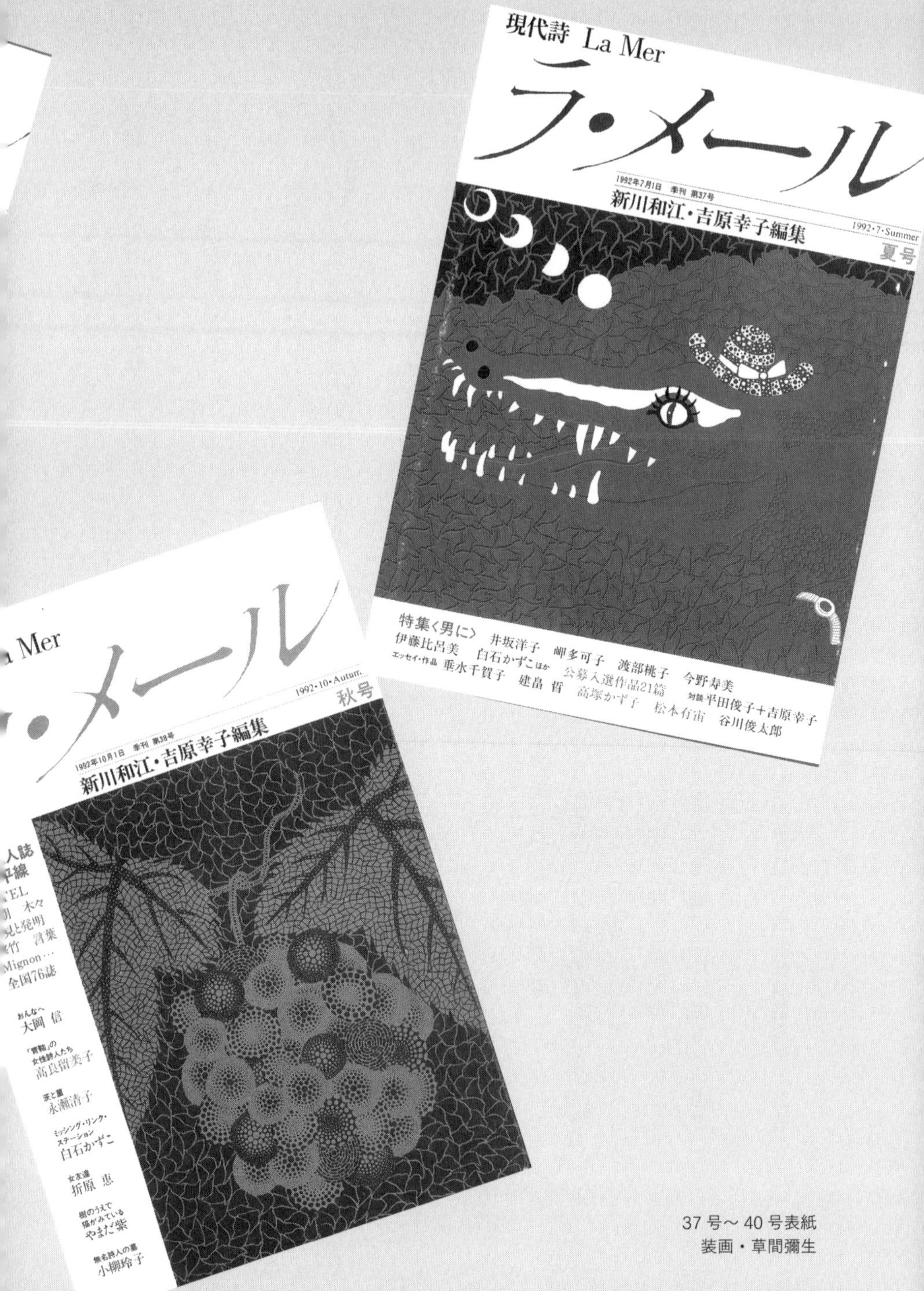

37号～40号表紙
装画・草間彌生

EPISODE16

毀れていく午後

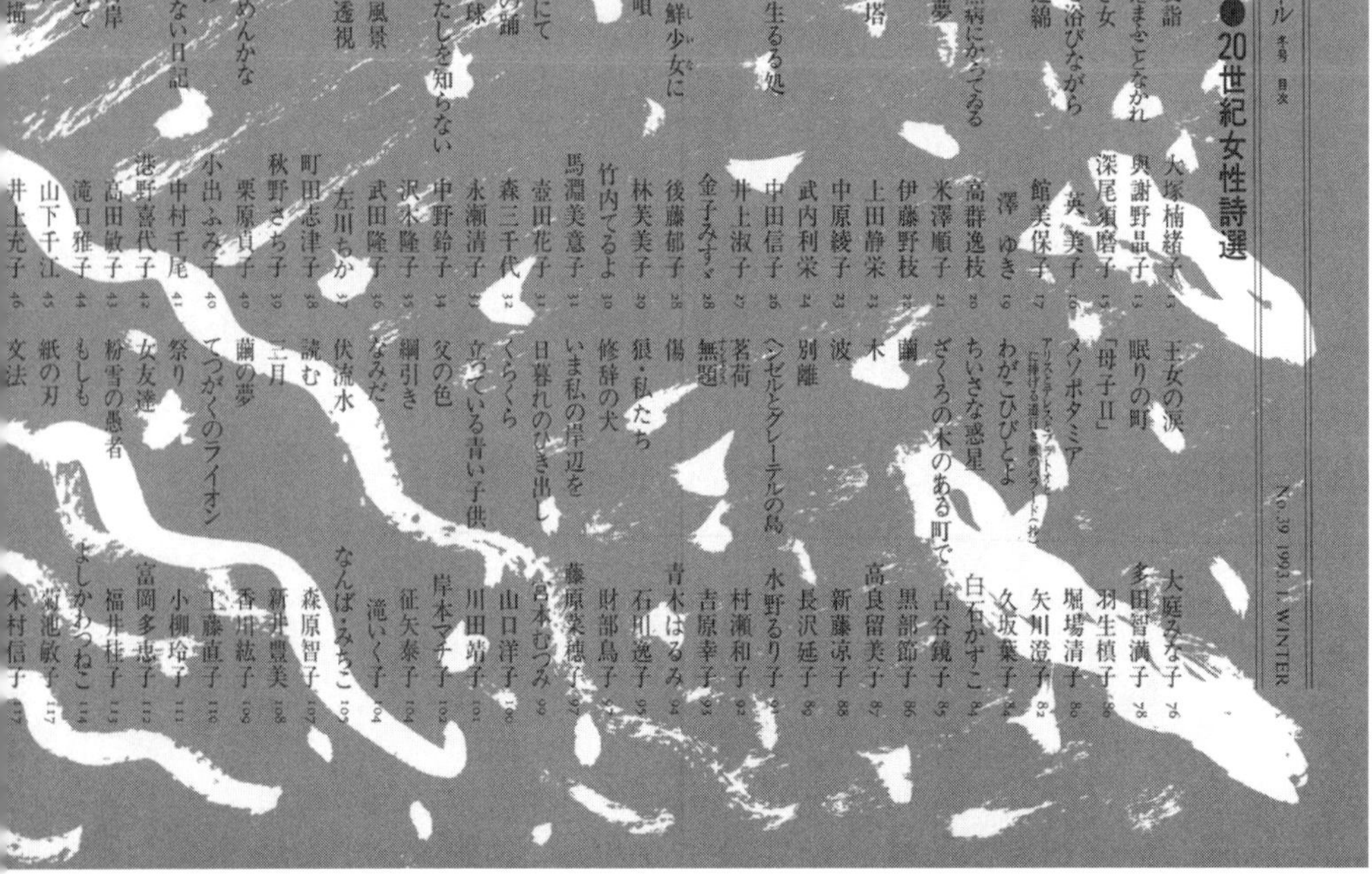

ラ・メール 冬号 目次

No.39 1993.1 WINTER

特集●20世紀女性詩選

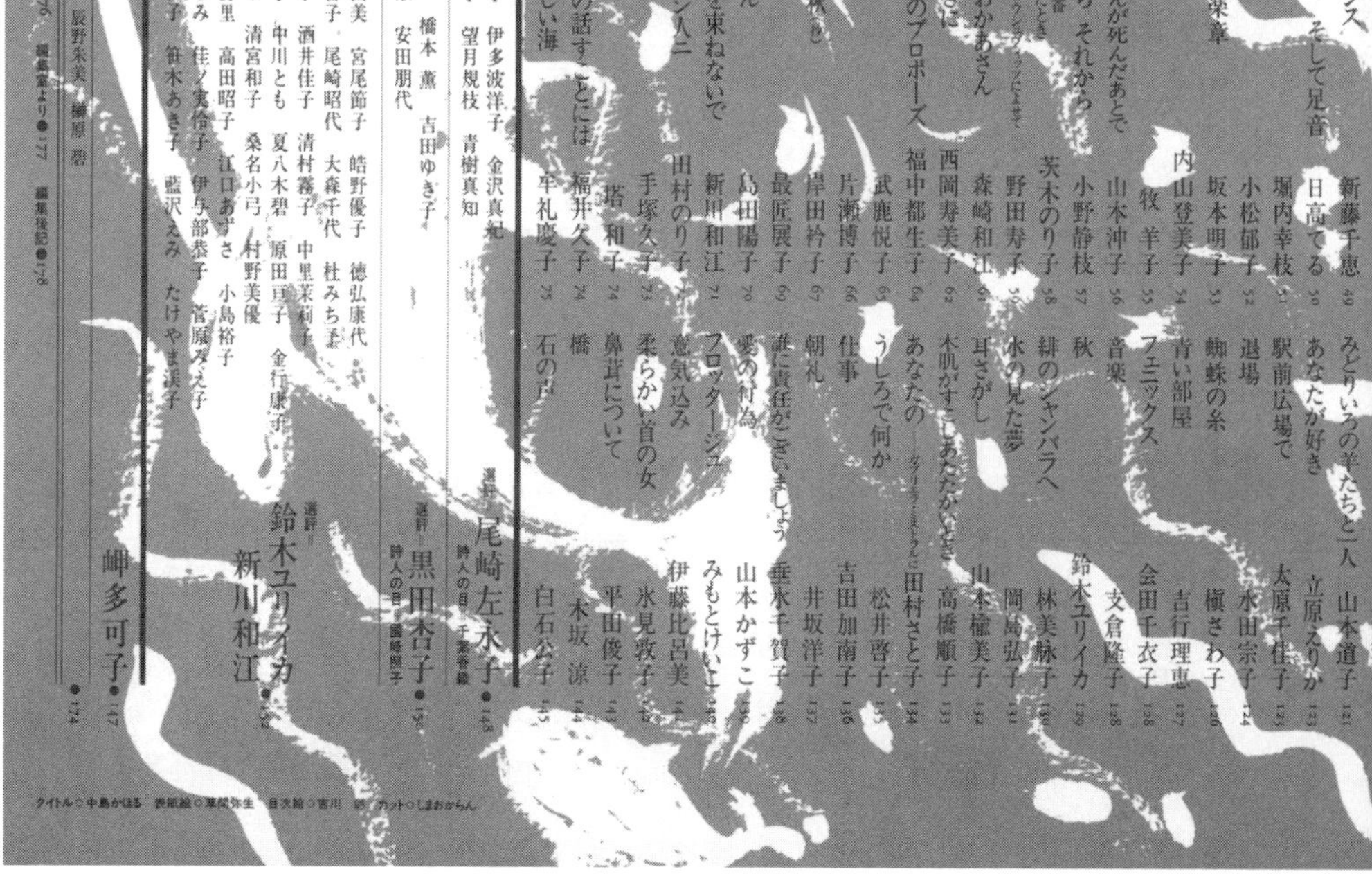

タイトル○中島かほる 表紙絵○草間弥生 目次絵○吉川 静 カット○しまおからん

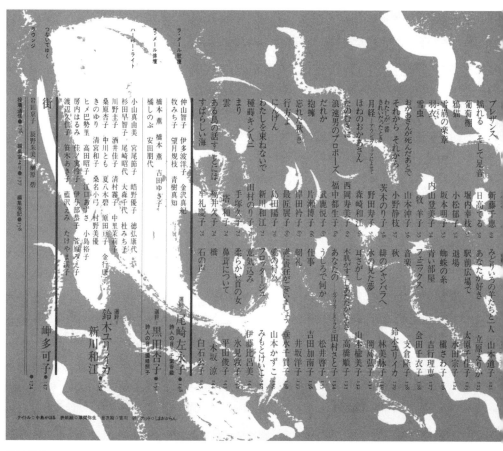

39号目次

男が負債を払う時代

緑に囲まれたマンションの十階。サンルームに隣り合った快適そうな和風の書斎。その一隅のソファーを無視して絨毯にじかに坐り込み向かい合うと、午後三時だというのに大庭さんは〈水割りでなく〉オン・ザ・ロックスをつくってすすめて下さった。そのせいもあってか、話題はあちこちに飛んで、ややとりとめない"混沌"談義が展開される――

ゴダール、それともベルイマン

大庭 じゃ、まあ、お近づきのしるしに。

――（乾杯）

吉原 お仕事部屋に押しかけて、すみません。――ベルイマンの本がありますね。ベルイマンはお好きですか？

大庭 大好きです。あの人は小説を書くんですね。彼はだいたい舞台の人なのでしょう。映画や舞台の仕事も、最初に小説を書いて、そのあとシナリオなり戯曲なりにする人らしいんですよね。

吉原 大庭さんご自身は、小説の段階から映像化などということは、お考えになったり試みたりなさったことはないのですか？

大庭 視覚的なものは好きですから、いずれどなたかが映画にして下さるといいな、なんて夢見ていますけれども。

吉原 絵もお描きになるんだそうですね。

●ラ・メール対談●

大庭みな子＋吉原幸子

創る・生きる女たち 1

大庭 昔ね。芝居も少しは書きました。私の場合、どちらかというと芝居の方が先なのかもしれません。

吉原 やはり、学生時代からですか？

大庭 学生時代にはずっと芝居をやっておりました。

吉原 では、そこも私と同じですね。いろいろ共通点がありますね。

大庭 ええ。ずっと芝居をやっておりましたので、初め、あるシーンが自分の中に浮かんでいて、小説が次に来る感じなんです。

吉原 ベルイマンを嫌いだと言う人は、やはり何か演劇的な、濃厚な、重苦しい雰囲気がいやだって言いますね。彼のあとゴダールが華々しく紹介されましたでしょう。私はゴダールに比べてベルイマンが好きなもので、つい比較してしまうんです。

大庭 私もベルイマンの方がゴダールよりも好きですね。一番はじめに見たのは、『不良少女モニカ』という映画でした。

吉原 たぶんその少し前に、私は『愛慾の港』というのを見ました。堕胎して主人公の女が死んじゃったあとに、ピーポーピーポーッて救急車が来るのが印象的で……。それで、だいぶたって『沈黙』

でしょ。

大庭 そうそう。

吉原 『沈黙』はすごいですね。

大庭 それから〈Wild Strawberry〉（『野いちご』）というのもありました。

吉原 この頃のベルイマンはだんだん観念的な、宗教臭い構図になりすぎた感じもしますね。はじめの頃は神はドラマの背後にいて、例えば「間に合わない救急車」が「間に合わない神様」だったりしたんですけれど。

ところで、大庭さんと私とは年代的にもほぼ同じですし、演劇をやっていたという共通点もあって、似たような青春時代を過ごしたらしいですね。ただ周囲が――高等学校では、やはり女子だけでいらしたんですか。

大庭 そうです。大学は私は津田塾だから、大学も女だけでした。

吉原 ええ、そこが少し私とは違うかなって思ったんです。

大庭 吉原さんはすごい秀才でいらしたんですね。東大でしたね。

吉原 でも一年遊んでから行きましたので。

大庭 今でもそうですけど、あの頃はまだ走りの頃ですからね。すごい秀才ですよ。

吉原 時代的には同じぐらいの青春だけれども、今の段階で「私は男が大好き」とおっしゃるし、ちょっとジョークっぽく「ふられてばかりいる」などとお書きになってもいますね。このへんは何なのだろうなって考えてみたら、つまり女子大だったか、男子の方が多い大学だったかっていうところと少し関係がありそうな気もしたんですけど、どうなんでしょう？　未だに憧れみたいなものがおありなのじゃないですか？

大庭 いや、憧れはありませんね。それが高橋たか子さんとは違うところです。あの方は憧れのようですよ。

吉原 そうですか？

大庭 一貫してそうですね。あの方は京大だから、それこそ吉原さんと同じような環境でいらっしゃったのでしょう。男好きなのは二人とも同じだけれども、ちょっとタッチが違うみたいですね。あの方のは男性への憧れなのだそうです。私は憧れという感じではないようです。

吉原 大庭さんのお書きになった『女の男性論』というエッセイ集には、よく男性を「いたましい」とか「かわいそうに」といった言葉が出てきますね。あれは母性本能なのかしら？

大庭 うーん、それは自分でもよくわからないですね。

吉原 「でも私をふった男たちは、とっても損をしたはずだ」というようなタンカを切ってらっしゃるでしょう。それでその損した分がかわいそうだとか……（笑）。

大庭 うーん、その時はチラッとそう思っただけで、あまり意味はないんじゃないですか（笑）。要するに人間というのはチラッとこう思ったり、ああ思ったりで、あまり終始一貫していないものですよ。それも高橋たか子さんと非常に違うところですね。私たちはいい友人ですけれど、違うからいいみたいなところがあるんです。彼女は非常に論理を大切にする人で、そういうものを大変西欧的なやり方で追っていらっしゃる。そしてなおかつそういうものからこぼれ落ちるものをも追っているんです。だから深いところでは同じだと思うんですけどね。でも私は初めからどこか論理を拒否しているらしい。初めからでもないかな、アメリカの生活が長かったからそうなったのかもしれませんね。アメリカはヨーロッパとは違いますけれど、その根にヨーロッパを持っているということでは、日本に比べると一応西欧世界と言ってもいいですね。アメリカは西欧の論理がもっと実

用的に、合理的に、生きている国でしょう。そういうところに十年も暮らしていましたので、その生活の中で論理じゃないものの方にだんだん惹かれるというか、東洋の郷愁で思い出すというのか、そうなってきたようです。一見論理の通用している国に住んでみて、混沌の部分の方がはるかに大きいということに気づいたんです。論理というのはまあ本能的なものだから、当たり前なものではあるわけですよ。それがないとコミュニケーションが成り立たないでしょう。しかし論理とはその程度のことであって、ごく常識的なものでしかないんですよ。

論理の世界、混沌の世界

吉原 ご本の中で、初等数学のお話がありましたね。男の人が何人の女性と関係があるっていばるけれども、男女双方の経験した絶対数が合わないはずはないのに、そんな初等数学さえもわからないのかって（笑）。ただその先の、高等数学はどうお考えですか。やはり女性の方が弱いとお考えですか？

大庭 そう、現実の問題としてはやはり訓練を経ていませんから。本質的にどうかというのは知りませんけどね。

吉原 もちろん、いま、カオスとおっしゃった部分が、論理に弱いために論理を放棄しておっしゃっているんじゃない、ということはよくわかっていますが。

大庭 ええ、でも私は論理には弱いですね。それで論理に対する拒否反応が少し強すぎるんじゃないかな、と自分では思います。ただ、男の人は、女だったら当然生まれながらにして持っている存在感というものが希薄なのかな、と思ったりもします。私は男じゃないからわかりませんけれどもね。それは、女からするとちょっと変にも見えますね。これだけ頭が良くて知識もおありになって、なぜこういうふうなのかなって。女から見ると不可解ですし、どこか足りないようにさえ思えたりするんですよ。

吉原 それは自分たちの創り出した社会という絆によってそうなっているのだ、という見方をされていますでしょう。大庭さんの比喩で言うと、「お姫様が一生懸命待っているんだけれども、ベルトコンベアーに乗ったヒキガエルがあとからあとから渡されていくばかりで、涙ぐましくなっちゃう」というお話、あれは面白いですね。存在感の希薄さっていうのは、そのせいでしょうか。

大庭 そうね。結局役割分担として、男の方は社会的な生き方でしか自分の存在を確かめられないのかもしれません。

吉原 私はヨコとタテという言い方をするんです。つまり男性は社会的なヨコのつながりを重視せざるをえなかったために、垂直に存在することができなくなってしまったんだと。

大庭 それは女の場合でもだんだんそうなってきていますね。今は皆さん働いていらっしゃるから、ヨコのつながりがずいぶんできてきたでしょう。人類の存続ということから言いますと、ヨコとタテの両方がなければ人類としては成立し得ないから、その役割分担が歴史的にかなり長い期間、まあ悠久の永遠の中ではごく短かい間かもしれないけれども、とにかく文字ができてからというかなり長い期間、男の人がヨコのつながりの部分を分担させられていましたね。ですから女の方は比較的、生物個体としての本能の部分を消さないで済んでいたけれども、男の方はそんなことかまっちゃいられなかった、ということかもしれないですよ。というより、彼等のヨコのつながりの努力もまた、種の存続のためだったのでしょうが。

吉原 女にそれが消え去らないでいるのが、もし、いいことなのだとしたら、そ

れは男性のお陰かもしれませんね。
大庭　そうですね。垂直のつながりだけでは確かに生きられないでしょう。だから垂直ではない部分を男が分担してくれたお陰で、女もどうにかやってこられたんでしょう。
吉原　すると、これからもし女性が男の受け持っていた分野にも進出していこうということになると、女も希薄な存在になるという危険は待ちかまえているわけですね。
大庭　そうそう。たとえば国家が滅亡するとか、そこまでいかなくても会社がつぶれるとか、という時になると、男性は悲劇的になるでしょう。ある意味では女の方が〝ドシッとしていて思い切りよく、そういうものを放棄しちゃうところがありますね。女は自分と子供とが生き延びることの方が大切だと、頭ではなくからだで感じていますけれど、男の人は悲劇的に自分をそこで放棄してしまわなければならない。ある意味では知的という言い方もできます。女から見ますと、そういう部分は男性の悲劇性で、手をさしのべたくなります。だけどそこまで行かない、もっとごく日常的な段階でも、そこに向かって突進するような危険性のある言動を、男の人は平気でやるでしょう。
吉原　生き延びるということから言いますと、私はよく、夫婦茶碗で女のお茶碗の方が小さいのは、女の方がしぶとくて強い証拠なんだ、とやや逆説的に言うんですけれどもね。だって今また配給制度になったとしても、男だから一合で女だから八勺だなんてことにはならないでしょう。
大庭　でも、だいたい体重に比例するわけだから、それはね……（笑）。
吉原　そこですぐに「大きな人にはたくさんあげましょう」なんて運動をお起しになるぐらい、大庭さんはやさしくていらっしゃるんじゃないですか？
大庭　男の人は気の毒に思えるわね。
吉原　そういえば、きょう用意してきた質問があったんです。これから号を追って、いろいろなジャンルの女性に会ってお話を伺っていくつもりなんですけれども、これはその方たちに共通の質問として、つまり「女に生まれたことをどう思いますか」ということ。能のない質問ですけれども、良かったとか悪かったとか、もう一度生まれるならどっちがいいなんて。本当はもっと後で伺うつもりだったんですけれど。
大庭　うーん、わかんない。
吉原　そのように男を憐れがり、包んであげるという立場を、ご自分ではやむを得ず取っていらっしゃるのかしら。それとも、とてもその立場を気に入っていらっしゃるのでしょうか。
大庭　気に入ってなんぞいないですね。包んであげるのもしんどいし、やはりそうはやってられない時もありますしね。現実の問題として、社会は事実上男のつくった秩序で動いているわけだから、女というのはやはりその犠牲になるわけでしょう。そんなことは当たり前であって、そうすると嫋の立つ部分の方が日常的にはクローズ・アップされてくるから、そんなに単純ではありませんよね。
吉原　では、もしこれから生まれなおすとして、どっちかを選べるのであったら、男性に生まれてしかもお家忠義などに巻き込まれないような確固とした生き方をする、という自信がおありになりますか。
大庭　ないですね、ない（笑）。
吉原　もしそうできないとしたら、やはりいまの世の男性のような生き方をして、そして誰かあなたのようなやさしい女性に憐れがってもらうのと、どっちがいいですか。
大庭　どちらでもいい。ただ、いま現在の段階だったら女の方がいいと思います。と言うのは、いまの段階ですと女の

方が伸びていく力がありますでしょう。男の場合は、いま非常に男性の側にシワ寄せが来ている時代だから、あまり良くないわね。ただ、たとえばもう少し昔だったら男の方が良かったかもしれないし、もう少し先だったらまたどうなるかわからない、変わってくるかもしれませんので、その時代によって違うと思います。いま現在の瞬間だったら、女の方がまだ比較的希望が持てるかもしれないと思いますよ。
吉原　では、時代も選べるとしたら？　いつごろのどっち、というふうに選べるとしたらどうでしょう。
大庭　そう、いまだったら女の方がいいでしょうね。いま現在この瞬間だったたならば。
吉原　ということは、いまとても満足していらっしゃるということかしら。
大庭　いえ、満足もしてないですよ。
吉原　まあ、〝百年後で、女〟という馬券を買ったとしても、百年後に人類がいるかどうかはわかりませんしね。これはつまらない質問ですから、そんなに真剣に考えて下さらなくてもいいんです。
大庭　うーん、どちらでもいいですね（笑）。

女に生まれたということ

吉原　それでは、少し違う角度からお話しましょうか。この『ラ・メール』の御挨拶状にも「時には女を超え時には女にこだわり」というふうに書きましたけれども、なるべく〝女〟にこだわりすぎないようにしてやっていきたいと思っているんです。女はどうだ、男はどうだ、ということももちろん関心の対象ではありますけれど、そればかり問題にしていてもしょうがない、という気持ちがあるんです。でもお書きになっているものの話をしていたって、男と女しかいないんですからどうしても出てはきますけれどね。
大庭　吉原さんのものにはあまり男は出てきませんね。
吉原　テープ、とめちゃおうかな（笑）。
大庭　いいじゃない。でもそうじゃないですか？
吉原　そうですね。私は正式には三十から後家ですから（笑）。さっきの話に戻りますが、大庭さんは女子ばかりの大学を出られて、男性がたくさんいてよりどりみどりというような集団的なつきあい方を経ずに、ふっといまのご主人にお会いになって結婚された、ということですか？
大庭　いや、そうではないですね。あの時代ですからわりあい自由な交流がありましたよ。それにアメリカの大学は共学でしたしね。
吉原　でもそれはご結婚後でしょう。

大庭　そうですけどね。
吉原　つまりその辺に関係があるんじゃないかと思うんです。私は二十歳前後の段階で、自分と同い年ぐらいの男性を集団で見ちゃったでしょう。
大庭　そこでもう幻滅してしまったの？
吉原　幻滅もしましたし、またいいところ、尊敬すべきところは見届けましたけど、その後、別に付け加えることもなく来たようです。男が憧れの存在ではなくなっちゃって（笑）。
大庭　その感じは同じですよ。ごく子供の頃私たちは、一般的に男はこうだとか、女はこうだとかと言われて育ちましたでしょう。あれはみんな嘘っぱちだと今では思っているんです。なんであんなふうに言われていたのかな、と思ったりしますよ。親たちはどうしてあんなことを言ったんでしょうねえ。
吉原　親たちには男親も女親もいたわけだけど、何かを怖がっていたんでしょうね。
大庭　男も女もそういう言い方をしていましたでしょう。女の子はこういうふうにしなきゃならないとか、男はこういうふうにしなきゃならないとか……。
吉原　あの人たちが怖がっていたのは、今のような時代になることだったんでしょうか。
大庭　一般的に、男というものはもうちょっと立派なものだという幻想を、女に与えるようにしていましたでしょう。
吉原　女親もその片棒をかついでいましたものね。
大庭　そう、女親も男親もそう思っていましたね。でも今になって考えれば、本当に思っていたんだかどうだか。そういうことを感じはじめるのは、だいたい思春期からでしょう。それがちょうど戦後の解放期で、女子大学にいてもセミナーなどは年中男の子と一緒だった時代だし、時代的には共学とそれほど違わなかったかもしれません。私は非常勤講師で慶応大学とかかわりがあるんですが、そこに行っていますと、今はああいう共学の学校ってかえって男女が別れちゃうんですよね。
吉原　たしかにそれは時代の違いかもしれませんね。
大庭　ええ、あの頃の雰囲気としては、いろいろなことを一緒に遊んだりする機会がとても多かったし、ダンス・パーティーなどもしょっ中あったしね。研究会などもみんな男の子の学校と一緒にやっていましたよ。女子大学の数がまだ今より非常に少ない時代でした。絶対数として男の学生の方が多かった。確かに女子大学というと女子だけのところにいるから、吉原さんのおっしゃったようなこともあるのかもしれませんが、一方では女だけですから男に遠慮しなくて済むのね。ですから自我がすごく強く育つわけです。つまり、男の人のことを気にせずに自己主張をする力が育つんですね。
吉原　それは女同士の中で自己主張をするということですか。
大庭　ええ、それが毎日のことでしょう。不思議なことに、アメリカでわりあいまともな仕事をしている人というのは、ほとんど女子大学の出身なんですね。というのは、男の子と一緒だと、どうしても女の子は遠慮するんですよ。その後大学院では共学のところへ行ったりもしますけれども、自己表現ということに関しては、ある期間女だけのところで遠慮せずにやる方がかえってできるようになるのではないかな、という気もするんです。
吉原　そう言われて思い当たるのは、高等学校の時には女子校で、下級生には男の子がいたんですけれど、少なくとも同学年で芝居をやったら、そこでは男役が要求されるわけです。演出や装置なども全部女がやるわけですね。ところが大学では男がいて、しかもエラい先輩たちで

すから「今度はこういう芝居をやる」と言われて、まったく女優だけの立場になり下がってしまったわけです。女子大学なら、男役も女役も兼ねるという状態がもう四年間持続した、ということでしょうね。
大庭　ええ、そうだと思うんですよね。日本に帰ってきてから、学生たちを見ていますと、なんだか女の子がすごく男の子に遠慮しているし、また男の子をたてるわけです。つまり、こういうことは男の領分だ、というふうにそっちに任せてしまうわけ。私の娘が言ってましたが、クラブ活動などでも結局女の子はお弁当作りのようなことさせられて、難しいことはみんな男の子がしてくれて、というふうになっちゃうらしいんです。そういうことは女子大学ではないんですよ。なにもかも自分たちでしなきゃならないですから。
吉原　今の学生の親たちの年代というのは私たちぐらいですか。かなり保守的なんですね。
大庭　いや、それは親たちが保守的というのではないですよ。
吉原　年代のサイクルでちょうど戻ってきてしまっているんでしょうか。この頃ことにそういう感じがありませんか。
大庭　ええ、今の若い人は非常に保守的です。
吉原　一時期よりもね。
大庭　特に女子学生数の少ない学校ね。女の子が多い学校はまた別ですけれど、たとえば国立などではやはり女の子が少ないでしょう。そういうところのお嬢さんほどイメージとして弱々しい。まるで花嫁修業みたいに見えますよ。自分たちの学生時代から何十年も経っている現代、男の人たちと一緒にやっているならば、もうちょっと自分というものがちゃんとしててもいいんじゃないかと思ったりするんですけど、あれは男の子と一緒にいることによって起きた弊害ですね。
吉原　希少価値でチヤホヤはされるけれども、それは非常に保守的な観念によるチヤホヤなんですね。
大庭　そうだと思います。ですから当然伸びるべき女の子の才能が伸びないし、またそれは男の子の場合もそうですね。たとえば文学なんてかなり女性的な仕事ですが、男の子だけじゃない大学だったら、男の子のそういう、いわゆる女性的な感性はきっとみんな女にとられちゃうのではないかと思います。
吉原　男たちのそういうところは圧し潰されちゃうということですか。
大庭　ええ、男たちの中にも、非常に女性的な感性の優れた人がいますでしょう。
吉原　私はいつもそれは女性に分類する

創刊号ラ・メール対談前半８頁（全17頁）、対談相手は2007年に亡くなった小説家・大庭みな子さん。

初めての雛祭りを病院で過ごし、生後六カ月となった我が家の次女は、ラ・メール36号が出る少し前の三月、とりあえず症状が治まってめでたく退院の運びとなった。

次女の退院によって、私の仕事のスタイルもまた変化していった。次女を保育園に入れることはどうしても決心がつかず、引っ越しを機に長女も保育園から幼稚園へと転園させた。保育園での昼寝の時間がなくなれば、子どもを早々に寝かしつけて夜中の時間を仕事に充てることができたからだ。事務所へは週に一日ペースの出勤にしてもらい、子どもたちは母や義母に預けたり、連れていったり。あるいは少しの時間だけ事務所に寄って校正紙を受け渡ししたり。まだメールのない時代であったから、アナログの事務連絡ノートが大活躍。スタッフの人たちにさんざん迷惑をかけながら、その場をしのいでなんとかやりくりする日々だった。ちゃんと働いているなどとはとても言えない情けない状況であっても、とにかくあと四号分を無事に乗り切ること、それがとりあえずの目標だった。

36号の特集は「ミステリー」。執筆陣には井辻朱美・平田俊子・松平盟子・井上荒野さんほか。各人のショートショート、詩作品、エッセイなど、どれも不思議で怖くて面白かったけれど、ここにはなんともいえない迫力と哀しさを持つ作品を、一部ではあるが載せてみることにする。

老婆のふしぎな手仕事

のあと、畑には南瓜畑がごろごろころがった。あれが人工授粉。雄花で雌花の柔らかい中心をおしひらくと、実がなる。それは自然が私にほどこした最初の性教育であった。手と花がふしぎだった。手は花に何をしたんだろう。花には何がおこったのだろう。その柔らかくやさしく、授粉を手伝った手で、老婆は毎晩私の背中をなでさすった。母親と離れてくらしている幼い孫が不憫だったのだろう。その手が無いと私は眠れなかった。南瓜畑での老婆の手と思い合わせつつ寝入るのが常だった。私の実体は、背中からはじまった。人に、性の出発の場所があるとすれば、そこがまさにそうなのだ。太陽と花がきいろにとけて、何ものにもかえがたいほどに、深く深く私のものになった。

（市原千佳子「緑の背骨を飼っている」より）

そしてこの号で第九回ラ・メール新人賞となったのは高塚かず子さん、第三回俳句賞には松本有宙さんが選ばれた。

高塚さんは、吉原さんの詩に衝撃を受けて短大卒業と同時に長崎から上京、一年ほど家事手伝いとして吉原家で暮らしたという経歴の持ち主。そのあたりの経緯は「現代詩手帖特集版・吉原幸子」（二〇〇三年思潮社刊）に詳しい。吉原さんに連れられて詩の会などにも出かけ、たとえば、この号で吉原さんと対談している戸川昌子さんのお店「青い部屋」では、戸川さんが高塚さんの背中を机がわりに原稿を書いたなどということもあったらしい。あるいは、初対面の吉本隆明さんに向かって「（職業は）大工さんですか？」と聞いてしまったとか、愉快な武勇伝が多々あるらしいのだが、そのあたりのことはいずれご本人の詳述を待ちたい。しかしながら、ご本人はいたって純情そのもの、猫と自然を愛する真に心やさしい稀有な人柄で、だからこそ、吉原家の人々にずっと愛されてもいた。

そんな近しい関係であったからだろう、投稿欄での吉原さんの高塚評はいつも少し厳しかった。公平であろうとして身内には逆にからい点をつける、というのがいかにも吉原さんらしい。その証拠に、選評ではたいてい新川さんのほうが先になっている。たしか新人賞でも、新川さんが先に「高塚さんに」と切り出したのではなかったか。

あなたがじゅうぶんに生き
じゅうぶんに老いて　死が熟れたとき
イア・ロア（長い魚）と呼ばれる
残ったひとたちは　あなたを
水にしずかに還すでしょう
漂って
常世の渚に着くでしょう
私はそこで待っています　もういちど

（高塚かず子「渚の子守唄」より　一九九三年思潮社刊『生きる水』所収）

高塚さんはラ・メール選書のこの詩集で、ラ・メール新人賞の詩人としては二人目のH氏賞受賞者となる（一人目は鈴木ユリイカさん）。ちなみに、次の詩は彼女のおかあさん、カヨさんのもの。これを読むと、なんともいえず心があたたかくなる。高塚さんの人柄を知る人は、なるほど、と納得せずにはいられない。

いつのまにか七十七才になりました
おどろきもものきさんしょのきです
自分でまいた春菊を食べました
良い香り
畑に下りて水仙の花を
土から頂きました
仏様に供えて
仏だんの掃除も済みました
すっきり心がしました

（高塚カヨ「誕生日」二〇〇〇年私家版『生きる』所収）

＊

さて、このあとはいよいよラ・メール最後の一年のことを書いていくことにしよう。

37号の表紙を飾ったチャーミングな鰐の絵は、今は世界的に有名な画家となった草間彌生さんの作品だ。この絵は編集委員の小柳玲子さん所蔵のもので、ラ・メール最後の年に草間さんの四枚の絵を無償で提供していただいたという貴重な四冊。どの絵もモダンで綺麗で、四十冊の中でもやはりダントツに目立っている。

これらの絵については、これまた仰天すべき逸話がある。当時の草間さんはニューヨークを拠点に精力的に活動したのちに帰国、小説なども発表していたが、画家としては日本ではほとんど無名だった。あるとき、知り合いのコレクターの家で小柳さんは彼女の絵を見せられ、ちょっと面白いと思って五枚ほど購入した。値段は一枚二万円。するとそれを聞きつけた草間さんがすぐさま代理人と共に小柳さんの画廊にやってきて、絵を買ってほしいと迫ったのだという。突然の来訪に小柳さんは驚いたが、絵は面白かったので、持参した百枚ほどの中から二十枚を購入することにした。ところがその日はたまたま金曜日で、あいにく現金の持ち合わせがなかった。それで月曜に支払う約束をしたのだが、草間さんにもきっと何か切羽詰まった事情があったのだろう、その翌日も翌々日も「振り込みはまだか」と何度も催促の電話がかかってくる。恐れをなした小柳さんは週明けに一目散に銀行へ走り、代金を振り込んだ、というのだ。

その人が、今や世界のＫＵＳＡＭＡである。今だったら、そんな贅沢な絵を表紙に使うことなど到底できやしない。ところが、である。なんと、その後小柳さんはその絵の大半を知人にあげたり安価で譲ったりしてしまったのだという。草間作品の素晴らしさを見抜いた小柳さんの眼力にも驚かされたけれど、それを「いや、もったいないことをしちゃいました」などと茶目っ気たっぷりに話す小柳さんにも度肝を抜かれた。なんとも惜しい、でもなんとも愉快な話である。

小柳さんは編集委員として参加してくれただけでなく、こうした表紙絵や広告を提供してくれたり、本をたくさん買ってくれたりして、目立たないところでずっとラ・メールを支えてくれた人でもあった。その小柳さんも二〇二二年七月に、肺炎のため他界。「小柳さん、草間彌生の話、書いちゃいましたよ」と報告したかったのに、とても寂しい。

この37号の特集は「男に」。執筆者は井坂洋子・今野寿美・伊藤比呂美・白石公子・山口眞理子さんほか。しかし、こうした「男 vs 女」を思わせる特集には、実はずっとなんだか違和感があった。21号の「女と男」しかり、毎回男性詩人に依頼する作品頁「おんなへ」しかり。こういうタイトルのものは、賛否はありながらいつも活気づくし、とても面白く読めるのだけれど。

男はいいわね
男代表で発言しなくてもいい
「紐それは冗談さ
言わせた女も悪いが
一風変わった口説きということもある」
と男たちは言うだろう
男の尊厳を損なうものであると
糾弾されないだろう
女はいつも女代表で発言しなければならない
女の言うことは冗談にとってもらえない

たとえば
紐になりたいわ
と言ったとしたら――

（高橋順子「男の紐」より）

この特集号が出たのは一九九二年、三十年も前のことだ。「紐になる」といえば、誰もが当然男性のことだと思う、そういう時代。たとえば、医者といえば通常は男性、女性のお医者さんは女医さん、看護職といえば通常は看護婦さん（看護士・看護婦の名称が看護師に統一されたのが二〇〇二年で、そこからさらに二十年もかかってやっと最近は男性の看護師さんもよく見かけるようになってきたけれど）。女性が書く詩ばかりが「女性詩」と区別されて、なぜ「男性詩」という呼び方はないのか。そこには明らかに女性の地位が一段低いものとして設定されている社会が透けて見える。だけど、それでも私はなんだかずっと「男」にもの申す、という形の特集号には違和感を持っていた。そしてもちろん、そうした声を受け止めながらもあえて過渡期の雑誌として女性の活躍の場を広げようとしてきたラ・メールに対しても、だ。女はいつも、その人として、ではなく「女代表で発言しなければならない」という、そのしんどさ。
次の引用は、同じ号の高良留美子さんの作品から。

男のなかのオスを
女が見透してしまったから
オスの時代は　もう
終わろうとしているのかもしれない

女のなかのメスを
男が閉じこめられなくなったから
メスの時代も　いま
終わろうとしているのかもしれない

（高良留美子「オスの時代」より）

この時代の作品から、どれほどの変化があっただろうか。最近はやっと「女性詩」という呼び方を聞かなくなってきた。それはラ・メールの功績もあるだろうし、またそれに続く女性詩人たちの力もあるだろう。しかしながら、社会の中ではいまだ解消されない男女格差はいくらでもある。そして私自身の中にも、まだどこかで「男らしさ・女らしさ」の枠にとらわれている部分があるのではないか、と思えることもある。ラ・メールの頃から思えば、その枠から少しは自由になれたのだろうか——。

女たちはいつになったら女代表として発言しなくてもよくなるのだろう。「女だから」「男だから」ではなくて、「人は」「私は」で十分通じる時代、「区別」が「差別」にならない時代は、まだ遠いのかもしれない。それまではやっぱり、私たちはよく見、よく考え、男女問わず一人ひとりの個性を尊重できる社会のために声をあげつづけていかなければいけないのだろう。

ところで、この37号が出てから少し後、七月五日（日）の事務ノートにはこんな記述が残っている。
「先生は風邪のため一日中ベッドの中。皆遠慮して8時30分に帰る。ヤレヤレ。当分先生は難しいけれど、皆さん許してあげてください。ここを通過すればきっと元気になります」
これは当時、日曜ごとに開かれる水族館の講座の裏方役としてずっと吉原さんの仕事を支えていた杉田早智子さんのメモ。普段よけいなことは書かない杉田さんにしては珍しいものだ。風邪と書いてはあるが、それにしても少し様子がおかしいのは、この頃から吉原さんの体調がますます悪化してきていたことを示している。

38号編集会議では、特集は新川さんの発案で「'92同人誌・水平線」に。編集人・編集委員が推薦した同人誌から、一誌一人として作品とコメントを寄せてもらう、というものになった。できるだけたくさんの同人誌を掲載できるよう、連載頁は最低限にして、新たな依頼は高良留美子さんの「青鞜」についての論考と、大岡信さんのエッセイのみとなった。吉原さんがずっと大事にし、力を注いできたラ・メール対談もほぼ初の休載。つまり、吉原さんの負担はハーバー・ライト欄の選評とあとがきの二つのみになったのだった。

実際、毎回毎回、対談原稿を作っているときの吉原さんの消耗ぶりは、見ているこちらのほうも辛いものだった。なにしろゲストの魅力を十分引き出すために入念な下調べをし、対談に臨めば話が三、四時間になるのは当たり前、時にはお喋りは夜中じゅう続き、録音テープがなくなれば冒頭の部分を消して上から録音してしまう。そんなふうだから、粗起こしの作業こそ私が受け持ったが、実際の原稿づくりは吉原さん以外の人にはできるものではなかった。当時は、原稿は手書きで切り貼り。頁内に収めるために吉原さんは何度も書き直し、仕上げるのに二日も三日も徹夜してしまう。これに投稿欄の選評の締切が重なると、もう本当にボロ雑巾のよう。しかし、そうなることがわかっていながら私は吉原さんを追い込み、原稿をむしり取り、締切に間に合わせなければならない。毎回、我ながらひどいことをしている、と悩んだ。だから、対談がないと聞いて、私もすごくホッとしたのだった。

創刊号から37号までの、その多彩なゲストの顔ぶれは次の表を見ていただきたい。

吉原幸子　対談・座談会　ゲスト

掲載号	名前
創刊号	大庭みな子
2号	岸田今日子
3号	田辺聖子
4号	山崎ハコ
5号	佐多稲子
6号	ヨネヤマママコ
7号	瀬戸内寂聴
8号	如月小春
9号	三枝和子
10号	高野悦子
11号	デニス・レヴァトフ／水田宗子
12号	馬場あき子
13号	丸木俊
14号	茨木のり子
15号	干刈あがた
16号	宮城まり子
17号	岸田理生
18号	江波杏子
19号	立原えりか
20号	尾崎左永子
21号	宮迫千鶴／戸川純
22号	石井好子
23号	長田渚左
24号	加藤幸子
25号	俵万智
26号	波瀬満子
27号	やまだ紫
28号	吉田加南子／柴田千晶
29号	工藤直子
30号	山本道子
31号	（新川和江とラジオ出演）
32号	佐野洋子／谷川俊太郎
33号	増井光子
34号	石内都
35号	石井桃子
36号	戸川昌子
37号	平田俊子

38号の特集では、全国から新旧七十六誌が集まり、各地で黙々と詩を書き続けている女性たちの姿に圧倒された。原稿のとりまとめ役はすべて新川さんが引き受け、孤軍奮闘。新川さんの中では、吉原さんにはもう負担はかけられない、という気持ちが強かったのだろう。39号、そして終刊号の構想もすでに持っていて、粛々とそれを進めよう、という覚悟が感じられた。

さらさら
さらさら
世界の毀れていくしずかな午後。
契約。

傷痕。
わたしの視線のさきで
幾千もの悪意のつぶてにかわる。

（渡邊十絲子　詩誌「Mignon」7号より「冬の絵」部分）

＊

そして、たしか38号の出張校正が終わってまもなくのこと、事務所に上がっていくと、杉田さんが私の顔を見るなり「この前、下の階に行ったら、先生が玄関で立ったまま震えていたんだよね」と話し出した。外出しようとして、玄関で足がすくんで動けなくなっていたのだという。これは鬱の症状が相当深刻になっているのだろう、と思った。この時期の吉原さんは、なんだかいつも疲れ果てていて、ベッドから起きてこない日も多くなっていた。

十月八日、慶應病院に検査入院。当初は、心配をかけたくないからとスタッフ以外の人たちには秘密だった。一週間ほどの予定だったのだが、ノートには「十一月五日退院」とあるので、結局ひと月ぐらい出て来られなかったということか。

吉原さんが入院している間にも、39号の編集作業は続いていた。特集は「20世紀女性詩選」。投稿欄以外のほとんどすべての誌面を割いて、大塚楠緒子・与謝野晶子ら二十世紀初頭の詩人から、木坂涼・白石公子さんら若手までの代表作を一挙掲載。総勢百二十八名の大アンソロジーだ。

そして。吉原さんがこの号で参加できたのは、自身の代表作一篇の選定と短い略歴を書くこと、それと「次号で終刊」を告知する編集後記のみだった。

退院からまもなく、帰り際に吉原さんが事務所に上がってきて、二人で言葉を交わす機会があった。もう細部は忘れてしまったが、そのときに吉原さんが少しばかり苛立って言った一言がある。それが後々までずっと、小さなトゲとして私の中に刺さることになった。

「あなたには難病患者の気持ちなんてわからないわよ！」

検査の結果、吉原さんの病気はパーキンソン病であるらしいと判明していた。進行性の神経の病気で、脳からの指令がうまく体に伝わらなくなり、しだいに運動機能を奪われていく。当時、その原因はよくわかっておらず、現在も難病に指定されている病気の一つだ。吉原さんはこのとき六十歳、今考えるとあまりにも若い。

私は、この言葉の激しさに絶句した。確かに、私には吉原さんの気持ちなどわかりっこないだろう。思うように体が動かなくなっていく恐怖。治らない、と宣告されたその絶望感は、私には想像するしかないことだ。

……でもね吉原さん、確かに私にはあなたの気持ちはわからないだろう。だけど難病の子を持つ母親の気持ちも、たぶんあなたにはわからないと思うよ。

本当は、そう言い返したかった。でも、そんなひどいこと、病人に向かって言えるわけがないではないか！

帰り途。大久保の駅に向かって細い路地をひとり歩きながら、悔しくて悲しくて、涙がこぼれてしかたがなかった。

女性が書き、女性が編集する詩誌として、十年にわたって刊行を続けてきた季刊「現代詩ラ・メール」が二十五日発売の次号「春」号で終刊する。編集発行人である二人の詩人、新川和江さんと吉原幸子さんに話を聞いた。

終刊について、新川さんは「最大の理由は吉原さんの健康状態が編集事務に耐えられなくなったことです。私も無理がきかなくなりましたし。けれども、もともと十年でひとくぎりと考えていました。やりがいのあることができたので、感傷的にはなりたくないの」と、さばさばした口調。

一方、吉原さんは「挫折感があります。惜しんでくださる方に、私たちの非力をおわびしたい。元気だったら、もう何年かやりましょうよって、新川姉御を口説いたかもしれないわね。今となっては引かれ者の小唄だけど」と話す。

財政的には当初から赤字覚悟。二人の私費をつぎこんで続けてきた。

女性の詩の発表の場として八三年夏に登場し、創刊号は七千部。「詩を書く女性がわっと乗ってきた」。

現在までに、作品を投稿できるS会員が約二千七百人、読者として参加し、男性でも認められるP会員と合わせ、のべ四千人の会員を得てきた。

「男性が書いてきた、岩山や砂漠のような、読む人を拒絶する詩ではなく、口ずさめる詩、海のように命をたたえた詩を載せたい」というのが、吉原さんの一貫してとってきた姿勢。

「それまで詩は男性のもので、女性は書かれるもの。いったん男になってから書いた詩でないと通用しなかったのよね」と新川さん。

女性だけの誌面は逆差別ではという指摘もあるが、「公平のために不公平を選んだんです。全体として見て、五分五分になったとき使命が終わると思っていました」（吉原さん）。男性の編集する詩誌が女性を入れるのと同程度には、男性

終刊する「現代詩ラ・メール」の編集発行人

インタビュー

新川 和江さん・吉原 幸子さん

台所詩から宇宙感覚へ

「人生」に向き合い続けた10年

「ラ・メール」の終刊を語る吉原幸子さん（左）と新川和江さん

しんかわ・かずえ　1929年茨城県生まれ。詩集に「比喩でなく」「土へのオード13」など。

よしはら・さちこ　1932年東京都生まれ。詩集に「幼年連禱」「花のもとにて　春」など。

に登場してもらったはず、と新川さんも笑う。

女性詩人数多く輩出

投稿のレベルは高かった。発表の場を、と思ったのに、結局狭き門になったことにジレンマを感じたほど。第一回ラ・メール新人賞の受賞者である鈴木ユリイカさんをはじめ、中本道代、笠間由紀子、國峰照子、柴田千秋、小池昌代、岬多可子、千葉香織、高塚かず子さんら、多くの女性詩人を輩出してもきた。

初めは、かつての「台所詩」の流れをくむ詩が多かったが、やがてユリイカさんに代表されるような宇宙的な詩、時間的、空間的広がりのある詩が増えてきた。「台所から宇宙へ。そういう感覚は女性のほうが向いているようですね。はやりになったと言ってもいいくらい」（新川さん）。

そうした中での、選の難しさと、それに要するエネルギーの大きさについては、二人の意見は一致する。その圧力が健康を損ねる一因にもなったようだ。

切実な詩が多く、吉原さんなどは、一度読んで、二割しか落とせないこともしばしば。「もがくように真剣に書かれたものに答えないのは、何か見殺しにするようで」と言う。「もう詩は書けないんじゃないかと思う。人の詩の批評をしていると、その批評の言葉が全部自分に返ってきてしまうのね。最近は詩を見ることがつらいんです」

自分とつきあいたい

十年の活動を振り返り、「十分とは言えないけれど役割は果たしたと思うの」と新川さんは言う。「書き手がのびやかになった。書きたいような書き方で詩が書けるようになったのじゃないかしら」

自費出版をした会員も多い。インタビューをした吉原さんの自宅の三階は、集会に利用される「水族館」という名のスペース。広い部屋の壁一面に作りつけられた本棚は、会員たちの詩集ですでにいっぱいだ。

「詩を読むことは、その人の人生と向き合うこと。だからそんなに大勢の人の人生と向き合うことなんてできません。私たちの残り時間もわずかになってきたから、今度は自分自身とつきあいたいのです」という新川さんの言葉に、うなずかずにはいられなかった。

（小屋敷晶子記者）

読売新聞 1993 年 3 月 2 日

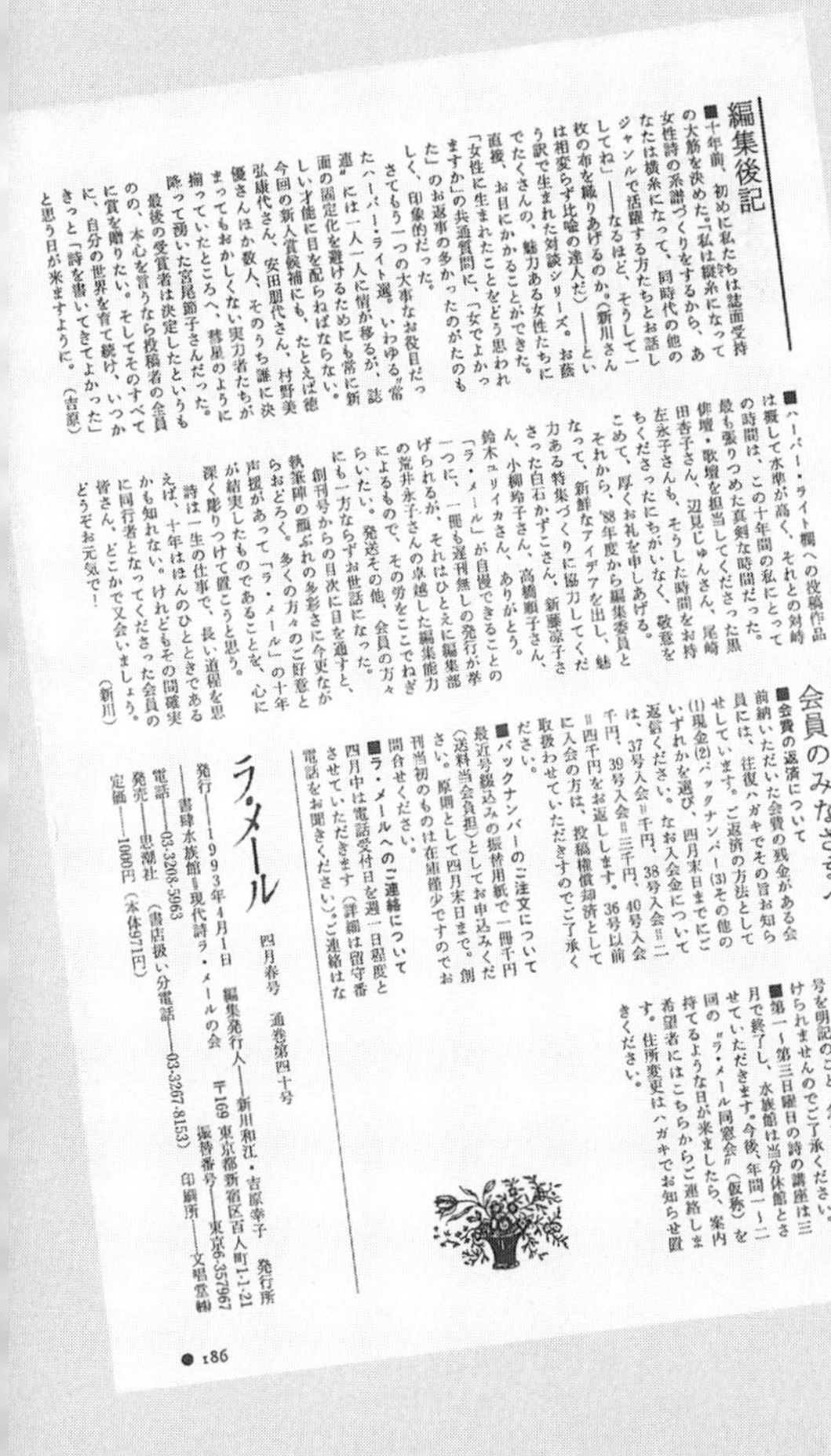

編集後記

■十年前、初めに私たちは誌面受持の大筋を決めた。「私は縦糸になって女性詩の系譜づくりをするから、あなたは横糸になって、同時代の他のジャンルで活躍する方たちとお話ししてね」――なるほど、そうして一枚の布を織りあげるのか。（新川さんは相変らず比喩の達人だ）――という訳で生まれた対談シリーズ。お蔭でたくさんの、魅力ある女性たちに直接、お目にかかることができた。「女性に生まれたことをどう思われますか」の共通質問に、「女でよかった」のお返事の多かったのがたのもしく、印象的だった。

さてもう一つの大事なお役目だったハーバー・ライト選。いわゆる"常連"には一人一人に情が移るが、誌面の固定化を避けるためにも常に新しい才能に目を配らねばならない。たとえば徳弘康代さん、安田朋代さん、村野美優さんほか数人、そのうち誰に決まってもおかしくない実力者たちが揃っていたところへ、彗星のように降って湧いた宮尾節子さんだった。

最後の受賞者は決定したというものの、本心を言うなら投稿者の会員のすべてに賞を贈りたい。そしてそのすべてに、自分の世界を育て続け、いつかきっと「詩を書いてきてよかった」と思う日が来ますように。（吉原）

■ハーバー・ライト欄への投稿作品は概して水準が高く、それとの対峙の時間は、この十年間の私にとって最も張りつめた真剣な時間だった。俳壇・歌壇を担当してくださった黒田杏子さん、辺見じゅんさん、尾崎左永子さんも、そうした時間をお持ちくださったにちがいなく、敬意をこめて、厚くお礼を申しあげる。

それから、'88年度から編集委員となって、新鮮なアイデアを出し、魅力ある特集づくりに協力してくださった白石かずこさん、新藤凉子さん、小柳玲子さん、高橋順子さん、鈴木ユリイカさん、ありがとう。

「ラ・メール」が自慢できることの一つに、一冊も遅刊無しの発行が挙げられるが、それはひとえに編集部の荒井永子さんの卓越した編集能力によるもので、その労をここでねぎらいたい。発送その他、会員の方々にも一方ならずお世話になった。

創刊号からの目次に目を通すと、執筆陣の顔ぶれの多彩さに今更ながらおどろく。多くの方々のご好意と声援があって「ラ・メール」の十年が結実したものであることを、心に深く彫りつけて置こうと思う。

詩は一生の仕事で、長い道程を思えば、十年はほんのひとときであるかも知れない。けれどもその間確実に同行者となってくださった会員の皆さん、どこかで又会いましょう。どうぞお元気で！（新川）

会員のみなさまへ

■会費の返済について
前納いただいた会費の残金がある会員には、往復ハガキでその旨お知らせしています。ご返済の方法として(1)現金(2)バックナンバー(3)その他のいずれかを選び、四月末日までにご返信ください。なお入会金については、37号入会＝千円、38号入会＝二千円、39号入会＝三千円、40号入会＝四千円をお返しします。36号以前に入会の方は、投稿権償却済として取扱わせていただきますのでご了承ください。

■バックナンバーのご注文について
最近号綴込みの振替用紙で一冊千円（送料当会負担）としてお申込みください。原則として四月末日まで。創刊当初のものは在庫僅少ですのでお問合せください。

■ラ・メールへのご連絡について
四月中は電話受付日を週一日程度とさせていただきます（詳細は留守番電話をお聞きください）。ご連絡はなるべくお手紙かファックスで。お返事を要する方は、ご住所、お電話番号を明記のこと。急ぎのものは受付けられませんのでご了承ください。

■第一～第三日曜日の詩の講座は三月で終了し、水族館は当分休館とさせていただきます。今後、年間一～二回の"ラ・メール同窓会"（仮称）を持てるような日が来ましたら、案内希望者にはこちらからご連絡します。住所変更はハガキでお知らせ置きください。

ラ・メール　四月春号　通巻第四十号
発行――1993年4月1日　編集発行人――新川和江・吉原幸子　発行所――書肆水族館＝現代詩ラ・メールの会　〒169 東京都新宿区百人町1-1-21
電話――03-3208-5963　振替番号――東京6-357967
発売――思潮社（書店扱い分電話――03-3267-8153）　印刷所――文唱堂印刷
定価――1000円（本体971円）

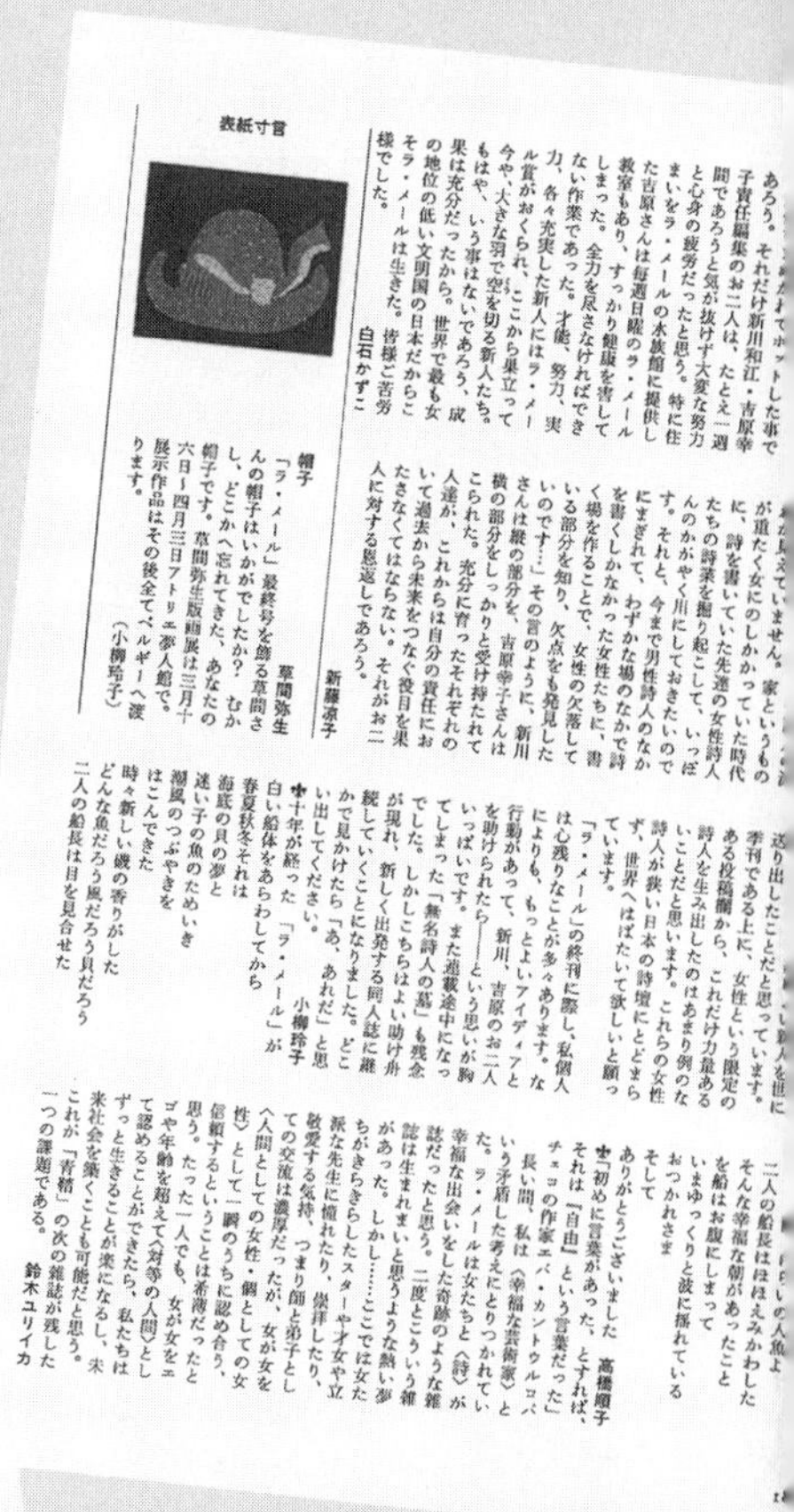

…あろう。それだけ新川和江・吉原幸子責任編集のお二人は、たとえ一週間であろうと気が抜けず大変な努力と心身の疲労だったと思う。特に住まいをラ・メールの水族館に提供した吉原さんは毎週日曜のラ・メール教室もあり、すっかり健康を害してしまった。全力を尽さなければできない作業であった。才能、努力、実力、各々充実した新人にはラ・メール賞がおくられ、ここから巣立って今や、大きな羽で空を切る新人たち。もはや、いう事はないであろう、成果は充分だったから。世界で最も女の地位の低い文明国の日本だからこそラ・メールは生きた。皆様ご苦労様でした。　白石かずこ

…が見えていません。家というものが重たく女にのしかかっていた時代に、詩を書いていた先達の女性詩人たちの詩業を掘り起こして、いっぽんのかがやく川にしておきたいのです。それと、今まで男性詩人のなかにまぎれて、わずかな場のなかで詩を書くしかなかった女性たちに、書く場を作ることで、女性の欠落している部分を知り、欠点をも発見したいのです…」その言のように、新川さんは縦の部分を、吉原幸子さんは横の部分をしっかりと受け持たれてこられた。充分に育ったそれぞれの人達が、これからは自分の責任において過去から未来をつなぐ役目を果たさなくてはならない。それがお二人に対する恩返しであろう。　新藤凉子

表紙寸言

帽子　草間弥生
「ラ・メール」最終号を飾る草間さんの帽子はいかがでしたか？　むかし、どこかへ忘れてきた、あなたの帽子です。草間弥生版画展は三月十六日～四月三日アトリエ夢人館で。展示作品はその後全てベルギーへ渡ります。（小柳玲子）

…送り出したことだと思っています。季刊である上に、女性という限定のある投稿欄から、これだけ力量ある詩人を生み出したのはあまり例のないことだと思います。これらの女性詩人が狭い日本の詩壇にとどまらず、世界へはばたいて欲しいと願っています。

「ラ・メール」の終刊に際し、私個人は心残りなことが多々あります。なによりも、もっとよいアイディアと行動があって、新川、吉原のお二人を助けられたら――という思いが胸いっぱいです。また連載途中になってしまった「無名詩人の墓」も残念でした。しかしこちらはよい助け舟が現れ、新しく出発する同人誌に継続していくことになりました。どこかで見かけたら「あ、あれだ」と思い出してください。　小柳玲子

✤十年が経った　「ラ・メール」が
白い船体をあらわしてから
春夏秋冬それは
海底の貝の夢と
迷い子の魚のためいき
潮風のつぶやきを
はこんできた
時々新しい磯の香りがした
どんな魚だろう貝だろう
二人の船長は目を見合せた
…いの人魚よ
二人の船長はほほえみかわした
そんな幸福な朝があったことを
船はお腹にしまって
いまゆっくりと波に揺れている
おつかれさま
そして
ありがとうございました　高橋順子

✤「初めに言葉があった。とすれば、それは『自由』という言葉だった」チェコの作家エバ・カントゥルコバ

長い間、私は〈幸福な芸術家〉という矛盾した考えにとりつかれていた。ラ・メールは女たちと〈詩〉が幸福な出会いをした奇跡のような雑誌だったと思う。二度とこういう雑誌は生まれまいと思うような熱い夢があった。しかし……ここでは女たちがきらきらしたスターや才女や立派な先生に憧れたり、崇拝したり、敬愛する気持、つまり師と弟子としての交流は濃厚だったが、女が女を〈人間としての女性・個としての女性〉として一瞬のうちに認め合う、信頼するということは希薄だったと思う。たった一人でも、女が女をエゴや年齢を超えて〈対等の人間〉として認めることができたら、私たちはずっと生きることが楽になるし、未来社会を築くことも可能だと思う。これが「青鞜」の次の雑誌が残した一つの課題である。　鈴木ユリイカ

終刊号に寄せられた編集委員たちの言葉と、新川・吉原さんの編集後記。

EPISODE 17

それぞれの空へ

わたしを破壊してこなごなに支離滅裂に
わたしを裂いてほそくもっとほそく梳かれる髪にまで
わたしを溶解してやわらかくさらに流れる水になるまで

（征矢泰子「いのり」より　一九九三年思潮社刊　遺稿詩集『花の行方』所収）

吉原さんの退院からまもなくのこと、ラ・メール周辺の多くの人たちが打ちのめされる大きな出来事があった。一九九二年十一月二十八日未明、征矢泰子さんが自らの命を絶ったのだ。

征矢さんは、ラ・メール創刊当初から注目され、会合などにもよく来ていた詩人で、十二月の水族館の忘年会にも出席の予定であったという。それほどに突然の出来事だった。お通夜はぐっと冷え込みの厳しくなった初冬の晩で、私たちは心身ともに凍えながら、遺影に向かって、「なぜ？」と問いかけずにはいられなかった。でも、写真の中の征矢さんはただ楽しげに微笑んでいるだけで、何も答えてくれるわけがなかった。

創刊前から征矢さんの才能を高く評価していた新川さんの嘆きは当然のことながら、吉原さんもその死はとてもショックだったようで、なんだかひどく落ち込んでしまっていたのが印象的だった。ずっと後になって知ったことだが、具合が悪くてお葬式に出なかったことなどから、「吉原幸子は征矢泰子に冷たかった」と、まことしやかに囁かれたことも、その一因だったようだ。

実際、征矢さんは生前、ときどき酔っぱらっては「せっかくもっとお手伝いしようと思っていたのに、ラ・メールは私に冷たいのよ」などと嘆いたりもしていたという。それが、彼女が自死したことでいろんな憶測を呼び、いつのまにか「吉原幸子は……」という噂になって吉原さんの耳に届いてしまった。

今になって思い返すと、吉原さんと征矢さんとは、案外似た者同士だった。生い立ちなどもちょっと通じるところがあって、聡明で誇り高く、内に激しさを秘めていて、でもひどい寂しがり屋で、よく酔っ払いになっていた。そして、征矢さんが水族館に行っても、いつも新川さんや吉原さんを取り巻く輪の中には容易に入っていけず、もどかしい思いを持っていたのだろうことも想像できる。だが、亡くなった本人の意図を超えて独り歩きしたその言葉は、吉原さんの弱った心身にボディブローのように効いていったに違いない。病むほどにますます自分で自分を責めたて、鬱々と消耗していくその様子を、私たちはなすすべもなく見ているしかなかった。

＊

ラ・メールの終刊はスタッフの間ではすでに決定事項であったが、その発表の時期については入念に打ち合わせができていた。初めて終刊を公にしたのは39号の編集後記で、それまでは会員たちからの問い合わせにもシラを切り通した。このことに吉原さんはずっとぐずぐずと反対の意を唱えていたが、混乱を招いてはいけないからと新川さんがきっぱりと言って決めた。

この発表まで、会費の振り込みも通常どおり受け付けた。ただし余分にもらった会費は終刊時にバックナンバーか簡易為替できっちり返却することとし、往復ハガキでアンケートを取りつつ返却方法の詳細を終刊号にも載せた。ずいぶんと手厚く対処するものだと半ば感心し、半ばあきれもしたが、そこは神経のこまやかな女性たちの雑誌。どんな声にも対応できるよう、立つ鳥跡を濁さず、の方針だった。

新川さんは創刊当初から十年でやめると公言してはいたが、それでもこの発表は会員たちにはショックだったようで、39号を送ると、続々と終刊を惜しむ声が届いた。こうした終刊準備のてんやわんやのかたわらで粛々と編集作業は進められ、一九九三年三月末、ラ・メール40号は出来上がった。

特集は〈はばたく詩人たち〉として、これまでの新人賞九人、短歌俳句賞六人による自選作品とエッセイを掲載。新人発掘の場としてのラ・メールの、一つの集大成だった。そして新人賞の発表と、最後の投稿欄（これには、実は私もこっそり投稿した。だって最後だしね。選に入ったかどうかは内緒です）。それから、巻末には資料としてこれまでの新聞・雑誌に掲載されたラ・メールの記事と、三十九号分の総目次を載せた。

第十回新人賞は宮尾節子さん。終刊の前年ぐらいに突然投稿欄に登場し、数多の常連投稿者たちを軽々と抜き去っての受賞となった。二〇一四年に作品「明日戦争がはじまる」をツイッターに投稿して話題を呼んだ驚きの詩人だ。そして第四回短歌賞には中里茉莉子さん。短歌だけではなく、詩でも俳句でも常連メンバーとして活躍してきた特別支援学級の先生だ。

そこにいたのは
蝶である

あなたはあなたのふるえを
静かに降りて
蝶を見つけたことが
あるだろうか
あなたのふかい
ふるえの先の
命を見たことが
あるだろうか

（宮尾節子「立春」より　一九九四年思潮社刊『かぐや姫の開封』所収）

この作品を36号のハーバー・ライト欄で読んだときの衝撃を、私は今もありありと思い出すことができる。羽をふるわせて暗がりにとまる白い蝶、そして躍動する生命とも、言葉の誕生とも思われる蝶の飛翔の瞬間が、ぱあっと目の前に立ち現れたような気がして、思わず息をのんだ。

だが、宮尾さんにとって非常に気の毒だったのは、賞をもらった途端にラ・メールが終刊、その後の発表の場を確保してもらえないという、なんともアンラッキーなタイミングでの受賞だったことだ。

終刊のパーティーは、新人賞・短歌賞の二人の授賞式でもあり、宮尾さんはご主人と小さな息子さんと三人で出席された。受賞の挨拶ではたしか、夕方ちょうど息子さんと一緒にコロッケを作っていたときに知らせを受け、舞い上がってしまって晩ご飯が夜の十時頃になってしまった、というような話をされた。なんだか宮尾家の飾り気のない生活が垣間見えるようなエピソードで微笑ましかった。宮尾さんの作品を読むと、なぜかよく「ライフ」という言葉が思い浮かぶ。

さて、終刊号の編集作業ではもう一つ、ある象徴的な出来事を書いておかなければと思う。ようやく編集作業も終盤、新川さんと吉原さんに最後の編集後記をもらった日のことだ。

二人は、水族館のソファーに腰掛けていた。新川さんが「はい、これ」と言って原稿を渡してくれた。と、続いて吉原さんが「すっかり遅くなっちゃって。どうもうまく書けなくてね」と言いながら、その原稿を取り出した。

ただ、それだけ。

それまでに何度も繰り返されてきた、日常的な、でも最後の原稿の受け渡しだった。ところが、私はこのとき一瞬ものすごく動揺してしまって、うまく感謝の言葉を述べることができなかった。

なぜなら、私は、吉原さんの編集後記をその前の週末にすでに受け取っていたからだ。

弱々しい筆圧の、鉛筆書きのその原稿は、驚いたことに「てにをは」まで前回のものとほぼ同じ内容だった。

〈このごろ詩が書けなくてねえ〉〈頂戴します〉〈あんまりいい出
来ぢゃないけど〉〈いや　力作ですよ〉〈このあいだの雑誌（ほん）はどう
なりました?〉〈お送りしましたよ　届いたでせう〉〈さうだった
かしらねえ〉

これは、ラ・メール創刊の年の吉原さんの詩集『花のもとにて 春』に収められた作品「未完成」の一節。エピソード1の最後で触れた、あの〈洗礼〉の日に吉原邸に届けた詩集だ。もの忘れの激しくなったお母さんのことを、若い編集者にずっと同じ原稿を渡し続ける老詩人になぞらえて描いた、どちらかといえば吉原さん好みのSF仕立ての作品になっている。

正直なところ、ほかの作品に比べてそこまで愛着のあるものではなかった。なのに、このとき、ほとんど忘れかけていた十年前のこの詩篇が突然頭に浮かんで、私は打ちのめされた。覚悟はできていたつもりだったのに、まさかこんなふうに突如具体的な形で「終わり」を突きつけられようとは、思ってもみなかったからだ。

　Tは電車に揺られて〈ユーカリ〉の編集室に戻る　柔和な眼にすこし悲しさうな色を浮かべてゐる　五年前から急に記憶の乱れたSだが　少年のころから尊敬してゐたのだ　Tは机のいちばん下のひきだしを開ける　年六回の五年ぶん——三十篇の寸分違はない詩稿が　その中に重なってゐる　タイトルはすべて〈××××〉　若いころの朗読会で　Sはその詩だけは暗記してゐて　必ず読んだといふ話だ　今日のぶんの〈××××〉を　Tはそこにしまって　ひきだしを閉める

今でも、この詩を読むたびに、まざまざとあのときの光景が甦る。そして私は何度でも涙ぐまずにはいられない。

＊

このようにして、ついに終刊号は出来上がった。ただ、それからのことは、実はあまり記憶がない。その場を乗り切るのに夢中だったし、とにかく忙しかったのだ。終刊の記念にとカンパしてくれる人がいて、草間彌生さんの表紙絵を四枚セットのポストカードにして会員に配ったこと。創刊号からのバックナンバー四十冊分のセットをいくつか作り、保管してくれる有志に送ったこと。スタッフ総出の会費の返却作業で、一人ずつチェックをしながら封筒に為替を入れたこと。何か用があって吉原さんの寝室に行ったら、ベッドに横たわった吉原さんが人形のように白い顔をして、黙ったまま虚空を見つめていたこと……。そのようなことがポツポツと断片的に思い出されるだけだ。

終刊パーティーの日も、思い出せるのは宮尾さんのコロッケの話と、うっかり手を滑らせて誰かの服に赤ワインを思いっきりぶちまけてしまったことぐらいで、ほとんど何も覚えていない。何人かの人に聞いてもみたが、皆似たりよったりだった。はるか昔の出来事なので、しかたがないといえばそれまでなのだが。先日、國峰照子さんが「日記に「またまたくだらない喧嘩の仲裁。ヤダナ」って書いてあったよ」と教えてくれた。電話口でちょっと笑ってしまったが、おそらく最後の最後までラ・メールらしく、この日ばかりは吉原さんもたぶん元気で、お酒と喧嘩で会は締めくくられたのかもしれない（でも、本当のところはわからない。誰か覚えている人がいたら連絡をくださるとありがたいです）。

あまり曖昧なことを書いてもしかたがないので、最後に終刊号の扉に掲げられた「ご挨拶」をここに紹介しておきたい。

これは、編集人を代表して新川さんが書いた。なんと誇り高く、潔い決意にみちた挨拶文だろう。実は、事務所を片付けているときに廃棄寸前の書類の束の中にこの生原稿を見つけ、思わず引き抜いて持ち帰った。それからずっと、折にふれてこれを読み返しては、自分勝手に拡大解釈してひそかにおのれを鼓舞し続けてきた。

二〇一三年六月、吉原さんの没後十年を機にご子息の純さんが作られた『吉原幸子草稿集』(非売品)がきっかけとなって、西荻窪のギャラリー「葉月ホールハウス」で「吉原幸子草稿展」が催された。企画は思潮社の藤井一乃さん。そのとき、展示された吉原さんの草稿を見て、ふとこの生原稿は新川さんにお返ししなければいけないのかな、と思った。そして、二〇〇五年から鈴木ユリイカさん、田島安江さんとともに編集・発行している詩の雑誌「something」にその生原稿のことを書くと、案の定、新川さんから「返却希望」のお手紙が届いた。さっそくお詫びの言葉を添えて返却。二十年もの長きにわたる無断借用の末に、それはようやく新川さんの手許に戻ることになったのだった。

ラ・メールでの日々は、私にとっては懐かしい思い出の時間であり、また大きな誇りでもある。新川和江・吉原幸子という二人の偉大な詩人に、深い深い感謝と尊敬の念をこめ、この美しい挨拶文を紹介して拙い文章の結びとします。

ご挨拶

「現代詩ラ・メール」は、十周年記念号の今号をもって、終刊とさせて頂きます。長い間ご支援くださいました皆さま方、また「ラ・メール」を精神の拠（よりどころ）としてくださいました会員の皆さま方に、ご報告を兼ね、感謝をこめてご挨拶申しあげます。

私どもは「現代詩ラ・メール」を、女性詩人の側から起るべくして起った文学運動体であると、考えております。その功罪については、第三者の評価を俟（ま）たなければなりませんが、私どもの身丈に合った活動は為し得たと、いささかの自負をもって、この最終号を提出いたします。

満十年という節目を迎え、「現代詩ラ・メール」をいさぎよく終刊することで、そのあとの空間に興（おこ）るであろう新しい風を期することも、運動体のとるべき姿勢のひとつであると、考えます。安定期に入っての惰性的出版を、何よりもおそれます。

私どもが最も力を注ぎましたハーバー・ライト欄に、真摯に詩を書き送り続けてこられた方々には、申しわけなく存じますが、どうぞ、それぞれの空を見つけて飛翔してください。

すでに飛び立ち、声を掛け合ってグループ活動をはじめられた頼もしい方々も、幾組かあります。自分の翼ではばたくこと。明文化して掲（かか）げはいたしませんでしたが、それが「現代詩ラ・メール」の一貫した理念でありました。

一九九三年 早春

新川和江
吉原幸子

1)

ご挨拶

「現代詩ラ・メール」は、十周年記念号の今号をもって、終刊とさせて頂きます。

長い間ご支援くださいました皆さま方、また「ラ・メール」を精神の拠としてくださいました会員の皆さま方に、ご報告を兼ね、感謝をこめてご挨拶申しあげます。

2)

私どもは「現代詩ラ・メール」を、女性詩人の側から起すべくして起った文学運動体であると、考えております。その功罪については、第三者の評価を俟たなければなりませんが、私どもの身丈に合った活動は為し得たと、いささかの自負をもって、この最終号を提出いたします。

満十年という節目を迎え、「現代詩ラ・メール」をいさぎよく終刊することで、そのあとの空間に興るであろう新しい風を期すること

3)

とも、運動体のとるべき姿勢のひとつであると、考えます。安定期に入っての惰性的出版を、何よりもおそれます。

私どもが最も力を注ぎましたハーバー・ライト欄に、真摯に詩を書き送り続けてこられた方々には、申しわけなくなりますが、どうぞ、それぞれの空を見つけて飛翔してください。

すでに飛び立ち、声を掛け合ってグループ活動をはじめられた頼もしい方々も、幾組か

4)

あります。自分の翼ではばたくこと。明文化して掲げはいたしませんでしたが、それが、「現代詩ラ・メール」の一貫した理念でありました。

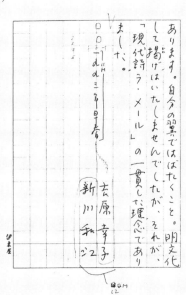

一九九三年早春

吉原幸子
新川和江

あとがき

今から四十年前、二人の詩人が男性主導の文芸シーンに一石を投じるべく立ち上がった。新川和江さんと吉原幸子さん、一九八三年創刊の女性による女性のための詩誌「現代詩ラ・メール」の編集人のことだ。この詩誌の中で十年間、二人は女性たちに作品の発表の場を提供し、また新人たちを発見し育て続けた。それはとても大変な仕事であったけれども、後に続く人たちの大きな励みとなった。

このたび、ようやくそのラ・メールの頃のことを一冊の本にまとめることができた。本を作ることに果たしてどのような意義があるのだろうと迷ったこともあったが、それでも、ラ・メールの果敢な挑戦のことを、その場に居合わせた者の使命としてぜひ形にして残しておかなければ、とずっと考えていた。

以前に比べれば女性たちの地位は向上し、社会的にもジェンダー問題や、弱者差別の話題がさかんに議論されるようになって、だいぶ風通しがよくなったようにも見えるけれど、それは何度も何度も声をあげ続けて、ようやくここまで来た、ということなのだろう。古くは「青鞜」の時代から、いつも女性たちはこんなふうに道を切り拓いてきたし、そしてそれはまだまだ道半ばなのだろう、と思う。

そして、この本を作りたかったもう一つの理由には、詩の面白さ、詩を読むことの楽しさを、もっと広く、一人でも多くの人に知ってもらいたかった、ということがある。一般に詩は難しいと言われ続け、読者はなかなか増えていかない。その一方で、この殺伐とした時代に詩が果たせる役割はもっとあるのではないか、と思うことがたびたびある。何よりも、私自身がもっと詩を自由に読んで深呼吸をしたい、詩に慰めてもらいたい、と思うのだ。そんな作品を、かつてラ・メールにたくさん教えてもらった。だから、ごく一部ではあるけれど、自分なりに大事にしてきた作品をここで紹介したいと思った。

ラ・メールの足跡をたどりながら、ここには個人的な話も少なからず書いていくことになった。ずいぶん昔のことではあるけれど、当時の女性の編集者がどんなことを考え、どんなふうに仕事をしてきたのか、その一端を見ていただくことで、何か役に立つことがあるだろうか。

女性たちが働く現場はいまだに理解が浅く、理不尽なことも多いと聞く。笑いあり、涙あり、事件ありの日々、ここに書いた数々の出来事は、単なる過去の思い出話ではなく、現代にもつながる熱きシスターフッドの記録なのではないかと思っている。

*

最後に、本書を作るにあたって貴重な資料のすべてを私に託してくださった吉原純さんと、写真などの掲載を快諾していただいた関係者の皆様に感謝します。また、この前身となる原稿を書くチャンスを与えてくれた詩誌「something」の鈴木ユリイカさんと田島安江さんにも。田島さんには、うろうろと迷ってばかりの私をずっと励まし、一緒に考え、最後まで伴走していただいた。それから、たくさんの的確なアドバイスをくれた友人の藤井一乃さんにも、感謝しきれないほど感謝している。また、黒木留実さん、藤田瞳さん、清水香織さんはじめ書肆侃侃房の皆さんにもさまざまな形でとてもお世話になったことを申し添えたい。

そして、やはり最後の最後にもう一度、新川和江さんと、今は天国にいる吉原幸子さんに、あらためて――。

終刊からずいぶん時間がかかってしまいましたが、今やっと少し肩の荷がおりたような気がしています。

ありがとうございました。

二〇二三年夏

棚沢永子

早春の季節、第40号をお届けします。

最終号のお手紙に何を書こうか迷っているうちに、もう見本刷りが出来上がってきました。大きな間違いがないことを確かめて安堵し、小さな失敗にちょっとがっかりし、発送の手配もいつも通り済んで……。実は、まだ実感がわきません。たぶん4月になり、いつもなら原稿の依頼や投稿の整理が始まる頃になって、やっと少しずつ納得していくのだろうと思います。今年に入ってから終刊を惜しんでくださるお手紙やお電話を数多くいただき、この雑誌の意義の大きさをあらためて感じさせられました。一つ一つにお返事をさしあげられなくて、ごめんなさい。

なお、同封の絵ハガキは、会員M・Tさんのご芳志により制作した、会員のみなさんへの終刊記念プレゼントです。

吉原編集人の病気は、その後少しずつおちついてはきましたが、気長な療養とリハビリを必要とするものなので、4月25日のラスト・パーティーのあとは当分水族館は休館、ということになりました。いずれ、ラ・メール同窓会をやりましょう。案内状を希望される方は、ハガキ等でお知らせください。

では。新川さん、吉原さん、お疲れさまでした。10年間、教えていただくばっかりで、あんまりお役に立てなくてごめんなさい。それから編集委員のみなさん、いろいろとお世話になりました。編集会議、楽しかったです。一緒に苦労し、いたらない私をたくさんたくさん助けてくれたスタッフの人たちへ、ありがとう。ずっと友達でいてください。それから、ラ・メールに書いてくださったすべての方々に、厚くお礼申し上げます。

そして——。最後になりましたけれど、会員のみなさまにありったけの感謝の気持をこめて、ありがとうございました。またいつか、どこかでお会いしましょう。その時を楽しみに——。

一九九三年三月二十五日

ラ・メール編集部
荒井永子

写真・資料提供・協力（順不同・敬称略）
吉原幸子（吉原純）
新川和江
思潮社
読売新聞社
朝日新聞社
東京新聞
毎日新聞社
図書新聞
河北新報社
山梨日日新聞社
玲風書房
新建築社
JULA出版局
婦人之友社
李麗仙
津島佑子（津島香以）
小海智子
甲斐清子
やまだ紫（山田ゆう）
塚本邦雄（塚本青史）
新藤凉子（新藤美可）
本保佐季子
岬多可子
中本道代
小池昌代
國峰照子
鈴木ユリイカ
大庭みな子
小坂泰子
荒木政夫
鳴瀬亨
白石かずこ
菱沼真彦

＊本書に掲載した資料で連絡先のわからない方、撮影者不明のものがあります。お心当たりの方はお手数ですが発行所までご連絡ください。

資料編

創刊号　女性詩・水平線
2号　〈女・果実〉詩歌展
3号　現代の相聞歌
4号　〈家〉へのアプローチ
5号　海外女性詩・水平線
6号　身体
7号　近未来・遠未来
8号　少女たち
9号　真夏の夜の夢
10号　女たちの映像
11号　同人誌・水平線
12号　女のなかの鬼
13号　女たちの日本語
14号　性の表現
15号　父よ！
16号　'87同人誌・水平線
17号　街へ――何が見えるか
18号　幸福の尺度
19号　メルヘン
20号　手紙詩
21号　女と男
22号　アジア女性詩
23号　スポーツ
24号　新鋭同人詩誌展
25号　怪談
26号　童謡
27号　料理
28号　狂気
29号　同人誌秀作展
30号　わたしの詩論
31号　資料・女性戦後詩
32号　愛について
33号　仮面
34号　新鋭作品展
35号　こども
36号　ミステリー
37号　男に
38号　'92年同人誌・水平線
39号　20世紀女性詩選
40号　はばたく詩人たち

◇ラ・メール新人賞受賞者の詩集

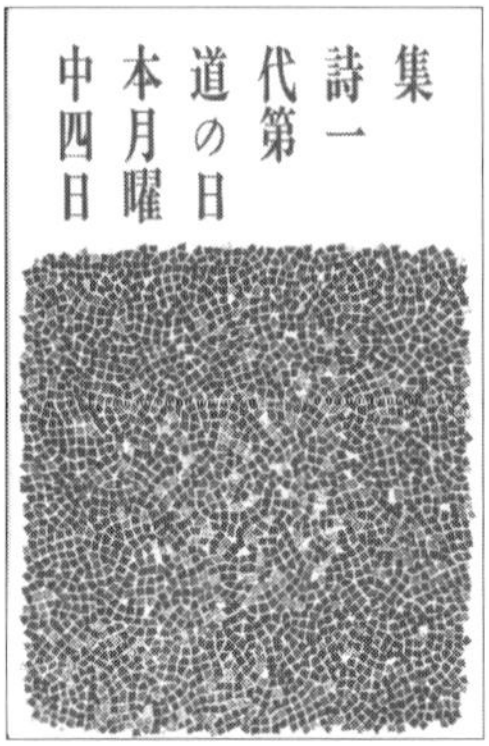

第２回受賞者　中本道代詩集
『四月の第一日曜日』

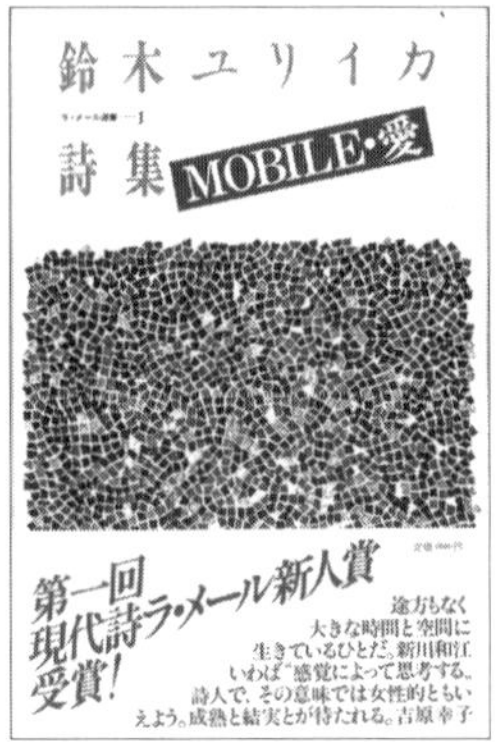

第１回受賞者　鈴木ユリイカ詩集
『MOBILE・愛』

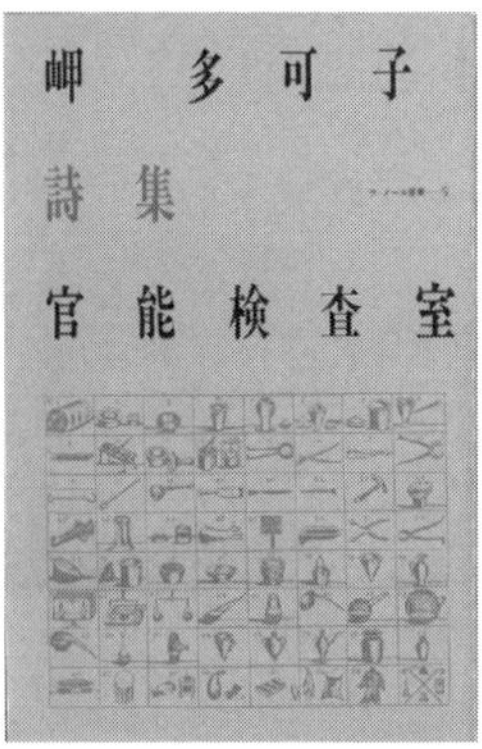

第７回受賞者　岬多可子詩集
『官能検査室』

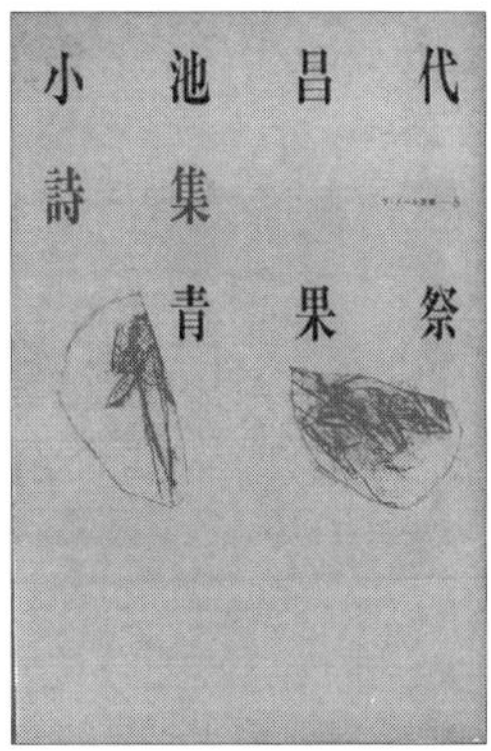

第６回受賞者　小池昌代詩集
『青果祭』

◇ラ・メールブックス

ラ・メールブックス　２
新川和江編『女たちの名詩集』

ラ・メールブックス　１
吉原幸子対談集『女を生きる女たち』

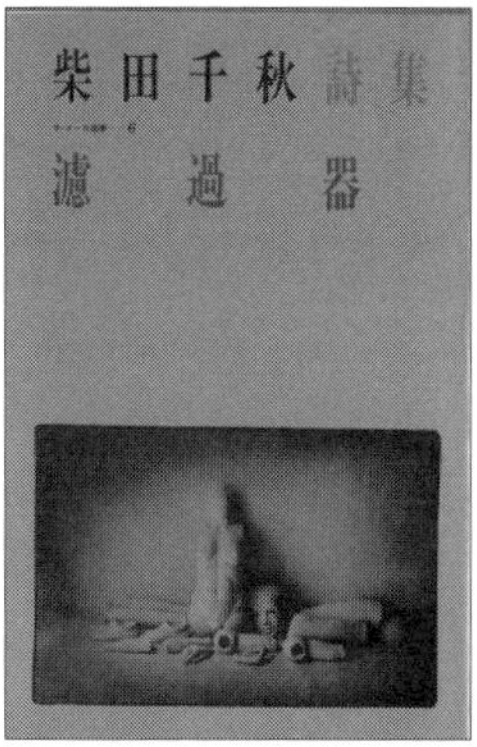

第５回受賞者　柴田千秋詩集
『濾過器』

第４回受賞者　國峰照子詩集
『玉ねぎの Black Box』

第３回受賞者　笠間由紀子詩集
『樹の夢』

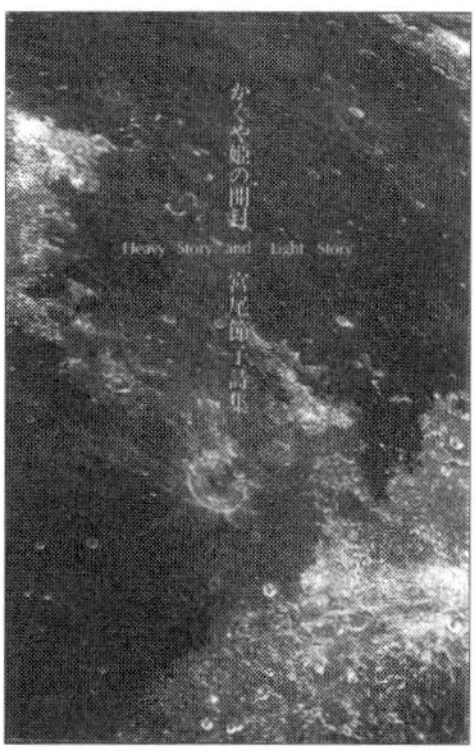

第 10 回受賞者　宮尾節子詩集
『かぐや姫の開封』

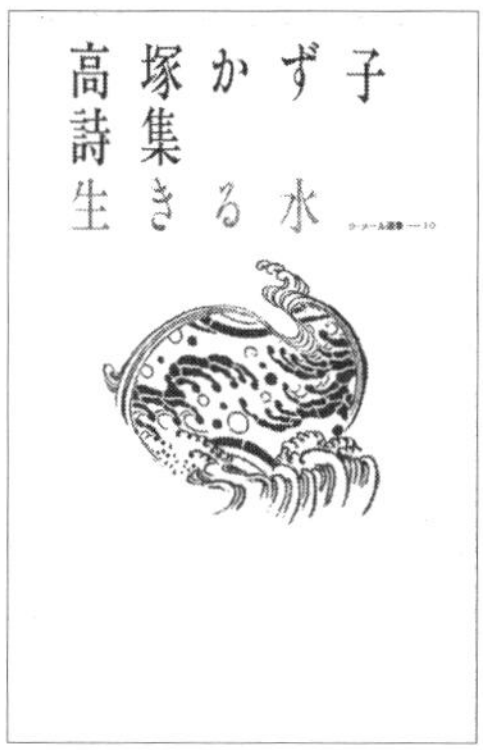

第９回受賞者　高塚かず子詩集
『生きる水』

第８回受賞者　千葉香織詩集
『水辺の約束』

ラ・メールブックス　5
新川和江編『続・女たちの名詩集』

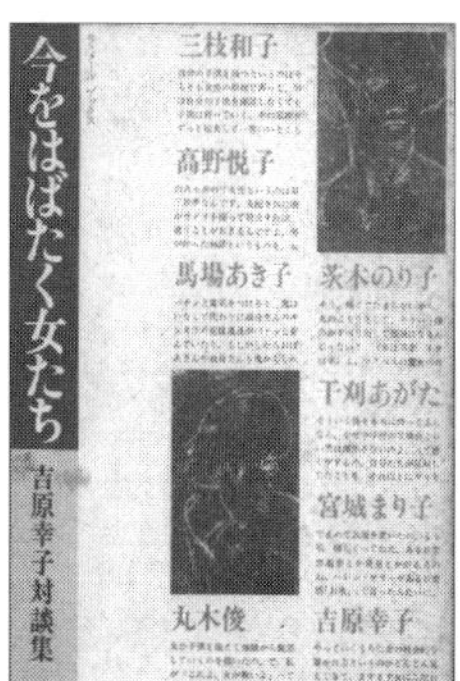

ラ・メールブックス　4
吉原幸子対談集『今をはばたく女たち』

ラ・メールブックス　3
馬場禮子『言葉の深層へ』

資料・新聞雑誌から

■女性による女性の詩誌
「現代詩ラ・メール」創刊御挨拶

現代詩の状況を眺めますと、書き手としての女性たちの進出はめざましく、ある人は着実な歩みを実らせつつあり、ある人は新鮮な感覚によって詩界に新風を吹き込んでいます。また読者、あるいは執筆予備軍として詩に関心を持つ層の厚さも、今や女性が男性をしのぐのではないか、と思えるほどです。しかし残念ながら、未だに多くの面で〝男性の眼〟による価値判断に依存している傾向があることは否めません。

私たちは、この国の〝女流〟の古く輝かしい伝統をふたたび大きく開花させ、新しい歴史の流れに手を添えるため、詩を愛する女性たちにより広い活動と吸収の場を用意したいと考えました。真に女を反映し、真に女に求められる詩の世界を確立し、その上で、男性にも女性の本質を正当に理解されたいと思うのです。このような見地から、今般別紙御案内のように、〝女性執筆・女性編集による初めての一般詩誌〟を企画、思潮社・小田社長の賛意を得て「現代詩ラ・メール」刊行のはこびとなりました。

特定の文学的傾向に拠って結ばれる同人誌の連帯に更に加えて、多くの個性を包括しつつ、女という共通項を手がかりとして詩人のみならず各分野のアーティストたちとも力を併せ、人類の二分の一の役割を果たしていきたいと希っています。

もとより、芸術そのものの価値にとって、〝男流〟〝女流〟の区別などは不要です。しかし性別というものが消え失せることはない以上、男女それぞれに特性があることは将来とも不変でありましょう。その特性の中で百花繚乱、時には女を超え時には女にこだわり、時には自讃し時には自省して、私たち自身という〝海〟を模索していきたいと思います。女性ならびに理解ある男性がたの御支援・御協力を切に望みつつ、創刊の御挨拶とさせていただきます。

一九八三年四月　編集人　新川和江
吉原幸子
発行人　小田久郎

■読売新聞　'83年5月2日夕刊
詩壇を支える女流　季刊誌「ラ・メール」を創刊
宮部修記者

ことしは女性雑誌の創刊が多く、〝五十八年は女性の年〟という人もいる。短歌、俳句の文化講座の盛況を支えているのは女性。詩、小説、演劇の世界でも女性の動きは活発だが、詩人の新川和江、吉原幸子さんは、〝女流詩人による、女流詩人のための〟季刊誌「現代詩ラ・メール」を六月末に出すことになった。創刊の意図は、男性に対抗するのでなく、女性が女性自身を内から見直そうというところにあるようだ。

系譜づくりと対談と

「ラ・メール」は二本の柱をたてる。一つは、新川さんが「与謝野晶子以来の女流詩人の系譜づくりをしたい。十年間は刊行を続けるので、しっかりした、後の世に残るようなものにしたい」という。他の一つは、吉原さんが担当する対談シリーズ。第一回は作家の大庭みな子さんだが、吉原さんは「詩だけにとらわれず、他のジャンルとの交流をはかりたい」という。このほかは、詩人論、エッセー、雑誌の創刊にそなえて募った会員から投稿された詩を二人が選んで掲載する。

六月末に思潮社から

新川、吉原さんは編集の仕事では、全くの素人だ。新川さんは「これまでの生き方に揺さぶりをかけて考え直さなければ、生きながら腐ってしまう」と意欲をみせており、「女性の作品は、これまで男性の作品の中にまぎれ込んできたと思う。女性だけの作品が並ぶと、その中で、女流詩人の長所短所がよくわかり、自分の欠点を知ることができる」という。

雑誌の発行発売は思潮社になる。小田久郎社長は「雑誌が客観性、社会性を持つためには、一般の読者の目に触れる必要がある。それで発行を引き受けたのだが、うちの『現代詩手帖賞』の過去五年間の受賞者六人中に男性は一人だし、H氏賞も二年、女性が続いた。さらに『叢書・女性詩の現在』にはいっている伊藤比呂美、白石公子、井坂洋子さんの各詩集とも三千部以上売れていて、この部数は従来の詩壇全体の中で人気のある詩人上位十人の詩集に仲間入りできる売れ行きだ」と、女流詩人の活気を、無視できない様子だ。

発展的なイメージを

詩壇に限らず、女性の活躍は演劇界でも目ざましい。女性ばかりの渡辺えり子さんの劇団3〇〇、如月小春さんのNOISEや青い鳥は、〝女性三劇団〟として、人気がある。俳壇でも女性の進出がある。読売新聞で俳壇時評を担当している上田五千石さんは、直接、女性の句作を指導しているが、先月の時評で、女性俳句の質の変化を指摘、「内なる自分に目がむき、人生、女の性を凝視している」と述べている。

いずれにしても、女性の内部からものを見詰める機運が動き出しているようだ。かつて女性の雑誌「青鞜」は文学の拠点というより婦人問題の拠点だったが、新雑誌「ラ・メール」が誌名の「ラ・メール」―「海」―「産み」のように発展的なイメージを定着させ、詩の拠点となるよう期待される。

ラ・メール創刊記念パーティー、'83年7月2日、出版クラブにて。左から小海智子、津島佑子・新川和江、吉原幸子、李麗仙各氏。

■東京新聞　'83年5月13日夕刊
失われた〝海〟を求めて――「現代詩ラ・メール」創刊を前に　吉原幸子

まるで突然の恋のように…

「まるで突然の恋のように」――と相棒（になったばかり）の新川和江さんは表現した。彼女と私との〝大それた夢〟が阿吽の呼吸で一致して、今や実現への第一歩を踏みだしたことを、である。

春近いある真夜中、それまでにたぶん数年がかりで用意されていたヒョウタンからついに奔馬が躍り出て、私は新川姐御に唐突な電話をかけた。「オンナだけの詩誌、やりましょう！　同人誌じゃないのよ。ちゃんと本屋さんで売る雑誌。このごろみんな頑張っていい仕事してるけど、まだまだチャンスは少ないし、価値判断はオトコ任せですもの……」「まあふしぎ、私も近ごろずっとそれを考えてたのよ！」

それから数日中に、新雑誌の骨子は決まっていた。版元は詩書専門の思潮社が受けて下さり、二人の編集による季刊でこの夏号から。執筆陣は女性中心、新人の発掘に力を注ぎ、眼をひろく他ジャンルや海外の女性にも向け、読者にはむろん男性も歓迎し、書店購読者のほかに会員制度を設け……等々。

誌名は「現代詩ラ・メール」となった。海はすべての生き物のふるさと、という意味でやはり女性を象徴するだろう。私たちの意識には、むろん明治の末に平塚らいてうたちが創った「青鞜」運動や、その有名な宣言文（原始、女性は太陽であった……）という言葉がチラついていた。だが、太陽がいくら輝いても海のない星は現に死んでいるのだし、女性たちは今や、人類の中の〝海〟を受け継ぎ受け渡していくべき立場だ、という気もしきりにするのである。

女性詩人たちの持つ新鮮さ

詩だって、本来は海のように豊かな、原初的なものであった筈なのだ。溢れ包み、心を浸し、血や涙の水分を補給してくれるものだったのだ。

それが長い間、知性すぐれた男性たち（戦後といえども八割がたは）の手に委ねられているうちに、そびえ立つ岩山や乾いた砂漠に似た風景――それにはむろんもろもろの必然性があったのだろうが――ばかりが孤独に増殖し、言葉は一種の蟻地獄に陥っていた。そうした閉塞状態に風穴をあけ、詩にフレッシュな甦りをもたらす役割に、ここ数年、女性たちの仕事が目立つようになってきたのは確かなことだ。多くの男性詩人や評論家がそれを指摘し、（新人賞が）「またも女性かァ！」というコラムのタイトルまで登場している。

実は私自身も、漠然と感じていたことが急に形をなした成りゆきにむしろ戸惑いながら、今回改めて女性の作品を集中的に、男性との比較論的に読み返してみたのである。そして改めて気づいたのは、注目を浴びた女性詩人たちの共通して持っている新鮮さこそ、さっきの比喩で私が〝海〟と呼んだ原初的な何かなのだ、ということだった。いや、それだけでなく、たまたま見過ごされたささやかな自費出版の本や投稿詩の中にも、その〝海〟はあちこちに湛えられ、もっと多くの目に触れる機会を待っているのだ。

もう少し具体的に眺めてみるなら、女性たちは徹して、目に見える、手でさわれる世界、〝日常〟とか〝人生〟という次元に、生き生きと、事もなげに関わっている。〈……生活することは／ものを捨てることとかしら／なんて思うようになった／生ゴミと燃えるゴミ／ちゃんとわけなくちゃね／あたしの夫はどっちかしら〉（白石公子「新婚生活」より）

――私はある大学祭でこの詩句が読み上げられ、若者たちがひどく屈託のない笑い声を立てるのを聞いた。詩は今まで、そういう聞きかたをされることが稀だったのだ。一方男性の書き手には、関わって面白い現実などあるものか、とでも言いたげに、観念と抽象の世界に閉じる〝芸術派〟が半ばを占める。（これは是非論ではない。ただ、気づかされた特徴である。一見矛盾するようだが、男の現在感覚、女の永遠感覚とともに）

男性詩誌では〝見本〟足りぬ

男と女がどう違うか、というのは、無意味な設問ではないだろう。いつか、私にインタビューした清水昶さんにこう書かれたことがある。〈……女の生理的感覚は、男には永遠にわからないものかもしれないと思った。……ただし、女の側からは、女がわからないという論理もぜったいにわからないはずだ。おあいこだぜ、吉原さん〉それはまあ、私にも男性の〝論理〟がワカラナイことやツマラナイことがままあるけれど、わからないと言い合って右と左に別れるのもあまりに淋しい。互いによりよく理解し合うためにも、まず女自身を知ろうというのが今度の発想。男性詩誌の誌面ではやはりシーソーが足りないから、こちらの端にちょっと乗ってみさせてくださいな。そしてやっと機会均等、おあいこだぜ、清水さん――というわけだ。

男性にとって現実が面白くないとすれば、それは得てして変わりばえのない日々の〝勤務〟が重くのしかかるためだろうか？　いや、S出版社勤めのひそやかな詩人・高橋順子は、たとえばこう書く。〈階段を上っていると／海が湧いてきた／とうとう海が／事務所の階段にしずかにたまってしまったのだ……〉そして彼女は〈ひとあしひとあし〉靴を海から引き抜いて都会の真昼に帰る。

――このような詩を生理的にわかるかどうかが、二種類の人類の分かれ目なのかもしれない。

■朝日新聞　'83年6月20日夕刊
女流詩の流れを輝く川に――晶子らの遺産に光あて　新川和江

吉原幸子さんとの共同編集で、この夏から季刊で出してゆくことになった女性詩誌「現代詩ラ・メール」の創刊号が、まもなく刷りあがる。

やっと一服する時間ができて、寄せられた原稿のあれこれに思いをめぐらすと、皮肉なことに真っ先に浮かんでくるのは、数少ない男性執筆者のおひとりである谷川俊太郎さんの、つぎの章句なのだ。

――女よ、あるときあなたは台所に立って、菜っ葉を刻んでいた。その音は私に永遠を幻想させ、私の生活の秩序はあなたに拠っていると錯覚させた。――「女への手紙」より

女にしても、子供を身籠っている時などはわけてものこと、窓辺で編み物をしたり台所で菜っ葉を刻んだりしているほうが、〈永遠〉の中に位置づけられているという充足感が得られることは確かだし、そうしていることが一番〈自然〉なのだ、という感じがある。

自分の言葉を持つ

が、文明社会というものは、いつでも少しばかり、あるいは極端に、自然や本質にさからった生き方在り様を求めてくるものだ。籠の中の鳥でさえカタコトながら人語を語る世の中、女たちが自分の言葉を持とうとして、筆をパタパタさせはじめたとしても、当然の成り行きなのである。

菜っ葉も刻もう詩も書こう。子供も産もう空も飛ぼう。与えられた生を悔いなく十全に生きようと希う女性たちが、自己表現の手段として詩を選び、われもわれもと書きはじめた時代――と今は言えようか。カルチャーセンターの詩の教室は、どこをのぞいても女性の聴講者が圧倒的に多いし、それとはべつの系列で、文学意識を持って詩を志し、H氏賞をはじめ詩壇に数ある賞を獲得している女性詩人も、ここのところかなり目立つ。

けれどもその輩出ぶりには、過去の地下茎とはまったく無縁の土壌にニョキニョキ生え出した雨後のタケノコといった趣があり、どの顔にもまた作品にも歴史の影がさしていない。伝統文芸である短歌や俳句とは異なり、詩はたかだか百年の歴史しか持ち合わせていないが、それでも男性詩人のほうはと眺めてみると、詩集『若菜集』（明治三十年）によって、それまで試作品の段階にとどまっていた新体詩をみごとに完熟させ、〈遂に、新しき詩歌の時は来りぬ。そはうつくしき曙のごとくなりき〉と高らかに告げた島崎藤村を筆頭に、多彩な顔ぶれの詩人たちがその名と作品を今に伝えている。それと並んで、たとえほそぼそとであろうと、女性詩人の流れが見えて然るべきであるのに、これが、靄のかかった夕景のようにかすんでいるのだ。

権力おそれぬ勇気

ただひとつ、与謝野晶子という巨星が中空に嵌められている。『みだれ髪』ほか五万首にのぼる短歌作品を持つ晶子は、いち早く新体の詩にも筆を染めていて、とりわけ旅順口包囲軍中に在る弟を偲んでうたった「君死にたまふことなかれ」（明治三十七年）は、今も人々に読みつがれている。〈親は刃をにぎらせて／人を殺せとおしへしや〉とあの時代、権力をおそれず堂々とうたいあげた晶子の勇気は、戦争を嫌悪し、肉親を念う情男性よりも篤い女性にして、はじめて持ち得た勇気であろう。このようないのちある詩、ちからある詩を女性詩の祖として持つことを私は誇りに思うが、しかし母の時代祖母の時代の女の側の詩的遺産が、それ一編ではあまりにも寂しすぎるのだ。

夫の遺稿詩集に序文を貰うべく晶子を訪ね、「これからは貴女も詩を書いてゆくことですね」とすすめられて詩を書き出し、大正・昭和初期の女性詩人としては類例を見ない飛翔ぶりを示した深尾須磨子も、〈鹿の寂しさ／火星の国に生れたやうな／ふしぎな女が出なくては〉とうたっている。

ふしぎな女は、いったい出たのか出なかったのか。詩史には確たる席を与えられてはいないが、幾人かを数えることだけはできる。女性史研究家として名高い高群逸枝も、小説家としてのほうが名の通った林芙美子も、若い日には詩を書いていた。

米沢順子、沢ゆき子、竹内てるよ、中原綾子、森三千代、中野鈴子、馬淵美意子、左川ちか……。資料はまことに乏しいのだが、それらの詩人の詩業をたずねてゆくうちに、おのずと霧が晴れて、流れが見えてくるのではないか。現役の女性詩人たちに、〈今日〉という視点で彼女たちを捉え直して貰い、永瀬清子以後、豊饒多彩な現代詩人の系譜の上に接ぎ木して、今世紀の女性詩の流れをいっぽんのかがやく川にして置きたい。今ここでそれをやって置かなければ、私たちの先達である多くの女性詩人たちが陽の目を見ることなしに歴史の闇ににじんで消えてしまう……。

男性が主導権を持つ商業詩誌が、そのようなことのために大幅にページを割いてくれるとは、到底考えられない。さてどうしたものかと思案していた一月末のある深夜、吉原さんが突如、シャッターをひき上げるような声で電話をかけてきた。

オンナが作る詩誌

「詩人の世界は旧態依然オトコ社会！　オンナの雑誌つくりましょう。オンナの価値判断でキメテク詩の雑誌！」

まったく迂闊なことだが、戦後三十八年、同人雑誌はべつとして、女性によってつくられた商業詩誌が一冊も無いことに私ははじめて気づき、あ、と声をあげたのだった。

その夜の電話会議から、新雑誌創刊正式決定まで、まる五日と時間はかからなかった。あらゆる生命の起源である海、その海をひとつずつ抱え持つ女性の詩誌『現代詩ラ・メール』号は、こうして電撃的に出航することになった。

菜っ葉もしみじみ刻んではいられぬ数カ月が続いた。それにつけても思うのは、家――というものが重たく女にのしかかっていた時代、男が女に隷属を強いていた時代、暗い台所で、已むなく筆を折った女性詩人はいなかったか、ということだ。彼女たちの涙や遺恨を掘り起こすのも、新雑誌の一本の柱にしてゆくことになった系譜づくりの上で、重要な仕事になることだろう。

（＊本タイトルは新聞社によって付けられたものです。）

■毎日新聞　'84年7月11日夕刊
不易と流行――二年目にはいった「現代詩ラ・メール」　新川和江

昨夏スタートした「現代詩ラ・メール」も一周年を迎え、このほど二度目の夏号を発行した。生命のおおもとである海をすぐさま連想させる表紙絵は公募による最優秀作品で、ホアン・ミロ国際ドローイングコンクール連続入選の画歴をもつ谷口登茂子さんのもの。特集は創刊号と同

じく《海》を主題とする詩を、今回は海外の女性詩人によびかけて寄せて頂いた。英米独仏はもとより、珍しいところではケニア、パナマ、イスラエル、ヨルダン、タイ、ソビエトなど、十八カ国の女性詩人がずらりと並んだ様はなかなか壮観である。

ここ数年ハングルに打ち込んでおられる茨木のり子さんが、韓国のやはり代表的詩人洪允淑女史の作品を訳されているのも、目に新鮮だ。これだけの言語圏の詩人たちと、自由に交流し得る語学力を具備した女性詩人が、かくも大勢いようとは『ラ・メール』創刊以前には思いも及ばなかったことで、この国の女性詩人のかくれた能力の一端を、はじめてこの誌で掴むことができた、という実感を味わっている。編集者のうれしい実感である。

さてこの稿を書くにあたって、「詩にあらわれた女性の意識は変わってきたか」という質問をうけた。季刊誌であり、通巻五号をかぞえたのみで、創刊以前の女性たちの詩とは明らかに意識の変化が見られる、などと書いたら、それこそ眉唾ものになるだろう。執筆者はそれぞれ詩を書きつづけてきた歴史をもっており、その意識には、女として生きはじめた日から、薄紙をたんねんに貼り重ねるようにして積みあげてきた厚みがある。よほど目ざましい体験にでも遭遇しない限り、その意識を一挙に変革することは無理な相談であろう。しかし巨視的時間の中で女性詩人の詩全般を展望するなら、第二次世界大戦直後に書きはじめた茨木のり子さんや石垣りんさん、それに私などの詩と、七〇年代八〇年代にはいってから出発した女性詩人たちの詩とのあいだには、はっきりと意識のちがいを見ることができる。

戦前戦中育ちの私どもがもっていた、女であることを弱点と見る屈折した意識は、戦後生まれの女性詩人たちとその詩からは、払拭したように無くなっている。《突っ張り》など最初から必要としない彼女たちの詩の、なんとのびやかではつらつとしていることか。こんなに女をまる出しにしてもよいものかと、時には危惧を感じるほどの天衣無縫ぶりだ。

いわゆる男性原理にしばられて詩にゆき詰まりをきたした男性詩人たちが、女性原理によるものの見方考え方、そして表現の方法に、活路を見いだそうとひそかに試作している向きもあると聞く。私ども世代の書きはじめの頃と、まったく立場を逆にした現象が今日起こっているのである。

『現代詩ラ・メール』は、女性を主体とする詩の雑誌であるが、その作品に女性の特質が顕著であることを強要はしていない。投稿詩欄ハーバー・ライトから、第一回ラ・メール新人賞に選ばれた鈴木ユリイカさんの作品など、その世界観、言語感覚、構成力、すべてにおいて従来の女性の詩の概念を破っている。つぎは、今号に発表の短詩二編のうちの「部屋」の一節。

この部屋は二十万年前は象の胎でした
この部屋は百年後は輝くジェラルミンです

すてきに詩的な物理学だ。そうして、途方もなく大きい時間を一瞬にして駆け抜ける時間感覚。このようなことを考えている女性が、ごくありふれたマンションのごくありふれた一室で、家族のために朝食のパンを焼き、紅茶をいれている図というのは、スキャンダラスなセックス詩よりもはるかにつよい衝撃力をもっている。

それにこのスケールの大きさは、子供を身ごもった時に女たちが何代にもわたって味わってきた大自然との一体化、永遠の時間の流れへの合流感と、けっして無縁ではなく思われるのである。

■朝日新聞'85年3月18日夕刊
詩の現在3　いま解き放たれる女の感性
由里幸子記者

小説や短歌などに比べ、詩の世界に女性の表現者は少なかった。ところが、ここ十年ばかり青木はるみ、伊藤比呂美、井坂洋子、榊原淳子、白石公子、平田俊子といった顔ぶれが次々に登場、女性の感覚を新鮮に表現し、女性の詩集だけのシリーズも出ている。女性詩を中心とした季刊詩誌「現代詩ラ・メール」（思潮社刊）の売れ行きも安定している。「昭和初期には、女性の詩人がほとんどいなかったことを考えると、隔世の感がある」と詩人新川和江氏（五五）はいう。

詩を規制する男の論理

「ラ・メール」は新川氏と詩人吉原幸子氏（五二）が、共同編集。「女の詩の雑誌がほしい」という吉原氏の新川氏への電話がきっかけとなって、二人で出版社に話をもちこみ、一昨年夏に創刊した。詩壇は男性の書き手がほとんどで、女性の表現の場が限られているうえ、女性的な視点からの理解が少ないことへのいらだちが、二人に共通している。

新川氏は「戦後、詩を書き出した茨木のり子、石垣りんさんや私にとって、男性に伍して詩作することは男性になることだった。女である面は極力おさえて、男性と同じ発想法で書いた。それでも結果としては、三人の作品とも女の詩だった」。

やや遅れて詩を書き出した吉原氏には、そんな意識は少なかったが、

● 170

それでも「詩はこう書いていけないとか、暗喩をつかわねばいけないとか、詩を規制するものはすべて男の作ったもの。そしてその規制で、特権的意識をもって批評する」ことにたえられなかった。

一般の女性の中に、詩を表現として選ぼうとの意識が芽生え、主婦などの詩の勉強が盛んになってきている。そんな盛り上がりを受けとめる場となることも意識して、「ラ・メール」では、投稿詩の掲載に力を入れている。「同人誌と違って、広く読まれることで、女性の詩の長所も欠点もわかりやすくなる」（新川氏）ことを発刊にあたって期待した。

認識や批評を包む感性

そして二年近くがたった。「いい仕事をしている女性が多いのが、よくわかった。これまで発表の場がなくてわからなかったんです。創刊のときは、何を今さら女の雑誌を、という批判もあったけど、やはり、このような場が必要だった」（新川氏）

女性が自由に自らを表現できる時代といわれる。しかし、全般的な詩の印象としては、まだ閉鎖性を感じると二人は口をそろえる。社会的な閉鎖性と表現としての閉鎖性が結びついている。「だから、詩というより前に、心の叫びというか、まずとにかく叫んでみることをすすめている」（吉原氏）

最近、男性詩人の中に、女性の目から詩を書く技法が出てきている。自分の感性を素直に、直接的に出す女性詩の特徴を、意識してとり入れているのだ。

吉本隆明氏は戦後詩を「戦乱によって自然感性を根こそぎ奪うことを強いられた詩」と表現し、「認識ないしは批評をたえず感性や感覚の中に包括しながら詩が展開される」（『戦後詩史論』）と分析した。

その結果、一時期、詩から姿を消さざるをえなかった感性の部分が、今、女性詩という形をとって噴出しているともいえる。といっても、現在の女性の感性は、伝統的な感性と同じではない。

知的操作は欠かせぬ柱

それは例えば、「男に抱かれている時は／詩のことは考えない／宇宙の中にどっかり腰をしめ／唸っていればいい」（佐藤千志子「そうするのがいい」、「ラ・メール」7号）といった投稿詩のフレーズをみれば分かる。

二人は「感情的表出のようにみえる女性詩であっても、知的操作はなされている。そうでなければ詩になるはずがない」とも話す。

今の女性詩は、「男性の作ったカキネを女性が少しずつ破っていて、それに男性が驚いている」状況と吉原氏は形容する。カキネは、どこまで破れるのか。

■本誌21号 '88年7月
ラ・メール〝独立〟ご挨拶

1983年7月、本誌が〝女性による、女性のための初の一般詩誌〟として社会の注目を浴びながら出発してから、5年が経ちました。この間、短歌や俳句とも交流しつつ、女性の書き手たちに広く発表の場を提供して、創作活動の活発化に寄与し、また第1回新人賞の鈴木ユリイカをはじめ、優秀な新人を毎年確実に世に送り出すなど、いささかの自負とともに回顧し、新たなる使命感に燃えております。

詩を愛する女性たちの、これは一つの運動体であると、私たちは考えます。とすれば、いつまでも大樹の蔭に安じていては、この運動の真の意味は果たされないでしょう

ここに、5周年を期して、創成期の水先案内を託した思潮社から独立し、編集・発行ともに責任をもって「ラ・メールの会」が行うことと致しました。昨今の出版事情などからして、必ずしも楽観を許されない冒険ではありますが、〈海のような詩を読みたい――書きたい〉を合言葉に、乗組員一同、外海に漕ぎ出す決意でおります。

1988年7月

現代詩ラ・メールの会
編集人　新川和江
吉原幸子
編集委員　白石かずこ
新藤凉子
小柳玲子
高橋順子
鈴木ユリイカ

■現代詩手帖 '91年3月号
女性詩集年表の作成
――無批評状態をこえるために
新井豊美

こだわるようだが「女性詩」という言葉が七〇年代に入って使われ始めたとき、女性たちはこの言葉にもっと敏感に、もっと素早く反応すべきだったのではないだろうか。先回にもふれたように「女性詩」とは女性である作者の「生きる現実の直接性から出発した言葉への関心」を基本的な態度とする詩作品というふうに一般的に考えられていると仮定して、現代詩のなかで女性たちによる詩がそのように固定化した概念で系列化されてゆくことについては、少なくとも女性自身がもっと関心を持たねばならなかった。そうであれば、「女性詩」という言葉を意識化することを契機として、女性による女性の詩自身への批評が始まっていただろう。

「女性詩」（女性の書く詩という意

171 ●

'88年11月6日、ポエトリー・スペース〈水族館〉オープニング・パーティー

味で）には批評がないとは常々指摘されているところだが、個々の詩人論や作品論あるいはその範囲での詩論としてなら現在女性による精緻で水準の高い論考はあるのである。だがそれらの多くは（勿論例外はあるが）個々の詩人論や作品鑑賞、あるいは好みの文学の狭いポジションに美しくひかえめにとどまっていて全体を問うところへ広がることを好まないように見える。それでは女性の批評力に限界があるように思われるとしてもしかたがないというべきだろう。そこにはなにかしら自己規制のようなものが働き、越えてゆくことにためらわれるものがあるのだ。しかし女性の批評が個々の詩人論や作品論の狭い範囲にとどまっている限り、それが高度なものであっても女性の詩にとって本当の意味で批評の言葉が存在するとはいえないにちがいない。それを考えると「女性詩」に批評が始まってゆくには、書くことと時代との根源に同時にふれてゆくような統合する力が必要になってくる。ということでこの無批評状態を破るためにも、今回の「女性詩集年表」（山本楡美子・棚沢永子編、「ラ・メール冬号」）の完成はよいきっかけとなるだろう。見渡すための信頼できる「資料」なくして批評は始まってゆかない筈である。企画と編集に当たられた方々のご苦労に深く感謝申し上げねばならない。

さて、その年表には明治十五年（一八八二）の詩の黎明期から、昭和六十三年（一九八八）まで、九十七年間に出版された女性による主要な詩集と詩業が網羅されているわけだが、一望してその数が急増したのは戦後の時代、それも五〇年代後半からである。とくに七〇年代から後の急増ぶりは目を見張らされるものがある。その一方で、戦争中から戦後にかけての詩あるいはそれ以前の明治、大正、昭和初期の欄の乏しさがめだっている。それについては編集後記で新川和江氏が「せめて三十年前に一度出されていたら、先輩詩人たちの詩業をいますこし克明に辿ることができたのに、と残念でならない」とのべているように資料の散逸ということもあるが、同時に詩という文学の小ジャンルの中でも長く女性が辺境に置かれていた事実が示されている。近代詩における與謝野晶子のような屹立した存在は別として、女性の詩が全体として位置を得はじめたのはようやく戦後詩のなかであったことが、奇妙な説得力を持って見えてくるのだ。そして今、戦後四十五年を経てさらに上り坂にある「女性詩」のエネルギーを背景とした「ラ・メール」の力が、その作成をうながしたということであろう。

年表はわたしたちの前にまるで手付かずの原野のようにひろがっている。この広広とした光景を目のあたりにすることは大変感動的であって、ここから何を得、何をどう切り拓いてゆくかは今後の批評の力、とくに女性自身の批評力にまかせられている。そのことはとりもなおさず女性の言葉の力や思索力や思想の力や、それら文学のさまざまな力が試されていると考えてよいだろう。本当の意味で批評の行為がここから始まってゆかなくてはならない。そのためにはどうしたらよいか、年表はわたしたちにどんな課題を与えようとしているのだろうか。

例えばここから「女性詩」の詩史を組み立てるとしよう。そのためには先にのべたように事実をなぞるのではなく批評的なとらえなおしと再構成の作業が必要であるだろう。それには個々の詩人論や作品論だけではなく詩全体の流れをふまえた位置付けが必要であり、それ以前に輪となるべき明確な詩論が確立されていなければならない。それらを考えると容易なことで手をつけられない気がするが、とりあえず多くの人の手で繰り返しさまざまな方向からの試みが必要と思われる。

「それにしてもここに量として現れているように「戦後女性詩」とくに七〇年代以後から現在へ「女性詩」のエネルギーの盛り上がりをみると、現代詩もようやく女性の詩を考えずには詩を語れないところまできたかにみえるが、ほんとうにそう楽観してよいのだろうか。」また、たとえ男性の詩の傍流としての存在から抜け出し得たとしても、男性詩の影響をふまえることなしに「女性詩」の問題を考えることはできず、論考は常にこの二重性を抱え込むことになるだろう。

それらをふまえて仮にこの九十七年を、

1　明治から戦前までの、女性が詩を書くことが非常に特殊な少数者のものであった「女性詩辺境の時代」

2　戦争直後の四〇年代から六〇年代までの「女性詩の青春と開花の時代」

3　七〇年代以後の「成熟と質的変革の時代」あるいは「大衆化の時代」

というふうに区分して考えて見るのはどうだろうか。いずれにせよ「女性詩史」を考えるためには多変量解析に似た困難な作業が要求され、しかもこれらは詩の言語による自立的な展開が前提とされなくてはならない。ここに私たちは「女性詩」の豊饒な大地が生まれたままの姿で横たわっているのを初めて目撃したのであるが、なにを収穫するかはすべてこれからの問題なのである。

それにしてもなぜ「女性詩」に批評が必要なのか。女性近代詩の歴史をひもといて、その出発点にいる與謝野晶子の千篇に近い詩をいま読んで見ると、多少言葉の古めかしさを除けば晶子の詩が現在の「女性詩」のほとんどの領域を……女性が生きる上で体験する現実の、出産や育児や家族や仕事や愛や、つまり女性として生きる自然の中でだれもが体験するあれこれをすべてカバーしてあまりあるということに気付くはずである。それを極論すれば、現在の「女性詩」は晶子の詩をそのまま無意識、無批評のままなぞっているということになりはしないだろうか。晶子には「詩は真実の声」だという素朴な思い込みがあったが、一方で短歌という形式の中では定型化した和歌の言葉を大胆に斬新に解放している。そこには男性近代詩から十分な栄養を奪って短歌の言葉を革新させた彼女の新鮮な直感力がはたらいているわけで、それを考えても、とくに詩の言葉の自立的な運動という観点からの詩論が、今後「女性詩」の新しい発展に欠かせなくなってくるにちがいない。

■東京新聞 '93年1月13日　筆洗

創刊して十年になる季刊の女性詩誌「ラ・メール」が次号で終刊になる▼新川和江と二人で、編集・発行してきた吉原幸子が「予想外の病に冒され」たこともあって、一つの運動としては、ほどよい区切りだとしている。毎号「幸福」「相聞」「男と女」などの特集をし、評論、対談、名作詩集の紹介、そして新人の発掘と熱ある雑誌だった。これで現在の秀作を数多く知っただけに惜しい▼終刊前の春号は「二十世紀女性詩選」である。与謝野晶子、深尾須磨子、高群逸枝、伊藤野枝から永瀬清子、中野鈴子、茨木のり子、さらに現代知性派まで百二十八人もの作が並んでいる。新川は後記で「二十世紀は日本の女性詩人の登場と発展の世紀である」といっているけれど、その歩みの跡がよく分かる。▼伊藤信吉が朔太郎、春夫ら二十一人に触れた名著「現代詩の鑑賞」では、女性はいない。清岡卓行の「戦後詩十人」には石垣りん、富岡多恵子の二人が出ている。女性の詩は総じて造語、暗喩の練度に欠けるけれど、[illegible]任され慣じて出る言葉は強い▼例えば林芙美子は「隣人とか／肉親とか／恋人とか／それが何であろう／生活の中の食うと言う事が満足でなかったら／描いた愛らしい花はしぼんでしまう……」と激しく歌った。ハンセン病で大島青松園にいた塔和子が「いのちの実」で雲に寄せて「意志もなく生まれた／ひとひらの形／形である悶／形であらねばならない悩み」と詠めば、圧倒され黙するしかない。ほかに石垣りん「崖」、秋野さち子「釘」などの作もあり貴重な資料である。

（以上、編集部・荒井編）

ラ・メール総目次

創刊号 '83・7・夏
◇特集〈女性詩・水平線〉
作品　岡島弘子　山口洋子　高橋順子　青木はるみ　新井豊美　乙益由美子　高田敏子　大原千佳子　平田俊子　日高てる　支倉隆子　会田千衣子　小松郁子　垂水千賀子　ぱくきょんみ　新藤千恵　財部鳥子　小柳玲子　北森彩子　滝口雅子　牧羊子　山口真理子　堀内幸枝　山本沖子　石川逸子　李孔慶子　最匠展子　高良留美子　木村信子
◇エッセイほか　瀬戸内寂聴　朝倉摂　ヨネヤマママコ　永瀬清子　谷川俊太郎　飯島耕一　如月小春　道下匡子　道浦母都子　望月典子　伊藤比呂美　五輪真弓　田代美代子　柳瀬丈子　田村さと子　龍田慶子　足達和子　岸田衿子
◇評論　北川透―現代女性詩論「〈おんな性〉を読む」　白石かずこ―「現在、詩をかくということ」　小松瑛子―左川ちか論「海の天使」
◇対談　大庭みな子＋吉原幸子
◇連載　馬場禮子―精神分析「深層の詩　詩の深層」（～15）　多田智満子―評論「神々の指紋」（～10）　山本道子―ポエティク・フィクション「夢紙と冬子の悪夢」（絵・木葉井悦子　～12）　やまだ紫―詩と漫画「樹のうえで猫がみている」（～38）　井坂洋子―エッセイ「風の街をゆく拝子」（～8）　白石公子―エッセイ「公子のキャンバス微風」（～12）　新藤凉子―詩集展望（～17）　松井啓子・羽生槙子・木野るり子―連載詩「食卓の時間」（～4）　新川和江―「名詩集再見・片瀬博子詩集／征矢泰子詩集」　つないでゆく―三井葉子

2号 '83・10・秋
◇特集〈女・果実・詩歌展――短歌・俳句と現代詩の遠近を考える〉
インタビュー　大岡信（聞き手＝府川恵美子・森真弓）
作品　馬場あき子　辺見じゅん　河野裕子　勝部祐子　安永蕗子　中村苑子　鷲谷七菜子　飯島晴子　黒田杏子　野澤節子　多田智満子　白石かずこ　三井葉子　井坂洋子　征矢泰子
◇エッセイほか　河野多恵子　李礼仙　高野悦子　田村隆一　加賀秀三　森瑤子　塩野七生　開高道子　谷山浩子　小林ドンゲ　石井晶子　伊東聖子　福中都生子　岸田衿子
◇作品　北村太郎　入沢康夫　黒岩隆　正津勉　内山登美子　森原智子　香川紘子　岩崎迪子　林美脉子　みづきみづ　安宅啓子　上杉浩子　川田靖子
◇評論　吉田加南子―「呼吸する〈ぎざぎざ〉の美しさ―ノルビアックの詩」　堀場清子―斎藤逸枝論「日月の下に」
◇対談　岸田今日子＋吉原幸子
◇連載　馬場禮子―精神分析・伊藤比呂美篇　新川和江―名詩集再見・黒部節子詩集／滝口雅子詩集　つないでゆく―藤原菜穂子

3号 '84・1・冬
◇特集〈現代の相聞〉
作品　草野心平＋高田敏子　三井葉子＋安西均　清岡卓行＋山本道子　長谷川龍生＋新藤凉子　諏訪優＋相場きぬ子　荒川洋治＋大家節子　柴池敏子＋川崎洋　一色真理＋垂水千賀子　福中都生子＋磯村英樹　吉増剛造＋マリリア
論　青木はるみ
万葉に見る相聞・女うた―現代詩訳公募
◇エッセイほか　竹西寛子　重兼芳子　吉本隆明　藤原新也　佐藤陽子　ぱくきょんみ　松任谷由実　別所真紀子　彼瀬満子　笠原三津子　武田雅子　佐藤さち子　柳瀬丈子
◇作品　村瀬和子　なんば・みちこ　市川満智子　秋野さち子　宮本むつみ　よしだひろこ　榊原淳子　手塚久子　吉田加南子　よしかわつねこ　片瀬博子
◇評論　水田宗子―アン・セックストン論「悪魔祓いとしての詩」　財部鳥子―森三千代論「未完のコスモロジー」
◇対談　田辺聖子＋吉原幸子
◇連載　馬場禮子―精神分析・垂水千賀子篇　新川和江―名詩集再見・千田陽子詩集／こたきこなみ詩集　つないでゆく―柴田恭子

4号 '84・4・春
◇特集〈〈家〉へのアプローチ〉
作品　永瀬清子　天野忠　沢木隆子　森崎和江　吉野弘　黒部節子　硲杏子　広部英一　渋沢孝輔　田村のり子　関谷寿枝　鈴木志郎康　岸本マチ子　弓田弓子　小長谷清実　白石公子　ねじめ正一
エッセイ・論　津島佑子　小柳玲子　ながたはるみ　山内量　平野杏子　神宮明子
◇エッセイほか　石牟礼道子　由里幸子　中村真一郎　西江雅之　山崎朋子　下重暁子　吉岡しげ美　水芦光子　石井かおる　三田きえ子　慶光院美沙子
◇作品　梶原しげよ　坂本明子　呉美代　福田万里子　原桐子　沢孝子　倉田比羽子　山本楡美子　河野明子
◇評論　高良留美子―「言葉のなかに見る女性文化」　水田宗子―アン・セックストン論（承前）　白石かずこ―「井上光子論―モダニズム「VOU」の周辺」
◇対談　山崎ハコ＋吉原幸子
◇連載　馬場禮子―精神分析・榊原淳子篇　新川和江―名詩集再見・山下千江詩集／木村信子詩集　つないでゆく―野田寿子
◇万葉に見る相聞・女うた―入選発表
◇第1回ラ・メール新人賞発表―鈴木ユリイカ

5号 '84・4・春
◇特集〈海外女性詩・水平線〉
作品　洪允淑（韓国・茨木のり子訳）　ジュリエット・アデルカ（ベルギー・川田靖子訳）　ジョイス・マンスール（フランス・横倉れい訳）　インゲボルグ・バッハマン（ドイツ・中村朝子訳）　ベラ・アフマドゥーリナ（ソビエト・安井侑子訳）　クリスティネ・ブスタ（オーストリア・松諸直美訳）　ローズ・マコウィ（ケニヤ・土屋哲子訳）　ナティヴィダッド・マーダス（フィリピン・小柳玲子訳）　ナリ・ナンダワタナー（タイ・水野るり子訳）　謝冰心（中国・牧角悦子訳）　ステラ・シエラ（パナマ・田村さと子訳）　ダーチャ・マライーニ（イタリア・望月紀子訳）　レア・ゴールドベルグ（イスラエル・片瀬博子訳）　モナ・サウディ（ヨルダン・よしかわつねこ訳）　トゥティ・ヘラティ（インドネシア・舟知恵訳）　イレイン・ファインスタイン（イギリス・永坂田津子訳）　カテリーナ・アンゲラキ・ルーク（ギリシャ・白石かずこ訳）　ダイアン・ワコスキー（アメリカ・水田宗子訳）
英詩翻訳募集
エッセイ　中沢けい
◇エッセイほか　吉行理恵　池田満寿夫　森茉莉　木村治美　干刈あがた　白鳥英美子　松平盟子　田中瑤子　櫻井郁子　入江延子　渡辺みえこ　山口真理子　堀場清子
◇作品　山中智恵子　岡本眸　川田絢音　塔和子　岩田順子　麻生知子　古内美也子　館野美沙子　柳瀬史子　阪本若葉子　鈴木ユリイカ
◇評論　田村さと子―「ラテンアメリカ女流詩人論―オルガ・オロスコ」　高橋順子―米澤順子論「潜める夢」
◇対談　佐多稲子＋吉原幸子
◇連載　宮迫千鶴―小熊論「mama ハハ物語」（～12）　飯島耕一―評論「永瀬清子の詩」（～8）　菊島綾子・高橋睦郎・こたきこなみ―連載詩「食事の時間」（～8）　馬場禮子―精神分析・水野るり子篇　新川和江―名詩集再見・三井ふたばこ詩集／岡島弘子詩集　つないでゆく―村上博子

6号 '84・10・秋
◇特集〈身体〉
作品　河野愛子　柳原京子　井辻朱美　今野寿美　松平盟子　鈴木真砂女　細見綾子　永島靖子　三田きえ子　大西泰世　三井葉子　小松瑛子　松井啓子　氷見敦子　伊藤比呂美
エッセイ・評論　白石加代子　伊藤良子　青山みゆき
デッサン　甲斐清子
◇エッセイほか　荻原葉子　山口洋子　前田愛　福島泰樹　日高てる　鈴木ユリイカ　浅川マキ　西原康子　福田美鈴　国枝春樹　森田進　古内美也子　小川岩雄　曾根ヨシ
◇作品　最匠展子　鈴木理子　くにさだきみ　征矢泰子　やまもとあきこ　横さわ子　北川朱実　木坂涼　河野道代
◇評論　町田志津子―深尾須磨子論「列島おんなのうた」　高橋順子―「現代詩の英訳について」
◇英詩日本語訳公募・入選発表
◇対談　ヨネヤマママコ＋吉原幸子
◇連載　支倉隆子―エッセイ「野性のカタログ」（～20）　馬場禮子―精神分析・鈴木ユリイカ篇　新川和江―名詩集再見・小川アンナ詩集／森沢友日子詩集　つないでゆく―井本木綿子

7号 '85・1・冬
◇特集〈近未来・遠未来〉
短篇　田辺聖子　立原えりか　藤本泉　工藤直子　矢川澄子　東逸子
詩ほか　白石公子　平田俊子　相場きぬ子　榊原淳子　新田ちよ子　栗原まさ子　水野るり子　鈴木ユリイカ
アンケート・未来の日記　干刈あがた　新井素子　川崎洋　星新一　渡辺えり子　高良留美子　おのちよ　三枝和子　岸田今日子　伊藤比呂美　会田綱雄　森原智子　金丸桝一　谷山浩子　木元教子　井上リラ　江森國友　谷川俊太郎　会田千衣子　大塚甃　安房直子　重兼芳子　藤本泉　黒田杏子　松井啓子　井上ひさし
論　上野千鶴子

◇エッセイほか　加藤幸子　窪田般彌　井上ふみ　江波杏子　中山ラビ　清水衣子　佐岐えりぬ　グリリ栄子　熊野満栄　乙益由美子　古内美也子
◇作品　森未知子　細川早苗　高島清子　志津麻子　秋山江都子　香山雅代　岩谷和子　田中保子
◇評論　小柳玲子―林美美子論「蒼馬を見たり」
◇新いろはがるた・入選発表
◇対談　瀬戸内寂聴＋吉原幸子
◇連載　馬場禮子―精神分析・財部鳥子篇　新川和江―名詩集再見・梶原しげよ詩集／水田みどり詩集　つないでゆく―野仲美弥子

8号 '85・4・春
◇特集〈少女たち〉
エッセイ・論　大岡信　高橋源一郎　金井美恵子　戸川純　山本太郎　内山登美子　望月典子　榊原淳子
作品　森岡貞香　司修　折原恵　多田智満子　清水哲男　荒川洋治　小柳玲子　佐藤さち子　福中都生子　笠原三津子　高橋順子　ぱくきょんみ　征矢泰子
アンケート・少女たちの肖像
◇エッセイほか　佐藤愛子　水上勉　脇地炯　吉行和子　矢野顕子　松本道子　山口ひとよ　高橋ていこ　梅原久子　西原邦子　鈴木ユリイカ　こたきこなみ
◇作品　古谷鏡子　関口フサ　藤木明子　島田日出美　鈴木東海子　明峯明子
◇評論　中村朝子―インゲボルグ・バッハマン論「生のかなたの詩」　石川逸子―後藤郁子論「天を飛ぶ花」
◇対談　如月小春＋吉原幸子
◇連載　馬場禮子―精神分析・相場きぬ子篇　新川和江―名詩集再見・小出ふみ子詩集／堀内幸枝詩集　つないでゆく―福井桂子
◇第2回ラ・メール新人賞発表―中本道代

9号 '85・7・夏
◇特集〈真夏の夜の夢〉
作品　石川不二子　宮田千恵　松平盟子　勝部祐子　武下奈々子　高柳蕗子　黒田杏子　坂巻純子　長谷川久々子　山下知津子　清水衣子　白石かずこ　工藤直子　田村さと子　水野るり子　山本かずこ　松井啓子　浅丸けいこ
公募作品　ラ・メール動物園　金子蕪　マリエ　堀真由美　たべよりこ　金沢真紀　藍まゆこ　野原理子　高塚かず子　平沢陽子　河村信子　佐藤千代香　栗本栄子　日友靖子　練鳴とし子
論　高橋順子
◇エッセイほか　石井好子　岩阪恵子　スズキコージ　岸田衿子　小松瑛子　永田洋平　森禮子　内田和子　甲斐清子　鎮西寛　井野口慧子　曾根ヨシ　今野寿美　青山みゆき
◇作品　中本道代　川口澄子　柴田恭子　竹田登美子　井坂洋子　木川陽子　渡辺みえこ　高良留美子
◇評論　永瀬清子―与謝野晶子論「新しい女詩人の誕生」　別所真紀子―「ひびきあう共生空間―連句の試み」
◇対談　三枝和子＋吉原幸子
◇連載　谷山浩子―詩とエッセイ「マイライフ・マイソング」（～19）　鈴木ユリイカ―連載詩「チェス盤に降る雪は……」（絵・井上直　～17）　平田俊子―連載詩「夜ごとふとる女」（絵・平野杏子　～28）　相場きぬ子―エッセイ「ライダーズ・ショット」（～27）　やまもとあきこ・佐々木洋一・山口真理子―連載詩「食事の時間」（～12）　馬場禮子―精神分析・征矢泰子篇　新川和江―名詩集再見・上田静栄詩集／牧野芳子詩集　つないでゆく―逸見真寸子

10号 '85・10・秋
◇特集〈映像を輝かす女性たち〉
作品　岡島弘子　白石公子　吉田加南子　征矢泰子　高良留美子　新藤凉子　財部鳥子　内山登美子　柳瀬丈子　阪本若葉子　中本道代
エッセイ・論　増田静江　矢島翠
対談　高野悦子＋吉原幸子
◇エッセイほか　中村苑子　朱戸ケイコ　山田太一　三木卓　大庭みな子　上田日差子　金善慶　山之内蓮美　山田奈々子　浅野章子　渡部桃子　島木綾子
◇作品　阿木津英　栗木京子　桂信子　伊藤敬子　西條嫩子　片田芳子　佐藤節子　入江延子　長谷川雪子　村永美和子　市川愛　福井久子
◇評論　山本楡美子―「大塚楠緒子の詩」
◇連載　馬場禮子―精神分析・中本道代篇　新川和江―名詩集再見・高田敏子詩集／香川紘子詩集　つないでゆく―村瀬和子

11号 '86・1・冬
◇特集〈全国同人誌・水平線〉
作品　沢聖子（開花期）　牧野孝子（渦流）　佐藤節子（白亜紀）　渥美景子（海市）　備前芳子（東京四季）　紫圭子（孔雀船）　鈴木余子（春燈）　遠木智也子（反架帝）　津田文子（反架帝）　芹澤加寿子（嶺）　黒部節子（両・暦象）　大畠恭子（心象）　鈴木英子（こえ）　船越素子（饗宴）　佐藤恵美子（南方）　大豆生田伴子（あした）　中原宏子（同礼）　香山洋子（光芒）　舘内尚子（女の詩人たち）　山梨井喜美枝（鐘）　野田寿子（ALMÉE）　猪俣千代子（杉）　稲葉京子（中部短歌）　群咲子（未明）　井野口慧子（木声）　山田諒子（鞍）　いかりのりこ（新詩人）　福田知子（めらんじゅ）　工藤いよ子（日本未来派）　今井恵子（音）　かべるみ（オルフェ）　呉美代（風）　斎藤梅子（草苑）　藤原美穂子（砂嘴）　宮地智子（WHO'S）　水野まり子（青鯨）　斎藤典子（短歌人）　西原康子（幻視者）　北森彩子（言葉）　荻悦子（SCOPE）　林あまり（かばん）　島田千鶴（炎）　望月苔代（顔）　木村和子（嶺）　みくも年子（嶺）　服部美美（にゅくす）　伊藤美智子（創）　高木桃子（野葡萄）　丸山環（楼輝）　最匠展子（火牛）　藤巻弘子（火曜日）　藤庸美子（燦）　佐藤三子（地球）　林多子（龍）　黒田純子（あいなめ）　服部美美（花粉期）　なんば・みちこ（大井）　小島ゆかり（コスモス）　別所真紀子（杏花村）　小野静枝（らくだ）　村瀬和子（存在）　和久田隆子（嶺）　西尾君子（青い階段）　山本楡美子（長帽子）　倉田比羽子（BLACKPAN）　今野寿美（かりん）　宮本むつみ（刀舟）　神尾久美子（雲母）　小松瑛子（核）　飯島晴子（鷹）　境節（黄薔薇）　由宇とし子（桑）　乙益由美子（火のなかの輪）　川井玉枝（山暦）　石井真也子（祭竹）
◇評論　水田宗子―デニス・レヴァトフ論「個人的な神話」　田中光子―中野鈴子論「中野鈴子の"女性"性」
◇鼎談　デニス・レヴァトフ＋水田宗子＋吉原幸子
◇つないでゆく―多田智満子
◇英詩日本語訳入選発表　高城恭子　岡夢

12号 '86・4・春
◇特集〈女のなかの鬼〉
作品　大西民子　富小路禎子　藤井常世　森田智子　永瀬清子　高田敏子　こたきこなみ　大西若代
エッセイ　甲斐清子　支倉隆子
往復書簡　川崎洋＋工藤直子
論　岸田理生　村瀬和子
対談　馬場あき子＋吉原幸子
◇エッセイほか　おのちよ　田中孝　宮田恭子　道下匡子　林美脉子　手塚久子　上野菊江
◇作品　山口ひとよ　糸井茂莉　中村えつこ　葛西美枝子　中本道代　アーレ・テュシュ（訳・インタビュー＝大倉純一郎）
◇評論　新藤千恵―馬島美意子論「芸術家の詩人」
◇連載　馬場禮子―精神分析・井坂洋子篇　新川和江―名詩集再見・氷見敦子詩集／秋野さち子詩集　つないでゆく―牧野芳子
◇第3回ラ・メール新人賞発表―笠間由紀子

13号 '86・7・夏
◇特集〈女たちの日本語〉
論　寿岳章子　西川直子
エッセイほか　寺田弘子　谷川俊太郎　榊原淳子　木元教子　鈴木治彦
作品　大竹蓉子　小島ゆかり　きくちつねこ　山田諒子　三井葉子　新藤凉子　新井豊美　垂水千賀子　坂東寿子　なかむらみちこ　下田チマリ　堀場牧子　中浜静子　山口木の芽　吉田敏子　千島数子　笠間由紀子
アンケート　新・女ことば考
◇エッセイほか　原田康子　辻井喬　矢ヶ崎千枝　三枝ますみ　冨士原桃子　岡三沙子　勝部祐子　鈴木美枝子　小野静枝　後藤信子　吉田起代美
◇評論　青木はるみ―中原綾子論「華麗なる陰影の織りなしびと」　小塩トシ子―キャスリン・レイン論「私をとおして四大がうたう」
◇作品　吉行理恵　松井啓子
◇対談　丸木俊＋吉原幸子
◇連載　川田靖子―評論「十七世紀フランス・サロンの女主人たち」（～20）　加藤幸子―翻訳とエッセイ「ゲーリー・スナイダーの世界」（～21）　新川和江―名詩集再見・山口洋子詩集／菊池敏子詩集　つないでゆく―沖長ルミ子

14号 '86・10・秋
◇特集〈性はどのように表現されたか〉
作品と自註　永瀬清子　高田敏子　石垣りん　内山登美子　坂本明子　片瀬博子　塔和子　白石かずこ　高良留美子　新藤凉子　三井葉子　青木はるみ　会田千衣子　支倉隆子　菊池敏子　征矢泰子　林美脉子　中本道代　相場きぬ子　山口真理子　岩崎迪子　浅丸けいこ　伊藤比呂美　白石公子
論　井坂洋子　渡辺みえこ
◇エッセイほか　佐野洋子　江森國友　鈴木健二　柳瀬丈子　青山みゆき　小松郁子　横倉れい　高橋弘子
◇評論　藤原菜穂子―沢木隆子論「ながさべりの風土」

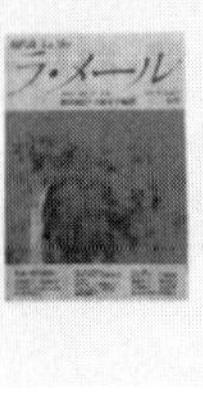

美子／川村七重／岩崎美弥子
Mignon（林浩平）＝小池昌代／金子
千佳／渡邊十絲子
論　國峰照子
◇エッセイほか　重兼芳子　石原武
柴田千秋　岬多可子　香川紘子
鈴木登之　成田恵理子　名取里美
山根研一　恩子恵子　棚沢永子
◇作品　川崎洋　岬多可子　高浦銘
子
◇対談　工藤直子＋吉原幸子
◇連載　詩集展望―柴田千秋　詩誌
展望―古谷鏡子（～34）　つないで
ゆく―宮本むつみ

30号　'90・10・秋
◇特集〈わたしの詩論〉
論と作品　高良留美子　新井豊美
多田智満子　内山登美子　財部鳥子
石川逸子　三井葉子　水野るり子
香川紘子　支倉隆子　山本かずこ
高橋順子　新藤凉子　小柳玲子
鈴木ユリイカ　中本道代　國峰照子
笠間由紀子　柴田千秋　岬多可子
小池昌代　栗本栄子　岡島弘子
征矢泰子　白石公子　平田俊子　井
坂洋子
◇エッセイほか　中村苑子　西丸震
哉　高階紀一　北爪満喜　葛西洌
◇対談　山本道子＋吉原幸子
◇連載　詩集展望―小池昌代　つな
いでゆく―中村えつこ

31号　'91・1・冬
◇特集〈資料・女性詩の中の戦後〉
作品　永瀬清子　福田美鈴　大倉昭
美　財部鳥子　滝いく子　山内晶子
石川逸子　小柳玲子　弓田弓子
鈴木八重子　岸本マチ子　石垣りん
高良留美子　茨木のり子　新藤凉
子　吉田暁子　清水みよ子　白石公
子　牧野孝子　桜庭恵美子　小山ふ
み子　峰岸了子　吉原幸子　菊池敏
子　長嶋南子　志津輝子　鈴木ユリ
イカ　沖長ルミ子　高田敏子　新川
和江　井坂洋子　大西君代　こたき
こなみ　伊藤比呂美　小池昌代　岡
島弘子　なんば・みちこ　征矢泰子
白石裕子　さ藤不二子　高塚かず
子　福中都生子　笠間由紀子　中川
悦子　（制作＝NHK　企画・構成
＝葛西洌　解説＝新川和江・吉原幸
子）
女性詩集年表（明治15年―昭和63年）
山本楡美子・棚沢永子編
◇エッセイほか　井野口慧子　木川
陽子　福田美鈴―追悼・西條嫩子

◇連載　詩集展望―岬多可子　つな
いでゆく―橋本福恵

32号　'91・4・春
◇特集〈愛について〉
エッセイ　立原えりか　荻原葉子
佐絃えりぬ　竹西寛子
作品　俵万智　高橋順子　小池昌代
梅田智江　桃谷容子　相場きぬ子
征矢泰子　鈴木東海子　阪本若葉
子　山口真理子　吉田加南子　工藤
直子　青木はるみ　岩本明子
公募入選作品　北畠明子　高田昭子
藤本敦子　高塚かず子　坂野朱美
植村秋江　岩田京子　藍沢えみ
田中郁子　金行康子　水上梨恵　井
村たづ子　井野口慧子　常名トシ子
金沢真紀　仲山智子　松岡真弓
織田道代　両角道子　岡本薫　北野
祷清　杜みち子
論　望月紀子　高橋順子
◇エッセイほか　中村恵子　中平耀
渋沢孝輔　中川悦子　松尾加世子
恵子恵子　長野慶子
◇評論　小川アンナ―山田志津子論
「観た、書いた」
◇対談　佐野洋子＋吉原幸子〈ゲス
ト・谷川俊太郎〉
◇連載　永瀬清子―エッセイ「炎と
菫」（～38）　詩集展望―鈴木ユリイ
カ　つないでゆく―松川洋子
◇第8回ラ・メール新人賞発表―千
葉香織　第3回ラ・メール短歌賞発
表―宮崎郁子

33号　'91・7・夏
◇特集〈仮面〉
エッセイ　田村さと子　川田靖子
森原智子
作品　石川恭子　名取里美　滝口雅
子　垂木千賀子　白石公子　横さわ
子　稲杏子　木坂涼　柴田千秋　長
谷川龍生　ヴァージニア・キレノ（白
石かずこ訳）
論　馬場あき子　村瀬和子　國峰照子
高良留美子
アンケート・誌上カーニバル
公募入選作品　川野圭子　平岡けい
こ　阪本若葉子　中里茉莉子　今立
鈴紀子　織田道代　白方律寧子　仲
山智子　正木美和子　橋本薫　河村
信子　沢夏子　杜みち子　伊多波洋
子　松岡真弓　菊地てるみ　井野口
慧子
◇作品　辻征夫　千葉香織　宮崎郁
子
◇エッセイほか　山口洋子　吉野弘
落石八月月　石川逸子　恵子恵子
◇評論　内山登美子―上田静栄論
「反逆と熱愛と」
◇対談　増井光子＋吉原幸子
◇連載　新川和江―名詩集再見・港
野喜代子詩集／館美保子詩集　詩集
展望―中本道代　つないでゆく―森
未知子

34号　'91・10・秋
◇特集〈新鋭作品展〉
作品　渡辺十絲子　直島順子　河津
聖恵　斎藤真理子　中本道代　小池
昌代　柚岡章子　國峰照子　高沢マ
キ　千葉香織　柳内やすこ　柴田千
秋　岬多可子　川口晴美　笠間由紀
子　芦田みゆき　吉沢巴　金子千佳
松川紀代　中村ひろ美　長嶋南子
山内環恵子　高浦銘子　北爪満喜
阿部日奈子　徳岡久生　鈴木ユリ
イカ
論　小柳玲子
座談会　鈴木ユリイカ＋中本道代＋
國峰照子＋小池昌代＋岬多可子
◇エッセイほか　多田智満子　杉谷
昭人　清水哲男　増田静江　麻生直
子
◇対談　石内都＋吉原幸子
◇連載　新川和江―名詩集再見・坂
本明子詩集／小松郁子詩集　詩集展
望―笠間由紀子　つないでゆく―小
川アンナ

35号　'92・1・冬
◇特集〈こども〉
エッセイ　工藤直子　池井昌樹
作品　岡島弘子　みもとけいこ　な
んば・みちこ　中川悦子　大西美千
代　木村信子　吉井淑　島田陽子
悠紀あきこ　須永紀子　井坂洋子
鳥巣昭子　鍵和田柚子
翻訳　田村さと子―ガブリエラ・ミ
ストラル　宮本むつみ―デ・ラ・メ
ア
公募入選作品　新井啓子　小山真由
美　高塚かず子　中里茉莉子　こた
きこなみ　熊澤加代子　あいはら涼
河村信子　菊地てるみ　江口あけ
み　深谷つた　藍沢えみ　佐藤千恵
子　神谷まゆみ　仲山智子　大和田
英子　吉野文美子　寒川靖子　あか
部直
評論　塩ノ屋長子　平澤信一　足達
和子　鈴木ユリイカ
対談　石井桃子＋吉原幸子
◇エッセイほか　安藤元雄　高橋順
子　花田英三　笠間由紀子　きどの
りこ　日高てる
◇連載　小柳玲子―エッセイ「無名
詩人の墓」（～38）　新川和江―名詩
集再見・藤原菜穂子詩集／宮田澄子
詩集　詩集展望―國峰照子　詩誌展
望―柴田千秋（～38）　つないでゆ
く―水谷悠紀子

36号　'92・4・春
◇特集〈ミステリー〉
ショートショート　佐野洋子　井辻
朱美　平田俊子
作品　松平盟子　笠間由紀子　岬多
可子　支倉隆子　千葉香織　森原智
子　市原千佳子　高橋順子　矢川澄
子　國峰照子
エッセイ　井上荒野　雁矢なつみ
園田恵子　鈴木ユリイカ
公募入選作品　杜みち子　萩原悦子
塩ノ屋長子　安田朋代　森川雅美
小山真由美　川野圭子　音寺はる
古内美也子　河村信子　たけやま
滋子　安川登紀子　井村たづ子　原
田夏子　高塚かず子
対談　戸川昌子＋吉原幸子
◇エッセイほか　小池昌代　小長谷
清実　辻井喬　財部鳥子　田代美美
子　小林一緑
◇評論　山本楡美子―山田花子論
「初蝶の詩人」
◇連載　新川和江―名詩集再見・新
藤千恵詩集／村瀬和子詩集　詩集展
望―小池昌代　つないでゆく―吉田
博子
◇第9回ラ・メール新人賞発表―高
塚かず子　第3回ラ・メール俳句賞
発表―松本有宙

37号　'92・7・夏
◇特集〈男に〉
エッセイ　井坂洋子　岬多可子
作品　今野寿美　伊藤比呂美　笠間
由紀子　高橋順子　山本かずこ　こ
たきこなみ　白石公子　征矢泰子
山口真理子　松井啓子　新藤凉子
山口洋子　成東蓮　高良留美子　白
石かずこ
論　渡部桃子
公募入選作品　安田朋代　時野慶子
熊澤加代子　平澤信一　桜井さざ
え　杜みち子　藤本敦子　もちづき
規枝　清岳こう　岩田京子　仲山智
子　佐藤のり子　尾崎昭代　吉田博
子　橋本薫　吉田ゆき子　小沢いわ
な　河村信子　壱岐梢　高田昭子
小山真由美
◇エッセイ　垂木千賀子　建畠晢
新井啓子　山口賀代子　広岡曜子
◇作品　谷川俊太郎　高塚かず子
松本有宙
◇評論　別所真紀子―武内利栄論
「母性の原始」
◇対談　平田俊子＋吉原幸子
◇連載　新川和江―名詩集再見・山
本沖子詩集／内山登美子詩集　詩集
展望―長嶋南子（～38）　つないで
ゆく―木坂涼

38号　'92・10・秋
◇特集〈92全国同人誌・水平線〉
作品　嵯峨恵子（HOTEL）　古内美
也子（雨期）　別所真紀子（木々）
吉沢巴（発見と発明）　佐藤正子
（黎竹）　坂本つや子（言葉）　渡辺
十絲子（Mignon）　木場とし子（山
脈）　井野口慧子（木声）　境節（黄
薔薇）　柳内やすこ（les alizés）
保坂登志子（焔）　吉柳晶子（騎獣）
横さわ子（地球）　田村夏子（さ）
なかむらみちこ（鹿）　秋山江都
子（幻視者）　河津聖恵（ケレン・
ハップク）　田代英美子（泉―spring
―）　小出亜江（キャバレーオオ）
玉木直子（らくだ）　佐藤恵美子

（窓）　水野ひかる（日本未来派）
森沢友日子（土星群）　田中郁子（裸
足）　宮田恭子（火牛）　園山三鶴
（くえすと）　山田英子（ガルシア）
春日真知子（背芽）　北畠明子（砦）
かわのさちこ（詩派）　武田弘子
（青い花）　秋島芳恵（杏）　広岡曜
子（左岸）　栗原澪子（may tree）
勝野郁子（いぺるぼる）　夏目美
知子（アイアイ）　清岳こう（兆）
野中雅代（quel）　藤田博子
（RAVINE）　山口洋子（めらん
じゅ）　三好郁子（RE）　長田典子
（鉾座）　田島安江（蟻塔）　草野信
子（ジャンクション）　松川穂波（草
束）　永谷悠紀子（アルファ）　市
川つた（新詩人）　函来敦恵子（詩
神様）　会田千衣子（鯛）　鈴木美
枝子（北海詩人）　野仲美弥子（舟）
吉田咏子（キアドゥ）　高橋弘子（四
重唱）　稲杏子（白亜紀）　木村太
刀子（鯛）　國峰照子（xui）　仲川
文子（地点）　中村奏（鯛）　中村
ひろ美（紀）　倉田比羽子（zukku）
高島清子（龍）　鈴木東海子（櫻
尺）　植村秋江（詩のひろば）　岡
弘子（ぱん・ふるーと）　岸本マチ
子（鮫）　福田万里子（ALMÉE）
市原千佳子（磨壁）　岩崎美純（独
人遊戯）　山本春江（詩潮）　佐野
光子（街角）　花房睦子（裳）　笠
原三津子（こすもす）　呉美代（風）
山本楡美子（長帽子）　なんば・
みちこ（火片）
◇作品・エッセイほか　大岡信　前
田寡代子　友成光子　足達和子　恵
子恵子
◇評論　高良留美子―「『青鞜』の女
性詩人たち」
◇つないでゆく―笠間由紀子

39号　'93・1・冬
◇特集〈20世紀女性詩選〉
作品　大塚楠緒子　與謝野晶子　深
尾須磨子　英美子　館美保子　深沙
き　高群逸枝　米澤順子　伊藤野枝
上田静栄　中原綾子　武内利栄
中田信子　井上淑子　金子みすゞ
後藤郁子　林芙美子　竹内てるよ
馬淵美意子　螢田花子　森三千代
永瀬清子　中野鈴子　沢木隆子　武
田隆子　左川ちか　町田志津子　秋
野さち子　栗原貞子　小山ふみ子
中村千尾　港野喜代子　高田敏子
滝口雅子　山下千江　井上充子　小
川アンナ　西條嫩子　石垣りん　新
藤千恵　日高てる　堀内幸枝　小松
郁子　坂本明子　内山登美子　牧羊
子　山本沖子　小野静枝　茨木のり
子　野田寿子　森崎和江　西岡寿美
子　福中都生子　武蔵悦子　片瀬博
子　岸田衿子　殿岡辰子　島田陽子
新川和江　田村のり子　手塚久子
塔和子　福井久子　中礼慶子　大
庭みな子　多田智満子　羽生槙子
堀場清子　矢川澄子　久坂葉子　白
石かずこ　古谷鏡子　黒部節子　高
良留美子　新藤凉子　長沢延子　水
野るり子　村瀬和子　吉原幸子　菅
木はるみ　石川逸子　財部鳥子　藤
原菜穂子　宮本むつみ　山口洋子
川田靖子　岸本マチ子　征矢泰子
滝いく子　なんば・みちこ　森原智
子　新井豊美　香川紘子　工藤直子
小柳玲子　富岡多恵子　福井桂子
よしかわつねこ　菊池敏子　木村
信子　こたきこなみ　稲杏子　三井
葉子　山本道子　立原えりか　大原
千佳子　水田宗子　横さわ子　吉行
理恵　会田千衣子　支倉隆子　鈴木
ユリイカ　林美脉子　岡島弘子　山
本楡美子　高橋順子　田村さと子
松井啓子　吉田加南子　井坂洋子
垂木千賀子　山本かずこ　みもとけ
いこ　伊藤比呂美　永見敦子　平田
俊子　木坂涼　白石公子
◇つないでゆく―岬多可子

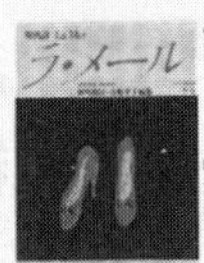

会員作品欄
ハーバー・ライト選者＝新川和江／
吉原幸子
ゲスト選者＝白石かずこ（9・11）／
小柳玲子（13・15）／鈴木ユリイカ
（17・19・37・39）／川田靖子（21・
23）／高橋順子（25・27）／水野るり
子（29・31）／新藤凉子（33・35）
ラ・メール歌壇選者＝辺見じゅん（13
～32）／尾崎左永子（33～40）
詩人の目＝吉原幸子／高橋順子／新
藤凉子／鈴木ユリイカ／千葉香織
ラ・メール俳壇選者＝黒田杏子（11
～40）　詩人の目＝新川和江／小柳
玲子／別所真紀子／國峰照子
タイトル文字＋1～4号A・D・＝
中島かほる
表紙絵＝井上リラ（1～4　29
～32）／谷口登茂子（5～8）／柳沢
美奈子（9・10）／鈴織郁子（11・12）／
岸田夏子（13～16）／大成瑞子（17
～20）／パロマ・アルトラギレ（21
～24）／尾山景子（25・28）／中村有
希（26・27）／伊藤和子（33～36）／
草間弥生（37～40）
目次・カット＝しまおからん／米山
毬子／原京子／伊藤和子／山内登
柳下あつみ／小川洋子／前塚紀子／
鈴木照子／浅川洋子／大塚安希代／
新井順子／甲斐清子／マ＝林／蔵泉
順子／紫野京子／井上直／吉川彩
対談写真＝折原恵／滝田寺明美／小
坂奈子／石内都

タイトル○中島かほる　表紙絵○草間弥生　目次絵○宮川彩　カット○しまおかちん

終刊号目次

■著者略歴

棚沢永子（たなざわ・えいこ）

1959年東京生まれ。大学卒業と同時に、ちょうど創刊された「現代詩ラ・メール」の編集実務を担当。鈴木ユリイカ責任編集の詩誌「something」に、田島安江とともに編集人として参加。現在は夫婦で喫茶店を経営しながら、フリーで編集＆ライター業。著書に『東京の森のカフェ』（書肆侃侃房）がある。

現代詩ラ・メールがあった頃

1983.7.1 — 1993.4.1

2023年8月31日　第1刷発行

著　者　　棚沢永子

発行者　　池田雪

発行所　　株式会社 書肆侃侃房（しょしかんかんぼう）

〒810-0041 福岡市中央区大名2-8-18-501

TEL 092-735-2802　FAX 092-735-2792

http://www.kankanbou.com　info@kankanbou.com

編　集　　田島安江

装　丁　　acer

DTP　　BEING

印刷・製本　モリモト印刷株式会社

ISBN978-4-86385-585-4 C0095